KATHERINE QUINN

Trilogia The Azantian

A Garota que Pertencia ao Mar

Copyright © 2021. THE GIRL WHO BELONGED TO THE SEA by Katherine Quinn
Direitos autorais de tradução© 2022 Editora Charme..

Todos os direitos reservados.
Nenhuma parte desta publicação pode ser reproduzida, distribuída ou transmitida sob qualquer forma ou por qualquer meio, incluindo fotocópias, gravação ou outros métodos mecânicos ou eletrônicos, sem a permissão prévia por escrito da editora, exceto no caso de breves citações consubstanciadas em resenhas críticas e outros usos não comerciais permitido pela lei de direitos autorais.

Os direitos morais do autor foram afirmados.
Este livro é um trabalho de ficção.
Todos os nomes, personagens, locais e incidentes são produtos da imaginação da autora.
Qualquer semelhança com pessoas reais, coisas, vivas ou mortas, locais ou eventos é mera coincidência.

1ª Impressão 2022

Capa - City Owl Press
Adaptação da capa e Produção Gráfica - Verônica Goes
Ilustrações - Katherine Quinn
Imagens do miolo - Adobe Stock
Tradução - Sophia Paz
Preparação - Fernanda Marão
Revisão - Equipe Charme

Esta obra foi negociada por Brower Literary & Management, Inc.

FICHA CATALOGRÁFICA ELABORADA POR
Bibliotecária: Priscila Gomes Cruz CRB-8/8207

Q7g   Quinn, Katherine

A garota que pertencia ao mar / Katherine Quinn;
Tradução: Sophia Paz; Preparação: Fernanda Marão; Revisão: Equipe Charme;
Adaptação da capa e produção gráfica: Verônica Góes –
Campinas, SP: Editora Charme, 2022.
404 p. il.

Título original: The Girl Who Belonged to The Sea.
ISBN: 978-65-5933-086-7

1. Ficção norte-americana. 2. Romance Estrangeiro -
I. Quinn, Katherine. II. Paz, Sophia. III. Marão, Fernanda.
IV. Equipe Charme. V. Góes, Verônica. VI. Título.

CDD - 813

---

www.editoracharme.com.br

KATHERINE QUINN

TRILOGIA THE AZANTIAN

Tradução - Sophia Paz

A Garota que Pertencia ao Mar

Editora Charme

A GAROTA QUE PERTENCIA AO MAR

O EXÍLIO

Pela primeira vez em mil anos, o homem que não é feito nem de carne nem de osso ouviu uma voz — uma oração lançada aos mares.

Ela carregava uma brisa impaciente, abafada e cheia de urgência; seu doce timbre despertando um coração que há muito havia parado de bater. O apelo foi tão apaixonado que sacudiu o homem da cama, a colcha de seda amontoando-se em sua cintura como uma poça de marfim.

Uma oração.

O homem não conseguia se lembrar da última vez em que foi presenteado com algo tão delicado, não desde...

Bom, não desde que ele foi despojado de tudo o que era.

O homem tinha suportado incontáveis anos solitários, se escondendo por trás do rosto de outras pessoas, e agora ele mal se lembrava de como era sua verdadeira face.

Seu irmão era o culpado.

Não foi um erro querer o mar para si, ter desejado ser seu único governante. O homem queria que seu nome fosse sussurrado pelos lábios dos marinheiros, queria seus amantes murmurando seu nome enquanto oravam para que seus maridos e esposas voltassem para eles sãos e salvos.

Ele não desejava compartilhar o trono, e sua ganância foi sua ruína. O castigo? Que a lembrança de sua existência fosse apagada do mundo.

Isso não importava mais. O homem — o deus que havia sido aprisionado no corpo de um mortal — sentiu o despertar da esperança. Se aquela oração o alcançara, significava que a pessoa que ele esperou pacientemente por fim havia chegado. E que, em breve, ele seria libertado do cativeiro.

Por favor, a voz sussurrou, não suporto a ideia de ficar com meu pai por mais tempo. Não consigo imaginar estar sob seu domínio cruel por mais um só momento.

Um sorriso malicioso curvou os lábios do homem. Ele fechou os olhos, entregando-se à melodia desesperada da voz.

Quero muito mais do que esta vida.

Enquanto ouvia a mulher falar com a voz suave e cheia de tons doces, uma imagem começou a se formar por trás de suas pálpebras fechadas. Ele vislumbrou um penhasco rochoso envolto em névoa. Uma torre alta de pedra impenetrável. Uma ilha de bronze e riquezas.

E, em meio à visão distorcida, o homem a viu.

A mulher que o alcançou quando ninguém mais conseguiu. Uma mulher que era muito mais do que parecia por trás daquela beleza inocente.

Ele via o que ela escondia sob sua carne, o que era invisível para quem não soubesse o que procurar. O que ele viu ateou fogo em seu sangue.

Então o homem começou a trabalhar, girando o cabo de sua lanterna e tateando em busca do livro vermelho perdido em meio ao caos de papéis e esboços rudemente desenhados, anos de ideias e planos fracassados.

Folheando as páginas gastas e manchadas do texto antigo, ele parou em uma imagem da ilha que o assombrou por séculos. Uma ilha que, até algumas décadas atrás, protegia uma relíquia perigosa que poderia virar a maré a favor dele.

E o destino acabara de lhe mostrar a mulher mortal que o ajudaria a encontrá-la.

Anseio por ser livre, a voz implorou ao longe, e o sorriso do homem floresceu, um plano se formando em sua mente. Tudo o que ele precisava fazer era alinhar as peças certas e movimentar os peões que já estavam no tabuleiro.

E então ele teria não apenas sua vingança, mas uma arma feroz para comandar. Uma arma que surpreenderia seu irmão.

Ele concluiria o que tinha começado há mais de mil anos. Porém, desta vez, a história terminaria com ele sentado no único trono verdadeiro, e o sangue de seu irmão esparramado aos seus pés.

Sim, ouço suas orações, pequenina. E logo você realizará seu desejo.

A GAROTA QUE PERTENCIA AO MAR

CAPÍTULO UM
Margrete

Margrete Wood tinha sido trancada dentro da engenhoca de ferro de seu pai tantas vezes que ela deveria já estar acostumada com suas pontas enferrujadas, a podridão pungente e a ausência de luz depois que ele fechava a porta. Ele dizia que aquilo era a penitência dela por mau comportamento. Uma forma de limpar sua alma. Mas nada mais era do que um caixão. Um dispositivo malévolo que ele usava para controlá-la.

Assim que seu pai bateu a porta, prendendo-a onde os sonhos morriam, Margrete orou para todos os deuses em que conseguiu pensar. Arios, o Deus da Primavera e Novos Começos, e Delia, Deusa da Sabedoria e Protetora dos Puros de Coração. Ela até mesmo orou para o colérico Deus da Guerra e Vingança, Charion.

No entanto, somente quando ela imaginou o mar, selvagem e assumidamente furioso, foi que recebeu algum tipo de resposta. Presa no escuro com nada além de sua esperança minguando, ela perseguiu o som indescritível das ondas. Foi suave no início, nada além do rumor harmonioso das águas encontrando a costa.

Margrete fechou os olhos e se agarrou à melodia como a uma tábua de salvação. Logo seu corpo estremeceu e seu batimento cardíaco desacelerou, e então a música se intensificou.

No momento em que as ondas se tornaram um rugido em seus ouvidos, ela lançou suas orações com uma esperança de partir o coração. Ela queria ficar longe de seu pai. Implorou por uma vida que não fosse a dela. Suplicou para ser livre.

Horas depois, quando a porta da caixa abriu, revelando o rosto perverso de seu pai, a música etérea cessou abruptamente. Embora seu pai fizesse o possível para enfraquecê-la, para privá-la de sua coragem, Margrete terminou aquele dia agarrada a um pedaço de esperança que ele não poderia tocar.

O mar sussurrou uma resposta, uma única palavra cheia se assombro.

Logo.

Cinco dias tinham se passado desde que Margrete saiu da caixa e deixou o escritório do pai. Cinco longos dias e seu corpo ainda zumbia de apreensão e esperança.

Quase como se o Deus do Mar tivesse realmente ouvido suas orações.

Ela havia sido chamada para comparecer novamente ao escritório, e Adina, sua criada pessoal, a apressava, rodeando seus calcanhares como um cão ansioso. Então ela tratou de acelerar o passo, pois cada delito que Margrete cometia, cada ato de rebeldia, não ocasionaria apenas seu castigo. Não desde que seu pai voltou a atenção para sua irmã mais nova, Bridget, ou Birdie, como Margrete a apelidou carinhosamente.

Quando ela chegou, uma fina camada de suor umedecia sua pele. Erguendo o punho fechado, bateu na pesada porta de madeira, mordendo o lábio inferior enquanto esperava uma resposta.

— Entre.

Margrete hesitou, a voz do pai soava estranhamente leve. Empurrou a porta e encontrou o notório capitão do mar de Prias descansando em sua cadeira, os pés calçados com botas apoiados na mesa de mogno repleta de mapas e registros comerciais. O cabelo curto e louro, assim como a barba, estavam salpicados pela idade: as listras brancas entrelaçavam-se em todos os fios de sua mandíbula quadrada, proeminente e masculina.

Mas era seu olhar incisivo que podia derrubar um homem.

— Filha, sente-se. — Ele acenou para ela se sentar em uma das duas cadeiras azuis e felpudas diante dele. Um sorriso diabólico curvou seus lábios finos, e um brilho malicioso cintilava em seus olhos cinza-aço que não prometiam nada além de tormento.

Sempre disseram a Margrete que seus olhos castanhos e a pele dourada foram herdados de sua mãe. Se ela pudesse ao menos tê-la conhecido...

Hesitante, ela deslizou para a cadeira, os músculos tensionados enquanto o olhar de seu pai percorria seu corpo de cima a baixo, com os dedos indicador e polegar beliscando a barba grisalha, pensativo. Momentos desconfortáveis se passaram antes que ele falasse, mas, quando o fez, ela teve que se segurar na cadeira para não cair.

— Você vai se casar aqui, na fortaleza, em dois meses.

Margrete não pôde evitar o pequeno gemido que saiu de seus lábios, a boca se separando como se um grito silencioso quisesse escapar. Foi sua única reação, as palavras obedientes que ela normalmente reservava para o capitão se dissiparam como poeira em uma tempestade de vento.

— Vejo que ficou muito entusiasmada com a notícia, hein? — Ele se recostou na cadeira, tirando as pernas musculosas da madeira polida. — Vou te dar um momento para processar.

Minúsculas gotas de suor se formaram ao longo de sua testa, o ar na sala de repente muito quente, muito abafado. Seu batimento cardíaco trovejava em seus ouvidos, um *staccato* tumultuoso que soava como gotas de chuva furiosas durante uma tempestade.

— Q-quem? — ela conseguiu perguntar, temendo a resposta. Conhecendo seu pai, o casamento seria para fechar algum negócio ardiloso. Ela seria usada para seus propósitos, por mais vis que fossem, e sua opinião sobre o assunto era irrelevante.

— Conde Casbian — revelou ele.

— De Cartus?

— O próprio. — O capitão sorriu, apreciando o óbvio desconforto em suas feições. — Cartus é o maior trunfo de Marionette para a defesa, e a posição militar do conde nos servirá bem. Disseram-me que ele também é um favorito do rei e da rainha.

Tratava-se de influência. Como se conquistar os mares não bastasse, o capitão agora queria ganhar o favor dos governantes de Marionette por meio do conde.

— E ele é bem jovem — acrescentou —, o que é uma sorte para você. Significa que não ficará viúva tão cedo.

Ela não permitiu que sua perplexidade transparecesse, mas a verdade é que ela acreditava que sua reputação sofrera um golpe muito grande para que qualquer homem se interessasse por ela depois do que aconteceu há dois anos. Por outro lado, seu dote substancial poderia persuadir os pretendentes a ignorar suas indiscrições do passado.

Ela engoliu as lágrimas ao lembrar do jovem guarda de seu pai, Jacob, que tinha sido tolo o suficiente para se apaixonar por ela. Eles foram pegos em flagrante pelo capitão e, para seu horror, seu pai enfiou a adaga no coração que um dia pertencera a ela. Era esperado que ela permanecesse pura até que o capitão lhe encontrasse um par que atendesse às necessidades dele, mas, graças a Jacob, essa pureza não existia mais.

Mas, agora, nada disso parecia importar.

Controlando-se e forçando-se a levantar o queixo, Margrete se dirigiu ao homem que saboreava o sofrimento com uma calma glacial.

— Entendo — disse, endireitando-se na cadeira. — E isso já está decidido? O conde também concordou?

— Sim. — Ele não hesitou.

— E você não me consultou. — As palavras saíram antes que ela tivesse chance de controlá-las.

Nuvens de tempestade se formaram nos olhos dele.

— *Consultar* você? — Ele soltou uma risada sem alegria, seus olhos vagando para o canto do escritório onde sua engenhoca doentia se escondia atrás de um biombo de seda. A ameaça silenciosa era óbvia. — Você deve se considerar sortuda pela oportunidade que estou lhe dando. — Ele fervia. — Nunca fui premiado com tal coisa.

O capitão não falava de seu passado, ou de seus pais, exceto por uma vez, há cinco anos. Margrete acordou no meio da noite e desceu as escadas sorrateiramente para ouvi-lo discutir com um homem. Ela não reconheceu a voz, mas, antes de expulsar o estranho da fortaleza, seu pai disse a ele: "Você pode se arrastar de volta para o seu casebre e dizer aos nossos *queridos* pais que estou apenas dando a eles a mesma bondade que me deram". O capitão flagrou Margrete naquela noite e, sem dizer uma palavra, arrastou-a para a caixa e empurrou-a para dentro. Só depois de amanhecer foi que ele a deixou sair.

Eles nunca falaram sobre o homem.

— Não torne as coisas difíceis para você, filha — disse seu pai, afastando as lembranças do pensamento de Margrete. — Eu odiaria ser obrigado a te dar mais uma lição em tão pouco tempo.

Margrete fechou os olhos e, imediatamente, era como se estivesse de volta ao confinamento da caixa: as pontas de metal espetando sua pele, o cheiro de sangue fresco no ar. Sua respiração acelerando enquanto as sombras se fechavam por todos os lados. Às vezes, ele a deixava na caixa por horas. Depois de Jacob, ela ficou presa por um dia inteiro.

O que ele faria se ela se negasse a obedecer?

Margrete pigarreou e abriu os olhos, afastando as imagens que a assombravam a cada momento que passava acordada. Inúmeros pensamentos surgiram em sua mente, impedindo que ela raciocinasse com clareza, mas um se destacou entre os demais.

Talvez ela não precisasse desobedecer. O casamento com o Conde de Cartus mudaria sua vida, mudaria *tudo*. Para o bem ou para o mal, ela não sabia dizer, mas era uma maneira de sair daquela fortaleza e fugir do controle do pai.

Só havia um problema.

— Se eu me casar com Casbian, quem vai cuidar de Birdie? Você se ausenta com frequência, e o castelo não é lugar para uma criança morar sozinha.

A mãe de Birdie, madrasta de Margrete, morrera há quatro anos, e a pobre menina ainda sofria pela perda. Ela precisava da irmã mais velha, agora mais do que nunca. A doce personalidade de Birdie não resistiria sob o domínio impiedoso do pai.

— Bridget permanecerá aqui. Sob a supervisão da governanta.

E ela seria sua próxima vítima.

O estômago de Margrete revirou, uma dor nauseante se formando. Ela não podia deixar isso acontecer. Tinha que ser corajosa, tinha que encontrar uma maneira de transformar aquela situação em uma vantagem.

E ela sabia exatamente como.

— Nunca peço nada para você, pai — disse ela, quase engasgando com a palavra "pai" —, mas vou fazer um pedido agora. Um último presente que você pode me dar de despedida.

Ele inclinou a cabeça, estreitando os olhos enquanto esperava sua proposta.

— Gostaria que Birdie e sua governanta fossem para Cartus quando o conde e eu partirmos para sua casa. Não suporto que ela fique isolada e longe da família. — Ela fez uma pausa que durou um único batimento cardíaco. — E certamente seria benéfico para você que ela morasse em Cartus.

Muitos homens influentes e suas famílias estavam estabelecidos em Cartus e, embora Birdie tivesse apenas 7 anos, sua presença precoce poderia ser vantajosa para um capitão do mar faminto por poder — embora Margrete não tivesse planos de permitir que sua irmãzinha fosse usada para esses fins. Seu pai estaria altamente enganado se acreditasse no contrário.

O capitão ponderou, acariciando a barba aparada enquanto deixava o tempo passar. Ela esperou, imóvel em sua cadeira. Essa era uma tática de medo que ele gostava de usar com seus adversários — o silêncio —, mas ela não estava com humor para esses jogos.

— Sua consideração até que faz sentido — ponderou ele, cedendo, embora sua mandíbula estalasse. — Faremos, então, uma troca. Case-se com o conde sem demora e sem nenhuma de suas *encenações*, e Bridget terá permissão para ir com você para Cartus.

Margrete assentiu, embora mal sentisse que se mexia. O fato de seu pai ter atendido ao seu pedido com tanta facilidade a fez se perguntar o que mais estaria em sua manga, que outro pequeno segredo ele guardava em seu coração carbonizado.

— Obrigada — falou, odiando ter que dizer essa palavra. — Se isso for tudo, vou deixá-lo com seu trabalho. — Margrete sabia que era melhor não sair do escritório sem a permissão do pai e esperou que ele acenasse com a mão em sinal de que estava dispensada, o sorriso malicioso ainda torcendo sua boca.

— Ah, e, filha — ele a interrompeu antes que ela chegasse na metade do caminho para a porta. Ela parou e olhou por cima do ombro. — Você faria bem em se lembrar dos ensinamentos da semana passada, porque se você me decepcionar... — Ele fez uma pausa, enquanto o coração dela trovejava loucamente.

Ensinamentos. Era como ele chamava as punições.

— Sim, nunca me esqueço, pai — disse ela, juntando as saias compridas e deixando o capitão com seus planos.

Nunca esquecerei. E, um dia, você vai pagar por tudo.

CAPÍTULO DOIS
Margrete

𝑀argrete encontrou Birdie na praia. Fazia um dia adorável em Prias e o ar tipicamente úmido estava agraciado com uma brisa refrescante, que levantou as saias de Margrete enquanto ela caminhava descalça pela areia aquecida. As ondas batiam contra a costa e pequenos pássaros brancos saltavam para longe da água antes que as gotículas molhassem suas asas. E o céu... O céu exibia um tom de azul encantador — uma mistura de tons de lápis-lazúli e safira.

Em dias como este, Margrete gostaria de ter aprendido a nadar. Seu pai a proibia de se aventurar muito perto da água, e o rosto dele adquiria um tom arroxeado profundo quando ela tentava argumentar. Ela tinha parado de pedir anos atrás — seus *ensinamentos só teriam* se intensificado.

Uma gaivota guinchou no alto, descendo para bicar o topo de gloriosas gênese-da-manhã pelas quais ela passou. Como tinha poucas tarefas para realizar quando estava confinada em seus aposentos, Margrete lia bastante, embora frequentemente procurasse livros relacionados a plantas, flores e propriedades curativas encontradas na natureza. Ela se tornou bastante perita em identificar a flora e a fauna e se perguntava se seria uma boa curandeira se sua vida fosse diferente.

Mas era a origem da flor, com seu miolo dourado brilhante e delicadas pétalas violeta, que a intrigava. Dizia a lenda que marinheiros afortunados a trouxeram da ilha perdida de Azantian. Margrete tinha ouvido as histórias sobre a ilha mítica mais vezes do que poderia contar de marinheiros a serviço de seu pai, ansiosos para preencher o tempo em terra firme com histórias do mar.

A história de Azantian era a favorita dos homens, uma ilha criada pelo deus do mar, onde as areias eram feitas do ouro mais puro e as águas brilhavam como água-marinha. Era um reino de seres etéreos de imensa beleza, encarregados de vigiar os portões que aprisionavam as crianças nefastas do mar — monstros nascidos das profundezas. Mas, assim como a terrível serpente marinha das histórias de sua infância, Azantian era um mito criado para os ingênuos e os jovens.

Margrete não era nenhum dos dois.

Inclinando o rosto para o sol, ela ficou em silêncio por um momento, absorvendo o calor do dia e sua luz destemida. Com as ondas batendo ao fundo e o som das gaivotas no alto, ela afastou os pensamentos de seu pai e do casamento forçado, fingindo que, pelo menos por um momento, ela era inteiramente outra pessoa.

Segundos depois, aquela paz frágil se estilhaçou como vidro quebrado.

Alguém a observava.

Ela quase podia sentir os olhos em sua pele. Uma onda de consciência fez com que os cabelos da sua nuca se arrepiassem em alarme. Ela observou a praia, a sensação desconfortável ficando mais forte a cada nova respiração.

A praia estava vazia, e a única pessoa diferente que ela avistou foi Peter, um dos guardas mais confiáveis de seu pai. Ele estava de guarda sob as folhas de uma palmeira, com a atenção voltada apenas à areia logo adiante, onde Birdie brincava. Ainda assim, Margrete não conseguiu se livrar do que sentira com tanta clareza.

— Margrete! — Birdie saltou de seu cobertor e correu pela praia, os cachos loiros balançando ao vento marítimo. Com um sorriso radiante, ela se chocou com Margrete, envolvendo os dois bracinhos ao redor de sua cintura.

Todos os pensamentos de perigo fugiram da mente de Margrete no momento em que ela envolveu Birdie em um abraço. A fadinha tinha o dom de afastar todas as preocupações.

— Olá, passarinha. — Margrete enrolou os dedos naquelas mechas loiras rebeldes. — Senti sua falta esta manhã.

Birdie resmungou uma resposta, a voz abafada pelo tecido grosso do vestido da irmã. Ela entendeu apenas duas palavras: *panquecas* e *morangos*. Adina deve ter preparado suas guloseimas favoritas para o café da manhã.

Afastando-se, Birdie agarrou a mão de Margrete, arrastando-a pelas dunas até um cobertor grosso estendido na areia, sob um guarda-sol sacudido pelo vento que oferecia um santuário de sombra.

— Venha se sentar comigo! — A voz de Birdie tocou em harmonia com as ondas quebrando, o timbre doce tão vivo quanto a brisa brincalhona.

Enquanto se acomodava no cobertor, Margrete sorriu genuinamente pela primeira vez naquele dia. Birdie imediatamente rastejou para o seu colo.

— Sobre o que o papai queria falar com você? — perguntou Birdie. — Adina me disse para não incomodar, mas ela estava extremamente azeda hoje. — Ela torceu o nariz arrebitado.

Adina estava frequentemente de mau humor. Pelos deuses, Margrete não conseguia se lembrar de tempo algum em que não fosse assim.

Tirando o cabelo da irmã da frente de seus penetrantes olhos azuis, ela questionou:

— O que você acha de ir comigo para Cartus?

Birdie olhou para a irmã com os olhos semicerrados.

— Cartus? Por que iríamos para lá?

Margrete suspirou, apertando os braços em volta da cintura de Birdie.

— Vou me casar com o Conde Casbian dentro de dois meses. E você, minha pequena, deve ir para a ilha dele comigo. Isto é, se desejar.

Birdie ficou em silêncio por um momento, a boca se retorcendo, pensativa.

— As praias de Cartus são tão bonitas quanto as daqui?

Margrete assentiu. Embora ela só tivesse visto desenhos de Cartus em livros, tinha ouvido falar da beleza da ilha pela boca de outras pessoas.

— E eu ficaria com você? Papai vai permitir isso?

Birdie podia ser jovem, mas sentia a escuridão em seu pai, como ele poderia estar alegre em um momento e se transformar em uma tempestade de raiva destrutiva no próximo.

Birdie precisava ser protegida.

Margrete inclinou o queixo da irmã.

— Estarei sempre ao seu lado. Não importa o que aconteça ou aonde nossa jornada nesta vida nos leve — prometeu. — E sim, tenho a permissão de nosso pai.

Um sorriso magnífico iluminou o rosto de Birdie, seus lábios rosados se alargando.

— Então mal posso esperar por nossas novas aventuras! E, com sorte, terei uma nova governanta. A Sra. Sophia tem um hálito do qual até um dragão fugiria.

Ela riu enquanto Birdie se esticava sobre o cobertor e descansava a cabeça no colo de Margrete, as pálpebras fechando contra o sol ofuscante. Não demorou muito para que seu peito subisse e descesse em respirações constantes, cansada de suas aventuras da manhã brincando ao longo da costa de Prias.

Inspirando o mar selvagem e desejando poder, pela primeira vez, viver aventuras de sua própria escolha, a calma de Margrete começou a se dissipar. A mesma sensação de estar sendo observada voltou, embora, desta vez, seu corpo se inundasse de gelo, mesmo com o calor crescente do dia.

Com cuidado para não acordar Birdie, Margrete esticou o pescoço, examinando as dunas e as palmeiras inclinadas. Nada além de grama balançando e pássaros voando.

Ela estava sendo paranoica. Ninguém ousaria seguir a filha do capitão, não se valorizasse sua vida.

Margrete balançou a cabeça, sentindo-se tola. Logo ela estaria livre de Prias. Livre do capitão. Ela só tinha que sobreviver tempo suficiente para se casar com o conde e levar sua irmã para uma nova vida.

Uma vida melhor.

CAPÍTULO TRÊS
Margrete

Nas pontas dos pés, Margrete se aproximou da elevação da fortaleza de seu pai, a movimentação fazendo um seixo errante cair nas rochas trinta metros abaixo. Sua vida de felicidade solteira terminaria naquele dia. Birdie e ela partiriam para Cartus, e Margrete teria um marido.

Pensar naquilo fez com que ela fizesse uma careta e fechasse os olhos com força, deixando de se concentrar em como as águas cantavam para ela lá de baixo. Então os ventos mudaram, levando o aroma picante para longe e trazendo o doce perfume de gênese-da-manhã.

Margrete olhou para a cidade uma última vez, o estômago embrulhado pela viagem que tinha pela frente. Ela sempre teve sentimentos tão conflitantes por Prias, e agora ainda mais porque estava destinada a partir. O renomado centro comercial era um mundo de bronze, cobre e a rica madeira de castanheira da Floresta de Marionette. Rosa forte, cobaltos divinos e doces alfazemas tingiam os edifícios, cada um montado por cima do outro, empilhados como pedras do mar ao crepúsculo. Para quase todos, exceto ela, a cidade era um reino encantador de respingos do mar e sonhos imaculados, um porto costeiro cintilante que levava ao impressionante continente além, um lugar onde as pessoas viviam e prosperavam.

— Margrete! — A voz estridente de Adina serpenteou escada acima, cortando a conexão com o mar. A realidade do dia se chocou contra seu coração de pedra, corroendo o que restava da sua determinação cada vez menor. — Margrete! Onde você está, criança?

Depois de se despedir uma última vez das ondas, Margrete voltou-se para as escadas, rezando silenciosamente por um milagre, para que o Deus do Mar a levasse com sua irmã para longe dali. Ela estava quase nos degraus quando uma sirene aguda quebrou a calma, as ondas abaixo batendo com ainda mais violência contra as rochas.

Ela parou, girando para olhar as águas selvagens. Não havia nada além do vasto oceano azul. Ela respirou fundo, na esperança de aliviar seu pulso acelerado.

Adina gritou novamente, desta vez muito mais alto e significativamente *menos* paciente.

— Estou indo, Adina! — Margrete desceu correndo a escada estreita. O corrimão, gasto pelos anos de uso, deslizou como seda sob a palma de suas mãos. Quantas vezes ela correu para aquela torre, para se esconder do mundo e do pai?

Incontáveis.

No último degrau, Margrete quase colidiu com uma Adina de rosto severo. Os lábios da mulher mais velha se esticaram em uma linha fina, olhos afiados e duros.

— Onde você esteve, menina? — Adina não esperou por uma resposta. Ela agarrou o braço de Margrete e puxou-a pelo corredor em direção aos seus aposentos.

Margrete resistiu ao impulso de se afastar. Seu sangue ferveu — ela não era uma *menina* —, mas desejou que seu temperamento esfriasse, uma tarefa que ela ultimamente achava cada vez mais difícil.

— Está tudo pronto. — Adina apontou para o vestido carmesim bem-passado disposto na cama de dossel de Margrete.

Ela teve certeza de que toda a cidade — e talvez até as vizinhas — ouviu o estalar do seu coração enquanto se transformava em gelo. A gola alta da peça estava totalmente fora de moda e prometia sufocar assim que envolvesse seu pescoço. As mangas esvoaçantes, no entanto, eram bonitas. Rendadas e delicadas.

Adina empurrou Margrete para mais perto da cama.

— Venha. Vamos começar.

Margrete gemeu quando a criada retirou da cômoda as roupas de baixo exigidas e um espartilho apertado com muitos laços. A ideia de o conde vê-la usando roupas tão íntimas fez a bile subir por sua garganta.

— Oh, acalme-se — repreendeu Adina. — Não vai ser tão ruim. Você quer estar o mais bonita possível na sua noite de núpcias, não é?

Embora responder com um curto "não" fosse extremamente atraente, não a ajudaria em nada. Aquele casamento iria acontecer quer ela quisesse ou não. Ela julgou que precisava encontrar uma maneira de ser feliz. Casar-se com o conde certamente não seria tão terrível quanto Margrete e Birdie ficarem com o capitão para sempre.

Forçando um aceno de cabeça, ela permitiu que Adina a ajudasse a se vestir, estremecendo conforme a mulher puxava os cordões do espartilho.

— Fique firme! — Adina repreendeu quando ela estremeceu ao sentir um puxão particularmente forte.

Embora Adina fosse insensível e austera, Margrete teve que se lembrar que a mulher praticamente a criou. O capitão sempre esteve muito ocupado conquistando o mar bravio e fechando negócios para assumir o papel de pai. Não que ele já não tivesse a tendência de seguir essa linha em particular.

— Pronto. — Adina recuou para admirar seu cuidadoso trabalho de tortura. — Agora a peça final.

O vestido. Margrete estava entrando na poça de renda vermelha quando um guincho distante ecoou além da janela em arco do seu quarto.

— O que foi isso?

Adina franziu a testa.

— O que foi o quê?

Não parecia ser um pássaro e era muito agudo para ser a buzina de um dos navios na baía. Parecia familiar de maneiras que Margrete não entendia, então ela o ignorou.

— Nada. Vamos acabar logo com isso.

Adina trabalhou com rapidez e logo fechou o último botão da gola alta, os babados horrorosos se erguendo pelo pescoço até beijar as bochechas de Margrete.

— Pronto — disse a criada. — Agora você está linda.

O espelho de corpo inteiro retratava a noiva perfeita — cachos cor de chocolate e caramelo caíam perfeitamente pelas suas costas, grandes olhos castanhos brilhantes e vibrantes, maçãs do rosto marcadas com blush rosa cintilante. O que o espelho não conseguia refletir era o espectro gritando preso atrás do sorriso que Margrete aprendera a fingir. Como ela lamentava os sonhos não realizados enquanto eles se desfaziam em cinzas a seus pés.

— Venha. — Adina se dirigiu à porta. — Não há tempo a perder.

Margrete hesitou, e Adina bufou de frustração, dando meia-volta com os pés calçados por botas e acenando para que ela a seguisse. Margrete fez uma careta e, a contragosto, iniciou a marcha em direção ao seu destino; mas os pelos minúsculos de seus braços — todos eriçados em uma atenção alarmante — congelaram seus passos pesados. A buzina soou mais uma vez, consideravelmente mais alta. Quase que com urgência.

Inclinando a cabeça, ela fechou os olhos para ouvir, mas nada mais soou além de um suave barulho do mar.

Assim como havia feito meses atrás na caixa, Margrete virou a cabeça, saboreando a música reconfortante das ondas. Sua canção de ninar pessoal, cantada pelo Deus do Mar, uma metódica...

Olá, pequenina...

Seus olhos se abriram.

Ela estava ouvindo coisas? Não. *Tinha sido* uma voz. Estranha e peculiar, mas...

— Depressa, criança! — Os gritos de Adina interromperam a concentração de Margrete, e ela estremeceu de volta à realidade.

Nervosismo. Devia ser o nervosismo levando-a à loucura.

Recolhendo as saias, ela desceu correndo as escadas com uma graça estranha. Sem ser conhecida pelo equilíbrio ao andar, Margrete lutava com seus novos sapatos de salto, os tornozelos cambaleando a cada passo irregular.

Talvez eu caia e morra antes mesmo que este casamento maldito comece.

Mas, infelizmente, ela não encontrou seu fim por meio de sapatos muito altos. Em vez disso, chegou ao piso inferior do salão principal da torre de guarda com uma careta.

Arcos largos de prata polida e ouro emolduravam o espaço imponente, uma sala de estar repleta de retratos deslumbrantes, móveis extravagantes e tapetes coloridos de desenhos variados, peças que enchiam de riqueza e opulência uma casa que carecia de coração. Esperando por Margrete, sentado em uma poltrona de veludo roxo de espaldar alto, estava seu pai.

Seu olhar se estreitou, a pele envelhecida ao redor dos olhos enrugou com alegria doentia e triunfo inconfundível. Ele a examinou do topo da cabeça ao salto do sapato.

— Você está... aceitável. Embora um pouco pálida.

Levantando-se de sua poltrona, o capitão alisou o linho das calças cor de ônix, endireitando os ombros largos enquanto se elevava acima dela. Ele era um homem em boa forma para sua idade, e os anos nada influenciaram para privá-lo da sua estatura ameaçadora.

— Sinto muito, pai — Margrete obrigou-se a dizer, as pontas das orelhas quentes de raiva.

Ela havia notado os círculos escuros sob os olhos e a falta de vida da pele quando, pouco antes, tinha se olhado no espelho. Como ela tinha dormido mal nos últimos tempos, a visão não foi uma surpresa, mas ela odiava ter que se desculpar por algo além do seu controle.

Dormir não deveria ser um problema. Na verdade, ela *deveria* se considerar sortuda. Seu pai teve a oportunidade de casá-la com um homem decrépito com pele enrugada e sem dentes, mas escolheu um pretendente da mesma idade. Um homem *bonito*, se os rumores que ouvira nos últimos dois meses estivessem corretos.

Desde os proclamas, ela e o Conde Casbian de Cartus trocaram cinco cartas, a caligrafia elegante do noivo cheia de ternas promessas. Sua correspondência o retratou como compassivo e gentil, mas Margrete suspeitava que as pessoas diferiam do que pareciam ser por trás do disfarce das palavras. Ela teve que se lembrar de que não importava a imagem que ele passava em suas cartas, o conde era um estranho que a estava usando pelos mesmos motivos que seu pai.

Um risinho abafado flutuou por trás do capitão, chamando a atenção de Margrete. Ela reconheceria aquele som maravilhoso em qualquer lugar, e forçou seus lábios a estremecerem em um quase sorriso.

— Você está linda. — Birdie surgiu de trás da cadeira do pai, seus cachos loiros trançados com complexidade, formando uma coroa dourada.

Margrete levantou Birdie em um giro.

— Você é que é linda, irmã. — Ela deu um beijo rápido na bochecha rosada de Birdie antes de apoiá-la no chão com delicadeza.

Amarrar-se a um homem que ela não conhecia valeria a pena se pudesse salvar sua irmã da ira do pai.

— Preparada? — Birdie agarrou a mão de Margrete com força, seus dedinhos quentes e reconfortantes. Ela assentiu, temendo que suas palavras pudessem sair vacilantes ou trêmulas, expondo a ansiedade crescente. Ela lutou contra esse medo, pois a visão da sua irmã lhe deu forças.

— Muito bem — o Capitão Wood interrompeu o momento —, não vamos deixar o Conde Casbian esperando.— Os cantos dos seus olhos se ergueram como se aquele fosse o mais feliz dos dias. Ele a pegou pelo braço e a conduziu para as portas duplas que davam para o pátio.

Como se convocados, dois guardas uniformizados os seguiram pelo corredor principal. Depois de um breve aceno de cabeça do capitão, os homens empurraram as portas, revelando o futuro inevitável de Margrete à distância.

Ignorando a batida em seu peito, ela ergueu os olhos enquanto era conduzida pelo capitão para a luz do sol. Com vista para a baía e as docas movimentadas, o espaçoso pátio tinha sido transformado em um espetáculo à beira do mar de trepadeiras esverdeadas ondulantes e botões violetas florescendo. O corredor dividia um mar de cadeiras de madeira, cada uma amarrada com laços de cetim de um vermelho-cereja cintilante. Sentadas, estavam a nobreza e as pessoas importantes de Prias e da ilha de Cartus —

homens e mulheres com quem seu pai se relacionava. Todos se viraram para ter um primeiro vislumbre da noiva, olhares avaliadores e semicerrados sob os raios dourados.

Margrete alçou o olhar para além dos convidados para encontrar a figura imponente do futuro marido em um amplo pátio de flores silvestres e conchas. O Conde Casbian estava de pé no final do corredor, tendo ao lado dele um celebrante. Redemoinhos brilhantes de nuvens cor-de-rosa e tangerina emolduravam o Conde, formando uma bela imagem. E ele *era* lindo. Ela podia ver melhor seu belo rosto enquanto seus passos a levavam mais perto do homem com quem ela juraria ficar para sempre.

O Conde ergueu o queixo quadrado, uma fina camada de barba por fazer sombreando suas feições na luz cada vez mais rara da tarde. Ele girou os ombros largos e seus braços musculosos flexionaram sob o tecido justo da túnica — braços pelos quais qualquer garota desmaiaria.

E se sua estatura impressionante não fosse o suficiente para balançar uma noiva hesitante, seu rosto completou a obra-prima — olhos azuis cintilando com malícia, um sorriso sincero deslumbrante e perfeito, e cabelo preto-azulado, que lembrava as penas de um corvo, habilmente penteado.

Ele era um sonho.

Ele *deveria* ser o sonho de Margrete.

No entanto, embora ele fosse dolorosamente atraente e todas as suas cartas indicassem que era gentil, um pavor denso se instalou no estômago de Margrete como uma âncora de ferro. O peso aumentava conforme ela chegava mais perto de seu prometido, seus pés se arrastando.

O capitão desempenhava o papel de pai orgulhoso e adulador, sempre cavalheiro e amoroso. No entanto, os presentes não podiam ver como a força da mão dele a machucava, mais punitivo do que afetuoso. Ele a conduziu com graça e equilíbrio pelo corredor, passando pelos olhares mordazes, diretamente para onde seu noivo esperava.

— Você está deslumbrante, Margrete. — Casbian curvou-se e pegou sua mão, dando um beijo casto em seus dedos. Seus lábios pareciam macios como travesseiros e Margrete se perguntou como seria beijá-los. Ela supôs que descobriria em breve.

Engolindo o nó na garganta, ela fixou o olhar no homem curvado diante dela.

— As-assim como você — gaguejou ela, sua voz imperfeita e resfolegante.

O conde sorriu largamente, seus dentes a cegando com o brilho perolado. Tudo nele era perfeito *demais*. Ele era lindamente perturbador, muito parecido com uma lua com anéis vermelhos em uma noite sem nuvens.

O celebrante pigarreou, atraindo o olhar de Margrete. Ele era jovem para a posição que ocupava, e seus olhos eram do tom mais puro de turquesa que ela já tinha visto. Embora ele a avaliasse com uma nota de pena, era provável que ele fosse mais um dos bajuladores do capitão implantado na igreja. Ela perdeu a noção de quantos "justos" estavam sob seu controle.

Ele abriu o livro no lugar apropriado.

— Comecemos.

Margrete passou sua atenção do celebrante e de seus olhos incomuns, para ousar encontrar os do seu noivo.

De repente, ela não conseguia mais respirar. Estava acontecendo. Margrete Wood estava prestes a se casar. Destinada a seguir os caprichos daquele estranho e gerar seus filhos.

Pequenos pontos pretos brilharam em sua visão, suas mãos por instinto indo para o pescoço, os dedos cavando no tecido ao redor da garganta. Estava tão quente, o ar espesso sem a brisa salgada típica.

Ninguém mais está sentindo o calor?

Ela deu uma espiada rápida à direita, olhando os nobres que usavam tudo o que tinham de elegante. Eles pareciam contentes. Por que não estariam? Estavam no casamento do ano, seus rostos presunçosos se transformando em um mar de superioridade repulsiva.

Com um olhar de reprovação, seu pai puxou a mão errante de volta para a lateral do corpo de Margrete.

— Neste dia fatídico, unimos duas almas... — o celebrante continuou, mas Margrete ignorou o restante da ladainha memorizada. Ela estava muito distraída com outra coisa que tinha ouvido.

Novamente.

Aquele barulho estridente tinha recomeçado, o mesmo que a seguira durante todo o dia. No entanto, desta vez, eram rajadas curtas de três.

Esquadrinhando a multidão, Margrete não viu nenhuma pessoa reagindo às sirenes estridentes, todos continuavam com os olhos devidamente fixos na noiva. Alheios, todos eles.

Tem alguma coisa errada.

O suor escorria por suas costas, fazendo a renda coçar. Seus dedos ansiavam por arranhar, puxar e arrancar a pele, mas a renda não era a única coisa que fazia sua pele formigar.

Ignorando o olhar afiado do pai, a mão de Margrete voltou para o pescoço, puxando o tecido apertado em sua garganta. Ela estava sufocando, puro pânico queimando seu interior.

O celebrante continuou falando, claramente inconsciente do desconforto crescente que ela sentia, e seu pretendente sorriu, como se estivesse recebendo o mundo de presente em uma bandeja de prata.

Internamente, Margrete amaldiçoou os dois.

Mas novamente veio o estridente, o mesmo de antes — três agudas pontadas de advertência.

Por que ninguém mais está ouvindo?

Margrete olhou por cima do ombro de Casbian, para as ondas, em busca da fonte do som.

— ... é importante para uma esposa obedecer ao marido...

Nada estava fora do normal. Os mesmos navios colossais enchiam a enseada azul esverdeada abaixo da torre de guarda. Muitos deles ostentavam o brasão do seu pai: um falcão dourado com as asas em tons de vermelho e ônix estendidas.

— ... para realizar seus desejos e vontades...

Margrete examinou os navios em busca de algo fora do lugar, até que seus olhos por fim pousaram em uma embarcação azul brilhante que não estava lá uma hora antes.

— ... ela não deve levantar a voz ou questionar...

Cativada pela embarcação desconhecida, Margrete contemplou suas velas lustrosas, notando como a luz do início da noite lançava sombras misteriosas nas velas. Manchas cor de âmbar brilhavam como minúsculas explosões de estrelas contra o casco azul-cobalto, e uma ponta prateada polida alcançava o céu como uma lança afiada em voo. Fixado na proa, a figura de um polvo esguio vigiava, duas joias escuras vigilantes à luz do sol poente.

Margrete nunca tinha visto um navio como aquele.

Era tão magnífico quanto um vendaval pode ser devastador.

— ... isso vai garantir uma união feliz, que vai vencer o desafio do tempo...

Lá. Um brilho prateado chamou sua atenção. Pintada em uma das velas estava uma lua crescente brilhante com uma estrela dourada fixa em seu centro. Sardas douradas pontilhavam o tecido, emoldurando um brasão que parecia muito familiar. Ele a fez lembrar de um símbolo místico que ela só vira em livros — nos contos de fadas da infância, para ser exata. Era um símbolo de morte. Renascimento.

Um mito.

— Margrete! — A voz abafada do capitão a tirou do torpor. — O homem te fez uma pergunta — ele sibilou entre os dentes.

O conde se virou, evitando os olhos da noiva. Ela deveria dizer "eu aceito", ou "sim", ou quaisquer palavras que a amarrariam para sempre a um homem que ela não amava.

— Eu...

O sol estava quase se pondo, seus sonhos para um futuro totalmente seu se pondo junto com ele.

Algo está errado, algo está errado...

— Margrete! — Seu pai sibilou novamente, mais alto. — Diga! — ordenou, deixando de esconder a irritação.

E então outro conjunto de sirenes estridentes cortou o ar. Margrete tapou os ouvidos e gritou.

O Conde Casbian, para seu crédito, a abraçou enquanto a picada do alarme se infiltrava nos recônditos mais profundos do seu espírito.

No terceiro e último toque, as sirenes cessaram, deixando o ar parado e assombrado. Nada. Nem mesmo um pássaro rebelde cantou ou uma brisa ousou fazer barulho.

As mãos suaves de Casbian a ajudaram a se levantar. Os convidados continuavam sentados, atordoados e boquiabertos em um desdém mudo. Seu pai certamente a puniria por...

Novamente, o som. Mais alto do que antes e totalmente penetrante. Dessa vez, todos perceberam.

A GAROTA QUE PERTENCIA AO MAR

CAPÍTULO QUATRO
Margrete

Na metade de um tímido batimento cardíaco, o mundo como Margrete conhecia se retorceu e rasgou como seda frágil. Uma horda de homens estranhos usando túnicas de couro invadiu as paredes do pátio, e uma dúzia de invasores vestidos da mesma forma surgiram de dentro da fortaleza com armas escorregadias de sangue fresco. Eles miraram nos guardas do capitão, erguendo suas espadas brilhantes no ar enquanto a sede de sangue sombreava seus olhos.

Os convidados gritaram, empurrando uns aos outros enquanto abriam caminho em busca de segurança, fazendo com que as cadeiras revestidas de cetim e os vasos decorativos se espatifassem nas pedras de marfim do pátio. Foi uma loucura, e tudo aconteceu no espaço de uma única respiração.

Ao lado dela, o pai de Margrete rugiu, conduzindo seus homens à ação, saliva voando dos seus lábios. Ele apertou a mandíbula e libertou a espada da bainha.

— Forcem o recuo! Formem um perímetro em torno dos convidados! Movam-se! — Seus gritos enfurecidos eram perfeitamente atendidos pelo coro uivante de soldados, aqueles que juraram proteger o capitão e sua família à custa das próprias vidas.

Margrete olhou para trás, esperando ver o celebrante encolhido de medo, mas ele já não estava mais ali, talvez perdido entre os convidados que se dispersavam.

Seu coração disparou. Sua irmã.

Um suor frio escorreu pelas costas de Margrete enquanto ela permanecia enraizada no lugar, vasculhando a multidão em busca de uma cabeça com cachos loiros familiares. De longe, abafada como se o mundo tivesse mergulhado na água, uma voz que ela reconheceria em qualquer lugar chegou aos seus ouvidos. Seu olhar seguiu o som.

Birdie estava do outro lado do pátio, cachos desordenados e bochechas manchadas de lágrimas. Ela soltou um grito ensurdecedor quando a governanta a jogou por cima do ombro e um par de guardas as conduziu para dentro da fortaleza. Margrete rezou para que sua irmã estivesse a caminho da segurança do porão, onde teria a proteção de guardas e de paredes de aço.

Ela não se permitiria acreditar no contrário.

Um corpo musculoso se chocou contra Margrete, fazendo-a cambalear para frente na multidão desesperada e agitada de braços e pernas. Um cotovelo pontudo a atingiu nas costelas no momento em que uma bota acertou sua panturrilha, a dor subindo e descendo por sua perna. Seus joelhos cederam, mas dois braços fortes envolveram sua cintura, levando-a para longe da briga.

— Cuidado, querida.

A voz sussurrou em seu cabelo, provocando um raio de eletricidade que disparou por seus braços. Por um breve momento, ela viu ondas do mar quebrando e relâmpagos cortando céus abertos, ventos tumultuosos misturados com sal e fúria. Sentiu o balanço do mar sob seus pés.

Ela piscou.

Os braços ao redor da sua cintura a apertaram e a respiração do estranho aqueceu sua bochecha.

Um flash chamou sua atenção para o anel no dedo indicador do homem: um brasão dourado com dois círculos entrelaçados gravados no metal brilhante. Parecia antigo. Valioso.

Antes que ela pudesse virar a cabeça, uma lufada de ar substituiu as mãos que a seguravam com tanta reverência. Ela se virou...

Apenas para ficar cara a cara com um Casbian confuso.

— Aí está você! — Seus olhos estavam frenéticos, procurando ver se ela estava ferida.

Margrete estendeu as mãos na direção do peito do conde para se equilibrar, agarrando a camisa enrugada agora manchada de sangue. Ela deixou de lado os pensamentos sobre o homem estranho e seu anel peculiar.

— Minha irmã... — ela falou, em pânico, mas Casbian a interrompeu.

— Sua irmã está segura, mas nós não. Precisamos encontrar uma saída. Eles estão invadindo o pátio!

Mais atacantes mergulharam no caos, caindo sobre os guardas e os convidados em fuga, bloqueando todas as saídas e destruindo qualquer esperança de escapar pela fortaleza principal. A única opção para sair com vida era chegar à beira do pátio, onde uma escada secreta levava à costa abaixo.

— A escada — ela deixou escapar, as palavras saindo em arquejos curtos. — A escada escondida do outro lado, atrás de uma treliça.

— Então vamos para lá! Agora! — O conde agarrou a mão de Margrete, segurando com força, e a arrastou para o corpo a corpo e em direção à escadaria.

Margrete e o conde desviaram por pouco da ponta afiada de uma lâmina enquanto se acotovelavam em direção ao perímetro do pátio. A espada, que pertencia a um gigante bronzeado, abriu o crânio de um guarda.

Ele nem teve chance de gritar.

Casbian puxou a mão de Margrete e a levou para a proteção do tampo de uma mesa tombada. A dupla recuperou o fôlego enquanto avaliava a distância que tinham que percorrer para evitar um destino semelhante ao do guarda.

Quando apareceu uma brecha, Casbian gritou:

— Agora!

Mais uma vez, ele colocou Margrete de pé, e em seguida estavam pulando corpos caídos. Seus músculos gritaram, mas ela não parou, nem mesmo quando uma mulher toda vestida de couro, com adagas amarradas por todo o corpo, apareceu de dentro do mar de homens.

Seu espesso cabelo loiro estava intrincadamente trançado no couro cabeludo, sangue e sujeira manchando seu rosto enquanto ela erguia a espada, enfrentando sem esforço aqueles que eram corajosos para confrontá-la e que recebiam seus golpes rápidos. O sangue respingou no vestido de Margrete, em seu cabelo, em suas bochechas.

Ainda assim, eles correram, os dedos de Casbian agarrados aos dela dolorosamente. Eles correram ladeando a curvatura das paredes de pedra do pátio, a torre de guarda e o altar em ruínas atrás deles. Mais seis metros e eles estariam na escadaria cuja entrada ficava escondida por uma treliça exuberante.

Margrete olhou por cima da borda de pedra em direção à praia e avistou uma dúzia de ganchos de metal cravados nas paredes altas do pátio. Maços grossos de corda pendiam pelas paredes da fortaleza e levavam a jangadas sem adornos amarradas com barbante tosco e que balançavam contra os penhascos perigosos. Os intrusos devem ter pagado à patrulha para acessar uma posição tão vantajosa, e ela não conseguia imaginar quanto sangue eles haviam derramado para garantir que os alarmes não soassem.

Ela não viu muito mais antes de o conde puxá-la em direção à treliça e, em seguida, descer os degraus íngremes da escada camuflada pelas rochas, uma rota de fuga invisível a olho nu, a menos que se soubesse para onde olhar. Ao final, um pequeno barco de pesca amarrado a um único poste de madeira os esperava, uma embarcação modesta que mal parecia suficiente para dois. A segurança estava tão perto, mas, cada vez que Margrete piscava, via olhos vazios e sem vida e pedras pintadas de vermelho no pátio.

Estavam no meio da escada quando o instinto alertou Margrete para parar e olhar por cima do ombro mais uma vez. Talvez tenha sido seu amigo, o mar, sussurrando um segredo em seu ouvido, ou talvez tenha sido a pura intuição que a fez se deparar com o pirata mais patife que ela já vira.

Ele estava no topo da escada, as mãos segurando uma corda grossa com um gancho de ferro na ponta, seu cabelo castanho-avermelhado dançando na testa. Ele semicerrou os olhos à luz do sol poente e, embora a distância entre ele e Margrete fosse grande, o desdém que exibia em suas feições marcantes era inconfundível.

Um arrepio abrasador percorreu toda a extensão da sua espinha. Aquele homem era violento e prometia ruína, tudo embrulhado em um presente perverso.

A respiração de Margrete ficou presa na garganta. Certamente ele não os seguiria descendo aqueles degraus traiçoeiros, a menos que o conde fosse seu alvo. Casbian era um prêmio tanto quanto seu pai.

Ela balançou a cabeça na direção do homem, rezando para que ele se virasse e os abandonasse em sua fuga, mas não, o desgraçado pôs os olhos em Margrete e no Conde Casbian como se eles fossem *tudo* o que ele buscava, como se tudo em sua vida dependesse de encurralá-los.

— Margrete! — Casbian agarrou a mão dela. — Venha!

Ela deixou que ele a guiasse, mas, dois passos depois, ela perdeu o equilíbrio em um degrau gasto. Um seixo se espalhou sob seu calcanhar, mergulhando nas rochas pontiagudas logo abaixo.

Poderia ser ela se não tomasse cuidado.

Segurando a mão do conde com mais força, ela não olhou para trás até que um rugido estrondoso exigiu que ela se virasse. Ela quase desejou não ter feito isso.

O homem deu um sorriso nefasto antes de levantar o braço, girando e girando a ponta da corda em forma de gancho.

Margrete congelou.

— Casbian. Olhe!

O conde tropeçou com a parada abrupta, mas também se virou para olhar.

O ladino atirou a corda no ar, o gancho de metal se firmando em uma saliência dentada. Ele o puxou duas vezes e, então, sem nenhum traço de hesitação, saiu da lateral da fortaleza, sua corda se desenrolando até afrouxar.

— Deuses! — Casbian espiou ao longo da encosta do penhasco. — Precisamos nos apressar!

Ele empurrou Margrete escada abaixo, mas ela não conseguia tirar os olhos do pirata e de como ele se arqueava no ar com a graça de um falcão, o cabelo acobreado refletindo o ouro do pôr do sol agonizante. Ele voou em direção a eles em uma brisa furiosa até suas botas pretas brilhantes colidirem com facilidade e sem esforço na rocha sólida a poucos passos de distância.

Ele diminuiu o espaço entre ele, Margrete *e* seu conde, que agarrou seu braço com força suficiente para machucar. Ela desceu um degrau arrastando os pés, mas o pirata apenas a seguiu, seu corpo musculoso eclipsando o sol, lançando-a em sua sombra conquistadora.

O ladino se aproximou, perto o suficiente para que Margrete pudesse distinguir o brilho da esmeralda brilhando em seus olhos astutos, o toque de ouro salpicando suas íris. Ela podia praticamente sentir o gosto da salmoura agarrada a suas roupas, seu cabelo, seus lábios.

E ela desejou um milagre do Deus do Mar, um salvador — algo que este homem certamente não era.

Tateando atrás dela, Casbian agarrou uma adaga incrustada de joias de seu cinto, uma arma mais para se exibida do que para ser usada em uma luta justa.

— Fique atrás de mim! — Estendendo a lâmina dourada, o conde empurrou Margrete protetoramente contra a parede do penhasco. Ele fez alguns movimentos fracos para cutucar o atacante, mas o pirata bloqueou todas as tentativas de Casbian. Finalmente, ele sorriu e torceu a adaga das mãos do conde com tanta facilidade que Margrete quase não viu.

Com a respiração instável, ela perguntou:

— Quem *é* você?

O sorriso do pirata se alargou, indicando que realmente tinha ouvido a pergunta, mas ele não respondeu. Em vez disso, com um único movimento — um que era muito rápido e preciso para o conde antecipar —, o homem chutou o conde na barriga.

Casbian soltou um grito sufocado e seu corpo tombou solto pelo lance íngreme da escada. Ele caiu até formar uma pilha bagunçada de mangas de seda e cabelos negros nas margens de pedra.

— Casbian! — Ela orou por um sinal de que ele ainda estava respirando. Felizmente, ela vislumbrou o movimento do seu peito, mesmo sucumbindo à inconsciência.

Parada entre seu noivo indefeso e um homem de olhos homicidas, o peso do momento a atingiu. Foi um pensamento tão abominável e egoísta, dada a carnificina acima dela, mas...

Era isso. Sua chance de escapar não só do conde e de um casamento indesejado, mas também do seu pai. Este era o momento de Margrete arriscar tudo e saborear a indefinição da liberdade.

Infelizmente, primeiro ela teria que lidar com aquele maldito pirata.

Foi com esse fragmento de ousadia que ela se virou para seu agressor e subiu os degraus, envolvendo as mãos em torno do cabo de prata da espada pendurada no quadril do ladino.

Ele foi pego de surpresa por este movimento inesperado, e o sorriso de lobo sumiu de seu rosto em um segundo enquanto ela apertava sua arma. Suas mãos grandes e calosas cobriram as dela ao redor do cabo, quentes e firmes.

Ela puxou, um grunhido vibrando em sua garganta, mas o pirata — nem sua espada — cedeu um centímetro. Aquele homem era sólido, sua força inflexível, um gigante na terra dos mortais. Margrete poderia muito bem estar lutando contra um muro de pedra.

— Você vai se machucar, princesa. — A diversão iluminou suas feições severas, seus olhos se deleitando com sua luta vergonhosamente inútil.

— Então *vá embora* — ela rangeu entre os dentes, o suor cobrindo sua testa. — Não sou muito gentil com homens armados que desejam me matar. E, acredite, não sou uma princesa.

O pirata inclinou a cabeça, os olhos brilhando quase com admiração.

— Temo que não posso ir. Não sem você, de qualquer maneira.

— Eu? — Ela não queria desistir, pelo menos não naquele momento, enquanto ainda tinha esperança de roubar sua arma. — Eu não sou ninguém. — Ela não era, ainda mais considerando o grande esquema das coisas. — Apenas me deixe ir, e não ficarei no seu caminho.

Os lábios do estranho se contraíram, mas ele não respondeu, apenas abriu um sorriso falsamente tímido, que pingava promessas perversas.

Ela não chegaria ao barco, não se ele não permitisse. Margrete afrouxou as mãos, as palmas escorregadias de suor e nervosismo. Ela ansiava por correr, mas o pirata segurava suas mãos com firmeza.

Ela pensou em todas as vezes que pediu ao pai para permitir que ela treinasse com seus homens. Para aprender como se defender em caso de necessidade. Claro, ele nunca concordaria com uma coisa tão escandalosa. Depois daquele dia, ela esperava que ele vivesse para se arrepender de não ter atendido ao pedido.

Antes que o sol e sua luz abandonassem aquele dia miserável de ruína, Margrete fez uma última tentativa. Com o restante de suas forças, ela ergueu o joelho e acertou um golpe.

Diretamente entre as pernas do seu agressor.

Ele se dobrou, deixando uma maldição grosseira voar de seus lábios carnudos. As mãos que a envolviam a soltaram para segurar a si mesmo, fazendo com que Margrete tropeçasse para trás com o lançamento repentino, a espada pesada vindo com ela.

Margrete quase perdeu o equilíbrio enquanto lutava para ficar na segurança do penhasco. Ela desejou conseguir se firmar, recuperar um pouco de controle, mas sua cabeça colidiu com uma rocha que se projetava do rochedo e sua visão turvou.

Prestes a tombar em seu eixo e com pontos negros pinicando a visão, ela cambaleou para frente com pés instáveis, a escuridão florescendo atrás de seus olhos e obscurecendo o sol poente. A arma escorregou da sua mão e tiniu nas pedras.

E então, ela caiu.

CAPÍTULO CINCO
Margrete

𝒜 morte não era como Margrete imaginava.

Cortinas cor de âmbar esvoaçantes tremulavam com fragmentos de luar e o ar salgado do mar entrava por uma janela redonda. O vento sibilou ao passar — o mar se expressando gentil e profundo. Era calmante, muito parecido com um cobertor de lã grosso em uma manhã gelada de inverno. O corpo de Margrete balançava para frente e para trás como se ela estivesse em um berço gigante, um movimento calmante, mas também nauseante.

Não era para a morte ser nauseante.

Gemendo, ela se apoiou nos cotovelos e o cômodo girou.

Tudo se transformou em um borrão de madeira, linho e noite.

— Calma aí, princesa.

Ela mudou a atenção e examinou o cômodo mal iluminado — ou o que ela percebeu que era uma cabine de navio —, procurando a fonte daquela voz profunda e cheia. Sua visão se aguçou quando pousou em uma figura escura de pé no canto mais distante. Apenas a luz bruxuleante de uma única lamparina a óleo iluminava seu rosto robusto, que, embora bonito, retinha a tensão de um homem com o dobro da sua idade.

Ele estava vestido com outros trajes, havia trocado as roupas que usara durante o ataque. Durante o *casamento* dela. Ainda assim, era inconfundível.

O pirata.

Ela se ergueu, apoiando as costas na cabeceira estreita. O movimento rápido não foi um bom sinal para sua tontura e seu estômago embrulhou.

O pirata ergueu as mãos apaziguadoras.

— Ei, ei. Vai com calma. — Ele se afastou da parede, endireitando a coluna e se estendendo em toda a sua altura, bem mais de um metro e noventa e cinco.

Em vez de couro, armadura e armas agarradas ao corpo como uma segunda pele, ele vestia uma túnica branca simples, uma jaqueta larga e calças escuras. Seu traje despretensioso não ajudava a disfarçar o predador que espreitava dentro dele.

Tão perto, Margrete podia distinguir as tatuagens em espiral de fios de ônix entrelaçadas em sua pele bronzeada. Cortes profundos e redemoinhos de ondas quebrando, âncoras e estrelas-do-mar. Um golfinho — congelado no ar — decorava seu antebraço direito, enquanto o esquerdo apresentava um tubarão com dentes irregulares. Outras tatuagens se insinuavam por baixo das mangas enroladas da camisa, e ela se perguntou que outras criaturas adornavam aquela pele.

— Você — resmungou ela, os resquícios do sono ainda em sua voz. Os dedos dela se torceram nos lençóis. — O que estou fazendo aqui?

O ladino deu mais um passo em direção à luz, as chamas escassas da lâmpada destacando os fios castanho-avermelhados que se misturavam com o vermelho profundo do cabelo. Esse raio de luz cintilou brevemente, como se estivesse piscando, e iluminou uma velha cicatriz que corria por sua sobrancelha direita.

— O que aconteceu? — perguntou Margrete, sua memória nebulosa.

— Ah — ele zombou, os cantos da boca se erguendo em um sorriso astuto. — Você me deu uma joelhada, com bastante força, devo acrescentar, pouco antes de quase cair do penhasco e morrer. A propósito, de nada.

— *De nada?* — rosnou ela. — Você me sequestrou!

Não havia nenhuma chance de ela ter ido a qualquer lugar com ele de boa vontade.

Margrete estremeceu quando o pirata caminhou até a cadeira que estava diante de uma penteadeira decrépita e a arrastou pelas tábuas até a cama. Sentando-se, ele apoiou as duas pernas no colchão fino, as botas desgastadas salpicadas de sangue seco.

— Veja, eu realmente não gosto dessa palavra. *Sequestrar* é bastante... ríspida. Do modo que eu vejo a situação, eu te salvei, princesa. Pensando bem, você deveria me agradecer por resgatá-la de uma vida com aquele asno pedante de Cartus. — Ele encolheu os ombros, os lábios carnudos cerrados em uma linha fina.

Margrete não sabia se ele estava brincando ou falando sério. Suas narinas dilataram-se.

— Agradecer? Você massacrou meu povo. Tirou vidas inocentes para atingir seus objetivos, sejam quais fossem, provavelmente impulsionado por uma ganância bárbara. Só vou agradecer no dia em que você estiver enterrado bem no fundo do mar. — Cada palavra era marcada por um desgosto tangível, e Margrete ficou orgulhosa de sua voz firme. Ela ergueu o queixo, desafiadora.

O pirata inclinou a cabeça e enfiou a mão na jaqueta para tirar uma adaga simples. Ele a colocou no colo, sem tirar os olhos de Margrete.

— Alguém tem uma língua afiada. Tsc, tsc, tsc. Eu teria cuidado se fosse você, eu posso de repente ter vontade de acabar logo com isso.

Um terrível calafrio percorreu sua espinha. Algo disse a ela que ele nunca, nunca *poderia*, fazer tal coisa. Mas, lembrando bem, ele tinha matado seus semelhantes, não foi?

Como se sentisse seu desconforto, ele sorriu e enfiou a mão no bolso, desta vez para retirar uma maçã vermelha e brilhante.

— Quer comer alguma coisa? Ou sua fome passou só de imaginar minha morte?

— O que eu quero é uma explicação. — Sua língua estava afiada de veneno, embora ela suspeitasse que ter chegado perto o suficiente para beijar a morte ajudava sua ousadia.

O sorriso dele sumiu.

— Se você merecesse uma explicação, eu prontamente lhe daria uma, mas você não tem direito a nada de mim.

— Mas qual a razão de tudo isso? Meu pai te enganou de alguma forma? — Deuses, não seria surpresa para ela que este pesadelo tivesse nascido de um negócio que deu errado. Talvez esse bandido fosse pedir um resgate por ela. Que outra razão poderia haver?

Uma luz esmaeceu nos olhos do pirata, fogo interno se transformando em fumaça.

Tão rapidamente quanto as sombras se formaram, elas se dispersaram, substituídas por um brilho zombeteiro que era de alguma forma ainda mais perturbador. Pelo menos o brilho virulento era real.

Aquilo era apenas uma máscara.

— Então *é* o meu pai. — Não foi uma pergunta. — Diga-me o que ele fez. Por que você me trouxe aqui? De todos os dias possíveis, tinha que ser no dia do meu casamento? Como você conseguiu chegar às docas? Como fugiu dos guardas? — Ela estava sem fôlego quando a última palavra saiu dos seus lábios.

Em frente a ela, sua mão fechou-se em torno da maçã, machucando a fruta.

— Foi realmente simples. Entramos direto pelas portas da frente. Não demorou muito para subornar o capitão das docas, e os soldados menos leais ao seu pai foram espertos o suficiente para aceitar nosso ouro. O resto, nós...

O resto, ele massacrou.

Margrete agarrou os lençóis finos. Ela não nutria muito amor pelos homens do seu pai, mas mortes desnecessárias deixavam seu sangue em chamas.

— Eu não diria que os convidados da sua pequena cerimônia eram assim tão inocentes — continuou ele. — De acordo com meus espiões, a maioria era desprezível o suficiente para fazer parceria com seu pai no lucrativo comércio de escravos que ele mantém. As mulheres foram poupadas, mas provavelmente tinham algum envolvimento nesse negócio também.

Margrete relaxou as mãos, a raiva se transformando em horror. Ela não sabia que o pai comercializava escravos. Ou talvez ela tenha escolhido ignorar os sinais. O conhecimento poderia tê-la quebrado inteiramente.

— Eu não sabia — pronunciou ela, sem soar tão convincente quanto gostaria.

— Sei, claro que não — zombou ele. — Você é mesmo tão ignorante? Ou apenas se satisfaz mantendo os olhos fechados para as atrocidades cometidas sob seu próprio teto?

Ela engoliu em seco. Como ele ousava fazer suposições sobre ela? Ele não sabia de nada.

— Talvez tenham acontecido mais atrocidades sob aquele teto do que você pode imaginar — respondeu ela. Aquele homem não tinha ideia do que ela havia passado naquela fortaleza. Os horrores que ela sofreu. Se soubesse, ela duvidava que falaria com ela como se fosse uma princesa mimada.

Ele a encarou, longa e duramente, quase como se estivesse tentando ver uma mentira, mas então sua expressão suavizou, apenas ligeiramente, e ele desviou o olhar.

— As sirenes — disse ela, precisando quebrar o silêncio constrangedor. — Eram suas?

Ele olhou para ela mais uma vez, os olhos se estreitando de uma forma que não era cruel ou maliciosa. Ele a observou como se estivesse tentando resolver um quebra-cabeça do qual não tinha todas as peças.

Essa curiosidade mudou para outra coisa, algo que a fez se sentir pesada e avaliada. Não era como os homens de Prias a olhavam durante os passeios que fazia, sempre acompanhada, pelo mercado. Aqueles homens estavam atentos a quem ela era e apenas olhavam em sua direção com o canto dos olhos. Eles eram cuidadosos. Este homem não era, mas ele não tinha razão para ser.

— Você ouviu as sirenes? — perguntou ele.

— Sim. Nunca ouvi nada parecido e vivi perto do mar minha vida inteira. — Deuses, no altar, ela chegou a se dobrar por causa do som.

— Hummm. — Ele se recostou, esfregando o queixo em desalinho. — Interessante.

— Interessante como?

Ele ignorou a pergunta para morder e engolir um pedaço da maçã, lambendo os lábios, o que chamou a atenção dela para a boca dele. Era cruelmente ardilosa, uma arma devastadora por si só. Seus lábios se contraíram, presunçosamente cientes de para onde ela olhava.

— Olhos aqui em cima, Margrete. — Sua língua se agitou no topo dos dentes zombeteiramente, e ela odiou ter corado.

— Suponho que não deveria ficar surpresa que você saiba meu nome.

— Ora, mas eu sei muito sobre você — disse ele de forma enigmática, sorrindo com os lábios apertados.

Ele cruzou os braços sobre o peito musculoso, a única indicação de que poderia estar desconfortável, fora do seu ambiente. O restante dele não denunciava incerteza ou qualquer outra coisa além de uma grande dose de petulância.

— Por mais que eu goste de ver você dançando em torno das minhas perguntas, tive um dia agitado. Que tal chegarmos ao ponto? Se ao menos eu não tivesse que ouvir o som áspero da sua voz... — As últimas palavras foram faladas para ferir, mas tiveram o efeito oposto. O sorriso do bastardo cresceu e, daquela vez, parecia genuíno.

— Você está aqui porque é útil para mim — respondeu ele. — Porque seu pai é um homem inteligente. E o mais importante: porque ele é um ladrão.

Então *era* sobre dinheiro. Totalmente previsível. Mas...

— Um ladrão? Meu pai não precisa roubar nada. Ele é o homem mais rico de Prias, depois do rei.

— É aí que você se engana. — Jogando o miolo da maçã no chão, ele se levantou de súbito, quase derrubando a cadeira no chão.

Margrete o olhou de cima a baixo como se ele fosse um oponente com quem ela teria que lutar. Talvez ela *tivesse mesmo* que lutar com ele em algum momento, se fosse fugir.

Mas então ele se dirigiu para a porta. Ele a deixaria em paz, o que não era uma coisa ruim.

— E como eu chamo o homem que pode ou não estar extorquindo meu pai *ladrão*? — indagou ela, incapaz de se conter.

As mãos dele se fecharam frouxamente. Ela tinha certeza de que não receberia uma resposta, mas então ele olhou por cima do ombro.

— Bash — revelou, seus passos congelados no assoalho.

Bash. Ela inadvertidamente pronunciou o nome, os lábios formigando.

Como se estivesse lutando contra algum demônio interior, ele se virou com relutância, a luz da lanterna lançando sombras macabras sob seus olhos marcantes.

— Há uma muda de roupa naquele baú. — Ele indicou com a cabeça em direção ao canto da cabine, onde estava um baú verde desbotado. — Seu atual... traje... — seu olhar perfilou a delicada renda do vestido —... não é apropriado para um navio.

Margrete ainda estava com o vestido de noiva, o carmesim imaculado agora tingido e manchado de lama e salpicado de sangue. Ela podia sentir o cheiro, o sangue, o sabor sutil de cobre flutuando em suas narinas. Mas ainda assim, quando ela estendeu a mão para tocar suas bochechas — que tinham sido pintadas de vermelho e suor no castelo —, não sentiu nada além de suavidade, o aroma de sabonete fresco quase mascarado pela fragrância da morte.

Ela percebeu que os olhos de Bash vagaram por um breve instante para outro canto da cabine, o mais próximo de sua cama, antes de rapidamente desviar o olhar. Algo semelhante à culpa brilhou em suas feições orgulhosas. Ela seguiu o trajeto do olhar dele. Uma tigela de água estava abandonada nas sombras com um pano manchado apoiado na borda.

Ele tinha lavado o rosto dela. Limpado a areia e o sangue. Ela não sabia o que deduzir do ato atencioso.

Ela voltou o olhar para o homem que tinha seu destino nas mãos, recusando-se a acreditar que ele tinha um pouco de decência. Como poderia, se as manchas naquele pano eram sangue dos homens que ele massacrou?

Seus pensamentos correram enquanto ele a observava atentamente. Ele parecia olhar através dela, além da pele e dos ossos, além da bravata forçada e das palavras cortantes. Ela amaldiçoou a forma trovejante como seu coração reagiu.

— Você parecia aliviada nas rochas. Ainda parece — observou ele, quebrando o momento peculiar. — Você não queria se casar com aquele engomadinho.

— Aliviada? Longe disso.

— Bom, você nem pareceu preocupada vendo seu futuro marido inconsciente e sangrando no cais. Você o chamou, mas mal deu uma segunda olhada depois.

Claro, ela ficou apreensiva e preocupada com o bem-estar do conde. Pelo menos, era o que ela *pensava*... ou talvez fosse apenas o tipo de preocupação que alguém expressa por um estranho, o que, na verdade, ele era.

— Eu mal o conhecia. — As palavras a espantaram ao saírem dos seus lábios.

Não. Ela o conhecia por suas cartas. Ele foi gentil, atencioso e profundo. Sim, o Conde Casbian iria livrá-la do seu pai e...

E o quê? Oferecer a ela a liberdade que ela tanto desejava? Duvidoso.

Margrete se apressou em se corrigir, seu deslize preenchendo o espaço com um silêncio pesado.

— O que eu quis dizer é que...

— Acredito que entendi o que você disse. — Bash inclinou a cabeça para o lado, avaliando-a, quase como se a visse pela primeira vez. — Seus olhos me dizem a verdade por si próprios.

— E o que eles dizem, pode me falar, por favor? — Ela pretendia soar zombeteira e desdenhosa, mas suas palavras foram suaves e incertas. Ninguém jamais se importou em lê-la antes, em olhá-la nos olhos e se perguntar quais segredos ela guardava perto do coração. Talvez esse fosse o motivo pelo qual ela prendeu a respiração e esperou a resposta do pirata. Daquele homem, cujo olhar ardente se demorou nela de uma forma que deveria ser desconfortável.

Deuses, ela estava sendo uma idiota. Por que deveria se importar com o...

— Meu povo acredita que os olhos carregam as verdades da alma. E os seus, princesa, são os olhos mais tristes que já vi.

A respiração de Margrete se contraiu, como se uma faixa de aço envolvesse seu peito. Antes que ela pudesse negar, Bash falou:

— Durma. — Sua voz profunda tornara-se grave e áspera. — Amanhã será um grande dia.

Novamente, ele se virou para sair.

A ansiedade tomou conta de Margrete. Ela ficou de pé, os joelhos cambaleando enquanto se ajustava ao balanço da embarcação.

— O que vai acontecer amanhã? Para onde você está me levando?

Ele parou e se virou para encará-la. Ela suspeitava de que ele não iria divulgar seu destino, mas ela tinha que tentar. Fazer ou dizer *algo* agora que a realidade estava se estabelecendo.

O canto da boca do pirata se curvou e seu olhar vagarosamente percorreu o corpo de Margrete, demorando-se até encontrar os olhos dela novamente. Aquela leitura lenta fez com que o calor inundasse as bochechas da garota e, ao ver sua reação, os olhos de Bash ficaram um pouco mais escuros.

Ela cruzou os braços sobre o peito, mas o dano já estava feito.

Bash sorriu, embora o sorriso não fosse nada caloroso.

— O que acontece amanhã é que navegaremos para minha casa. Um lugar muito, muito longe daqui. — Ele abriu a porta e saiu para as sombras, mas, com um último olhar, disse: — Se eu fosse você, descansaria um pouco, Srta. Wood. Você vai precisar estar descansada.

A GAROTA QUE PERTENCIA AO MAR

CAPÍTULO SEIS
Bash

Bash ficou sentado à mesa por duas horas, ouvindo pacientemente enquanto Adrian, seu comandante e amigo mais antigo, discutia com um dos seus melhores soldados. Atlas, jovem e teimosa, recusava-se a recuar, mesmo diante de um superior.

— Tudo o que estou dizendo é que deveríamos ter tentado caçá-lo. — Ela se recostou na cadeira e jogou o cabelo dourado trançado sobre o ombro. Havia sangue do ataque salpicado em seu rosto, embora ela o ostentasse com orgulho. — A filha dele nunca foi nossa missão. Nós só escolhemos este dia porque presumimos que a segurança estaria baixa, mas o bastardo escapou.

— Eu já disse, Atlas — Adrian retrucou —, foi uma decisão tardia. — Ele olhou para Bash. — Mesmo com todos os nossos homens, perdemos Wood de vista. Tivemos sorte de pegar a filha.

— Ainda não entendo *como* ele escapou — resmungou ela. — Estávamos de olho nele, e então ele simplesmente... sumiu. — Ela estalou os dedos. — Simples assim.

Os dois começaram a discutir, mas Bash estava em silêncio pensando em tudo que eles tinham feito de errado. Todos os guerreiros haviam sido instruídos a capturar o Capitão Wood e estavam familiarizados com os pontos de saída da fortaleza. Os poucos espiões que entraram clandestinamente na cidade semanas antes tinham desenhado plantas baixas para que nada fosse deixado ao acaso. Mesmo assim, o bastardo escorregou entre seus dedos.

Quando viu Margrete fugindo com o noivo, ela se tornou uma oportunidade.

Uma que ele esperava não se arrepender de ter aproveitado.

— Seguiremos o novo plano — disse Bash, interrompendo a discussão. Atlas imediatamente fechou a boca. — Usaremos a filha dele. Nós a trocaremos. Isso foi decidido no segundo em que ela embarcou neste navio.

Atlas murmurou algo. Adrian lançou um olhar de advertência.

— Se isso é tudo, então terminamos aqui. — Bash se afastou da mesa, cujo tampo estava coberto de mapas de Prias e das ilhas vizinhas. — Vocês dois deveriam descansar um pouco. — Já havia passado da hora de dormir e ele podia ver o cansaço pesando nos olhos dos guerreiros.

Adrian assentiu, concordando. Ele era um homem de poucas palavras, mas sua lealdade e devoção à causa eram superiores a qualquer outra.

— Boa noite. — Atlas baixou a cabeça antes de se retirar, deixando Adrian e Bash sozinhos.

— Está tudo certo? — Adrian perguntou, dando um passo adiante para colocar uma mão reconfortante em seu ombro.

— Sim — mentiu Bash —, embora eu não seja fã dessa mudança de planos. — Ele se esquivou do afeto do amigo, dando a entender que gostaria de ficar sozinho, em companhia da solidão que muitas vezes limpava sua mente. Ele não podia se dar ao luxo de se deixar distrair por emoções tolas. As pessoas confiavam nele e, se ele se desviasse, não seria útil para elas.

— Vou deixar você sozinho, então — Adrian murmurou após um momento de hesitação. — Boa noite, velho amigo. — Ele fechou a porta suavemente ao sair.

Bash suspirou e se virou para a escotilha, de onde podia ver a luz da lua brilhando nas ondas. Ele orou a todos os deuses para que seu plano funcionasse. Para que a captura da filha de Wood tivesse sido uma escolha acertada.

Sabendo que deveria tentar dormir, ele se acomodou na cama estreita no canto do escritório e apoiou a cabeça nos braços cruzados. O navio balançou e se agitou; as ondas batendo contra o casco deveriam ter sido o suficiente para acalmar seus pensamentos.

Mas não foram.

Sua mente estava inquieta pensando em tudo que poderia dar errado. Com as consequências que adviriam caso falhassem. Se o Capitão Wood não fizesse a troca, ele condenaria o mundo a um derramamento de sangue desnecessário. Bash suspeitou que, mesmo que soubesse do perigo, o homem dificilmente se importaria. Era por isso que o bastardo merecia ser estripado. Pela mão de Bash, de preferência. Se alguém ganhou a honra de dar um fim ao Capitão Wood, foi Bash.

Mas a ideia de cortar a garganta do capitão não o estava embalando para dormir naquela noite. Bash ansiava por se mover, para fazer qualquer coisa, exceto ficar ali e esperar.

Ele se sentou com um gemido, apoiando os cotovelos nos joelhos. O dia não fora uma perda completa. Ele *deveria* estar feliz o suficiente por enquanto, mas havia uma sensação de pavor que não o abandonava, como se algo terrível estivesse acontecendo bem debaixo de seu nariz.

Imediatamente ele pensou nela — a mulher que estava a bordo do navio, a filha do seu maior inimigo. Ela certamente não era o que ele esperava. Não que ele tivesse passado muito tempo pensando nela, para início de conversa.

Só que agora, não conseguia mais parar.

Antes que pudesse pensar melhor, Bash já estava de pé, deixando seus aposentos e caminhando pelo corredor estreito. Ele não bateu antes de destrancar a porta e deslizar para dentro da cabine com passos silenciosos enquanto observava a forma adormecida deitada sob o luar.

Margrete Wood. Idade: vinte e três. Filha mais velha do Capitão Wood. Conhecida por passar seus dias dentro de casa fazendo os deuses sabem o quê.

Ele se atreveu a dar outro passo, o pulso acelerando.

Ela parecia tão suave em seu sono, tão diferente da mulher impetuosa que o desafiara horas antes. Ele quase riu com a lembrança da joelhada em sua virilha, suas pequenas mãos circundando a espada como se ela fosse atravessá-lo com a lâmina.

Talvez aquela mulher fosse mesmo fazer isso.

Como se percebesse que era observada, Margrete mudou de posição, um leve suspiro escapando dos lábios carnudos. Lábios dos quais ele lavou o sangue quando a levou para a cabine. Ele deixou o olhar viajar pelo corpo pequeno até onde a colcha se amontoava em torno da cintura estreita, os dedos cravados no tecido como se ela ainda estivesse lutando contra algo.

Ela tinha trocado o vestido vermelho pela túnica diurna que era dele, uma vestimenta de linho branco fino. Ele imaginou que, se ela soubesse que pertencia a ele, jogaria a roupa no mar. O cordão na altura do pescoço estava desamarrado. Espalhada, a abertura revelava as linhas delicadas do pescoço, a curva do ombro, a protuberância do seio. Ela era bonita. Sedutora.

Isso era inquestionável.

Bash pairou sobre a cama, sentindo-se intrigado e furioso consigo mesmo. Ele não sabia por que o quarto dela foi o primeiro lugar que pensou em ir. Talvez a necessidade de verificar a prisioneira o tenha levado a tal loucura. Afinal, ela era inestimável. Sim, era por isso que ele estava pairando sobre ela como a sombra da morte.

Ele estava prestes a sair — e voltar a se revirar na cama — quando a voz dela cortou o silêncio.

— Não — murmurou ela, os olhos ainda fechados. As sobrancelhas franziram e os lábios ficaram tensos enquanto a cabeça balançava de um lado para o outro. — De novo, não.

Bash se encolheu. Ela estava tendo um pesadelo, e respirava com suspiros angustiados. Ele estava familiarizado com a aflição e muitas vezes passava as noites andando de um lado para o outro em vez de dormir, evitando os demônios que assombravam seus sonhos.

Bash murmurou uma maldição antes de se sentar ao lado dela na cama e colocar a mão trêmula em sua testa. Ele não tinha certeza de por que estava tentando acalmá-la ou por que a dor torcendo suas feições o incomodava, mas ele tocou a bochecha de Margrete e com o polegar massageou círculos suaves na pele que parecia seda pura.

— Shhh — sussurrou ele, observando como seu toque imediatamente acalmou o tremor da mulher. Bash preferia a raiva em seus olhos do que...

aquilo. Ele reconheceria o medo em qualquer lugar e, por alguma razão, decidiu fingir que não via a expressão no rosto dela.

Bash deixou a mão pousada em seu rosto mesmo depois que ela relaxou, o peito subindo e descendo em ritmo constante. Foi então que ele percebeu que seu próprio pulso havia se acalmado, sua mente lindamente vazia.

Ele tirou a mão como se Margrete a tivesse queimado.

Levantando-se da cama, com cuidado para não perturbá-la, ele deslizou porta afora e trancou-a atrás de si.

— Merda — sibilou, as costas pressionadas contra a madeira fina.

Ele tinha que destruir o que quer que estivesse se agitando dentro dele cada vez que olhava para ela. Ele não a conhecia, e não tentaria mudar isso. Que tipo de rei ele seria se confiasse na prole do inimigo? Se ele se deixava cegar tão facilmente por um rosto deslumbrante?

Bash passou o restante da noite na cama, pensando em todas as maneiras como ele acabaria com a vida do capitão.

Seus sonhos eram de sangue.

A GAROTA QUE PERTENCIA AO MAR

CAPÍTULO SETE
Margrete

Margrete acordou agitada, apertando os lençóis emaranhados entre os dedos. Eles ainda estavam um pouco úmidos do seu pesadelo. Como sempre acontecia, Margrete sonhava com o pai, com a caixa, com gritos em busca de ar, mas, dessa vez, presa dentro da caixa, ouviu a voz, que sussurrava uma única palavra sem parar.

Logo.

Mas era apenas um sonho.

Margrete olhou ao redor da cabine. Embora as visões do pai e da caixa não fossem reais, ela ainda estava em outra prisão. Ela supôs que era melhor ficar presa na jaula que ela conhecia — controlada por um soberano que ela havia encontrado antes — do que ali, onde ela não sabia o que esperar. As incógnitas eram o que mais a apavoravam.

Com uma maldição, ela jogou para o lado a colcha e puxou as botas que havia encontrado na noite anterior, cujas bordas tinham uma meia de lã enrolada em cada ponta. Felizmente, ela conseguiu se livrar do vestido ensanguentado depois que Bash deixou a cabine, e a túnica de linho solta e as calças muito grandes que ela encontrou no baú estavam impecáveis de tão limpas.

Margrete levou a manga esvoaçante até o nariz e inalou o cheiro de sal e água do oceano. O tecido tinha outro aroma que ela não conseguia identificar, algo escuro e terroso que a fazia se lembrar de um céu claro e noites de verão.

Abaixando a mão, ela se virou para a escotilha. Como se zombasse do seu medo, o sol pintou as nuvens da manhã em tons de laranja e vermelho, um lindo nascer do sol depois de um dia miserável.

Nascer do sol.

O navio balançava, colidindo com as ondas, mas os pés de Margrete estavam bem firmes quando ela se aproximou da escotilha para ter uma vista melhor, esperando ver nada além de mar aberto e esperanças perdidas. Ela piscou para afastar o sono dos olhos e observou a ilha à frente. A cidade requintada que se erguia além da costa lhe roubou o fôlego.

Ela cambaleou até a parte de trás das coxas bater na cama. Eles não estavam mais em qualquer lugar perto de Prias. Ela não tinha certeza nem se estavam no *mundo* certo.

Âmbares majestosos, azuis poderosos, esmeraldas vibrantes e prata dos sonhos encheram sua visão, cores cativantes de uma terra estrangeira de magia. Palmeiras ondulantes e montanhas distantes se erguiam no céu, uma cidade de prédios de vidro marinho aninhados abaixo. A vasta ilha era rodeada de areia dourada, cada grão uma joia cintilante à luz do amanhecer. Margrete nunca tinha visto nada igual, e aquela beleza tocou uma corda bem no fundo do seu peito, uma nota que o mar nunca havia cantado antes. Ela tinha imaginado que a levariam para alguma ilha corrompida de piratas e brutos, um lugar de selvageria mesquinha, navios apodrecendo e ferro enferrujado.

Em vez disso, ela estava no paraíso.

— Onde estou?

Como se respondendo à pergunta, a porta da cabine foi destrancada e as dobradiças cantaram enquanto era aberta. Bash estava à porta, sua presença fazendo o cômodo parecer ainda menor.

— Lindo, não é? — Ele olhou através da moldura da escotilha, os braços cruzados e os olhos brilhando de admiração pelo que devia ser sua terra natal.

— Onde estamos? — repetiu ela.

— Azantian — falou ele quase com reverência.

O coração de Margrete saltou várias batidas.

— Azantian? Mas não é...

— Um lugar de verdade? — Bash afastou-se da soleira e diminuiu a distância entre eles. Ele olhou para suas roupas emprestadas enquanto se aproximava, demorando-se onde suas curvas puxavam o tecido.

A respiração de Margrete acelerou conforme ele se aproximava. O cheiro dos ventos ferozes do mar e de masculinidade estava agarrado a ele como um perfume. O aroma era o mesmo das roupas que ela usava, o que a fez se perguntar se eram dele.

— Azantian sempre foi real. *Seu povo* simplesmente não é bem-vindo. É por isso que permanece oculta. Os selvagens do seu mundo certamente destruiriam algo que não pudessem controlar. Humanos e sua ganância fraca.

Margrete soltou um escárnio indignado.

— Você fala como se não fosse de carne e osso.

Seus lábios se torceram em um sorriso malicioso. Um sorriso que ela estava começando a associar a ele.

— Eu sou de carne e osso, princesa. Me dê uma facada e eu sangrarei. Me dê um beijo e minha pele esquentará. — Ele se aproximou, sua voz um sussurro perigoso. — Mas só porque alguém sangra e deseja, não significa que seja humano.

Ela engoliu em seco, a mente percorrendo as histórias — não, *mitos* — de Azantian e a raça de seres que supostamente governavam suas costas. Histórias, só isso. Mas enquanto ela estudava Bash, *verdadeiramente* pasma com os traços delgados de seu rosto, sua convicção começou a vacilar. Ela não podia negar a ilha que tinha visto. Como irradiava de dentro. Assim como não podia negar o quão diferente Bash era de todas as outras pessoas que ela já tinha visto. Se não fosse pela cicatriz na testa, ele seria quase irritantemente perfeito.

Ainda assim, seu orgulho não era algo que ela estava ansiosa para sacrificar.

— Nem todos os humanos são iguais. — Sua mente vagou para seu pai. — Você não pode condenar uma espécie inteira simplesmente porque homens maus vivem entre eles. Há beleza lá fora. Pessoas que merecem tudo de bom que o mundo tem a oferecer. — Ela pensou na irmã. — Pessoas que carregam amor no coração ao invés de ganância.

O escárnio desapareceu do rosto de Bash.

— Talvez você esteja certa. — Ele baixou o queixo, capturando seu olhar tão de perto que ela podia sentir o gosto de hortelã persistente em seu hálito. — Ou talvez você estivesse segura em uma prisão dourada e não tenha visto do que sua espécie é capaz. Porque, se soubesse, princesa, duvido que os defenderia tão prontamente.

Ela soltou um riso melancólico.

— Eu tenho caminhado ao lado do mal toda a minha vida. Suportei quando outros pereceram. Mesmo assim, ainda vejo o bem no que é digno e acredito que os pecados de alguns não eclipsam a decência de outros. E isso, pirata, é uma habilidade que, me parece, você não possui.

Bash se acalmou, a resposta aparentemente presa na garganta. Quando ele finalmente convocou as palavras, elas não eram o que ela esperava.

— Acho que raramente estou errado. — Sua voz suavizou, cheia de diversão relutante. — Embora eu goste quando alguém é corajoso o suficiente para me questionar.

Ele estava tão perto. Ela deveria afastá-lo, derrubar o bastardo, fazer qualquer coisa para se livrar das sensações indesejadas vibrando em seu peito graças à sua proximidade.

Ela começou a dar um passo para trás...

Uma onda rolou sob o navio, que balançou, lançando Margrete cambaleando para a frente na estrutura sólida de Bash. Seus braços a rodearam com força. Ofegante, ela olhou para cima e encarou a boca arrogante e os olhos hipócritas a meros centímetros de distância.

Outra onda atingiu o casco e ele a apertou ainda mais. Com os seios pressionados firmemente contra o corpo dele, os pensamentos de Margrete ficaram confusos. Ela só conseguia sentir o cheiro do sal e da impetuosidade do mar aberto na pele de Bash, só pensava em como as mãos dele eram fortes, e como elas a envolviam com gentileza. Quão... segura ela se sentia.

O que era totalmente absurdo.

Antes de sucumbir a qualquer que fosse a loucura que se abatera sobre ela, Margrete colocou as mãos no seu torso e empurrou, indo para longe do seu calor. Ela enfiou um dedo no peito dele.

— Não... não me toque.

Os cantos da boca de Bash se curvaram com malícia. Ele estava gostando daquilo.

— O quê? — Ela se recusou a baixar o dedo acusador. Não que ela estivesse ameaçando, mas estava marcando sua posição.

— Nada — ele zombou, encarando onde ela tinha cutucado seu peito. — Você simplesmente não é o que eu esperava.

Margrete devolveu o olhar penetrante e o cutucou novamente.

— Você não deveria ter esperado *nada* de mim. Você não é nada além de um canalha baixo e desprezível, pirata sujo, bastardo... — Ela procurou outra calúnia ferina, suas pálpebras tremulando descontroladamente enquanto vasculhava seu cérebro por qualquer palavra que pudesse ofendê-lo.

— Acabou? — perguntou ele, sorrindo.

Margrete agitou-se e retrucou:

— Não, com certeza não acabei! — Em seguida, ela acrescentou: — E um malandro vil!

— Ah, Srta. Wood, você me decepcionou. Sei que pode xingar melhor do que isso — disse ele, piscando. — Eu adoraria ficar e ouvir os outros *insultos* que você conjurar, mas realmente temos que seguir nosso caminho. — Ele baixou o queixo e seus olhos brilharam, parecendo ansioso por seus insultos infantis.

Margrete selou os lábios, e não deu satisfação a ele. Bash parecia quase desapontado quando envolveu uma mão firme, mas gentil, em torno do cotovelo dela e a guiou para fora da cabine e por um corredor estreito, quase apertado demais para acomodar seu corpo amplo. Ele parou apenas quando ela bateu o ombro quando fizeram uma ligeira curva, mas sua atenção permaneceu à frente, os músculos do seu pescoço bastante tensos.

Margrete ficou quieta e observou os arredores, notando os menores detalhes, pelo menos para colher informações que pudessem ajudar em uma fuga. Tudo o que ela queria era novamente bater o joelho entre as pernas de Bash e correr, mas estava em um navio e tinha que esperar o momento certo.

Os deuses sabiam que paciência era uma lição que ela aprendera muito bem.

Estrelas-do-mar bronze e conchas polidas decoravam os trilhos que conduziam ao convés, e Margrete passou os dedos pelos desenhos intrincados à medida que subiam. Independentemente do que mais pudesse ser dito sobre Bash, o navio em que ele navegava ainda era lindo.

Margrete reconhecia um lindo navio quando via um. Seus antigos aposentos tinham vista para a baía de Prias, e ela passara sua curta vida observando com ansiedade os mais finos navios, muito mais do que ela poderia contar. Embora estar *a bordo* de um navio quando ela não sabia nadar fosse uma coisa totalmente diferente.

Bash a segurou com mais força enquanto a conduzia em silêncio escada acima e para o sol. Alguns marinheiros no convés pararam de trabalhar para olhar, mas a maioria a ignorou completamente, continuando com seus afazeres.

Ao contrário de Bash, todos usavam a mesma túnica azul profundo, que ela reconheceu do ataque, com um símbolo da lua e do sol entalhado em ouro em cada peito. Demandas crescentes ecoaram enquanto homens e algumas mulheres se apressavam para cumprir ordens.

A presença de mulheres era uma novidade para Margrete, pois, em geral, os capitães tinham suas superstições quanto a tê-las a bordo, como se a falta de masculinidade de alguma forma atraísse mau tempo. Margrete estudou cada rosto, notando características semelhantes em muitos dos que ela observou — os mesmos ângulos agudos, pele luminescente e olhos assombrosos de tons variados.

Bash a conduziu em direção a estibordo do navio e, com um cutucão em seu ombro, apontou para as ondas estrondosas. Silenciosamente, ela seguiu seu olhar.

Azantian se aproximava a cada balanço do mar. Uma espessa faixa de pedra lisa circundava a ilha, sustentada por vigas de prata polida. Os navios estavam atracados em vários postes ao longo da banda externa — grandes navios dignos de um rei. Conectando as docas circundantes às praias de Azantian havia quatro pontes construídas com o vidro azul mais puro, e suas localizações estratégicas fizeram Margrete se lembrar dos pontos de uma bússola.

— Como chegamos aqui tão rápido? — perguntou.

— Outra coisa que não diz respeito a você — respondeu ele sem emoção.

— Claro que não. Por que deveria? — Ela fez um gesto mostrando tudo ao redor deles até apontar para si mesma. — Aparentemente, nada disso é da minha conta, embora pareça ter *tudo* a ver comigo.

— Só porque você está envolvida, não significa que tem o direito de saber. Você é filha *dele*, lembra?

—E isso significa o quê, exatamente?

Bash cerrou os dentes, os lábios apertados em uma linha fina.

— Isso significa... que não confio em você.

— E eu não confio em você, então parece que temos uma coisa em comum.

Ele não respondeu, não que ela esperasse uma resposta, mas ela vislumbrou a maneira sutil como sua boca se contraiu em um canto, como se reprimisse um sorriso.

Ignorando o pirata mercurial, Margrete se virou para o cais, onde homens vestidos com uniformes âmbar impecáveis — com a mesma lua e o mesmo símbolo de estrela — aguardavam com paciência e prontidão para pegar as cordas que seriam jogadas ao mar pelos marinheiros para atracar. Mas foi o que estava logo além dos homens apressados e seus gritos que roubou sua atenção. Cada edifício de vidro marinho brilhava como um espelho colorido, tão vivo quanto as águas que dançavam longe deles. O coração de Margrete doeu com a visão. Em comparação, Prias era monótona e sombria — uma moeda de cobre em contraste com um diamante cintilante.

— É a coisa mais impressionante que eu já vi. — Ela pensou em Birdie, que, pela primeira vez, ficaria sem palavras se visse um lugar como aquele.

Ele respondeu com um sorriso satisfeito. A mão dele, ainda segurando o cotovelo dela, afrouxou quando o passadiço da embarcação baixou.

Bash a olhou com interesse antes de soltar seu cotovelo, apenas para deslizar o braço no dela e enlaçá-los. Ele acenou para o passadiço, onde marinheiros desciam apressados pelas pranchas, carregando pesados baús e barris.

— Vamos lá.

Evitando os marinheiros e trabalhadores que avançavam para cima e para baixo nas pranchas se desviando e se esquivando, Margrete desceu até fazer uma pausa antes do passo final. A doca brilhou de forma atípica, flocos de prata e ouro misturados com a madeira profunda. Bash a conduziu através de uma multidão de pessoas que a observavam com olhos assustadoramente vívidos. Ao seu lado, ele apontou na direção de uma ponte totalmente azul, uma das quatro que cruzava para o centro da cidade.

— Espero que você esteja com disposição para uma caminhada curta — disse ele, parecendo gostar de como os olhos dela se arregalaram ao ver a ponte. Era mais longa do que pareceu de longe.

— Claro — respondeu, mas ela estava mentindo. O que queria mesmo era um banho quente. Um que a levasse para o mais longe possível do pirata e sua corja de bandidos.

As botas de Margrete bateram no vidro de um material claro o suficiente para ver as águas que corriam logo abaixo. Um golfinho brincava nas profundezas, perseguindo de brincadeira uma onda. Isso a lembrou de uma das tatuagens de Bash, e ela se virou para ele, na esperança de ver melhor.

Não estava mais lá. O tubarão também tinha sumido.

Margrete semicerrou os olhos sob o sol forte, percebendo que os fios de tinta se transformavam e tomavam forma abaixo do cotovelo direito de Bash. O tubarão reapareceu, mas estava longe de estar imóvel. O magnífico predador das profundezas nadou graciosamente para cima e para baixo em seu braço, voltando ao lugar de antes ao alcançar o pulso de Bash.

— Incrível.

Bash olhou para o braço, encolheu os ombros e, em seguida, ignorou os olhares dela como se não fosse fora do comum ter uma tinta viva nadando pelo corpo.

— Elas não se mexiam antes — ressaltou ela.

— Vamos apenas dizer que elas ganham vida nestas praias — respondeu Bash, percebendo sua óbvia admiração.

— Bom, isso certamente esclarece todas as minhas perguntas, obrigada.

— Sempre ansioso por ajudar — disse Bash. — Agora, se você terminou de olhar, tenho uma programação que preciso cumprir.

Virando as costas para ela, ele marchou à frente, os guardas em seus calcanhares incitando-a a segui-lo.

— Estou indo — murmurou.

À medida que a cidade, com seus muitos edifícios de vidro com cúpulas e exuberante vegetação de inúmeros tons de verde, ficava mais nítida a cada passo, Margrete se lembrava das outras lendas que giravam em torno de Azantian. Ou seja, aquelas que falavam dos monstros presos abaixo da ilha. Os filhos malvados do mar. As profundezas estiveram livres deles por séculos, embora os marinheiros ainda se lembrassem de histórias angustiantes de homens enfrentando os mares quando as águas corriam vermelhas de sangue. Ela rezou para que fosse apenas isso — outro mito —, mas estremeceu com o pensamento.

Quando alcançaram a costa arenosa do outro lado da ponte, os músculos de Margrete gritavam, os raios brutais do sol aquecendo cada centímetro dela. Claro, Bash nem estava suando.

Sob o sol que os castigava, o pequeno grupo abandonou a praia e começou a descer uma trilha curva de pedras índigo. Não muito longe da costa ficava uma torre reluzente com um telhado abobadado, a estrutura mais alta da cidade que ela podia ver daquele ângulo. Era larga e circular, feita de vidro cerúleo. Flores amarelas e azuis brilhantes transbordavam de varandas cobertas por trepadeiras que se estendiam em todos os níveis, e algumas tapeçarias bem tecidas amarradas às grades balançavam ao vento.

Além da torre imponente, Margrete só conseguia ter um vislumbre dos telhados coloridos à distância, as pontas das habitações em tons pastel revestidas de prata polida. Era quase demais para absorver de uma vez. Seus olhos voltaram para a trilha, e ela soltou um suspiro involuntário.

Solanthiums alinhavam-se no caminho, flores bulbosas cor de mel que ela só conhecia por causa dos livros. Ela tinha lido que elas estavam extintas há muito tempo. Sem conseguir se conter, Margrete se abaixou e levou um botão ao nariz. Cheirava a damascos frescos.

— Eu faria uma piada sobre parar para cheirar as flores, mas não tenho certeza se você gostaria disso.

Endireitando-se, ela se virou para Bash com uma sobrancelha franzida.

— Eu achava que *Solanthiums* estavam extintas.

Ele a olhou um pouco intrigado.

— Agora elas só podem ser encontradas nesta ilha. Elas são originais daqui. — Com os olhos semicerrados, ele acrescentou: — Nunca imaginaria que a filha do Capitão Wood fosse uma naturalista.

Ela arqueou uma sobrancelha.

— Talvez você não tenha me desvendado como acredita.

Sem mais palavras, ele acenou para um dos guardas atrás dela, mantendo os olhos fixos apenas nela enquanto sussurrava no ouvido do homem. Um momento depois, o guarda correu à frente deles, apressando-se para a torre.

— Vamos continuar — ordenou Bash sem maiores explicações, embora seus olhos tenham se demorado nela por um segundo a mais do que o necessário.

A garota se perguntou o que ele dissera ao guarda, mas não iria questionar.

Margrete voltou a atenção para a torre da qual se aproximavam quando um conjunto de portas em arco se abriu e delas surgiu a mulher mais atraente que já tinha visto. Sua pele brilhava como se estivesse envolvida por um sol próprio, e tranças vermelhas vibrantes caíam em direção aos quadris. Seu ombro tinha a tatuagem de uma intrincada estrela-do-mar fazendo um giro descuidado abaixo da clavícula angulosa.

A beleza da mulher era de tirar o fôlego, e seus olhos eram azuis como safiras — profundos, brilhantes e cheios de astúcia. Abrindo os braços elegantes, ela mirou os olhos em Bash.

Ele se inclinou para abraçar a mulher, os braços dele envolvendo sua cintura delgada. Margrete não tinha certeza de por que uma pontada repentina de aborrecimento surgiu dentro dela, mas ele estava lá, crepitando como uma brasa acesa em uma lareira.

— Shade. — Bash abandonou o ar indiferente como se descartasse um manto. Ele girou a mulher três vezes antes de colocá-la de volta no chão. Ela se afastou, mas apenas o suficiente para olhar em seus olhos.

— Sentiu minha falta? — perguntou.

— Claro — respondeu ele, embora seu sorriso diminuísse nos cantos. — Precisava que você ficasse aqui, no entanto. O que faríamos sem sua mente brilhante?

Shade lançou um olhar para Margrete.

— Bash, por favor, não me diga que você assustou a pobre garota! — ela o repreendeu. Sem esperar pela resposta, ela foi até Margrete. — Xô. — Shade acenou para o guarda se afastar, e ele surpreendentemente obedeceu. Com um sorriso que iluminou seu rosto, Shade envolveu as mãos de Margrete. — Meu nome é Shade. Bem-vinda ao palácio de Azantian. Sou a tesoureira do tribunal, embora tenha muitas outras funções aqui. — Baixando a voz para que apenas Margrete pudesse ouvir, ela disse: — E se algum desses homens lhe causar problemas, venha até mim. Tenho certeza de que tudo isso tem sido assustador, mas saiba que você não será prejudicada. — Ela largou as mãos de Margrete, recuando para o lado de Bash. — Bom, vamos? — Shade perguntou ao grupo.

Margrete pegou Bash lançando um olhar questionador em sua direção antes de ele oferecer o braço a Shade, e o resto dos guardas se posicionou. Ela não tinha certeza como deveria lidar com a mulher ou sua oferta de proteção. De qualquer forma, ela foi mais acolhedora do que Bash jamais fora.

O guarda cutucou Margrete para que seguisse em frente, mas ela hesitou, pensando no quanto deveria resistir. Bash deve ter sentido o olhar pesado em seu pescoço. Ele se virou para encará-la, um aviso silencioso preso em seus olhos.

Tudo bem. Ela bancaria a boazinha. Por enquanto.

Shade e Bash passaram pelo arco impressionante, a centímetros de distância, enquanto cochichavam entre eles. Margrete sabia que provavelmente estavam falando dela.

Com o queixo erguido, ela entrou no palácio, as botas arranhando o piso de mármore polido. Foi sob o teto abobadado de prata salpicado de pérolas que o peso de onde estava desabou sobre ela. *Ela estava em Azantian.* Um mundo totalmente novo para o qual nenhuma história de sua infância poderia tê-la preparado.

Ela não conseguia se livrar da sensação de que nunca mais deixaria aquelas fronteiras.

CAPÍTULO OITO
Margrete

Eles entraram em uma enorme sala do trono, onde uma cadeira tecida de algas marinhas e redes feitas de metal polido se erguia sobre um estrado de mármore. Pequenas joias cobriam os braços do trono, como uma delicada videira de safira e opala. Elas espiralavam para o alto e ao redor dos braços para circundar uma moldura vazia de prata e ouro.

A pele de Margrete zumbiu, sentindo-se compelida a diminuir a distância e dar uma olhada naquele trono de outro mundo. *Tocá-lo*.

Ela deu um passo involuntário para frente, impulsionada por alguma necessidade estranha que não entendia. Foi o som da voz profunda de Bash que interrompeu seu movimento.

— Por aqui — comandou Bash, forçando-a a olhar para ele. Ao se afastar do trono, tudo se aquietou e uma dormência perturbadora substituiu o zumbido que vibrava em sua pele.

Bash a conduziu além do trono com um aceno preguiçoso por cima do ombro. Ela se apressou quando ele entrou em um corredor sinuoso, deixando a estranha sala para trás. Mesmo assim, a sensação de desconforto não se dissipou.

Ela estremeceu com o ar quente, sentindo que era observada, um formigamento que apertava sua garganta. Não conseguiu afastar aquela sensação, nem mesmo quando o corredor chegou ao fim.

A luz do sol afugentou a escuridão do corredor, e Margrete soltou um suspiro involuntário de alívio. Os raios quentes infiltravam-se pelas janelas de vidro colorido ornamentado com desenhos de poderosos animais marinhos e ondas paralisantes lançadas sobre as pedras.

À frente,, havia uma escada em espiral, o metal moldado para se parecer com cordas enroladas. Margrete parou no primeiro degrau, embora Bash já estivesse subindo. Ela colocou a mão no corrimão, mas, assim que sentiu o metal gelado sob a pele, rapidamente a retirou.

Parecia vivo. Como se o metal tivesse reagido ao seu toque.

Ela começou a subir, dizendo a si mesma para manter a calma. Quanto mais longe eles iam, mais seus joelhos tremiam e os degraus sob seus pés balançavam como se ela estivesse a bordo de um navio. Sibilos suaves pareciam ecoar por toda a escada, arrepiando os pelos da parte de trás dos braços dela.

Margrete ficou grata quando Bash chegou no andar desejado, cerca de quatro níveis acima. No momento em que ela entrou no corredor mal iluminado, as vozes desapareceram, embora os arrepios ainda espinhassem sua carne, e ela não conseguia evitar a sensação de que as paredes observavam cada inalação vacilante que dava.

No final do corredor havia uma única porta com espirais de prata e ouro gravadas no revestimento de metal, com um guarda a postos. Sem dúvida, estava sendo conduzida para sua cela. O lugar em que ela seria mantida até que entendessem que seu pai nunca trocaria nada de valor por ela. O que fariam com ela, então?

A cerca de três metros, Margrete percebeu que a porta se movia.

Não. Quanto mais perto eles chegavam, mais ela percebia que não se tratava de uma porta. Era uma nuvem escura. Uma nuvem presa dentro de uma moldura de esterlina ornamentada. Ela parou alguns metros atrás de Bash e Shade, sem saber se podia acreditar no que via.

Ela deu um passo para trás, as mãos em punhos nas laterais do corpo, sem saber o que poderia fazer para evitar aquilo. Um guarda estava atrás dela, e, mesmo se ela, de alguma forma, conseguisse passar por ele e descesse correndo as escadas, ele a pegaria em um instante.

— Eu... eu não vou entrar aí. — Foi tudo o que ela conseguiu pensar para dizer.

Bash enrijeceu e um suspiro irritado deixou seus lábios.

— Ah, mas veja só, você vai. — A tatuagem de tubarão em seu braço contraiu a cauda como um aviso e, em seguida, fechou a mandíbula mortal. Bash olhou para a besta tatuada com uma sobrancelha erguida, depois voltou os olhos para Margrete. — Você está convidada para o jantar, é claro — acrescentou ele, com a voz menos severa. — Vou mandar alguém te buscar mais tarde.

Bash ergueu a mão, pressionando a palma contra a barreira, e a fumaça se espalhou ao seu toque.

Margrete abriu a boca para argumentar uma última vez, mas foi empurrada de forma descuidada e atirada para o desconhecido.

A cela não era o que ela estava esperando.

Assim como *nada* até aquele momento tinha sido o que Margrete poderia ter imaginado, o quarto para o qual ela foi bruscamente empurrada não parecia uma gaiola.

Cortinas de puro azul esvoaçavam ao redor de uma enorme cama revestida em tons de cinza e prata, o colchão apoiado sobre uma plataforma de aço. Um armário de ônix era a única outra peça de mobília, salpicado de pérolas e adornado com alças de prata. Mas foram as paredes que roubaram a atenção de Margrete. Elas foram esculpidas com representações dos filhos poderosos do mar — todos os seres monstruosos que fariam até o mais corajoso dos marinheiros tremer. Ela passou o dedo pela imagem do que parecia ser uma criatura metade mulher, metade peixe. Garras compridas saíam dos dedos enegrecidos e seus olhos eram um tom mais escuro do que uma noite sem nuvens.

Uma nymera.

Margrete sabia por histórias que as nymeras eram as mais temidas de todas as crianças do mar. Elas eram astutas e desleais; podiam sugar a alma de suas vítimas com uma única inspiração.

Ela baixou a mão e se dirigiu para a porta — ou, melhor, o *portal*. Ela respirou fundo antes de alcançar a fumaça rodopiante, sua pele formigando antecipadamente. Mas, em vez de uma névoa fina fazendo cócegas em sua mão, seus dedos colidiram com uma barreira de vidro resfriado.

Margrete soltou um suspiro frustrado e baixou o braço. Aquela saída certamente não era uma rota de fuga viável. Ela teria que encontrar outra. Cada palácio ou fortaleza as tinha — a entrada de serviçais na fortaleza do seu pai, por exemplo, era a menos protegida.

Como não havia muito para explorar em seus aposentos estéreis, Margrete caminhou até o conjunto de portas duplas que levavam a uma varanda coberta. Ela movimentou o cabo de madrepérola para baixo.

Destrancada.

Que surpresa agradável.

A brisa se intensificou quando ela agarrou o corrimão e espiou pela lateral da varanda em direção aos penhascos irregulares logo abaixo. Aquela não seria uma queda aceitável.

— Tudo atendendo às suas necessidades?

Ela se virou. Um homem de ombros largos com pele negra e cabelo da cor da meia-noite estava em posição de sentido perto da porta. Ela observou seus olhos, que eram de um tom impressionante de jade, um tom suave, gentil e totalmente calmante. Ele usava calças brilhantes tingidas de verde-alga e uma camisa de linho com botões de pérola frouxamente enfiada na cintura. Uma tatuagem de dente de tubarão marcava a parte inferior do antebraço, a criatura surgindo sob suas mangas arregaçadas. Tudo o que ela viu foram duas nadadeiras peitorais e uma mandíbula aberta cheia de dentes afiados.

O homem era lindo, como todos ali pareciam ser.

— Eu sou Adrian, o comandante de Bash — disse ele. — Ele me enviou para verificar como você está.

— Entendo — respondeu ela friamente.

Verificar como ela está. Claro. O inesperado foi que ele designou um oficial de alto escalão para fazer isso.

Margrete avaliou seu mais recente guardião, na esperança de encontrar algo desagradável nele, mas seu sorriso era genuíno e sua postura, mesmo atenta, era inofensiva e serena.

— Eu sou Margrete, mas tenho certeza de que você já sabia disso. — Ela ergueu o queixo. — O que vai acontecer agora? — Ela não estava com vontade de jogar.

Adrian caminhou até a grade, seus movimentos tranquilos e fáceis.

— Agora, esperamos.

— Presumo que estejamos *esperando* pelo meu pai. Que ele devolva qualquer joia ou tesouro precioso que roubou?

Tinha que ser algo de imenso valor para Bash ir tão longe.

Adrian franziu a testa.

— Bash não disse mais nada para você? — perguntou ele, como se estivesse surpreso.

— Ele deveria? — respondeu ela. — Provavelmente estava muito ocupado sorrindo cheio de malícia para seu próprio reflexo.

Adrian sufocou uma risada, limpando a garganta enquanto seus olhos riam.

— Isso parece muito com ele mesmo. — Ele balançou a cabeça, um sorriso florescendo. — Vou falar com ele esta noite.

Sua mandíbula apertou, um leve sinal de que algo estava errado.

— Talvez amanhã eu possa levar você para um passeio pela cidade. Tenho certeza de que Bash não vai achar ruim você tomar um pouco de ar fresco.

Margrete assentiu, mas esperava que, quando o sol nascesse no dia seguinte, ela já tivesse partido há muito.

Adrian fez uma reverência.

— Estarei lá fora se precisar de alguma coisa. E... — Ele olhou de um lado a outro para ter certeza de que ninguém poderia ouvi-lo. — Não se incomode tanto com Bash. Ele não é tão horrível quanto faz parecer.

Com isso, Adrian se aproximou do portal, ergueu a palma da mão e afastou a névoa para as bordas. Ele passou e as nuvens giraram caoticamente antes de voltarem ao lugar. Margrete se perguntou como aquilo funcionava — a porta. Como ela diferenciava uma pessoa da outra. Mais um mistério em uma ilha cheia de segredos.

Com um suspiro de derrota, ela viu os títulos dos livros empilhados ordenadamente em cima da cômoda.

Armamento e defesa

Inimigos de Azantian

Mortais e humanos: Um guia para uma espécie frágil

Um quarto livro chamou sua atenção. Um que estava visivelmente deslocado, descansando entre os outros.

Flora das Ilhas Ocidentais

Ela traçou com os dedos a delicada lombada, sua mente voltando para Bash e a conversa ao lado das *Solanthiums*. Bash cochichou com um guarda e o mandou correndo para o palácio. Ele comprou este livro para ela depois que ela expressou seu interesse? Era muita coincidência para passar despercebida, mas Margrete não conseguia imaginar que o pirata se importasse a ponto de adquirir tal coisa para agradá-la.

Ali estava ela, aprisionada em uma ilha que não deveria existir, lidando com um homem insuportável que alegava não ser humano, e ainda testemunhando magia com seus próprios olhos — mesmo que a magia fosse feita para aprisioná-la dentro daquele aposento.

Mitos. Imortais. Azantian.

Os livros encadernados com couro da biblioteca de seu pai afirmavam que houve um tempo em que os humanos foram abençoados com dons sobrenaturais. Alguns tinham visões do que estava por vir e outros podiam mergulhar nas mentes ou manipular pequenos objetos.

Claro, havia outras histórias também, aquelas em que humanos participavam das artes proibidas de magia das trevas. O tipo que exigia morte, sacrifício e sangue.

Mas essas histórias eram datadas de séculos atrás, e nenhum relato de magia havia sido escrito na história recente. Tudo o que Margrete tinha ouvido falar dessas coisas eram boatos, nada mais do que fofocas mesquinhas. As pessoas adoravam uma boa história em Prias e nas ilhas vizinhas. Adicionava tempero a uma existência monótona. Mesmo assim, Margrete achou difícil ignorar a prova de magia bem diante dos seus olhos. Uma ilha inteira cheia de mitos. Uma ilha cheia de um povo lindo e misterioso.

Abandonando os pesados tomos, Margrete esquadrinhou os arredores estranhos com um olhar aguçado. Ela precisava encontrar uma arma, qualquer coisa com uma extremidade pontiaguda que ela pudesse usar se fosse pega escapando. Certamente não iria ficar esperando para descobrir o que aconteceria com ela quando seu pai não pagasse o resgate.

Sua primeira tarefa consistiu em vasculhar o armário e cavar entre as pilhas de camisas e calças dobradas. Nada. Até mesmo o banheiro era desprovido de espelhos e frascos de vidro com sabonetes e loções. Bash previu claramente que ela poderia usar um caco de vidro como arma. Ele estava certo.

Margrete ficou animada quando descobriu um espelho de corpo inteiro aninhado em um canto, mas, mesmo depois de chutá-lo e jogá-lo contra o chão de pedra, a maldita coisa não se estilhaçou.

Ela o colocou de volta no lugar com um grunhido. Do que quer que fosse feito, não era vidro normal. Ou, pelo menos, um tipo que não se quebrava com facilidade.

Ela explorou cada fenda até que o sol começou a baixar no céu, o crepúsculo lançando o quarto em uma névoa sinistra. Não havia nada que ela pudesse usar, e o portal estava fora de questão. Isso só lhe deixou uma opção, uma que ela não gostou muito.

A varanda.

As águas estavam calmas logo abaixo, mas além das praias externas de ouro, além das pontes em arco, as ondas estavam agitadas e ansiosas. Fechando os olhos, ela permitiu que seu espírito vagasse, apenas momentaneamente, e se imaginou mergulhando da varanda e deslizando na brisa. Ela se imaginou como um pássaro, asas estendidas, penas estremecendo enquanto ela se curvava para as águas.

O mar a atraía para mais perto, incitando Margrete a explorá-lo.

Estou aqui, pequenina, o oceano falou. *Não tema*. As cristas de água-marinha se estenderam como se para agarrá-la, sussurrando um nome repetidamente. *Shana*, cantou, respirando o nome com reverência. *Shana*.

Ela abriu os olhos e seu corpo estremeceu como se ela estivesse caindo. O momento tranquilo passou, fora apenas um breve adiamento da realidade, mas aqueles sussurros permaneciam em seu coração. Mesmo que ela não pudesse ouvi-los com os ouvidos.

Talvez a pancada na cabeça no dia anterior em Prias tenha sido mais forte do que acreditava. Margrete se ergueu na ponta dos pés para espiar por cima da grade.

Outra sacada, quase idêntica à dela, ficava diretamente sob seus pés. Se retorcendo ainda mais, ela descobriu que uma saliência grossa a separava de um amplo terraço que envolvia o palácio.

Uma saliência larga o suficiente para escalar.

Se ela conseguisse chegar à saliência logo abaixo, à varanda e, em seguida, passar pelas portas duplas, poderia ter uma chance de sair dali. Se elas estivessem trancadas... Bom, era uma possibilidade com a qual teria de lidar quando chegasse a hora.

E estava disposta a descobrir naquela noite mesmo, pensou, memorizando cada linha e curva da saliência. O problema seria chegar à varanda de baixo enquanto se pendurava no ar centenas de metros acima dos penhascos. Embora ela tivesse orado por uma vida mais emocionante em Prias, escalar edifícios não era o que ela tinha em mente.

Margrete passou o tempo explorando sua suíte. Não havia muito o que fazer até que ela pudesse executar seu plano e, em vez de chafurdar na autopiedade, ela se concentrou nas lendas vivas que decoravam as paredes de sua bela jaula. Ela as estudou por horas, traçando com os dedos as ranhuras suaves, memorizando as imagens misteriosas com as mãos.

Quando o sol começou a se aproximar lentamente do mar, ela voltou para a varanda. Embora as águas normalmente acalmassem seus nervos, vê-las não a confortou. A hora do jantar estava se aproximando, e Bash disse que mandaria alguém para buscá-la. Embora ela não quisesse passar mais tempo com aqueles estranhos, estava incrivelmente faminta, e seu estômago roncou, concordando.

Ao voltar para o quarto, seus olhos pousaram na cômoda finamente trabalhada com palmeiras e manguezais detalhados nas bordas. Com um suspiro, ela tirou as calças emprestadas e a camisa esvoaçante e as dobrou cuidadosamente em uma poltrona branca. Em vez dos vestidos finos pendurados no armário, ela escolheu outro par de calças e uma blusa de seda esvoaçante.

Girando para o espelho de corpo inteiro, ela viu seu reflexo pela segunda vez em dois dias. Na primeira vez, ela era um anjo ansioso e casto, toda envolvida em renda e falsa pureza, mas a gola alta do seu vestido de noiva a fazia se sentir presa, contraída. Sufocada.

Agora ela mal se reconhecia — não que fosse necessariamente uma coisa ruim.

Margrete respirou fundo, tentando se acalmar, mas acabou soltando um grito sufocado. Atrás do reflexo estava um homem.

E ele tinha várias lâminas afiadas presas ao cinto.

A GAROTA QUE PERTENCIA AO MAR

CAPÍTULO NOVE
Margrete

— *Eu* teria batido, mas, bom, aquilo não é bem uma porta.

Margrete se virou. Um loiro ágil estava em posição de sentido, e embora mais baixo em estatura, ele era bastante musculoso, sugerindo que era mais mortal do que parecia.

— Quem é você? — perguntou ela, o coração batendo forte.

O homem se aproximou com passos lentos. Ele ergueu as mãos em uma demonstração de paz.

— Bash está... ocupado no momento — disse. — Então, estou aqui para te levar até a sala de jantar. — Sua voz tinha uma cadência calmante, leve e cheia de calor. — Desculpe se te assustei.

— E você é...? — Ela recuperou o fôlego enquanto observava suas muitas armas.

— Claro, que rude da minha parte. — Ele soltou um suspiro agudo, seus lábios se torcendo em um sorriso tímido. — Meu nome é Bay. Sou eu quem treina a lamentável turma que mandam para a guarda antes de eu transformá-los em soldados. — Ele fez uma ligeira reverência. — E pode ser que você tenha conhecido meu namorado. Alto, negro, bonito. Um pouco sério.

O guarda com um sorriso gentil.

— Adrian?

— Ele mesmo. — Ele piscou. — Agora, vamos. Estou morrendo de fome e você parece estar precisando de uma refeição.

Ela *estava* morrendo de fome e Bay parecia bastante amigável. Então, quando ele ofereceu o braço, ela aceitou, pensando em colocar um pouco de comida em sua barriga. Quando foi a última vez que ela tinha se alimentado?

Bay apertou a mão dela, o que ela presumiu ser um aperto reconfortante, enquanto eles atravessavam o portal e saíam para o corredor.

— Tenho que admitir, estava bastante animado para te conhecer — disse ele. — Não que eu inveje sua situação, mas qualquer novo rosto em nossa ilha é uma raridade.

Margrete não sabia como responder, então não o fez. Bay continuou falando, sem se intimidar.

— Você é quieta, não é? Bash te descreveu como se você fosse algum tipo de diabinho.

Isso fez seus lábios se curvarem. O pensamento de que ela poderia ter perturbado o pirata trouxe-lhe uma pequena quantidade de satisfação.

— Mas também — prosseguiu Bay —, Bash não é a pessoa mais fácil de se conviver, e primeiras impressões não são seu forte.

Bom, eles poderiam concordar quanto a isso.

— No entanto, de alguma maneira, ele cresce na gente. Muito parecido com bolor. — Bay riu, satisfeito com sua própria piada.

Margrete não conseguiu esconder o sorriso enquanto percorriam as escadas, seu companheiro contando o que seria servido no jantar. A escada espiralou e, na segunda curva descendente, o sangue de Margrete correu para seus ouvidos, sua pele ficando escorregadia e úmida. A sensação a atingiu como uma onda, e ela teria tropeçado se não fosse por Bay, que a segurava pelo braço.

Encontre-me, uma voz sibilou do nada e de todos os lugares ao mesmo tempo. Uma voz que pingava como mel. Cheia, sedutora e doentiamente doce. Parecia familiar, e ela se lembrou do pesadelo que teve a bordo do *Phaedra*, com a voz que sussurrava "Logo" em seu ouvido.

Ela estremeceu.

— Você está bem? — perguntou Bay. Eles haviam chegado ao andar térreo, onde um lustre amplo com centenas de velas iluminava a grande entrada do palácio.

— Sim. Estou bem. — Ela mentiu com facilidade, mas sua pele formigou, seu peito se contraiu e seus pensamentos se entrelaçaram ao timbre sinistro daquela nova voz.

— Tem certeza? Você está muito pálida.

— Tem algum lugar... — Ela procurou ao redor do corredor enquanto a bile subia pela garganta. Ela ia vomitar.

— Ah, sim, claro! — Bay pareceu entender sua situação. Guiando-a por um corredor fora da entrada principal, ele a conduziu a um pequeno lavabo. — Eu vou... vou ficar aqui fora. — Suas bochechas estavam vermelhas, seu rosto contraído de preocupação, mas ele misericordiosamente fechou a porta e permitiu a ela um pouco de privacidade.

Margrete chegou à pia antes de vomitar, seu estômago vazio protestando enquanto ela ofegava por ar. Agarrando a porcelana fria, ela desejou que sua respiração se acalmasse.

Mais perto, a voz atípica sussurrou, e ela fracamente ergueu a cabeça para olhar para o espelho manchado. A pele ainda estava pálida e úmida, mas a náusea estava diminuindo. Ela se virou, seu olhar instantaneamente atraído para o que ela não havia visto quando entrou correndo.

Uma maldita janela.

Margrete sorriu, enxugando o suor que cobria sua testa. Bay a levou para um cômodo onde estava sozinha e uma janela destrancada balançava a liberdade diante dos seus olhos.

Ela não hesitou.

Abrindo as venezianas, ela inalou o ar fresco da noite, deslizando avidamente uma das pernas calçadas com botas sobre o peitoril, seguida pela outra. Ela caiu de pé. Juncos lamberam suas panturrilhas e arranharam as pontas dos dedos enquanto ela corria por um jardim de arbustos selvagens. A lua projetou o mundo em um brilho de marfim, destacando a abundância de flores coloridas e árvores verdes exuberantes. Uma pequena fonte gotejava em algum lugar ao longe.

Seu coração batia forte, mas a adrenalina abastecia seus membros.

O jardim circundava o palácio, blocos de pedras cinzentas em torno do recinto verdejante. Se ela não estivesse correndo para salvar sua vida, teria se dado tempo para estudar as muitas plantas e flores que nunca tinha visto na natureza. Mas ela não diminuiu o ritmo nem por um segundo, desviando de vasos transbordando e evitando as videiras que pendiam dos galhos das árvores. Quando ela dobrou a curva do palácio, viu um portão, suas bordas esculpidas com espirais e voltas extravagantes.

Tão perto.

Espiando além do portão e da cobertura que ele proporcionava, Margrete notou dois guardas circulando de costas para ela. Um dos homens conversava com uma mulher, que passou as mãos por todo o comprimento do braço dele, com um sorriso recatado nos lábios. Quando o homem se abaixou para sussurrar no ouvido da mulher, Margrete se moveu.

Ela deslizou pelo portão e virou na direção oposta aos guardas e sua companheira, deslizando para a escuridão com passos silenciosos. Não estava claro o suficiente para admirar completamente os edifícios de vidro marinho da ilha ou imaginar como o mercado vazio naquele momento deveria ficar agitado com o barulho, mas, mesmo na penumbra silenciosa, era impressionante.

Embora atenuada, a cor estava em toda parte: os postes ostentavam tecidos entrelaçados e fitas tingidas de todos os tons que balançavam a cada rajada de vento. Havia uma qualidade extravagante naquela área — desde as janelas em arco das casas até os vasos pintados de maneira excêntrica que enfeitavam a rua, todos repletos de flores silvestres.

O coração de Margrete batia forte e ela diminuiu o ritmo para tentar parecer casual caso outros guardas se aproximassem. Mas a pele encharcada de suor e os passos nervosos não eram fáceis de disfarçar.

O caminho sinuoso curvou-se abruptamente para a esquerda e, embora ela devesse ter sido mais furtiva, o nervosismo a dominou. Ela fez o máximo para não correr.

Margrete virou na rua...

Apenas para colidir com uma figura envolta em sombras.

Ela parou de súbito, instintivamente cerrando as mãos com força.

— Você não deveria estar aqui sozinha. — O homem entrou na luz, o luar fluindo através dos planos do rosto redondo. Com barba grisalha e rugas marcando os olhos, ele quase parecia acolhedor.

— E-eu não sei o que você quer dizer. — Ela tentou contornar o corpo maciço, mas ele acompanhava cada movimento que ela fazia.

A rua era muito mais estreita que as outras, com muros altos dos dois lados. O estranho ficou diretamente em seu caminho.

— Eu sei exatamente quem você é, e sei que você não deveria estar aqui por conta própria. — Ele soltou um suspiro pesado, esfregando a têmpora. — Você não conhece a ilha, e tem pessoas aqui que não são o que parecem. Pessoas que odeiam seu pai e que desejam ver sua filha morta.

Suas palavras pareciam sinceras — preocupadas, até —, mas Margrete ainda olhava para a rua mal iluminada procurando em vão por algo que a livrasse da atenção daquele homem. Assim que ela reuniu coragem para fugir, ele a segurou pelo pulso com a mão carnuda.

— Temos muito o que conversar, Margrete. — Ele baixou a cabeça para sussurrar em seu ouvido. — Se estou certo sobre você, então você tem muito mais com que se preocupar do que Bash. Ou seu pai, para falar a verdade. — Seus dedos pressionaram o pulso dela quase dolorosamente.

— Do que você está falando? Do que mais eu devo ter medo? — Seu pai era uma preocupação suficiente para atormentá-la, e Bash... Bom, ele estava interessado em usá-la para seus próprios propósitos.

O homem estalou a língua e balançou a cabeça como se tivesse pena dela.

— Você não tem a menor ideia do que a espera. Embora logo vá descobrir — avisou, olhando-a com feroz interesse. A pele de Margrete queimava sob seu olhar inquisidor; seus olhos eram de um tom coral de tirar o fôlego.

Ela queria indagar o que ele esperava de uma mulher que nunca tinha visto antes, mas, em vez disso, perguntou:

— Quem é você? — Quanto mais ela olhava em seus olhos surpreendentes, mais se sentia como se estivesse caindo, deslizando para uma lembrança que não era dela.

— Nunca me importei com nomes ou títulos, pois muitas vezes são irrelevantes no grande esquema das coisas, mas suponho que você possa me chamar de...

— Ortum!

O grito veio de trás deles. Margrete se virou, os dedos do homem ainda apertando seu pulso. Caminhando pelo jardim vinha um Bash muito zangado e o soldado de olhos azuis que ela enganou, que o seguia de perto. A cabeça de Bay estava baixa enquanto se apressava em acompanhá-lo, e Margrete quase se sentiu culpada por tê-lo enganado.

— Você a encontrou. — Bash se aproximou do homem, Ortum, como ele o chamara. Os olhos do pirata se estreitaram até parecerem fendas, seu cabelo rebelde parecendo como se ele tivesse passado a mão nele muitas vezes.

— Sim, meu rei. — Ortum fez uma reverência profunda.

Meu rei.

Os olhos de Margrete piscaram para Bash, surpresos, as palavras de Ortum se repetindo em um *looping* tortuoso em seus pensamentos.

Rei. Bash era o *rei*.

De Azantian.

Ela presumiu que ele era algum lorde ou capitão influente como seu pai, mas, em vez disso, o homem que a sequestrou era o governante de uma ilha de magia ancestral. De lenda. E ele estava olhando para ela agora como se quisesse estrangulá-la.

— Você parece perita em me surpreender — disse ele, sua voz mais baixa do que ela já tinha ouvido antes. Mortal. Perigoso.

— Eu disse para você não supor nada sobre mim. — As palavras voaram dos seus lábios antes que ela pudesse detê-las. Não que ela quisesse. Margrete certamente não se arrependera de ter tentado fugir. Caramba, ela faria tudo de novo. Ela nunca foi boa em ficar quieta e aceitar uma derrota.

Bash se deleitou com sua carranca, parecendo saboreá-la como um bom vinho. Ela o desafiava e, a julgar pelo olhar fascinado, era algo com que ele não estava acostumado.

— Você é mais atrevida do que eu imaginava. — Ele a tirou das mãos de Ortum e envolveu os dedos em torno do pulso de Margrete com as pontas calosas de dedos ásperos. — Eis um erro que não cometerei novamente, princesa.

Margrete inclinou a cabeça e encontrou seu olhar, silenciosamente retransmitindo todas as palavras que mantinha presas. Bash a tinha subestimado e o faria de novo. Margrete tinha certeza disso.

— Leve-a de volta para os aposentos — ordenou ele, seus olhos nunca deixando os dela. Os homens o contornaram, saindo das sombras para se posicionar de ambos os lados dela. — Certifique-se de que dois homens fiquem de guarda na entrada do quarto. Aparentemente, a Srta. Wood é mais esperta do que parece.

Ele a soltou, então abriu e fechou a mão, sacudindo os dedos como se quisesse livrar-se da sensação de tocá-la. Com um último olhar, ameaçando-a de desafiá-lo, ele deu meia-volta e saiu pelo jardim.

Os guardas agarraram os braços de Margrete e a arrastaram para longe de Ortum, que estava quase esquecido no escuro. O homem permanecera quieto durante toda aquela conversa, mas, pouco antes de Margrete ser conduzida, ele prometeu:

— Nos encontraremos novamente... Logo.

Ela olhou por cima do ombro; aquela promessa arrepiou os cabelos da sua nuca, mas Ortum havia sumido. Na ausência dele, ela sentiu uma forte sensação de pavor invadir seu peito.

Ela precisava dar o fora daquela ilha.

A GAROTA QUE PERTENCIA AO MAR

CAPÍTULO DEZ
Margrete

No dia seguinte, ninguém apareceu para buscar Margrete para o café da manhã, mas isso não a surpreendeu. Dois homens estavam de guarda do lado de fora da sua porta desde a noite anterior, um lembrete de que tentar fugir era inútil.

Na noite anterior, a exaustão a impedira de considerar a varanda e sua chance de fuga. Apenas deitou-se na cama e não a deixou até pouco depois do nascer do sol, quando um criado lhe serviu um prato de frutas e queijos. O garoto colocou a bandeja na cama de Margrete e, em seguida, entregou-lhe um pequeno pedaço de pergaminho dobrado antes de deixá-la sozinha novamente.

Ela abriu o bilhete e encontrou algumas linhas traçadas em letras elegantes.

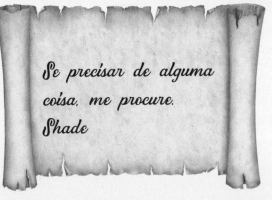

Se precisar de alguma coisa, me procure.
Shade

Margrete estudou o bilhete, meio querendo amassá-lo e meio emocionada porque, pelo menos, uma pessoa parecia se importar com a prisioneira trancada na torre. Mas como ela deveria fazer para contatar Shade e avisar se ela precisasse de ajuda?

Quando terminou de comer, ficou andando de um lado para o outro no quarto, rezando para que alguém fosse buscá-la e explicasse o porquê de tudo aquilo. *Qualquer coisa* mesmo. Ela precisava *sair*. Uma hora se passou, depois outra, e outra, deixando Margrete louca.

Ela foi até o portal e olhou através da névoa densa na esperança de distinguir os sentinelas que ela sabia que estavam flanqueando a porta.

— Por quanto tempo ele vai me manter aqui? — gritou com a voz áspera, mas nenhuma resposta veio.

Frustrada, Margrete gemeu e desabou na cama, contendo as lágrimas que apertaram sua garganta. Ela sentia falta de Birdie e estava preocupada com a irmã. Se ao menos tivessem chegado a Cartus, estariam juntas agora. Deuses, ela não conseguia acreditar que realmente *desejava* ter se casado com o conde bonito. Em vez disso, tinha sido roubada por um rei pirata.

Ela se sentou e voltou a atenção para a pilha de livros que havia sido deixada para ela. Talvez aquelas páginas tivessem alguma informação que ela pudesse usar. Margrete se arrastou para fora da cama, colocou os livros debaixo do braço e os carregou para a varanda. Sentada na cadeira solitária, ela pegou o primeiro.

Inimigos de Azantian.

Era grosso, pesava muito em seu colo, a capa de couro gasta com o tempo. Ela abriu na primeira página.

Um mapa da ilha retribuiu o olhar. Metade da ilustração estava coberta por respingos do que parecia ser tinta, mas ainda havia o suficiente do mapa visível para que percebesse o quão grande era Azantian. Uma risada delirante borbulhou da sua garganta. Bash não confiava nela, e deixar aquela informação em suas mãos era um erro do qual ele poderia se arrepender.

Ela apontou para o que devia ser o palácio. O brasão de Azantian, uma lua crescente e uma estrela, estava desenhado logo acima do edifício alto. Sua localização era o lado sul da ilha, e a maioria das casas e mercados estavam concentrados ao redor da fortaleza. Ela examinou o mapa e notou alguns assentamentos cercados por árvores densas espalhados mais para o interior, a pelo menos um dia de viagem de distância.

Ela não encontrou nada de útil folhando o restante do livro, já que a maior parte do texto era dedicada à arte da guerra e do combate. Antes de colocá-lo de lado, ela arrancou o mapa, dobrou-o cuidadosamente em um quadrado e o enfiou no bolso. Ela poderia encontrar um uso para ele mais tarde.

O próximo livro era uma história compilada dos reinos mortais, e embora se lembrasse bem do que havia estudado, ela folheou as páginas até encontrar uma das suas histórias favoritas.

A lendária história de Madius e os Portões de Haldion.

Localizada do outro lado do mar e aninhada na costa de Vlesa, Haldion era uma parada habitual para comerciantes que negociavam mercadorias e especiarias, uma cidade de mercados animados repletos de viajantes e mercadores ricos. De acordo com a história, certa vez, um navio com centenas de almas perdidas — refugiados que fugiam da guerra em busca de uma vida melhor — chegou aos portões de Haldion. O rei ignorante rejeitou o navio, alegando que sua cidade não tinha espaço para abrigar tantas pessoas. Na verdade, o rei não queria que os refugiados empobrecidos poluíssem suas terras, e ele certamente não desejava desperdiçar suprimentos e esforços com o que ele considerava um povo sem esperança.

Na segunda noite, o navio, desobediente, atracou, e um religioso viajando entre os refugiados cumprimentou o rei. Ele foi descrito como gigante, sobrenatural e cruelmente belo.

Ele deu ao rei duas opções. Ele poderia abrir os portões e deixá-los entrar ou recusar. No entanto, se ele se recusasse, um grande apuro se abateria sobre Madius e seu povo — uma doença propagada pela ganância.

O rei zombou, sem acreditar em uma ameaça tão grande feita por um homem aparentemente humilde e desesperado. Então, os portões foram fechados e trancados.

Quando o segundo dia se transformou no terceiro, o sol nasceu em uma maré carmesim. Assim como o religioso havia avisado, a morte chegou na casa do rei. Ela se espalhou por meio da troca de moedas e objetos de valor. Saltou de mão em mão, o tilintar da prata dobrando as perdas.

Morte por ganância.

A lenda ainda diz que, quando a cidade foi destruída, e uma vez que todas as mulheres, homens e crianças ficaram imóveis e frios em suas camas, as pessoas a bordo do navio ultrapassaram os portões. Elas se estabeleceram na terra de Haldion, fazendo seu lar sobre os corpos das vítimas. Não se sabe o paradeiro do infame religioso, mas ele desapareceu logo depois, sumindo nas ondas.

Na página seguinte, havia uma ilustração detalhada dos portões de Haldion abertos e os refugiados entrando. A imagem mostrava um homem em trajes escuros diante deles, o rosto obscurecido e as mãos levantadas para o céu. Margrete apertou os olhos para observar melhor e notou o brilho de uma aliança de ouro em sua mão direita. Uma pontada de familiaridade a atingiu ao vê-lo, mas ela fechou o livro com um gemido. Era apenas um mito, porém, certamente, seria útil ter a ajuda do religioso naquele momento.

Com a esperança cada vez menor, ela passou para o próximo livro, a coleção de várias plantas e ervas das ilhas ocidentais. Ela se lembrou da expressão atordoada de Bash quando ela demonstrou o interesse por botânica. O pirata provavelmente achava que ela era uma pessoa vazia. Ela sorriu diante da perspectiva de tê-lo pegado desprevenido.

Margrete passou o resto do dia folheando as páginas, guardando na memória as muitas plantas com as quais não estava familiarizada. Algumas se destacaram, embora ela ainda não as tivesse visto pessoalmente. Quando por fim não conseguia mais se concentrar nas palavras, ela se perdeu na vista do mar e do horizonte infinito sempre fora de alcance.

Naquela noite, sob a cobertura da escuridão, ela faria outra tentativa de deixar aquele lugar.

Ela colocou o livro de lado e caminhou até a grade para espiar pela lateral do palácio. A varanda logo abaixo, aquela ligada ao terraço e com portas duplas, acenava. Ela notou que a sala estivera silenciosa o dia todo. Talvez fosse uma biblioteca ou estúdio pouco utilizado.

Margrete estava medindo a distância entre sua varanda e a saliência quando uma voz familiar clareou o ar.

— Preparando-se para pular?

Margrete se assustou quando a voz intensa flutuou das profundezas do quarto e saiu para o calor ameno. Ela encarou o rei de Azantian, e as bochechas dela esquentaram com o flagra.

— Eu sou ousada, mas não louca. — Margrete endireitou a coluna e segurou a grade sem fazer força. Ela estava grata por sua voz nunca vacilar.

Bash se aproximou vagarosamente, o crepúsculo pintando seu rosto de um rubor rosado. Vestido com calças finas cor de ônix e uma camisa no mesmo tom com os botões superiores descuidadamente abertos, ele era a imagem de um rei libertino e ladino.

— Não tenho mais certeza do que esperar de você, então desculpe minhas suposições.

— Suposições podem ser perigosas. Você se lembra da noite passada com clareza suficiente?

Ele deu um passo para mais perto e o pulso dela acelerou.

— Eu ficaria impressionado se o mundo não estivesse em jogo — disse.

A brisa aumentou, soprando as mechas acobreadas em sua testa. Tão perto, ela podia ver a cicatriz fina passando por sua sobrancelha direita, a luz arremessando um brilho quase perolado.

— Que tal você me dizer o que procura, e assim talvez, *talvez*, eu tente ficar parada?

O perfume masculino de fumaça e mar a envolveu como uma capa, cada inalação dela preenchida por ele. Ela fez menção de recuar, mas apenas pressionou a grade ainda mais.

— Estou surpreso que seu pai nunca tenha contado — respondeu com uma acusação evidente no tom de voz.

Margrete não revirou os olhos.

— Pelo jeito, pulamos o tópico em nossas muitas conversas sinceras — retrucou.

Ela achou que o rei responderia com um comentário cortante, mas, em vez disso, seus lábios se curvaram em uma carranca.

— De qualquer forma, por insistência do meu conselheiro, vim buscá-la para jantar. Está com fome? Ou prefere que eu a deixe morrer de fome? — Ele estendeu o braço. — A escolha é sua, princesa.

Ela soltou um suspiro de frustração e, após um longo momento de deliberação, entrelaçou seu braço com o dele e, em silêncio, deixou que o rei a conduzisse para fora do quarto. Ela precisava comer. E precisava de todas as suas forças para as próximas horas. Além disso, tendo vivido com seu pai, ela reconheceu o tom insensível do rei, o perigo espreitando por trás de cada sílaba. Aos olhos dele, ela era uma inimiga.

Se ele soubesse que eles compartilhavam um inimigo comum...

O silêncio foi ensurdecedor durante a descida — apenas o barulho das botas batendo na pedra preenchendo as lacunas desconfortáveis. A ausência de conversa não era necessariamente uma coisa ruim, já que ela e Bash não eram exatamente *aliados*, mas Margrete não conseguiu se segurar, pois havia algo que queria saber desde o momento em que acordou no navio.

— *Como* meu pai entrou em contato com algo tão precioso a ponto de você sequestrar a filha dele? Não era para Azantian, como afirmam as crônicas tradicionais, estar escondida do reino mortal? E estando escondida, como ele conseguiu encontrá-la e escapar das suas forças?

Não fazia sentido. Margrete sabia que estava faltando uma peça maior no quebra-cabeça.

A pergunta fez Bash parar, uma bota pairando sobre um degrau.

Ele soltou um suspiro pesado antes de se virar, esfregando a nuca.

— Seu pai roubou algo vital para a ilha, algo que ele *não deveria* ter conseguido, mas o fez. Tudo o que direi é que o capitão usou sua astúcia para enganar um homem muito poderoso. — Ele apertou o corrimão até os nós dos dedos ficarem brancos. — Agora, só queremos o que é nosso de volta. Queremos o que é nosso por direito. O que ele mentiu e matou para levar. — Uma nova tatuagem deslizou nas costas da sua mão, uma lula com tentáculos finos. Ela girou em um círculo apertado antes de uma nuvem de tinta se espalhar pela pele de Bash.

Margrete mordeu o lábio, pensando, fazendo o possível para ignorar as criaturas inacreditáveis que se movimentavam pelo corpo dele, as obras de arte que ela secretamente desejava explorar.

— Mas *o que* ele roubou? — Ela imaginou que ele responderia a pergunta, já que estava mais aberto, mesmo que apenas ligeiramente.

Dinheiro? O capitão tinha muito. *Navios?* Havia centenas em sua frota. *Mapas?* Embora raros e preciosos, uma abundância de mapas detalhados enchia o escritório do capitão.

— Não é algo que pode ser replicado ou substituído — respondeu ele. — Não é algo do *seu* mundo. — Sombras dançaram em seu rosto, as chamas das arandelas iluminando todos os segredos sombrios dos seus olhos. Segredos e todos os tons da honestidade também.

O Capitão Wood havia realmente injustiçado aquele homem. As pessoas tendem a revelar muito sobre si mesmas quando o amor ou a vingança são a raiz da dor que sentem.

— Sinto muito — disse Margrete, com honestidade. Os olhos de Bash, surpreendidos, voaram para os dela. — Ele não é um homem gentil — acrescentou ela.

Bash franziu a testa.

— Você realmente fala como se não gostasse do próprio pai.

Embora não fosse uma pergunta, ela respondeu com a verdade e sem seu controle usual.

— Pensei ter deixado bem claro que não.

Bash afrouxou o aperto no corrimão. A lula deslizou para longe, a mancha de tinta indo junto com ela.

— O que ele te fez para você odiá-lo tanto? — perguntou ele com relutância.

Margrete quase podia confundir que havia carinho em sua voz. Talvez fosse a crueza em seu tom, ou como parecia que ele havia prendido a respiração na expectativa da resposta, mas seus lábios se separaram por conta própria.

— Ele...

— Aí está você! — Shade apareceu na curva da escada, deslizando escada acima em um vestido esmeralda profundo que combinava com os olhos de Bash. — Estava me perguntando por que vocês estavam demorando, então decidi subir para dar uma olhada e me certificar de que Bash não estivesse te incomodando muito.

No momento em que Bash tirou os olhos de Margrete, ela experimentou uma pitada de arrependimento. Não tinha certeza da razão.

— Obrigado, Shade, mas estamos bem. Margrete só tinha algumas... perguntas. — Seus olhos piscaram para ela antes de baixar. — Mas não vamos deixar todos esperando. Sei como ficam irritados quando estão com fome. Especialmente Adrian. — O sorriso que ele forçou foi tenso, mas Shade não pareceu notar. Ela apenas baixou a cabeça e começou a descer, lançando a Margrete um sorriso tímido por cima do ombro, como se dissesse: "Estou aqui para você".

Margrete agarrou o corrimão e esticou o pescoço, olhando Bash com interesse. Ele ficou imóvel, observando Shade enquanto ela descia as escadas lentamente. Ela podia sentir uma batalha interna fermentando logo abaixo da superfície, e uma parte dela ansiava por entender os pensamentos tumultuosos que o fizeram franzir a testa.

Naquele momento, ela ouviu mais sussurros, um coro de assobios que girou ao redor da escada em espiral em um eco vazio.

— Temos que ir. — Bash pigarreou e balançou a cabeça de leve.

Ela notou como ele examinou a escada, sua mandíbula tiquetaqueando.

Ele tinha ouvido os sussurros também?

Se sim, não fez menção disso, passando por Margrete enquanto liderava o caminho para baixo. Ocasionalmente, o rei espiava por cima do ombro para se certificar de que ela o seguia, embora fosse apenas um olhar de relance. Ela descobriu que estava grata pelo silêncio. Contar seus segredos não teria feito nada além de machucá-la. Qualquer que fosse a compulsão que ela sentiu de confiar nele, deve ter sido causada pela exaustão. Isso foi o que ela disse a si mesma, pelo menos.

Com o último passo, Bash a levou a um opulento salão de jantar. Vigas douradas se encontravam com as paredes de vidro marinho e as janelas em arco alcançavam o topo do teto catedral. Conchas do mar de cores e desenhos variados cobriam a mesa maciça de madeira polida, e seis talheres foram colocados diante de cadeiras de espaldar alto de metal sinuoso. Quatro cortesãos já estavam sentados, e os três que ela reconheceu — Shade, Adrian e Ortum — a olharam com curiosidade.

Ela segurou o olhar de Ortum enquanto eles deslizavam para dentro da sala. Os lábios do homem se repuxaram para os lados, claramente feliz com a presença dela. À luz da sala de jantar, ele parecia mais velho e mais robusto, mas ela ainda sentia o poder — o *perigo* — espreitando sob sua pele fina. Ela desviou o olhar rapidamente.

A outra cortesã, uma mulher ágil, pálida e de cabelos lisos e negros, manteve os olhos fixos no colo, embora, por um breve momento, tenha olhado para Margrete, observando-a com uma avaliação silenciosa. Os dois assentos vagos eram na cabeceira da mesa e um lugar ao lado de Adrian.

Bash se sentou na cabeceira, deixando-a sentada ao lado de Adrian. O comandante ofereceu-lhe um sorriso tímido.

— Boa noite, meu rei — cumprimentou Adrian.

Os reunidos inclinaram a cabeça na direção de Bash em sinal de respeito, o que ele retornou.

— Por favor, não esperem por mim. — Ele apontou para a comida servida em pratos de ouro: um delicioso pargo grelhado com uma salada cítrica vibrante.

Uma conversa cautelosa começou ao seu redor, todos parecendo dispostos a ignorar a prisioneira à mesa. Toda a situação era peculiar.

Enquanto Margrete fingia beliscar sua salada, ela ouviu uma conversa entre Shade e a mulher de cabelos escuros à sua direita.

— Alguma coisa hoje, Nerissa? — perguntou Shade baixinho.

A mulher ergueu a cabeça e uma mecha de cabelo preto caiu sobre seus olhos escuros.

— Os portões estão enfraquecendo.

Shade lançou um olhar sutil para Ortum, que assentiu tristemente em troca, o par compartilhando uma conversa silenciosa.

— Você sabe por quanto tempo mais ele pode segurá-los? — indagou Shade, seus olhos mais uma vez vagando para o conselheiro.

Margrete não tinha a menor ideia do que eles estavam falando.

— Não — respondeu Nerissa, usando o garfo para cutucar o prato cheio de comida. — Mas tudo é o que deveria ser. Pelo menos foi o que me pareceu, mas vou alertá-lo se outra visão surgir. — Seus olhos brilharam para Margrete, como se aquelas palavras enigmáticas fossem dirigidas a ela.

Foi então que Margrete percebeu com surpreendente clareza o que Nerissa era.

Uma vidente.

Havia rumores sobre aqueles dotados com a Visão, mas, assim como Azantian foi pintada como um mito, os videntes foram descartados como resquícios do passado. Ela ponderou quais seriam as habilidades daquela jovem, que parecia que seria derrubada por uma rajada de vento.

Ortum lançou um olhar para o prato com uma expressão contemplativa que estragava seu rosto envelhecido. Margrete poderia jurar que vislumbrou um lampejo de raiva em seus lábios, mas ele se foi antes que ela pudesse registrá-lo totalmente.

— Ele não tem falado muito nas últimas semanas — Adrian sussurrou perto do cabelo dela, assustando-a. Como se sentisse que falavam dele, Ortum virou a cabeça na direção deles. — Ele foi o conselheiro de maior confiança do falecido rei, e agora é conselheiro de Bash. Mas Ortum acumulou muitas responsabilidades ao longo dos anos, então às vezes ele pode parecer... peculiar. Suspeito que essas responsabilidades estão finalmente cobrando seu preço.

Então Ortum foi o conselheiro que insistiu que Bash a convidasse para o jantar? Foi por isso que ele pareceu tão satisfeito quando ela entrou na sala? Embora, o que ela realmente desejava saber era *por que* ele a queria ali.

Margrete observou Ortum dirigir um olhar astuto para Bash. O rei assentiu para ele em uma breve demonstração de respeito. O que tornava aquele homem tão especial a ponto de receber a admiração do rei? Mas, mesmo se ela perguntasse, duvidava que Bash lhe daria uma resposta.

— Pode ser que eu convença Bash a permitir que eu acompanhe você pelos mercados amanhã.

Margrete abandonou o rei e seu conselheiro, olhando para Adrian.

— Duvido que ele deixe. Não depois de ontem.

— Ah. — Ele fez um gesto com a mão. — Ele sabe que não vou deixar você fora da minha vista. Bay teve problemas suficientes ontem à noite para me deixar esperto. — As palavras de Adrian não foram maliciosas. Parecia mais que ele estava brincando com ela. Margrete não tinha certeza de como lidar com a oferta, mas poderia usar a conversa a seu favor.

— Suponho que o ar fresco me faria bem — disse ela, embora não planejasse ficar na ilha tempo suficiente para fazer um tour com ele. Seus olhos piscaram para a faca descansando ao lado do prato. A prata brilhou na luz trêmula dos castiçais. — A ilha é grande? — Ela inclinou o corpo para encobrir a mão enquanto pegava os talheres. — A vista do meu quarto é para o mar, então não consigo ver a cidade — acrescentou ela.

A culpa pesava em seu peito enquanto ela distraía Adrian, envolvendo-o em uma conversa enquanto fazia o movimento apressadamente. Em circunstâncias diferentes, ela podia imaginá-los se dando muito bem.

Ela agarrou o metal frio e arrastou a faca para baixo da toalha de mesa, deslizando lentamente a lâmina pela manga ajustada.

Não era extraordinariamente afiada, mas era algo pontiagudo e, se ela usasse força suficiente, poderia causar danos. Nesse ritmo, era melhor do que nada.

— Azantian é maior do que parece. — O orgulho iluminou os traços de Adrian. — Acho que você ficará surpresa com o que verá. Nossos mercados são como nenhum outro no mundo.

— Estou ansiosa por isso, então — disse ela, grata por Adrian direcionar o foco para Shade um momento depois.

Ela pode ter perdido a atenção de Adrian, mas ganhou outra. Erguendo o olhar, Margrete encarou o rei de Azantian. Bash ousadamente se deleitou enquanto a olhava e relaxava em sua cadeira, a nitidez do seu olhar enervante. O pulso dela disparou. Ela sentiu o frio agudo da faca roubada, com medo de que o astuto rei a tivesse pegado em flagrante. Mas os dedos dele batiam ociosamente nos braços da cadeira e seu olhar estava apenas nos olhos dela. Poderia muito bem ser apenas os dois naquela sala.

Assim como ele a inspecionou tão descaradamente, Margrete decidiu mergulhar além da máscara que *ele* usava, além da fachada de pirata astuto e rei estoico. Aquela foi a primeira vez que ela *realmente* olhou para ele, e o que viu causou arrepios em sua espinha. Ela reconheceria aquele olhar em qualquer lugar — era o que seu espelho refletia todas as manhãs.

Tristeza. O tipo que se enraíza profundamente nos ossos.

Bash foi o primeiro a desviar o olhar e uma parte dela se sentiu como se tivesse vencido. Margrete sorriu, um sorriso que se intensificou com a pressão da faca em sua pele. Ela quase lamentou não estar ali na manhã seguinte para ver o rosto de Bash quando ele descobrisse que ela tinha desaparecido.

CAPÍTULO ONZE
Margrete

Bash acompanhou Margrete de volta ao quarto. Ele permaneceu em silêncio durante a maior parte do jantar, permitindo que os outros preenchessem o vazio com seu próprio barulho. Ela tinha feito quase o mesmo, ocasionalmente conversando com Adrian, que não fazia ideia do que estava escondido sob sua manga esvoaçante.

Margrete subiu correndo os degraus restantes. O corredor que levava ao quarto parecia mais longo do que ela se lembrava. Examinou o caminho, exausta, mas continuou o ritmo punitivo, forçando o pirata a acompanhar seus passos largos. Mesmo sendo o líder daquelas pessoas, continuaria a ser um pirata desonesto, em sua opinião. Esse título combinava mais com ele do que o de *rei*.

Já perto da enevoada entrada, Margrete parou a centímetros da névoa turbulenta. Ela ficou de costas para o rei enquanto esperava que ele abrisse o portal e permitisse o acesso. Os segundos passaram dolorosamente, mas Bash não levantou a mão.

— Você só vai ficar parado aí? — rosnou ela, mantendo o rosto à frente. Tudo o que ela queria era se retirar para a privacidade dos aposentos e se preparar para a noite que viria. Quanto mais pensava em escalar o maldito palácio, mais seu pulso disparava. — Abra — exigiu, olhando para trás e dando atenção ao rei. O bastardo estava encostado na parede, um sorriso diabólico erguendo seus lábios como se a achasse divertida.

Ela queria bater nele.

Ele se desencostou da parede, seus longos membros o levando para frente até ficar a centímetros de distância, com a cabeça inclinada para baixo para fitá-la nos olhos. Esse sorriso maldito nunca deixava seus lábios. Lábios para os quais ela se pegou olhando.

— Acho que me distraí. Você é bastante rápida para alguém tão pequena. — Ele ergueu uma sobrancelha zombeteira. — Minhas mais sinceras desculpas.

Algo disse a ela que ele estava longe de lamentar.

— Tudo bem. Apenas faça... — ela acenou com a mão no ar — o que quer que você tem que fazer e abra a maldita porta. Prefiro a solidão à sua companhia. — Ela lançou um sorriso cheio de doçura.

Ele cruzou os braços contra o peito e sua tatuagem de estrela-do-mar apareceu por baixo da manga.

— Já me disseram que sou muito charmoso. Embora, devo dizer, não costumo me encontrar em tal posição.

— Em que as mulheres estão ansiosas para fugir de você, é isso? — perguntou ela docemente.

— Elas geralmente estão ansiosas por outras coisas, princesa. — Bash se inclinou para sussurrar em seu ouvido. Ela estremeceu quando a respiração dele acariciou sua pele. — Talvez eu possa mostrar a você.

Por um momento, ela congelou, perdida nas sensações que subiam e desciam por sua espinha. A vibração em sua barriga. Como seu coração batia selvagem no peito.

Ela recuperou os sentidos rapidamente.

— Como se eu fosse ficar com um homem como você. Seu filho da... — Ela lançou uma série de maldições nele, cada uma mais vívida que a anterior. Suas palavras teriam feito até o mais resistente dos marinheiros corar.

— Ah, que boca perversa — zombou ele, recuando alguns passos quando ela levantou a mão. Ele não foi atingido pelo tapa por um mero centímetro.

Implacável, Margrete estendeu a mão novamente, desejando nada mais do que tirar aquele sorriso arrogante daquele rosto bonito. *Apenas um golpe*, ela orou, sabendo muito bem o quão satisfeita ficaria se o acertasse.

— Minha *boca não é com o que você deve se preocupar, pirata.* — Ela pensou na faca escondida em sua manga. Se a usasse agora, com Bash em guarda, ela ficaria sem a arma e voltaria para onde começou.

Bash agarrou o pulso de Margrete antes que a palma da mão dela atingisse seu rosto. Os dedos se curvaram ao redor do osso delicado, o calor florescendo no peito dela com o contato.

O olhar do rei escureceu.

— Acredite em mim, estou mais preocupado com o que está aqui — ele tocou a testa de Margrete antes que ela pudesse afastá-lo — do que com o que vem desses seus lindos lábios.

Ela se acalmou, o elogio queimando suas bochechas.

Ele apertou seu pulso com mais força, e o coração de Margrete bateu forte quando o metal frio pressionou sua pele. A faca tinha escorregado e a lâmina só estava no lugar por causa do punho da manga. Como se só então percebesse o que havia dito, Bash desenrolou os dedos e deu um passo generoso para trás.

Margrete soltou um suspiro de alívio, a picada da lâmina ainda fresca em sua mente. Felizmente, não era afiada o suficiente para infligir muitos danos onde estava, embora ela esperasse que fosse o suficiente para atravessar um inimigo, se necessário.

— Sabe — disse ele, demorando o olhar em seu corpo —, você pode realmente aprender a lutar enquanto está aqui, se não quiser ser tão... indefesa.

Margrete presumiu que ele usaria uma palavra diferente, mas que optou por "indefesa", que era menos insultuosa. Ela poderia tê-lo odiado naquele momento, mas percebeu que seu coração batia mais rápido com a oferta inesperada.

— Você quer que eu aprenda a... lutar? — Deuses, quantas vezes ela implorou ao pai por treinamento? A proposta de Bash parecia boa demais para não ser uma armadilha.

— Claro — bufou, como se fosse óbvio.

— E por que exatamente você ensinaria sua prisioneira a se defender? — Ela estreitou os olhos, sentindo-se perversa. — Você não é um rei muito inteligente, é?

Bash se encostou na porta, aqueles lábios estupidamente cheios se erguendo em um canto.

— Não é você que temo, Margrete Wood. Também não temo que você tente fugir. Você está cercada por mares severos e guardas que têm instruções sobre o que fazer se você colocar pelo menos um pé fora deste palácio. Mas... — Ele ergueu um dedo longo. — Tenho a sensação de que tem suas próprias batalhas em Prias, e se eu não tiver a chance de matar seu pai, seria bom saber que talvez eu tenha dado à filha dele a habilidade de fazer isso por mim.

Todo o ar saiu dos pulmões de Margrete.

— Isso te choca? — Bash se afastou da parede e caminhou para mais perto. — Eu gostaria muito de ver o homem morto por *qualquer* meio, e, pelo que descobri, você não se importaria de se livrar dele.

Um mundo sem o capitão. Quantas vezes ela imaginou isso? Quando as noites eram longas e os hematomas pintavam sua pele, ela pensava no que aconteceria se ele bebesse demais, se caísse acidentalmente do topo da torre. Quando ele a trancava dentro da caixa, ela imaginava um dos seus inimigos atacando a fortaleza e cortando sua garganta. Ou que talvez ele simplesmente engasgasse com o jantar.

Sim, Margrete havia concebido todos os cenários horríveis em que seu pai poderia morrer, mas mesmo depois de tudo que ele a fez passar, ela ainda se sentia errada por pensar nessas coisas.

— Vou tomar isso como um sim. — Bash inclinou a cabeça para o lado, o cabelo ruivo caindo em seus olhos. Olhos que eram astutos e calculistas, devorando as emoções que ela tinha certeza de que dançavam abertamente em seu rosto.

Quando ela foi protestar contra tal acusação, o argumento morreu em sua língua. Seu silêncio disse mais do que qualquer palavra jamais falaria.

— Você não deve se sentir culpada por querer se livrar de um homem como ele — disse Bash, seu tom suavizando. — Acredite em mim, testemunhei a crueldade do capitão quando era menino, incapaz de me defender. Muito fraco para lutar em minha defesa. — Seu olhar cintilou para suas botas. — Desde aquele dia, tenho trabalhado duro para nunca mais ficar indefeso. Especialmente se chegar o momento em que posso me redimir.

A pressão pesava sobre o peito dela, aumentando a cada expiração.

— Não sei se sou capaz de... matar — ela finalmente falou, sua voz um sussurro de alguma coisa.

Bash mais uma vez segurou a mão dela, seu aperto firme.

— Você pode não *querer* matar, Margrete, mas, acredite em mim, neste mundo, você deve saber *como*.

Ignorando o modo como sua mão formigava, Margrete encontrou seu olhar.

— Você disse que viu a crueldade dele quando era menino. — Os dedos em volta dos dela se apertaram. — Quando foi isso?

A mandíbula de Bash ficou tensa.

— Agora não é hora de falar disso — ele rosnou, embora Margrete soubesse muito bem que ele estava apenas se esquivando. Novamente. Ela imaginou que o que quer que Bash tenha sofrido nas mãos de seu pai deve tê-lo deixado profundamente marcado.

Ela entendeu sua dor muito bem.

— Sinto muito pelo que ele fez. Que ele... tenha machucado você. — *Machucar* parecia uma palavra tão pequena.

Seus olhos se moveram para a mão que Bash ainda segurava, já ficando em um tom de roxo. Seguindo seu olhar, Bash soltou uma maldição e a libertou, se desculpando baixinho.

— Mandarei Adrian amanhã. Ele é altamente qualificado e um bom professor. O melhor. — Bash se endireitou antes de passar a mão pelo cabelo. Ela percebeu como os dedos dele tremiam.

Ele enviaria alguém para *treiná-la*, para ensiná-la a lutar, uma habilidade que ela certamente poderia usar quando chegasse a hora de tirar Birdie do castelo. A oferta tornava tentador ficar pelo menos mais uma noite, mas Margrete não podia ser influenciada por promessas, não das inúmeras promessas vazias que conheceu no passado.

— Obrigada — disse ela, baixando o queixo.

A tensão na mandíbula de Bash diminuiu e seu sorriso malicioso reapareceu. Este era o sorriso que ele dava quando estava indisposto.

Ela se perguntou como ele se sentiria se soubesse com que facilidade ela o interpretava.

— Serei eu agradecendo se você, de alguma forma, conseguir matar o bastardo antes que eu coloque as mãos nele. Mesmo se você não fizer isso, ninguém deve ficar indefeso. Apenas os homens pequenos temem uma mulher que conhece sua própria mente e empunha uma espada. Que luta. Porque essas mulheres... Bom, elas têm o poder de fazer os homens se ajoelharem.

O calor se espalhou por seu peito. Ele realmente foi sincero em suas palavras.

— Boa noite, princesa. — Bash inclinou a cabeça em direção ao portal assim que um guarda se aproximou do final do corredor. Alto e musculoso, o guarda caminhou pelo corredor, ficando do lado de fora da porta. Mas a presença dele não seria motivo de preocupação, não quando ela já tinha se decidido por uma saída muito mais precária.

— Boa noite, pirata — respondeu Margrete, esperando que fosse um adeus. Estreitando os olhos, ela viu quando Bash levantou a mão e abriu o portal, a névoa clareando.

Ela sentiu o sorriso malicioso dele enquanto caminhava pela névoa rodopiante e, por alguma razão, ela sorriu também.

Mas seu sorriso não durou muito. Não quando ela tinha trabalho a fazer e a morte para enganar.

CAPÍTULO DOZE
Margrete

Assim que Bash passou pelo portal e a névoa agitada se transformou em uma sombra sólida de cinzas, Margrete reconsiderou sua missão. O metal frio da faca de jantar roubada da mesa pressionado contra seu antebraço estava escondido pelas mangas esvoaçantes da túnica.

Margrete esperou mais uma hora — apenas para ter certeza de que ficaria sozinha durante a noite — antes de dar o próximo passo. Com a arma segura no antebraço, ela foi para o armário e puxou uma capa cor de meia-noite do cabide. Ela a enrolou nos ombros, amarrou os cordões em um nó e puxou o capuz sobre a cabeça.

Ela não gostava da ideia de escalar um prédio, já que a última coisa que escalou foi uma árvore quando tinha doze anos. Mas tinha que tentar. Esperar que Bash a devolvesse ao pai simplesmente não era uma opção.

As dobradiças das portas da varanda rangeram; o ar noturno fez cócegas na pele de Margrete e despenteou o cabelo sob o capuz. A noite estava celestial — as estrelas cintilando em uma tela de ônix, a lua elevada nas nuvens. Margrete interpretou aquilo como um bom presságio.

Avançando para a grade, Margrete olhou para baixo, e para baixo... e para baixo. O palácio devia ser tão alto quanto a fortaleza do seu pai, se não mais.

O gelo correu por suas veias. Um deslize e...

Não. Não se atreva a pensar assim.

Ela *iria* descer para o patamar e depois para a varanda. Depois se esconderia nas sombras e se aventuraria até a costa, onde procuraria — bem, *roubaria* — um pequeno barco de pesca e navegaria para o mais longe possível de Azantian e de seu pai.

Com respirações determinadas, Margrete segurou a grade com força. Ela se içou e se empoleirou no corrimão, o mar a seus pés.

Não olhe para baixo, não olhe para baixo...

Ela olhou para baixo.

Uma onda de náusea fez a noite girar violentamente, as estrelas formando um borrão branco. Engolindo a bile que subia, se abaixou e passou para o outro lado da grade; então se agachou e agarrou as grades de baixo, lentamente deixando cair a perna direita. Seus braços protestaram, assim como sua determinação, mas ela se forçou a deixar cair a perna esquerda. Então ficou pairando no ar, apenas suas mãos escorregadias de suor evitando que ela despencasse para a morte.

Você consegue. As palavras se repetiram em sua cabeça, como um mantra. A sacada diretamente abaixo dela estava ao seu alcance. Tudo o que precisava fazer era esticar um pouco mais as pernas e estaria de pé no corrimão.

Quando estava prestes a cair mais no abismo — com o coração disparado e as palmas das mãos ainda mais suadas —, um trovão reverberante sacudiu as paredes do palácio. *Que beleza*, pensou, enquanto os pés debatiam-se descontrolados. Ela soltou um grunhido de frustração, agitando-se para se inclinar para onde sabia que ficava a saliência da varanda.

A primeira gota cristalina caiu em sua bochecha, seguida por uma segunda na ponta do nariz.

Não comece agora, ameaçou, sabendo que as chances de escalar de volta para o terraço seriam impossíveis se chovesse.

Seu peito apertou com pânico desenfreado. *Não.* Voltar não era uma possibilidade, ainda mais porque não tinha forças para se puxar para o quarto. A única maneira de sair daquela bagunça era descer. Com ou sem chuva.

À medida que mais gotas caíam, encharcando suas mãos e escorrendo por seus antebraços, a força das mãos de Margrete, já fracas, afrouxou. Ela teria que descer *sem falta*.

Inclinando a cabeça na direção da chuva, Margrete se amaldiçoou pelo plano tão idiota. Novas lágrimas brotaram em seus olhos enquanto a chuva a golpeava implacavelmente, uma torrente de desesperança aliviando a força com que se segurava no corrimão acima da sua cabeça.

Com um olhar de soslaio por cima do ombro, que fez com que seu coração batesse forte no estômago, Margrete notou que a saliência da varanda estava perto, tentando-a, e tudo o que precisava fazer era se esticar uns trinta centímetros antes de conseguir ficar de pé firmemente no trilho.

Um raio perfurou os céus da cor de carvão profundo, a eletricidade percorrendo o ar. Quando o trovão que se seguiu sacudiu as paredes do palácio, Margrete soltou um uivo e sua mão direita começou a deslizar livremente.

Ela gritou enquanto se debatia, a mão esquerda perdendo o controle enquanto a chuva caía mais forte. Sua roupa encharcou e o cabelo grudou nas têmporas e bochechas, dificultando a visão. A lâmina que ela escondera cortou seu antebraço, enviando dor por toda a pele.

Mais um raio iluminou a noite, um raio de fogo e prata, e a mão esquerda de Margrete escorregou...

Ela começou a cair, um grito preso em seus lábios abertos.

No momento em que seus pés colidiram com a madeira da saliência abaixo, no momento em que ela sentiu seu corpo se dobrar e se inclinar para trás, longe da segurança do solo sólido, uma mão envolveu seu tornozelo enquanto outra agarrou o tecido da sua túnica encharcada.

Seu grito foi lançado na tempestade, um grito estridente de desespero. No entanto, aquelas mesmas mãos fantasmas a seguraram na vertical, enquanto seu pé direito ainda balançava descontroladamente para se apoiar.

Então começou a cair novamente, para a frente e na varanda de baixo... diretamente em uma parede sólida de músculos.

Braços poderosos envolveram seu corpo trêmulo, fortes e reconfortantes, esmagando-a firmemente contra um coração martelando. A chuva perdeu seu tom cortante, os relâmpagos diminuíram para lampejos abafados, o trovão ensurdecedor passou a ser um rugido distante e vibrante.

Não.

Aquilo não foi o trovão.

O estrondo vinha do peito pressionado contra ela — um peito muito nu e tatuado.

CAPÍTULO TREZE
Margrete

𝓑ash agarrou o pulso de Margrete, puxando-a para dentro do castelo e para longe da chuva. Ele se virou para encará-la, seu cabelo ruivo molhado emoldurando seu rosto graciosamente bonito.

— Que bom ver você aqui — disse ele, puxando-a para si enquanto a olhava nos olhos. Sua voz era profunda e sedutora, mas sua irritação era clara. — Se queria vir aos meus aposentos, Srta. Wood, acredite em mim, tudo que tinha que fazer era pedir.

Tremendo, ela se afastou do peito sólido do rei até ficar longe o suficiente para olhar aqueles olhos esmeralda mais uma vez. Em algum lugar atrás dela as chamas das velas dançavam, lançando uma escuridão sedutora sobre os planos rígidos do seu corpo seminu e rosto úmido, as sombras oscilantes incapazes de resistir à tentação de beijar aqueles lábios carnudos.

— Bash — sussurrou Margrete, odiando o quão rouca ela estava, quão sem fôlego. — Eu... eu não estava...

— Tentando escapar? *Novamente?* — completou Bash, sua sobrancelha erguida como um sinal da raiva que brilhava em suas íris. A cicatriz que corria por aquela sobrancelha brilhou branca quando pegou a luz. — Ou estava apenas tentando se matar?

Não foi uma de suas decisões mais sábias, certo, mas que escolha ela tinha?

Os dedos de Bash brincavam com a parte inferior das costas dela, braços feitos de aço. Seu domínio impenetrável a aprisionou completamente, sua estrutura elevando-se quase sessenta centímetros acima do topo da sua cabeça.

Foi então que Margrete se lembrou do que escondia na manga da camisa.

Antes que o sorriso de Bash diminuísse, Margrete puxou a faca de jantar e pressionou a lâmina no oco da garganta dele.

Ela teria ficado orgulhosa de si mesma se o rei não tivesse sorrido cheio de malícia, uma espécie de excitação distorcida brincando em seu rosto.

— Uma faca de jantar? — Seus olhos miraram para baixo, notando o cabo de prata fino da lâmina. — Pensei que encontraria meu fim com uma arma maior. Certamente não uma com a qual cortei meu peixe no jantar.

Margrete empurrou mais fundo.

— Talvez possamos ver o quão bem ela corta um homem Azantiano?

Bash soltou uma gargalhada profunda.

— Não quero te insultar, mas não acho que você vai fazer isso. Você mesma me disse que não conseguiria matar um homem.

A mão de Margrete tremia. Ele estava certo. Ela não conseguia, mesmo com sua própria liberdade em jogo. E *matá-lo*? Por alguma razão, pensar em Bash sem vida e ensanguentado provocou tremores por toda sua espinha.

Bash inclinou a cabeça para trás, expondo a garganta.

— Vá em frente, então. Faça.

A mão que segurava a faca tremia, mas a voz dela permaneceu forte.

— Eu *deveria* matar você, aqui e agora. Você me sequestrou, me afastou da minha irmã. — Ela empurrou o cabo e uma linha fina de sangue formou-se na ponta da lâmina. — Birdie era inocente, e você a deixou sozinha. Com ele. — A umidade cobriu sua pálpebra inferior, mas ela engoliu as lágrimas.

O sorriso brincalhão de Bash sumiu.

— Do jeito que eu vejo — continuou ela —, você está no meu caminho, e eu luto por aqueles que amo. Então, por favor, deixe-me ir para que eu não faça algo do qual me arrependa.

— Você luta por todos... exceto por você mesma — falou Bash em um suspiro, simpatia vincando seus olhos.

Margrete se ressentiu daquele olhar, que ela considerou como pena.

— Eu faço o que tenho que fazer. — Ela cravou a lâmina mais fundo, e mais sangue saiu. — Eu recebia o peso da atenção do capitão de boa vontade para que minha irmã fosse poupada.

— Isso é quase admirável. — Bash engoliu em seco, a lâmina seguindo o movimento. — Mas há outras maneiras de contra-atacar. Maneiras que não implicam em você desistir e aceitar seu destino.

— É por isso que no momento há uma faca na sua garganta. A menos que você ainda não tenha notado esse detalhe.

— E eu pensei que estávamos nos dando bem. — Bash suspirou. — Você me fere. E literalmente — acrescentou ele, arqueando uma sobrancelha.

Ele não se intimidou, achando a ameaça de Margrete divertida. Isso só a irritou mais.

— Não me provoque...

Num momento, ela estava pressionando a lâmina no pescoço real, e um segundo depois ela estava girando. Uma lufada de ar substituiu a faca que ela estava segurando quando Bash a puxou contra ele, suas costas niveladas ao peito dele.

Chutando a faca de cozinha com a ponta da bota, ele mandou a arma inútil para longe no cômodo, bem fora de alcance. Ela podia *sentir* o sorriso brincando em seus lábios quando ele baixou a cabeça, seu hálito quente fazendo cócegas na orelha dela.

— Você estava dizendo...?

Bom, essa não era a conclusão que ela desejou para aquele momento.

— Essa foi apenas minha primeira tentativa. — Ela lutou dentro do abraço. — Como é que se diz? Tentar até conseguir?

Bash estalou a língua, o nariz acariciando o cabelo dela.

— Vou me certificar de que os talheres sejam contados após cada refeição.

— Então, eu devo me sentar, desfrutar do vinho e da conversa e esperar que você me mate ou me devolva ao meu pai?

O quarto girou mais uma vez. Suas mãos dispararam por instinto, cavando com os dedos os músculos rígidos do peito de Bash.

A picada das unhas cravando na carne provocou um assobio, embora o som não fosse de dor.

— Você é mais corajosa do que eu pensava. — Um sorriso malicioso brincou nos lábios do rei, e seus olhos semicerrados baixaram para onde as unhas dela indubitavelmente o marcavam.

— Já disse que você não me conhece. — Margrete enrijeceu em seu abraço, seu corpo envolvido pelo calor viciante.

Não era para ela achar o toque daquele homem reconfortante. Ele *deveria* desagradá-la. Minutos antes, ela segurava uma faca em sua garganta, e ainda assim...

— Parece que você deseja remediar isso. — O olhar de Bash analisou o corpo dela.

Ela também olhou para baixo. A frente da capa estava aberta, revelando a blusa branca e muito mais. O tecido tinha rasgado, provavelmente quando ele a puxou da queda que resultaria em morte. Parte dos seios de Margrete tinha escapado para fora da roupa íntima, a pele ainda brilhante com as gotas de chuva. Ela não se moveu nem falou, completamente presa na armadilha do olhar dele. A garganta de Bash se moveu e ele ergueu os olhos, sua respiração saindo afiada e rápida.

A mente de Margrete foi para Jacob, o único homem que já a segurara de uma maneira tão íntima, e o único que já a tinha visto tão despida. Ele tinha sido doce, gentil e reverente sempre que ela esteve em seus braços.

O toque de Bash era duro, exigente... *e não totalmente desagradável.*

— Você pode me soltar. — Ela se moveu no abraço, mas Bash não fez nenhum movimento para ceder. Em vez disso, covinhas surgiram em ambas as bochechas, seus traços diabólicos marcantes.

— Para você tentar se matar de novo? Eu acho que não. — Uma mão tocou a bochecha dela, enquanto a outra estava posicionada com segurança na parte inferior das suas costas. A palma da mão dele era calejada, e as ásperas pontas dos dedos tocavam sua pele.

Margrete engoliu em seco enquanto ele corria os nós dos dedos por sua mandíbula, o contato terno enviando calor para a barriga. Onde quer que ele a tocasse, a pele se arrepiava, ganhando vida.

— Viu? — Seu sorriso se tornou presunçoso, irritante. — Você não quer que eu te solte.

Isso foi o suficiente para Margrete sair do transe e recuperar o que lhe restava de dignidade. Com um empurrão que não foi gracioso nem gentil, ela mandou Bash cambaleando para trás um passo completo. Sabendo o quão forte ele era, ela supôs que ele permitira.

— Você está corando, princesa. — Aquele sorriso altivo floresceu, a luz da vela iluminando seu rosto bonito enquanto ele enfiava as mãos nos bolsos da calça. Calça molhada que pendia baixa em seus quadris, revelando um profundo V de músculos que a levava ao último lugar que ela deveria estar olhando.

— Eu *não* estou corando — mentiu, apertando a blusa, tentando fechá-la, o calor em suas bochechas queimando. Ela disse a si mesma que o rubor era devido à mortificação pela rapidez com que seu plano falhou. Mas, se fosse sincera, a forma como a luz suave brilhou no peito nu e por todo o corpo de Bash foi o motivo que causou a reação muito vergonhosa.

Bash tinha ombros largos e músculos definidos, esculpidos por anos de trabalho, sem dúvida, árduo. Tinta escura cobria a extensão do seu peito e as criaturas marinhas das profundezas se moviam em sua pele.

Mas foi a nymera traiçoeira retratada na altura de seu coração que fez os olhos de Margrete se arregalarem. As garras afiadas da besta e as barbatanas escamosas causaram uma onda de inquietação por suas veias. Mesmo assim, ela baixou os olhos novamente, o pulso acelerando.

Nenhum humano deveria ser tão bonito.

Embora ele tenha alegado que estava *longe* de ser humano. Ela se forçou a desviar o olhar.

Bash se virou para uma mesa baixa onde um copo de bebida alcoólica estava ao lado de um caderno aberto cheio de rabiscos ilegíveis. Seus longos dedos envolveram o copo, levando-o aos lábios e tomando um gole generoso.

— Bem, isso explica tudo — zombou ela, olhando para a garrafa quase vazia ao lado do caderno.

— Explica o quê? — Parando o copo nos lábios, ele a olhou em dúvida.

— Você está bêbado. — Era por isso que estava sendo... não exatamente *amigável*, mas não tão severo quanto antes. Também explicava por que não estava tão furioso quanto ela esperava, já que tinha acabado de pegá-la escalando as paredes do palácio. Ela achou que seu temperamento explodiria, que ele levantaria a voz e a mandaria de volta para seus aposentos, mas Bash não fez nada disso. Ela diria que o rei estava até *satisfeito* com a presença dela.

— Um homem não pode desfrutar de uma bebida depois de um dia cansativo? — Bash levou o copo à boca mais uma vez, o líquido âmbar espirrando contra a borda.

Ela observou sua garganta trabalhar a cada gole. Até essa parte dele era atraente.

O copo estava vazio quando ele o abaixou, sua mão já alcançando a garrafa para servir um pouco mais.

— Com sede? — Ele ofereceu o copo reabastecido, as covinhas travessas se aprofundando.

Margrete estremeceu dentro de suas roupas encharcadas e o cabelo grudado no rosto. Ela não tinha certeza se tremia de frio ou por outra coisa.

Surpreendendo a si mesma, ela pegou o copo, para o deleite de Bash. O vidro ainda estava quente do calor da mão dele. Ela inclinou a cabeça para trás e esvaziou metade do conteúdo antes de começar a pensar sobre o que estava fazendo.

O líquido desceu com facilidade. Suave. O calor se acumulou em sua barriga, afastando o frio. Com a bebida na mão, Margrete esquadrinhou o quarto com cautela. Os aposentos *dele*. Os aposentos de um rei.

Era chocantemente vazio, desprovido de qualquer toque pessoal. Uma bela cama dourada ocupava o centro, uma escrivaninha branca e lisa em um canto, e duas cadeiras e uma mesa diante de uma lareira vazia. Além de uma cômoda, não havia nenhuma outra mobília decorando o quarto.

— Tenho sua aprovação? — Bash gesticulou para o espaço, inclinando-se em direção às duas cadeiras simples de veludo preto diante da lareira estéril.

— É um pouco... esparso — admitiu Margrete, tomando outro gole ousado. A bebida aliviava o constrangimento da sua desastrosa tentativa de fuga. Ela teria que pensar em outra maneira de deixar a ilha. Talvez Adrian fosse sua chave para sair dali; ele parecia bastante simpático. Possivelmente ela poderia explorar sua bondade.

— Não gosto de desordem. — Bash caiu em uma das cadeiras e apoiou os cotovelos vagarosamente nos braços de madeira. — Sente-se — ordenou ele um momento depois, sem olhar para trás para ver se ela obedeceria.

O orgulho implorou que ela negasse e perguntasse se poderia ser escoltada de volta para seu quarto pela vergonha. Mas os pés de Margrete se moveram por conta própria, decidindo por ela. Ela estava exausta, e com razão. Seus braços doeriam pela manhã.

Margrete afundou no veludo felpudo e colocou o copo no colo. Ela embalou a bebida como se fosse uma tábua de salvação. Seu corpo ainda tremia, mesmo que não estivesse necessariamente frio, e ela puxou a capa úmida mais apertada ao redor dos ombros.

— Você está com frio — observou Bash, levantando-se antes que ela pudesse negar. — Não posso congelar minha moeda de troca até a morte, posso?

— Sua moeda de troca agradece — murmurou ela quando ele voltou minutos depois, o início de um incêndio florescendo. Ela já podia sentir seu calor divino beijar sua pele, afastando os tremores. — Mas você ficará extremamente desapontado quando descobrir que não sou útil. Como já disse antes, meu pai e eu não somos próximos. Ele não trocaria nada que ele prezasse por mim. Filha ou não.

Uma expressão de preocupação cruzou o rosto do rei.

— Eu não acredito nisso. Você é o sangue dele.

Flashes da caixa e sua escuridão terrível cintilaram em sua mente.

— Alguns homens têm poder e riquezas em mais alta estima do que parentes — disse ela. — Tenho certeza de que ele não virá por mim. Você está perdendo tempo.

— Diga-me por que, então. Ajude-me a entender por que seu pai abandonaria a filha.

Ela não conseguia entrar nas complexidades do seu relacionamento. Não com Bash, de qualquer maneira. O ódio do capitão por ela tinha sido uma parte confusa e terrível da sua vida desde que ela era pequena. Não havia explicação, porque nenhum pai deveria desprezar a filha da maneira que seu pai a desprezava.

— Isso não mudaria nada — respondeu ela, apertando a mandíbula. Por que ela deveria abrir seu coração para aquele estranho? Contar a ele seus momentos mais sombrios?

— Se você se recusa a me dizer, então está certa, não muda nada — concordou ele depois que alguns segundos se passaram e ela continuava quieta. — Eu ainda acho que ele virá — falou com força, como se tentasse se convencer. — É um homem orgulhoso, e mesmo se você alegar que não há amor entre vocês, a captura da filha o faria parecer fraco para seus inimigos. Seu ego não toleraria isso.

Margrete discordou totalmente. Ele não iria. Ele a deixaria ali para apodrecer.

Em vez de discutir um ponto que Bash se recusava a reconhecer, ela perguntou:

— Por que não me mandou de volta para os meus aposentos? Eu esperava alguma forma de retaliação já que sou uma prisioneira que tentou fugir pela segunda vez.

— Oh, doce Margrete, minhas razões são totalmente egoístas. Eu simplesmente não quero beber sozinho. — Ele fez um gesto com o copo na mão e, em seguida, bebeu o conteúdo. A garrafa ao seu lado tinha o suficiente para mais uma dose.

— Por quê? O que está levando você a beber esta noite? — Margrete não pôde evitar a pergunta, uma onda de curiosidade a tornando ousada.

Bash manteve os olhos fixos na lareira.

— Muitas coisas fazem um homem beber. — Ele deu um riso de escárnio. — Existem muito menos coisas que não fazem.

A bebida, combinada com o fogo, estava fazendo maravilhas por Margrete, seus ombros perdendo um pouco da tensão.

Ela tomou outro gole.

— É solitário? — Ela deveria ter feito qualquer outra pergunta, mas o olhar desanimado arrancou as palavras dos seus lábios.

— O quê? Ser rei? — Bash balançou a cabeça, virando para encontrar seu olhar cauteloso. — O mundo é solitário, independentemente de alguém usar ou não uma coroa.

Uma faixa de aço se enrolou no peito de Margrete. A solidão era uma emoção que ela conhecia muito bem.

— Isso é verdade — concordou antes de terminar a bebida.

Seu braço longo e musculoso envolveu a cadeira. Depois de cavar sob uma pilha de cadernos e papéis, ele habilmente arrematou uma nova garrafa. Com um movimento do polegar, tirou a rolha e encheu o copo de Margrete novamente. Ela murmurou um agradecimento e tomou um longo gole, gostando de como a bebida embotava o desespero e as ferroadas dos pensamentos desesperados.

— Sabe — começou Bash, inclinando a cabeça para trás e tirando as botas diante da lareira. — Você não é nada como ele. Nada como imaginei. — Ele fez uma pausa, parecendo organizar os pensamentos. — Enquanto Wood é uma fogueira que destrói tudo em seu caminho, você tem um tipo diferente de chama nos olhos. O tipo que é quente, mas totalmente cegante. Não consigo explicar para mim mesmo, mas reconheci na primeira vez que te vi. Quando você quase se matou, e a mim, a propósito, naquele penhasco.

A boca de Margrete se abriu para protestar, mas Bash a interrompeu.

— Deuses, você deve ter uma queda por lugares perigosamente altos. — Ele balançou a cabeça e um sorriso genuíno iluminou suas feições, os fios de cabelo ruivo caindo em seus olhos. Ela não o tinha visto sorrir daquele jeito. Ele a encarou. — Você é uma pequena imprudente, não é?

Ele não quis dizer como um insulto, e Margrete percebeu que os lábios dela se ergueram, cativados pelas palavras bêbadas que saíram da boca dele.

— Já que eu ia morrer, pensei em levar você comigo.

— Que bom que tenho reflexos incríveis. — Ele deu uma piscadela malandra. — Mais uma vez, acho que mereço um agradecimento e não recebo nada. Suas maneiras estão precisando de um pouco de refino, princesa.

Margrete zombou.

— Por que eu te agradeceria? Você está apenas protegendo seu *ativo*. Sem mim, você não tem influência.

Covinhas surgiram nas bochechas dele.

— Acho que estou começando a gostar do jeito que você morde. — Seu olhar caiu para os lábios dela. — Isso me faz pensar no que mais se esconde sob esse belo exterior.

O elogio queimou suas bochechas, mas a bebida estava soltando sua língua.

— E você? — disse ela, a voz assumindo uma cadência brincalhona. — Existe mais em você do que um homem em busca de vingança e se escondendo atrás de respostas inteligentes?

Seu sorriso diminuiu nas bordas antes que ele o corrigisse.

— Eu não faria perguntas para as quais você não quer as respostas.

O corpo de Margrete zumbiu, e não apenas por causa da bebida.

— E se eu fizer? Se eu quiser respostas?

Deuses, as palavras saíram da boca dela antes que sua mente pudesse acompanhar. Ela não pretendia falar aquilo em voz alta.

Ela notou o movimento da garganta dele, o subir e descer do peito. Bash não esperava por isso, mas se recuperou rapidamente, como sempre fazia.

— Você precisa permanecer viva para obter essas respostas, e sua tola tentativa de fuga quase resultou em uma morte muito infeliz e dolorosa. Eu esperava mais de você.

— Teria dado certo se não fosse pela chuva! — Margrete se irritou, sem saber se isso era inteiramente verdade.

— Claro que teria. — Bash torceu os lábios de maneira irônica e descansou a cabeça preguiçosamente na palma da mão aberta. — Se isso faz você se sentir melhor, não pretendo te matar. — Ele deu de ombros, indiferente, como se as palavras não tivessem peso nenhum.

— Não posso fazer a mesma promessa — ameaçou Margrete, mas sua voz era leve, aérea.

Uma risada profunda borbulhou do peito dele, o som como um abraço fácil. Aquela não era a mesma pessoa que ela conhecera em Prias, não era o mesmo pirata rude e zombeteiro que a tirou de casa. Era como se ela estivesse olhando para um homem inteiramente novo.

— É justo. — Bash pousou o copo. — Talvez seja divertido ver você tentar — adicionou ele enquanto se levantava.

Bash elevou-se sobre ela, chegando mais perto, seus movimentos surpreendentemente graciosos dado seu estado de embriaguez. A pele ondulou em seu abdômen tenso, e os olhos dela vagaram para onde o punhado escuro de pelos desaparecia sob a calça.

De repente, a boca dela ficou seca e sua língua saiu para molhar os lábios. Ao tirar os olhos daquela visão, pegou Bash fixado em sua boca.

— Mais uma razão para você treinar com Adrian — disse ele. — Adoro um desafio.

Margrete agarrou o copo enquanto Bash se inclinava para frente, colocando as duas mãos nos braços da cadeira, prendendo-a. Ela afundou mais no veludo macio, observando a forma como os ombros largos e arredondados e o peito curvado e grosso se flexionavam com o movimento.

— Não me tente — Margrete forçou, com a voz embargada. — Eu aprendo rapidamente.

Bash baixou o olhar para os lábios dela de novo, umedecendo distraidamente os dele.

— Imagino que sim.

O corpo de Margrete aqueceu de uma forma que não tinha nada a ver com o fogo ou a bebida. Ele estava a centímetros de distância, os olhos semicerrados, a luz do fogo refletindo nas íris. Ela se inclinou, atraída pela atração magnética que os consumia e prendia.

Por um momento, ela esqueceu a razão de estar ali. O cheiro amargo da bebida flutuou em suas narinas, se misturando ao sal característico de Bash e o cheiro de fumaça. Ela desejou odiar tudo aquilo.

Bash se aproximou mais, a respiração fazendo cócegas em sua boca, os lábios a um fio de cabelo de se tocar.

— Eu adoro um desafio — disse ele.

E aquilo certamente parecia um desafio. Ela estava determinada a não ceder.

O formigamento percorreu a curva da sua coluna, a sensação de flutuar e cair ameaçando desatar sua sensibilidade. Ela tentou se lembrar de que Bash estava bêbado e não era ele mesmo, que essa era a razão pela qual ele olhou para seus lábios como se quisesse beijá-los. No entanto, Margrete não conseguia falar, não conseguia se mover, nem mesmo quando sua mente sussurrava que ela deveria.

Mas o calor se espalhando por seu corpo era mais inebriante do que a bebida. Seus olhos se fecharam instintivamente e sua respiração ficou presa na garganta enquanto...

Alguém bateu na porta.

Margrete se afastou, e Bash proferiu uma maldição.

Ele se afastou dos braços da cadeira, embora os olhos tenham permanecido grudados em Margrete por mais um segundo, uma expressão ilegível no rosto.

— Quem é? — gritou ele, aborrecimento pintando cada um dos seus traços.

Com uma sobrancelha erguida, o sorriso malicioso se transformou em um de escárnio.

— Adrian. Precisamos revisar algumas coisas antes da reunião do conselho amanhã, lembra?

Bash deu um suspiro e passou a mão pelos fios ruivos desgrenhados.

— É melhor você não estar bêbado aí! — Adrian repreendeu por trás da porta. — Embora isso o torne mais suportável.

Margrete soltou uma risadinha, mas Bash revirou os olhos, claramente não tão divertido.

— Espere, estou indo! — Bash murmurou algumas palavras bem escolhidas e voltou a atenção para Margrete. — Foi... interessante, princesa. — Ele lhe ofereceu a mão.

Margrete engoliu o nó na garganta, optando por ficar de pé sem a ajuda dele. O sorriso de Bash ficou maior.

Ela ergueu o queixo e caminhou em direção à porta, onde um guarda, sem dúvida, a escoltaria de volta para seus aposentos. Mas os dedos quentes de Bash a pararam, envolvendo-se em torno do seu pulso, fazendo-a voltar para trás.

— Não vou te machucar. — Os olhos de Bash estavam arregalados, sinceros. Aquele definitivamente não era o mesmo homem que a encurralara no penhasco. — Tudo vai voltar a ser como era — prometeu. — Sua vida será a mesma de antes de eu aparecer.

Seu estômago se revirou.

— Talvez seja esse o problema — sussurrou ela, incapaz de encontrar seus olhos penetrantes. Ela estava achando difícil odiá-lo com ele a olhando daquela maneira.

Bash ficou em silêncio por um longo momento, uma resposta silenciosa queimando entre eles. Ela podia sentir a tensão em seu corpo — soprava dele como uma brisa.

Ele passou os dedos longos pelos cabelos e, com um suspiro de frustração, foi até a porta. Ele foi recebido por um Adrian assustado, que não tinha certeza de para quem olhar primeiro.

Bash sinalizou para o guarda.

— Por favor, acompanhe a Srta. Wood de volta aos seus aposentos. Ah, e coloque dois guardas em sua varanda.

Margrete fechou a capa entre os seios, escondendo o que Bash tinha visto tão abertamente, e se dirigiu para a porta, observando o rei de perto. Ela percebeu a maneira como ele a olhava, como engoliu em seco, como se o simples ato de mandá-la para seus aposentos fosse difícil.

Parando no limiar, ela olhou para Bash, seus olhos reprovando a nova ordem. Bash apenas lançou um sorriso torto, mas ela viu como a fachada vacilou.

— Culpa sua, princesa. Durma bem.

O momento que eles compartilharam havia passado. Margrete estava *quase* chateada por não o ter machucado quando teve a chance.

— Boa noite — disse ela, não permitindo que ele visse o tom vermelho de raiva queimando em suas bochechas. Por cima do ombro, ela acrescentou: — E eu pararia com a bebida, Vossa Alteza. Parece que você já teve o suficiente esta noite.

Ela praticamente podia sentir o sorriso dele enquanto os dois guardas a escoltavam de volta para os aposentos.

Margrete desejou que ele tivesse dor de cabeça na manhã seguinte.

CAPÍTULO QUATORZE
Margrete

Como prometido, Adrian chegou cedo na manhã seguinte. Ele não vestia as calças largas e a camisa lisa e engomada como as que usara no jantar. Em vez disso, estava vestido de couro grosso da cabeça aos pés, parecendo mais uma besta do que um homem.

A única tatuagem visível era o dente de tubarão pontudo, mas não se movia como o de Bash. Margrete teve tempo suficiente para especular por que ninguém mais tinha tais encantos, por que suas tatuagens não dançavam de maneira tão encantadora. Ela concluiu que era porque Bash era o líder e talvez tivesse algum tipo de magia que os outros não possuíam.

— Bom dia — Adrian cumprimentou do outro lado da porta.

Margrete já estava vestida e esperando, depois de ter vasculhado o armário em busca de mais roupas. A blusa que ela usara na noite anterior estava completamente arruinada e as calças ainda úmidas e sujas, mas ela encontrou quatro roupas semelhantes magicamente dispostas para ela. Ela não tinha visto nenhum criado entrar nos aposentos; além disso, sempre que os avistava no corredor, eles baixavam a cabeça e se negavam a olhá-la nos olhos. Apesar de tudo, ela estava grata pelas roupas limpas.

Em Prias, Margrete não tinha permissão para usar calças. Era considerado "impróprio" uma mulher exibir tanto do seu corpo. Com os trajes que usava agora, porém, sem estar contraída e confinada a certos movimentos, ela sentiu uma necessidade repentina de correr como uma criança.

Adrian lançou um olhar rápido de avaliação e inclinou a cabeça quando ela o encarou. Margrete achou que ele traria à tona a noite anterior, já que a viu saindo dos aposentos de Bash. Ela sabia que ele queria, a julgar por como a olhou com curiosidade.

Mas nenhuma pergunta inoportuna se seguiu, e Margrete descobriu que era extremamente grata por seus modos.

Os olhos estreitos de Adrian pararam nas mangas turquesa esvoaçantes que ela usava, e então ele as enrolou com dedos ágeis e rápidos.

— Não quero que isso atrapalhe seus movimentos — explicou ele, abotoando as laterais para que ficassem no lugar.

Margrete acenou com a cabeça como se entendesse, mas, na verdade, ela não tinha ideia do que *iria* e *não iria* ficar no seu caminho. Ela nunca teve um caminho antes. No entanto, o cheiro terroso de couro e a maneira calma como Adrian se portava a deixavam à vontade. Era o tipo de facilidade que não deveria existir em tal situação, mas ocupava espaço de qualquer maneira.

Adrian ofereceu o braço, e ela, hesitante, deslizou o dela pela dobra do cotovelo do comandante. Sua pele era macia e quente, e ela estremeceu com o contato. Não era a mesma sensação de quando Bash a tocara — era mais como um encontro de almas gêmeas, quando se encontra consolo em outra alma semelhante. Adrian era atraente e gentil, mas não fazia o coração dela palpitar e pular... e ela também não sentia vontade de socá-lo no rosto. Adrian fazia com que ela se sentisse centrada, em casa.

Margrete não deixou de perceber essa ironia.

Depois de se aventurarem subindo dois lances de degraus sinuosos, Adrian a conduziu através de um arco de madeira retorcida e fios de metal entrelaçados, a prata se retorcendo e se transformando em delicados desenhos náuticos. Além, um amplo terraço envolvia o palácio. Ele flutuava acima da cidade, e plantas verdes exuberantes e folhas revestiam as bordas. Era um paraíso de tons terrosos que contrastava agradavelmente com o mar que contemplava.

As paredes de frente para as ondas estavam repletas de várias armas que ela nunca tinha *visto*, muito menos *usado*. Seu pai certamente não a ensinara sobre esses assuntos e, embora ela devesse ter medo, os dedos de

Margrete doíam para tocar o aço e a madeira polida. Se o rei de Azantian queria torná-la ainda mais lutadora do que já era, que fosse. Talvez ela conseguisse roubar uma arma. No entanto, ela duvidava que teria tanta sorte quanto teve na noite anterior com a faca de jantar. Ela tinha certeza de que Bash tinha informado a Adrian sobre o roubo. No final das contas, Margrete teria que ser mais inteligente para sair daquela bagunça.

— Você pode tocá-las. — Adrian riu, apontando para a parede. — Elas são tentadoras, não são?

Margrete assentiu. Qualquer uma das armas do suporte seria muito melhor do que a lâmina cega da faca do jantar.

Havia algumas lanças, tão afiadas que doía olhar para as pontas. As alças polidas tinham sido esculpidas com vários desenhos de guerra e mar, fantasmas assustadores de destruição que avançavam por ondas serenas da maré baixa. Em paralelo, estava pendurada uma besta dourada.

Isso a atraiu para frente, a arma finamente trabalhada implorando para ser tocada.

— Essa arma é uma beleza. — Adrian esperava atrás dela, observando sua curiosa avaliação. — Muitos dos meus homens a preferem a um arco tradicional. Tem um alcance de tiro mais longo com melhor precisão. — Adrian tirou o arco do suporte e o girou nas mãos. Ao contrário dos outros, o desenho gravado na alça era uma única estrela branca. — Mas — adicionou ele enquanto recuava, levando a arma sedutora —, primeiro, nós nos aquecemos. Depois, pegamos os brinquedos.

Margrete não tinha certeza do que significava o aquecimento, mas aprendeu rapidamente. Adrian a fez correr e pular como uma louca, e logo Margrete estava encharcada de suor.

— Continue! — ele a encorajou, depois de ordenar que ela fizesse uma rodada de flexões.

— Você está me fazendo me arrepender de ter aceitado essas aulas — resmungou ela.

Seus braços ainda estavam doloridos da noite anterior. Adrian forçou mais uma série de dez, alegando que estava sendo generoso. Depois de mais alguns exercícios — cada um deles uma forma diferente de tortura física —, Adrian disse algo que a assustou.

— Tente acertar um soco em mim. — Ele pulou de um pé para outro, claramente inconsciente de como aquele pedido a chocara. — Gostaria de saber com o que estou lidando.

— Como é que é? — Margrete ficou parada, os braços estendidos nas laterais do corpo. — *Te socar?*

Seu sentinela acabou de pedir que ela o agredisse?

Adrian continuou pulando, e sua respiração, assim como a de Margrete, era irregular.

— Sim — confirmou ele. — Se você quer aprender a lutar, dar um soco decente é muito importante. Na próxima vez, vamos nos concentrar em manobras defensivas.

Aquilo fazia sentido, mas Margrete estava tendo dificuldade em obedecer. Porém, se ela tivesse sido convidada a socar Bash, poderia não ter hesitado.

— Você não vai me machucar — prometeu Adrian, encorajando-a a continuar. — Feche a mão bem firme, assim — Ele mostrou como era para fazer, e Margrete obedeceu. — Não. — Ele saltou mais perto, e removeu o polegar de dentro dos dedos cerrados. — Se mantiver seu polegar aí, ele quebrará quando você atingir seu alvo. Quando você acerta o golpe, quer ter certeza de acertar com estes nós dos dedos. — Ele bateu em seu indicador e dedo médio. — Gire ligeiramente o pulso para baixo. — Adrian ajustou a mão dela onde ele queria. — Melhor. Além disso... — Ele empurrou os quadris para trás e torceu o corpo dela de uma forma que a lembrou da postura de um arqueiro.

Saltando de volta no lugar, ele a instruiu a golpeá-lo no peito.

— Pense em alguém de quem você não gosta — orientou. — Vá fundo e encontre a sua agressividade interna, o lado que tenho certeza de que você mantém bem escondido. — Ele estava tentando ser brincalhão, mas Margrete *tinha* uma parte de si mesma que mantinha oculta. Estava emaranhada e escura, e torcia suas entranhas sempre que se erguia longe o suficiente da sua prisão.

Embora, sendo honesta, ela tinha permitido recentemente que esse sentimento saísse da gaiola. Ela disse a si mesma que se tratava de um mecanismo de defesa, mas também era uma mentira.

A besta interior estava desfrutando da liberdade recém-descoberta.

— Vamos! — Adrian a instigou, mas Margrete ainda não estava com raiva suficiente. Ou talvez ela não estivesse determinada o suficiente.

— Pense na pessoa que você mais odeia. Alguém que ofendeu você. Canalize essa raiva e use a seu favor. — Adrian continuou gritando palavras de encorajamento violento, mas Margrete não precisava mais. Ela já tinha um rosto cruel e familiar em mente.

Ela o imaginou — olhos azuis de aço, o sorriso depravado, a forma como sua mandíbula pulsava sempre que ela dizia algo que o desagradava — o que ela fazia com frequência.

Então Margrete viu seu pai diante dela, não Adrian, pulando, zombando. Em sua mente, ele estava estendendo a mão, pronto para jogá-la dentro da caixa, fechar a porta de ferro e a aprisionar em um reino de pesadelos inevitáveis. Monstros envolvendo seu corpo e arranhando suas entranhas.

Ele vai te colocar na caixa.

As palavras se repetiam, fluindo por seu espírito como uma chama que se recusava a ser sufocada.

Ele vai te colocar na caixa.

Margrete estreitou os olhos e curvou os lábios, expondo os dentes.

Ela não ia voltar para aquela caixa. Nem agora, nem nunca.

Seu pai saltou para frente e para trás zombeteiramente.

Margrete podia ouvi-lo chamá-la de inútil. De desapontamento.

De *desperdício*.

Todas as palavras rudes pelas quais ela tinha sido chamada ao longo da vida rugiram em seus ouvidos, e através do estrondo de memórias malignas, a caixa brilhou como um sinalizador — um símbolo da vida que ela sempre desejou deixar.

Não vou voltar.

Quando o punho de Margrete colidiu com o peito de Adrian, uma onda de agressão gratificante jorrou da sua alma, dos seus ossos e do punho cerrado. Essa força — composta por ressentimento e raiva profunda — surgiu como uma onda trovejante.

Adrian estremeceu com o impacto, seu sorriso fácil apagado do rosto.

Tropeçando para trás, ele se acalmou, os olhos arregalados.

— Você... — Ele tossiu, o ar saindo dos seus pulmões. — Você é mais forte do que parece.

Embora ele se esforçasse para retornar ao comportamento indiferente de antes, não foi convincente. Margrete notou cada olhar preocupado e cada contração da sua mandíbula, a maneira como ele esfregava o esterno.

— Talvez devêssemos brincar com aquela besta agora — sugeriu ela, soltando a mão. De repente, ela não queria mais socar nada, mesmo que tivesse a cara de um monstro. A forma como Adrian a olhava estava deixando um gosto amargo na boca e, na verdade, sua mão doía.

Ele assentiu, muito rapidamente, e caminhou até onde a besta estava orgulhosamente exibida.

— Posso te perguntar uma coisa? — disse ela, ansiosa por dissipar a tensão crescente.

Adrian apoiou o arco da besta no ombro.

— Claro.

— Você não é realmente... humano?

Ele mordeu o interior da bochecha, pensativo, e ela ficou grata quando sua expressão suavizou.

— Nós somos, de certa forma. Mas não, não somos inteiramente humanos. Pense assim. Os Azantianos nascem *do* mar. Nosso povo foi criado a partir da espuma do mar e das almas perdidas que o oceano guarda. Podemos parecer e agir como você, mas nossas veias fluem com sangue e água salgada.

— Você é imortal? — Ela realmente não havia considerado isso, mas lutar para sair da ilha poderia ser ainda mais difícil do que o esperado por causa disso. Se ela realmente enfiasse uma faca no coração de um Azantiano, ele morreria?

— Nós envelhecemos em um ritmo mais lento e nos curamos rapidamente — respondeu Adrian. — Mas não, nós não somos imortais. No devido tempo, nós morreremos.

Margrete assentiu, os olhos baixos.

— Entendo — disse ela, quando, na verdade, se sentia mais cega do que nunca.

— Imagino que seja difícil entender, mas você vai chegar lá. — Adrian bateu em seu ombro e lhe entregou a besta.

Afastando-se dos pensamentos dos deuses mortais e do mar, Margrete segurou a arma conforme ele instruía. Ele ajustou aqui e ali e mostrou como colocar as flechas com seu próprio arco.

Deslizando o pé pelo estribo, Margrete se abaixou, colocou as mãos de cada lado da coronha e puxou a corda do arco com as duas mãos. Quando ela o trouxe para o mecanismo de engatilhamento, um clique audível soou.

— Agora a flecha. — Adrian entregou-lhe uma, e ela a colocou na ranhura de forma que a ponta tocasse a corda. — Aí está. — Ele a ajustou em uma postura adequada. — Agora é só puxar o gatilho.

Ela olhou para ele.

— Você percebeu que me deu uma arma totalmente carregada?

Ela era realmente *tão* inofensiva? Tudo que ela precisava fazer era mirar e puxar o gatilho, e ele estaria morto.

— Se você quisesse me matar, teria pegado a lança quando chegamos e pelo menos tentado enfiá-la em mim. Mesmo se você, de alguma forma, conseguisse me atingir, os corpos Azantianos não sofrem o mesmo dano que os dos humanos. Provavelmente ficaria com um arranhão.

Ela olhou para a flecha, pensativa.

— E se eu mirasse na sua cabeça? — perguntou ela, curiosa depois que ele tinha dado mais detalhes sobre a mortalidade Azantiana.

— Então eu diria que sua pontaria é excepcional e eu teria um funeral adorável. Mas vendo que é a primeira vez que você segura um arco, vou apostar que estou seguro. Por enquanto — adicionou ele com uma piscadela.

— Os Azantianos são realmente as pessoas mais estranhas que já conheci — murmurou ela, concentrando-se no arco e no peso reconfortante em suas mãos. Seu corpo tremia de poder. Um zumbido fluiu pelos braços e desceu até a ponta dos dedos. Era bom segurar o arco, como se ela fosse uma força a ser reconhecida. Com o dedo indicador no gatilho, Margrete inspirou e apontou para um alvo amarelo. Tudo que ela queria era furar a madeira pintada.

— Eu não entregaria a ela uma arma se fosse você!

O dedo de Margrete puxou o gatilho, liberando a flecha enquanto ela se virava em direção à nova voz. A flecha passou zunindo pela orelha de Bay assim que ele emergiu no terraço, a ponta afiada atingindo o vidro com um estrondo antes de cair inofensivamente nas pedras.

— Ai — suspirou Margrete, boquiaberta e se desculpando. — Eu sinto muito *mesmo*.

Bay acenou com a mão como se esse tipo de coisa acontecesse o tempo todo.

— Não se preocupe, mas, se eu não soubesse que não é verdade, diria que você tem algo contra mim. Primeiro, você me coloca em apuros com Bash, e agora atira flechas na minha cabeça. Pelo jeito, tenho que me cuidar perto de você. — Ele movimentou as sobrancelhas e caminhou até Adrian, abraçando-o com amor. — Senti sua falta — ronronou ele, inclinando-se para beijar os lábios do namorado.

— Também senti sua falta. — Adrian se curvou para ficar da altura do homem que ele beijou com ternura. — Eu estava treinando Margrete.

— Furtiva já sei que ela é. Com treinamento suficiente, pode até superar você. — A sinceridade no sorriso de Bay a aqueceu e a surpreendeu, como se ela não tivesse feito dele o alvo da ira do rei algumas noites antes. — Não deixe que ele a pressione demais — avisou, apontando o dedo na direção de Adrian.

Adrian revirou os olhos e balançou a cabeça, mas estava sorrindo de orelha a orelha.

— Você é ridículo, Bay.

— Eu sei disso muito bem — respondeu ele, depois de um suspiro, e olhou novamente para Margrete. — Bom, estarei por aqui para o jantar esta noite, se você quiser melhor companhia. Mas não vou mais acompanhar você por aí. — Ele fingiu um estremecimento.

Margrete mordeu o interior dos lábios para não sorrir.

— Eis uma decisão inteligente.

Bay deu mais um selinho em Adrian e acenou de forma brincalhona para Margrete. Em um borrão de passos suaves, ele se foi.

— Eu gosto dele — disse ela em voz alta, para o deleite de Adrian. Ele irradiava o tipo de felicidade que Margrete não acreditava ser possível. Ela duvidava que, algum dia, encontraria tanta alegria ou companheirismo em outra pessoa. Para ela, parecia tão inalcançável quanto a liberdade. — Estou surpresa que ele não esteja...

— Chateado porque você o enganou? — Adrian riu. — Ah, ele ficou impressionado com você, embora não tenha admitido isso. Bay admira quem não recua quando encurralado, e tem uma fascinação particular pela humana que sabe como irritar o rei.

Margrete se arrepiou.

— Não tanto assim — respondeu ela. Se havia uma verdade naquilo tudo, era que o rei que *a* irritava.

Não que ela fosse admitir.

Os lábios de Adrian se curvaram em um sorriso cúmplice, mas não discutiu. Em vez disso, falou:

— Vou te levar até o quarto para tomar um banho, se quiser. Tenho certeza de que seus músculos agradeceriam depois de hoje.

Ela assentiu, ansiosa para tirar as roupas suadas e ficar longe dos olhos perspicazes de Adrian.

Eles estavam quase na porta quando ela percebeu um movimento com o canto do olho. Retardando seus passos, ela esquadrinhou as janelas do palácio até que viu um rosto bonito emoldurado por fios ruivos.

Bash.

Um batimento cardíaco depois, ele se foi, as cortinas voltando ao lugar onde ele estava.

O rei de Azantian estava observando seu treinamento, e Margrete não sabia como se sentir quanto a isso. Tudo o que ela sabia era que seu pulso acelerou no momento em que seus olhos se encontraram.

Ele deu a ela a chance de treinar, dizendo que nenhuma mulher — nenhuma *pessoa* — deve ser indefesa. Por causa dele, Margrete percebeu que queria aprender como se defender, pelo menos para nunca se sentir tão desamparada novamente.

Pela primeira vez, ela não pensava em Bash como seu inimigo, e esse era um pensamento assustador.

CAPÍTULO QUINZE
Margrete

Margrete voltou para o quarto pingando de suor. Adrian explicou que havia criados disponíveis caso ela precisasse de ajuda com o banho. Ela garantiu que não precisava. Margrete não queria mais olhos nela, não com os sentinelas extras já de guarda na varanda. Bash deveria saber que a presença deles era inútil. Ela não cometeria o mesmo erro duas vezes.

Pegou a primeira roupa que encontrou e a levou dobrada para o banheiro. Com prazer, encontrou a banheira de cobre já cheia, o vapor subindo da água. Adrian deve ter enviado alguém para cuidar daquilo. Depois de fechar a porta para conter eventuais olhares curiosos, ela tirou as roupas encharcadas de suor e as jogou no canto.

A temperatura da água estava perfeita, entre escaldante e quente. Seus músculos doloridos suspiravam enquanto ela afundava ainda mais, músculos que ela não sabia que tinha.

Uma hora depois, Margrete ainda estava na banheira, mesmo com a água já fria. Ela pensou na irmã e no pai, e em tudo o que ela tinha visto em apenas três dias. Margrete sentia como se tivesse suportado uma vida inteira desde o dia do casamento, um dia que ela não gostaria de repetir... mesmo sem o ataque mortal e o sequestro.

Quando os dedos não passavam de ameixas secas, ela se levantou da banheira, secando-se rapidamente e passando uma toalha no cabelo. Ela pretendia vestir as roupas limpas, mas as peças que tinha separado eram grandes demais. Felizmente, um robe de seda estava pendurado perto da porta. Ela o pegou e passou para o quarto enquanto o vestia.

Uma tosse quebrou o silêncio. Margrete deu um pulo ao ver o visitante inesperado encostado na cômoda com os braços cruzados.

— Lamento perturbá-la.

Ela apertou a faixa do robe na cintura.

— Eu duvido muito disso.

Bash se afastou da cômoda e se aproximou.

Por que a respiração dela parou com a aproximação dele? E por que seus olhos traidores se inebriavam da maneira como a camisa branca se agarrava ao peito forte do rei? Deuses, até a forma como as malditas calças abraçavam a parte inferior do corpo dele causava tensão em sua barriga.

Um sorriso predador se espalhou por seus lábios carnudos, indicando que ele estava longe de se arrepender de perturbá-la. Na verdade, ele não fez nenhuma tentativa de esconder o olhar errante. Ela sentiu aquele olhar verde em todos os lugares. Flutuando sobre sua boca. Permanecendo em seus seios. Dançando até os pés descalços e depois subindo por todo o corpo de forma longa e preguiçosa.

O calor aqueceu suas bochechas — e outros lugares —, enquanto os olhos dele se tornavam tempestuosos e semicerrados.

Com a respiração mais difícil do que deveria, ela disse:

— Você sabe que pode... *removê-los*. — Ela indicou com a cabeça os guardas em sua varanda. — Não sou burra o suficiente para tentar fazer aquilo de novo, e prefiro não ter uma plateia quando desejar me despir. — Ela não ligava para os olhos dos homens nela o tempo todo. Bom, não a maioria dos homens, de qualquer maneira. Ela empurrou esse pensamento para o fundo da mente. — Também é bastante enervante ter alguém cuidando de você enquanto dorme — acrescentou.

Algo escuro cintilou nas feições dele.

— Eles incomodaram você?

— Não, nada disso. — Ela entendeu exatamente o que ele quis dizer.

— Simplesmente não me sinto confortável com eles do lado de fora dos aposentos.

O olhar dele flutuou para a varanda e, de repente, ele estava se movendo a passos largos, abrindo as portas e sibilando ordens. Segundos depois, os guardas passaram por ela, escapando pelo portal e ficando fora de vista.

Bash voltou, as nuvens que escureciam seus olhos se dissipando. Ela estava prestes a abrir a boca para agradecer, mas se lembrou de que fora por vontade dele que os guardas estavam lá, para início de conversa.

— Então. — Ele pigarreou. — Vim aqui para lhe dizer que parece que estamos adiantados.

— O que isso significa?

— Significa que seu pai aceitou nossos termos. Partiremos para o local combinado em cinco dias.

Ela estava prestes a partir. Já. Voltar para casa e para o pai. Para o conde, se ele ainda estivesse vivo e quisesse se casar com ela.

Não conseguira escapar. Falhara em encontrar uma maneira de se libertar do alcance do capitão. Ela não tinha planejado voltar para Prias, ou mesmo Cartus, mas agora não havia escolha. Seus pensamentos a deixaram sentindo como se estivesse perdida entre dois mundos, algo a que ela deveria estar acostumada naquele momento da vida.

Margrete queria contar tudo isso a Bash, pedir ajuda, mas não confiava que ele não a trairia, e era orgulhosa demais para pedir ajuda, já que presumia que ele apenas negaria. Bash deixara suas prioridades muito claras, e ela não era uma delas.

— Por que não amanhã, então? — Se o pai tinha concordado, por que não zarpar imediatamente? Quanto mais cedo aquilo tudo acabasse, melhor. Não podia se dar ao luxo de sonhar acordada.

Bash mudou de posição.

— Isso foi o que informaram aos nossos batedores. Que o capitão pediu um tempo para se preparar. — Suas mãos se fecharam ao lado do corpo e ele tensionou a mandíbula.

— Entendo. — Fazia sentido. Arrumar um navio não era uma tarefa fácil. — Bom, ótimo, então. — Ela engoliu em seco, os olhos vagando para o chão e examinando as botas gastas de Bash. Era mais fácil repreender silenciosamente a aparência do rei do que lidar com as emoções.

— Nesse ínterim — disse Bash —, resolvi permitir que Adrian acompanhe você pela cidade.

Seus olhos se ergueram. Por que diabos ele faria isso? Ela queria perguntar, mas pensou melhor. Era uma oportunidade. Clara e simples.

— Estou confiando que você vai seguir as ordens dele — acrescentou ele, vendo o sorriso que enfeitou seus lábios. — Eu não deveria permitir tal coisa — falou, como se lesse pensamentos —, mas talvez eu não seja o pirata bastardo que você acredita que sou.

E assim, seu rosto se transformou em pedra, a lembrança do que eles eram um para o outro pesando no ar do quarto. Seus olhos ficaram opacos, sem o brilho típico, aquelas faíscas brincalhonas que queimavam sempre que ele a olhava. Sempre que ele a provocava.

Por alguma razão fútil, ela desejava persuadir aquele lado dele agora, apenas para destruir a fachada apática que ele usava.

— Eu vou, *ãh*, deixar você se vestir, então. — Algo semelhante a um tom de arrependimento apertou sua voz, transformando-a em um sussurro hesitante.

Margrete cruzou os braços sob os seios, sem saber como reagir. A visão de sua garganta se movendo fez suas sobrancelhas franzirem. Havia algo que ele não estava dizendo, algo que ele estava escondendo. Fosse o que fosse, estava torcendo-o por dentro.

— Tudo bem — concordou ela. Ela poderia perguntar o que o incomodava, mas tinha um pressentimento de que ele não contaria em que estava pensando. Eles não se conheciam tão bem assim e, definitivamente, não deviam nada um ao outro.

— Bom — disse ele.

— Ótimo — acrescentou ela.

Eles pareciam estar alternando palavras diferentes com o mesmo significado. Não parecia que estava tudo *bem*, ou *bom*, muito menos *ótimo*.

— Mais alguma coisa, Bash? — Um sorriso lento se formou em seus lábios. *Vamos, brigue comigo*.

— Não — vociferou ele, um pouco forte *demais*. — Nada mais. Aproveite seu tempo na cidade. Te vejo no jantar.

Margrete não deveria ter ficado desapontada quando Bash deu meia-volta e saiu — mas não antes de olhar para ela uma última vez.

Aquela última olhada, a maneira como seus olhos procuraram os dela, indicava que aquele gesto era muito mais do que um olhar para trás.

Assim que a névoa rodopiante do portal o tragou, Margrete agarrou as bordas da cômoda até os nós dos dedos ficarem brancos.

A ideia de "casa" era mais paralisante do que a ideia de sequestros e resgates. Casa significava a caixa de ferro. Compromisso. Casamento. Um destino indesejado do qual ela não poderia fugir.

Mas Margrete não queria mais desempenhar o papel que o destino escolhera.

Ela tinha que fazer sua própria magia. Esculpir seu destino.

Ela não seria entregue como um prêmio.

Devia haver uma maneira de sair desta ilha.

E ela pretendia encontrá-la.

No final daquela tarde, Adrian emergiu do portal com os olhos enrugados de entusiasmo.

— Pronta? — perguntou ele, aparentemente ansioso para bancar o guia turístico.

Margrete imaginou que Bay argumentaria que ele era a melhor escolha; ela podia sentir que o namorado espirituoso de Adrian possuía uma natureza competitiva. Ela arqueou os cantos da boca ao pensar em Bay, que a impressionou bastante durante o treinamento.

— Sim, tudo pronto. — Ela pegou o braço oferecido por Adrian. — Para onde vamos primeiro?

— É surpresa — sussurrou ele, aumentando o suspense.

Margrete revirou os olhos, mas sorriu de volta para o atordoante Azantiano. Ela não tinha imaginado que teria uma companhia tão adorável, visto que era uma prisioneira e tudo mais. Mas também nada ali era como ela imaginava.

Azantian consistia em edifícios de vidro marinho e, entre eles, mercados animados prosperavam. As estradas eram feitas com o mesmo material das docas, e as manchas de metal reluzentes capturavam o brilho do sol, os raios dourados dançando para cima e para baixo na figura de Margrete a cada passo. Ao seu lado, Adrian a acompanhou até o caos de um mercado aberto. A sinfonia de vozes fez sua cabeça girar de excitação.

Ela avistou as tapeçarias intrincadamente tecidas e as fitas multicoloridas que vira na noite em que fugiu pelo jardim. À luz do dia, as cores a deslumbraram.

— Nosso povo adiciona uma fita aos postes para representar todos os entes queridos que perderam — explicou Adrian, em resposta à pergunta que ela não fez em voz alta. — Mas é a cor da fita que é importante. Cada cor representa o traço dominante do indivíduo. Por exemplo, o vermelho é para quem é cheio de paixão e determinação. Azul, para os leais e sábios. Amarelo, bom, Bay seria amarelo. — Os lábios de Adrian formaram um sorriso despreocupado. — Ele é definitivamente espirituoso e muito corajoso.

Margrete inclinou a cabeça para trás para olhar as fitas tremulando acima das ruas, todas representando uma pessoa que deixou aquele mundo. Ela achou lindo que, mesmo na morte, aquelas almas ainda acrescentassem luz e cor à ilha.

—Existem cinco mercados distintos — Adrian seguiu falando, baixando a cabeça para murmurar em seu ouvido acima do rugido dos clientes. — Em um, vendemos frutos do mar frescos, frutas e vegetais. Outro, que chamamos carinhosamente de Recife, é especializado em tecidos coloridos, lençóis transparentes e roupas luxuosas. — Adrian foi se animando conforme falava de sua terra. — Mas o meu favorito é o Quill Row. Lá dá para encontrar todos os tipos de tintas, pergaminhos e livros com capa de couro. Tenho problemas semanais com Bay por gastar muito dinheiro nesse mercado.

Ele deu um sorriso malicioso, e Margrete se perguntou se ele gostava tanto de livros quanto ela.

— Ah, e os dois últimos mercados são especializados em animais terrestres de sangue quente e armas feitas à mão. Azantian tem as melhores lâminas que existem — contou ele com orgulho.

— Mal posso esperar para visitar todos eles. — Era verdade, mesmo que o maior incentivo do passeio fosse se familiarizar com o ambiente.

Ela fez uma pausa. Um pensamento arranhava sua mente desde a conversa com Bash naquela manhã.

— Adrian, tenho que perguntar uma coisa... — Ela parou, e o comandante parou ao seu lado. — Não consigo entender por que Bash está permitindo isso. Eu sou seu resgate, mas ele está me deixando andar pelas ruas de Azantian, até mesmo colocando armas nas minhas mãos e a habilidade de um lutador nos meus ossos. Ele espera que, se falhar, eu mate meu pai por ele, mas não sabe o que posso fazer quando voltar para o Capitão Wood. Tudo parece um tanto... tolo.

Isso era o que ela queria ter falado a Bash mais cedo, mas seria a jogada errada. Adrian parecia mais seguro, como se fosse ouvir a pergunta como curiosidade, não como uma ameaça.

Adrian riu e apontou para um homem robusto observando de uma varanda acima das ruas. As mãos do homem estavam escondidas de vista e seu olhar de aço parecia tão pesado quanto um toque. Adrian apontou para o outro lado da rua, onde outro homem aparentemente inofensivo estava encostado em uma das barracas, alerta e observando Margrete com o canto do olho.

— Bash é tudo, menos tolo — declarou Adrian. — Eu acho que uma parte dele deseja que você veja como nossa ilha e nosso povo são lindos, de modo que, se voltar para o exterior, possa se inclinar a proteger nosso segredo. — Ele olhou para o homem no final da barraca novamente e de volta para Margrete. — Mas não duvide de que ele está sempre observando. Faça *qualquer* bobagem e aqueles homens a trancarão naquele cômodo antes que você possa amaldiçoar nosso rei.

Adrian avançou, levando Margrete com ele na direção da multidão agitada de clientes. Ela deveria saber que Bash designaria guardas para segui-los, e ela aceitou isso como um desafio. Ele achava que ela tentaria fugir.

E não estava errado.

Enquanto isso, ela fazia uma ideia melhor do desenho da ilha.

Embora sua partida fosse iminente, era uma visão que ela não esqueceria, e estar entre a confusão dos mercados prósperos aqueceu seu sangue das maneiras mais emocionantes. O povo espirituoso de Azantian combinava com os tons pastel das casas — sendo os azuis, os verdes, os roxos e o rosa coral as cores mais proeminentes. As roupas eram esvoaçantes e soltas e, muitas vezes, mais reveladoras do que Margrete estava acostumada. As mulheres usavam orgulhosamente vestidos com decotes profundos que iam até o umbigo, e os homens trabalhavam sem camisa, com o sol bronzeando suas costas.

Margrete teve que desviar o olhar errante, especialmente quando um vendedor atraente no mercado de armas se aproximou dela e de Adrian.

— Nós temos as melhores lanças! Esta seria perfeita para você! — gritou ele para Adrian, que o dispensou. O homem sem camisa tinha músculos abdominais ondulados, um V profundo levando...

Ela olhou para tudo ao redor, menos para o homem seminu que, felizmente, correu na direção de outro cliente. Deuses, por que ela estava se lembrando da aparência de Bash na noite anterior? Aquele peito musculoso e brilhante. Aquele corpo duro pairando sobre ela. Sua boca tão...

— Eu não te culpo — disse Adrian, tirando-a dos seus pensamentos. — Esse vendedor é muito atraente. — Ele recomeçou a andar, então parou e sussurrou: — Não conte a Bay que eu falei isso.

Margrete riu, imaginando os problemas que ele teria se ela mencionasse isso para Bay. Com base no olhar de medo nos olhos de Adrian, ela imaginou que seu namorado poderia ser do tipo ciumento.

— Seu segredo está seguro comigo — jurou ela, parando por um momento para apreciar o mercado esplendidamente caótico ao redor deles.

Aquele mercado era o mais próximo do palácio, com todos os tipos de armas e defesas exibidas com orgulho. As ruas eram de uma cor âmbar forte e as portas das casas eram pintadas de um creme exuberante. À medida que se aproximavam do Recife, as avenidas se transformavam em um tom pêssego divino, com as portas e venezianas tingidas de turquesa brilhante.

Uma brisa farfalhou as palmeiras que ladeavam as avenidas, fazendo os cocos pendurados sob as copas das folhas balançarem. Notas cítricas flutuavam para suas narinas, um aroma arejado que a lembrava de longos dias de verão.

Adrian a empurrou para uma loja pitoresca que vendia vestidos habilmente trabalhados e roupas finas, e a convenceu a deixá-lo comprar um vestido esvoaçante cor de cobalto com um decote ousado. Seu pai desaprovaria totalmente, e por mais tentada que ela estivesse a usar uma roupa tão escandalosa, ela preferia as calças.

Eles tinham acabado de sair da loja e estavam passando por uma barraca cheia de anéis de prata e outras joias variadas quando uma mão gelada agarrou seu pulso.

Margrete virou-se. Olhos azuis delineados com kajal borrado a fitaram, maravilhados. A mão que segurava a dela pertencia a uma mulher com cabelos brancos e lisos, a pele envelhecida em um belo tom de cobre.

— Com licença. — Adrian fez menção de intervir, mas Margrete ergueu a mão livre. Havia algo naquela estranha que exigia atenção, e quando ela abriu a boca para falar, os sons frenéticos do mercado diminuíram até formar um rugido impreciso.

— Para você. De graça — disse a mulher, colocando algo frio e metálico em sua mão. Margrete franziu a testa. — Não é todo dia que encontro uma criatura como você.

A estranha ainda agarrava seu pulso, mas Margrete abriu a palma e encontrou um anel deslumbrante. Delicado e feminino, o anel exibia intrincados redemoinhos e estrelas-do-mar gravados no metal fino. Eles a lembravam da tatuagem de Bash.

— Eu-eu não posso aceitar — gaguejou ela, tentando libertar a mão e devolver o presente incomum. A mulher balançou a cabeça e enfiou o anel mais fundo na palma da mão de Margrete.

— Foi feito para você. Eu soube assim que te vi.

Seu coração trovejou quando a mulher inclinou a cabeça, os olhos azuis examinando o rosto de Margrete com um interesse de arrepiar.

— Vejo isso em você, garota — continuou a idosa. — Algo escuro e velho. Algo que quase me lembro de ter sentido há muito tempo.

Com isso, Margrete *realmente* puxou a mão para libertá-la. O anel parecia estranhamente pesado.

— Vamos lá. — Adrian a fez seguir em frente, mas ela não conseguia parar de olhar para a mulher. Não conseguia parar de repetir as palavras misteriosas em sua mente.

— Eles estão procurando por você! — gritou a estranha enquanto Adrian puxava Margrete para longe.

Uma onda de clientes preencheu a rua. Margrete espiou por cima do ombro, procurando a mulher, mas ela não estava em lugar nenhum.

— Quem era aquela? — Margrete olhou para a mão, observando o anel com cautela.

Adrian suspirou.

— Arabel. Ela é um pouco maluca, mas completamente inofensiva. Não ligue para ela.

Mais fácil falar do que fazer.

Margrete estremeceu, mas colocou o anel no dedo indicador. Era gelo contra seu calor, um peso agradável que a centrou.

— Vamos. — Adrian sorriu, tirando-a dos seus pensamentos. — Ainda há muito para ver. — E assim Margrete o seguiu, deixando a mulher e suas palavras enigmáticas longe de seus pensamentos.

Quando chegaram no último mercado, já estava ficando tarde. As barracas fervilhavam com cocos impressionantes, laranjas picantes, abacaxis pontiagudos e mangas coloridas. Os vendedores se gabavam para todos que quisessem ouvir que seus produtos eram os melhores, em uma disputa interminável entre as barracas vizinhas.

Um comerciante vendendo fatias de abacaxi no espeto avançou, e Adrian prontamente jogou para ele uma moeda de prata.

— Experimente. É divino. — Ele entregou a Margrete o espeto de madeira.

Margrete caminhou pelas ruas coral provando as frutas doces. Seus sucos escorriam pelo queixo, que ela enxugava com a manga da camisa. O sol estava se pondo, seus raios cor de damasco e açafrão batendo contra o céu claro. Margrete estava prestes a sugerir que voltassem para o palácio quando avistou um rosto familiar em seu caminho.

Ela engoliu em seco. Bash. Ele caminhava pelas ruas parando e cumprimentando cada ilhéu que chamava seu nome. Eles apertavam sua mão e alguns se curvavam. Crianças pequenas corriam até ele, puxavam sua camisa e ofereciam sorrisos. Em vez de afastá-los, Bash sorria, o sorriso malicioso se transformando em algo radiante. Ansiosa para chegar até ele, uma menina tropeçou e arranhou o joelho. Bash a pegou em seus braços, instantaneamente livrando-a de uma carranca.

— Eles o amam — disse Adrian, que estava ao lado dela.

Algo dentro do peito dela apertou.

— Dá para ver bem.

De fato, o povo Azantiano parecia honrar seu rei, e Margrete ficou surpresa por vê-lo andando livremente sem guardas ou segurança. Seu pai levava quatro seguranças para onde quer que se aventurasse, já que o povo de Prias não se sentia tão feliz com o líder não oficial.

Bash percebeu os olhos vidrados de Margrete do outro lado da rua quando a menina em seus braços saltou para correr de volta para a mãe. Por um momento, Margrete ficou paralisada, o coração disparado, uma onda de adrenalina latejando dentro do peito.

Ele parecia estar sob o mesmo feitiço, seu cabelo ruivo voando descontroladamente sobre seu rosto ao sol poente, destacando a cicatriz na testa. Margrete se perguntou como ele recebeu um ferimento tão cruel.

Ele estava se lembrando da noite passada? Do momento que quase compartilharam? Talvez da manhã daquele dia?

Margrete desejou que seu pulso não acelerasse e sua respiração não parasse, mas era inútil. Quer eles estivessem brincando, discutindo ou se olhando, a presença de Bash tinha uma maneira de atear fogo aos seus nervos. Era emocionante, e totalmente perigoso.

A atenção de Bash se desviou momentaneamente para o anel em sua mão antes que ele quebrasse o contato. Com um aceno curto para Adrian, ele virou em uma rua lateral, que levava na direção oposta. Ela notou como as mãos dele se fecharam de leve ao lado do corpo e seus passos ficaram mais fortes.

Margrete se recompôs e olhou para Adrian, cuja expressão impassível não denunciava nada. Ela sentiria falta dele quando partisse. De Adrian. Não de Bash. Se tivessem oportunidade, Margrete imaginou que ela e o comandante se tornariam bons amigos. Ela não tinha muitos assim.

Mas seu novo amigo não estava olhando para ela. Adrian estava muito ocupado olhando para Bash, que se afastava, uma expressão curiosa torcendo suas feições.

— Hummm. — Foi tudo o que ele disse, um leve sorriso puxando os lábios. — Interessante.

CAPÍTULO DEZESSEIS
Margrete

Margrete e Adrian estavam voltando quando ela avistou uma fila de ilhéus caminhando em direção às praias. Jovens e velhos, eles carregavam pequenos cestos de madeira. Uma abundância de flores de um tom forte de laranja e amarelas decoravam as laterais trançadas.

— Aonde eles estão indo? — Margrete perguntou, agarrando o braço de Adrian e fazendo-o parar. O sol estava quase se pondo, a lua subindo para reinar no céu.

Adrian suspirou, inclinando a cabeça em direção à crescente reunião.

— Estão se preparando para homenagear seus mortos.

Margrete encarou a luz que diminuía com os olhos semicerrados, observando como uma garotinha de cabelos loiros e olhos azuis brilhantes puxava as saias da mãe, lágrimas secas em suas bochechas rosadas. Ela não pôde deixar de pensar em Birdie.

— Quando um Azantiano finalmente morre — continuou Adrian —, nós tecemos cestos, colocamos o bem mais precioso do nosso ente querido dentro dele e o oferecemos ao Deus do Mar. É nossa maneira de dizer adeus. — Ele fez uma pausa. — É nossa maneira de honrar as águas de onde viemos. Das ondas viemos e para elas voltamos.

A menina sorriu para a mãe, que deve ter sussurrado palavras suaves no ouvido da filha. Elas desapareceram na trilha, substituídas por mais ilhéus e suas cestas coloridas.

Adrian a seguiu conforme Margrete se dirigia a eles, impelida pela curiosidade, talvez. Ela não parou até suas botas atingirem a areia dourada.

Dezenas de ilhéus vestindo sedas e joias finas espalhavam-se pela praia, braços carregados de tesouros, suas famílias ao seu lado. Alguns tinham lágrimas nos olhos, e outros exibiam sorrisos tristes, mas todos olhavam com reverência para as águas calmas que banhavam a costa de Azantian, o horizonte infinito formando uma linha intocável à distância.

— O que estão esperando? — perguntou Margrete.

— Eles esperam a noite chegar — respondeu Adrian. — Então, colocarão suas oferendas no mar e dirão o nome da pessoa amada.

Adrian passou o braço pelo dela, embora permanecesse cativado pela procissão. Margrete se inclinou em seu ombro e os dois compartilharam um momento silencioso de contemplação.

Quando a escuridão chegou, um canto, profundo e reverente, encheu o ar e se misturou com a brisa salgada.

Margrete ouviu. Ela não reconheceu as palavras, mas seu coração as entendeu bem o suficiente. Um por um, os pequenos grupos vagaram até as ondas, os pés descalços recebendo as cócegas das águas cristalinas. As famílias se reuniram em torno das cestas de flores enquanto oravam, o nome do falecido murmurado em seus lábios.

Foi comovente e lindo, e Margrete se viu tirando as botas e suspirando quando os grãos tocaram sua pele exposta. Respeitosa com os enlutados, ela não se aproximou da água. A beleza com que as famílias abandonaram seu amor ao mar a hipnotizou, derretendo seu coração.

O canto se intensificou até triunfar sobre a brisa sibilante, até que tudo o que podia ouvir era a oração dos enlutados. A garotinha que ela tinha visto antes ocupou seu lugar ao lado da mãe. Foi a vez delas se despedirem, e a mãe se engasgou com as lágrimas que escaparam.

Margrete se assustou quando a mulher tropeçou, os pés tão instáveis quanto o coração dela. Ela estava prestes a cair nas ondas quando um homem correu para perto e colocou um braço em volta da sua cintura.

O cabelo ruivo brilhava ao luar suave, seus olhos verdes entristecidos enquanto ele segurava a mulher enlutada de pé. Margrete não tinha visto Bash chegar. Provavelmente porque estava focada na procissão dolorosa para notar.

Mas agora o rei era tudo o que ela podia ver, e seu peito apertou quando ele abraçou mais a mulher chorosa, envolvendo-a. A criança segurava a cesta e olhava para Bash com olhos questionadores. Ele assentiu, falando palavras reconfortantes no ouvido da mãe e afagando os fios loiros que chicoteavam suas bochechas.

A menina entrou nas ondas e colocou a cesta no mar agitado, uma única lágrima escorrendo sobre a oferenda tecida. Ela ficou lá, olhando enquanto as águas aceitavam a cesta, as saias encharcadas e os cabelos uma bagunça emaranhada pelo vento impiedoso.

Bash se manteve firme enquanto as ondas entregavam a cesta ao Deus do Mar. Sua atenção permaneceu fixa na mulher que ele segurava, balançando-a para frente e para trás em seus braços enquanto ela chorava, sussurrando palavras de conforto.

Uma rajada de vento gelado, tão diferente da umidade da ilha, soprou nas bochechas de Margrete. Ela estremeceu, e arrepios espetaram seus braços. A estranheza da brisa fresca deixou sua mente tão rápido quanto chegou, pois uma faísca de luz cintilou através das ondas.

Ela prendeu a respiração quando a faísca se tornou uma chama.

As cestas oferecidas foram acesas. Luzes azuis pálidas iluminaram a escuridão, as almas dos falecidos parecendo dar seu último adeus.

As cestas balançavam em suaves ondas, o brilho luminescente totalmente sobrenatural, um encantamento do qual Margrete não conseguia desviar os olhos. Seus lábios se separaram quando uma lufada de ar deixou seus pulmões, a exibição de magia e esplendor sombrio de tirar o fôlego. Ao lado dela, Adrian deixou escapar um suspiro audível. Ela tinha esquecido que ele estava lá.

— Isso não aconteceu desde... — O rei ergueu a cabeça para encontrar o comandante. Seus olhos se encontraram, e eles trocaram um olhar de cumplicidade.

— Desde quando? — Margrete sussurrou, voltando-se para Adrian.

A mandíbula do comandante afrouxou e os olhos se arregalaram. Ele engoliu em seco antes de responder.

— Já se passaram mais de duas décadas desde que o mar mostrou aceitação.

As sobrancelhas de Margrete franziram quando Bash ergueu a cabeça na direção dela, os olhos vigilantes e ferozes. Ele a olhou como se ela fosse uma pergunta que ele não pudesse responder, um enigma colocado diante dele para resolver.

Ela estava prestes a perguntar a Adrian por que fazia tanto tempo quando um estrondo sacudiu a costa. O que começou como um tremor rapidamente se transformou em um grande terremoto. Os joelhos de Margrete cederam com o estremecimento do mundo, as cestas brilhantes se desfocando em uma linha azul distorcida no horizonte.

— Margrete! — Adrian passou os braços em volta da cintura dela e a puxou para o chão. Um coro de gritos e berros ecoou enquanto os ilhéus corriam das águas para a praia, seus cestos agarrados nas mãos trêmulas.

— O que está acontecendo? — perguntou Margrete, engasgando. O corpo gigante de Adrian bloqueou sua visão enquanto vibrações dançavam por seu corpo e um vento estranho zumbia em seus ouvidos.

O pânico cresceu. Ela envolveu as mãos com força em torno do seu companheiro, embora ele permanecesse em silêncio.

Outra mão agarrou seu braço, o toque quente e abrasador. Bash pairou sobre eles como um deus colérico, serpenteando os dedos em volta do braço dela enquanto examinava a ilha.

— Adrian. — Bash estreitou os olhos. — Verifique Ortum.

Margrete não teve tempo de entender o que isso significava, porque Adrian deu um pulo, deixando-a encolhida sob Bash.

O chão ainda tremia, mas, quando as reverberações ficaram mais fracas, Bash a ergueu contra ele, envolvendo seus braços quentes ao redor dela como uma cinta de aço.

— Você está bem? — Bash a puxou para seu peito, segurando-a da mesma forma como fez com a mãe em luto. Margrete não entendeu o que estava acontecendo, mas, quando abriu a boca para dizer que estava bem, o tremor parou.

Ela ergueu a cabeça e examinou a ilha. Os gritos que antes enchiam o ar foram substituídos por um silêncio assustador. Nenhum som chegou aos seus ouvidos — nenhum, exceto a respiração pesada de Bash.

— O que aconteceu? — perguntou ela mais uma vez, agarrando a camisa de Bash, com as mãos nas costas dele. Ela não tinha certeza se queria saber, dado como o rosto dele se contorceu de medo incomum.

— Eu pretendo descobrir, com certeza, mas não posso ignorar o que sei ser verdade. — Foi tudo o que ele disse, puxando-a para mais perto do seu peito. Ela podia ouvir seu coração batendo descontroladamente. Do que ele suspeitava?

Por mais que quisesse fazer mais perguntas, seus lábios permaneceram congelados, o coração batendo descompassado desde o começo dos tremores. O abraço de Bash era tão forte quanto seu coração, embora aparentemente o perigo tinha passado. Ele moveu as mãos para a parte inferior das costas dela e esfregou círculos suaves e distraídos com os dedos.

— Estou bem, Bash — assegurou ela, procurando respostas em seu rosto selvagem. Ele desviou a atenção da ilha e olhou para baixo até encontrar os olhos dela.

Como se percebesse que ainda a segurava, Bash afrouxou o abraço, mas não a soltou totalmente.

— Precisamos levá-la de volta para seu quarto. Lá você estará segura.

Segura *lá*? Ela se sentia segura *ali*. Com *ele*.

Ela odiava o quão segura se sentia em seus braços. Ele não precisava mandar Adrian embora. Poderia ter deixado seu comandante lidar com ela em vez de cuidar pessoalmente do seu bem-estar. Afinal, ele era um rei. E, no entanto, ele estava ali, envolvendo-a em seus braços, protegendo-a da única maneira que sabia.

De repente, a brisa úmida ficou muito pesada. Sufocante.

— Pode me soltar agora — sussurrou ela, embora gostasse de sentir o peso dele.

Bash estremeceu com suas palavras. Suas mãos a soltaram e o rei deu um passo para trás, os olhos sempre encarando os dela. Ela viu o tubarão em seu antebraço se mover com uma expressão condenatória em seus olhos redondos enquanto desaparecia na parte inferior do braço de Bash.

Algo assustou o rei, e não foram apenas as oferendas ou o terremoto que abalou a ilha.

Será que...

Entre os mitos que cercam Azantian, um se destacou em sua mente, uma história que afirmava que Azantian era uma prisão, e que as crianças nefastas do mar, as feras dos piores pesadelos dos marinheiros, estavam sepultadas abaixo de suas costas.

Margrete estremeceu e encarou Bash com os olhos arregalados. Ela estava pronta para abrir a boca e perguntar se o que temia era verdade, mas a rigidez da sua mandíbula a deteve. O alarme torcendo suas feições advertiu que aquela não era a hora de fazer perguntas.

— Vamos te levar de volta — murmurou ele, levantando a mão para ela segurar. — Tenho certeza de que o perigo já passou, mas prefiro que esteja em segurança dentro do palácio.

Margrete olhou para sua mão estendida, contemplando-a. Ela notou um leve tremor.

Quando os dedos dela roçaram nos dele, a surpresa suavizou suas feições afiadas como se ele não esperasse que ela aceitasse. Margrete também ficou surpresa por fazê-lo.

CAPÍTULO DEZESSETE
Margrete

Na manhã depois do terremoto, o café da manhã chegou em uma bandeja de prata, como de costume. Desta vez, porém, algo mais acompanhou seus ovos e torradas.

Um livro.

Antes de devorar o chá, Margrete pegou o grosso volume que parecia ter sido lido inúmeras vezes. As páginas estavam amareladas com o tempo. *Marés de vingança*, dizia o título, e havia uma espada gravada em ouro na capa.

Ela levou a xícara de chá fumegante aos lábios e abriu na primeira página. Lá, encontrou uma única palavra circulada em tinta preta.

Suas sobrancelhas franziram, mas ela continuou lendo... até a décima página, quando bandidos atacaram o barco do protagonista. Na cena, um dos bandidos segurou uma adaga na garganta do herói, mas o agressor hesitou em dar o golpe mortal, e o herói da história escapou do seu controle.

Rabiscado no canto inferior direito da página, com uma seta apontando para essa parte, havia cinco palavras.

Isso me lembrou de você.

Margrete soltou uma risadinha, sabendo exatamente quem tinha enviado aquele presente. Ela folheou as páginas e encontrou várias outras notas, a maioria com provocações diretas para ela. Se fechasse os olhos, conseguia imaginar a risada que envolvia cada palavra rabiscada de Bash.

Naquela tarde, Adrian foi buscá-la para outra sessão de treinamento, e ela abandonou o romance, mas, quando ele a trouxe de volta, ela rapidamente retomou a leitura. Na maioria das vezes, ela se pegava sorrindo com as piadas do rei. Nas palavras circuladas destinadas apenas para ela.

No jantar daquela noite, Bash não mencionou o livro, mas ela o pegou olhando em sua direção sempre que erguia os olhos do prato, uma faísca que apenas um segredo poderia acender.

Ela reprimiu o sorriso.

No dia seguinte, depois de ficar acordada até tarde para terminar de ler sobre o pirata e sua aventura em alto-mar, outro livro chegou com o café da manhã, dessa vez um volume fino e azul.

Ela o abriu, esperando outra obra de ficção, mas não estava preparada para o que viu escondido entre as páginas.

Poesia.

Margrete virou o livro nas mãos. Devia ser algum tipo de engano. Um homem como Bash não ofereceria palavras tão sinceras e floridas.

Não havia rabiscos nos cantos do livro, embora os cantos de várias páginas estivessem dobrados, como se o proprietário desejasse poder voltar aos seus poemas favoritos sempre que desejasse.

Uma página específica chamou sua atenção.

A Isca

Flutuo nas cristas do seu amor
E me afogo quando a maré muda

Sou um tolo, atraído pela promessa da vida selvagem
Essa doce rendição de ser arrastado para baixo
Um tolo apaixonado por uma beleza tóxica
Eu escolho o selvagem e rezo pela emoção
Pulando em um doce esquecimento de ondas viciosas
Percebendo, tarde demais, meu erro

O mar nunca dá — apenas leva

Margrete quase deixou cair o chá, mas, antes que pudesse pensar muito no que tinha lido, Adrian emergiu através da névoa do portal, vestido com suas roupas de couro de treinamento. Embora desejasse ler mais, estava ansiosa para aprender mais com o guerreiro habilidoso. Aprender a se defender era totalmente libertador.

Mais tarde, depois de lavar o suor e a sujeira do treino, ela se aninhou na varanda e consumiu toda a coleção de poemas. Então, quando Bash a encarou durante o jantar, os olhos brilhando com malícia, ela não conteve o sorriso.

Margrete acordou antes do amanhecer da terceira manhã, odiando o quanto estava ansiosa pelo próximo livro de Bash, o que ele teria escolhido para ela naquele dia, mas ainda faltava cerca de uma hora para que sua bandeja fosse entregue, e ela não tinha escolha senão ser paciente.

— Que bom. Você está acordada.

Margrete saltou com a voz, que possuía muita energia para tão cedo.

— Bom dia — disse ela a Bay, que entrou no quarto e se acomodou na cama. Ela estava grata por já ter se vestido, seus dedos trabalhando para amarrar a fita no final da trança. Era mais fácil treinar sem o cabelo voando nos olhos.

Os olhos de Bay desviaram-se para sua mesa de cabeceira, os dois livros que Bash tinha enviado em exibição, mas ele não disse uma palavra sobre eles.

Margrete pigarreou, desejando desviar sua atenção.

— Houve mais... tremores? — Ela não tinha sentido nada desde aquela noite, e Adrian tinha sido bastante discreto sobre o assunto. Talvez Bay estivesse mais disposto a se abrir.

Bay deu um suspiro, parecendo ler o desespero no seu olhar.

— Não. Não desde a outra noite. É apenas uma questão de tempo até que Ortum não consiga mais segurá-los.

— Espere. O que Ortum tem a ver com isso? — Bash pediu a Adrian para encontrar o conselheiro na noite do terremoto, mas Margrete estava chocada demais para questionar qualquer coisa.

— Merda. — Bay fez uma careta. — Achei que você soubesse.

Ela olhou para ele, as mãos indo para os quadris.

— Sabia o quê?

Ele soltou outra maldição, esta mais suja que a anterior.

— Ortum tem... mantido os monstros presos desde que o capitão roubou algo da ilha. Ele é a razão pela qual as barreiras foram erguidas. Era a única maneira de manter as crianças do mar presas, mas também *nos* mantém presos. Mas recentemente as barreiras que protegiam nossa ilha enfraqueceram. Foi por isso que Bash decidiu agir, por isso procurou seu pai. Ortum está perdendo força, e *precisamos* do que o Capitão Wood tirou de nós ou o inferno vai se instalar.

— Então são verdadeiras... as lendas. — Ela se sentou ao lado dele na cama. — Uma vez que todos os outros mitos são corretos, não deveria ficar surpresa que os monstros das profundezas estejam presos abaixo da ilha.

Um calafrio mortal percorreu a espinha de Margrete enquanto ela se lembrava de como a ilha tremeu de fúria. Eram as crianças do mar testando as barras da gaiola. Não é de admirar que Bash tivesse tanto medo em seus olhos.

— Eu não tinha ideia de que Ortum tinha esse tipo de poder. — Ela se virou para Bay. — O que ele *é*?

Só um deus, ou algo parecido com um, poderia possuir tal habilidade.

— Isso, vou deixar para Bash dizer a você. — Um olhar culpado pesou no rosto de Bay. — Eu nem deveria ter dito nada. É função dele contar a você os segredos da nossa ilha, não minha.

Margrete assentiu, não querendo criar problemas para Bay.

— Tudo o que sei é que o que aconteceu na outra noite foi uma amostra do que virá se não fizermos a troca com seu pai.

Ela suprimiu um estremecimento involuntário. Se isso tivesse sido simplesmente uma amostra da força crescente das feras, então ela odiaria ver o que aconteceria se elas se libertassem.

— Chega de falar sobre monstros e o possível fim do mundo. — Bay forçou um sorriso, mudando de assunto. — Hoje achei melhor mostrar a você um dos meus lugares favoritos da ilha. Sou um guia turístico muito melhor do que Adrian.

Margrete sorriu, pensando no que Adrian havia falado sobre Bash querer que ela visse a beleza de Azantian. Ela ainda tinha que encontrar uma maneira de fugir, mas precisava admitir que o lugar a estava cativando. Não que isso importasse. Não era sua casa e nunca seria.

Ela não tinha casa. Não mais.

— Pensei que você não se arriscaria a me acompanhar a qualquer lugar depois daquela primeira noite — disse ela, uma cadência provocante no tom de voz.

Bay bufou.

— O que posso dizer? Eu sou um glutão por punição.

Os lábios de Margrete se curvaram.

— Depois de você, então. — Ela inclinou a cabeça em direção ao portal.

A névoa se dissipou quando ela e Bay saíram, os passos do seu companheiro trôpegos. Ele estava quase pulando enquanto desciam a escada e passavam por um corredor estreito no andar térreo. A energia dele era contagiante, e ela nem tentou conter o sorriso.

Pensamentos de bestas e capitães ladrões foram empurrados para o fundo da sua mente. Por um tempo.

Bay a guiou para uma nova parte do palácio, onde as paredes de vidro eram de um tom escuro de cinza. O cheiro era úmido e salgado e trouxe a Margrete lembranças das docas de Prias.

— É aqui que você vai me matar? — brincou ela, cutucando Bay na lateral sem gentileza.

Ele inclinou a cabeça e agarrou o queixo anguloso como se refletisse sobre o assunto.

— Não — disse ele. — Se eu fosse matar você, seria sob o manto das trevas, e certamente não no palácio. É mais difícil se livrar de um corpo. — Bay encolheu os ombros, piscando um olho maliciosamente.

— Bom saber — respondeu ela friamente, embora seus lábios puxassem para cima nos cantos.

Bay sorriu e se virou para uma porta solitária no final do corredor.

Era da cor de uma folhagem de palmeira exuberante, decorada com golfinhos dourados ao longo das bordas.

— É lindo — comentou ela, passando o dedo pela borda.

— E essa é apenas a porta. — Bay manteve o sorriso malicioso enquanto a abria.

Uma forte brisa a assaltou enquanto o sol brilhante aquecia sua pele. Seu cabelo chicoteou para cima e ao redor dos seus ombros, dançando na agitação salgada. Ela apertou os olhos contra a luz para ver os arredores.

Bay a havia levado a uma espécie de praia particular atrás do palácio. Havia três guardas postados além da porta, que assentiram e acenaram para Bay. Parecia que soldados guarneciam todos os pontos de entrada e saída. Bash deve ter adicionado segurança depois da pequena aventura pelo jardim.

— Vamos. — Bay pegou sua mão para puxá-la para frente.

Eles desceram um pequeno lance de degraus de pedra até onde uma passarela de madeira serpenteava ao longo das areias douradas da costa. O bater das ondas de água-marinha acariciava os grãos antes de voltar para casa.

O calçadão rangeu sob suas botas enquanto o caminho fazia uma ligeira curva.

— É logo depois dessa curva — Bay garantiu a ela.

Quando Margrete pisou na última tábua do calçadão, seus olhos se arregalaram de medo e admiração. Diante deles estava a entrada de uma vasta caverna, a abertura se estendendo como uma boca aberta.

— Então é *aqui* que você me mata — disse ela, perscrutando a obscuridade.

Ela estava apenas brincando. Se Margrete tivesse visto um lugar assim gravado em qualquer livro de histórias, imediatamente viraria a página para uma imagem menos ameaçadora. A caverna parecia com o que ela imaginava que poderia ser a porta de entrada para o submundo.

Nada podia ser visto na escuridão além de um único raio de luz oscilante. Se ela inclinasse a cabeça, a luz se transformava em um arco-íris iridescente.

— Oh, silêncio — repreendeu Bay, deslizando o braço no dela. — Onde está o seu senso de aventura, Srta. Wood?

— Possivelmente enterrado sob meu senso de autopreservação — respondeu ela, mantendo-se firme. — Sério, este lugar é... enervante.

Isso para ser moderada.

Bay suspirou.

— Prometo que não sofrerá nenhum dano. Bash me mataria se algo acontecesse com você.

Embora isso tenha servido como um lembrete de que ela era uma prisioneira, suas palavras *conseguiram* acalmar seus nervos. Bash não teria permitido que ela chegasse perto de um lugar como aquele se houvesse o menor risco ou perigo. Ela significava muito para sua ilha.

Margrete se permitiu ser guiada pela caverna escura, com os pés instáveis no terreno desconhecido. A rocha era lisa, tornando cada passo traiçoeiro.

— É bem por aqui — encorajou Bay, segurando seu braço.

— Você continua dizendo isso — murmurou ela, mas permaneceu agarrada a ele a cada tropeço em um pedaço de rocha escorregadia. Tanto esforço de Bash para não permitir que ela fosse a qualquer lugar perigoso...

Não havia nada além do tamborilar das botas e aquele único raio de luz guiando seu caminho. Margrete estava prestes a questionar o *quão* longe estava quando um brilho etéreo iluminou o rosto de Bay, resultado do sol refletido em um mar turquesa profundo. A luz ricocheteou das águas para uma caverna marinha, destacando cada uma das características do outro mundo.

O patamar rochoso em que pisavam contornava as águas, uma trilha de um mar esverdeado e brilhante que conduzia ao mar aberto. Acima, a rocha se curvava como o teto de uma catedral, as paredes compostas por centenas de colunas hexagonais de basalto. As colunas de seis lados tinham quase trinta metros de altura, um triunfo impossível da natureza.

— É... é lindo.

— É sim — Bay respondeu, a voz reverente. — Eu fico sem palavras toda vez que vejo isso. Uma façanha muito rara, devo acrescentar.

Margrete sorriu, mas seus olhos não se desviaram da caverna marinha. Era tão sereno, o vento assobiando tocando uma melodia misteriosa que ergueu os cabelos finos da sua nuca.

— O que é este lugar? — perguntou a Bay, cujos olhos observavam as águas abertas com uma cautela incomum.

— É chamado de *Kardias* na língua antiga. Traduzido aproximadamente para "amanhecer". Está em nossa tradição desde o início de Azantian.

Seus dedos percorreram uma coluna, o pilar geométrico um espetáculo em si.

— Dizem que as paredes foram talhadas pelo próprio Deus do Mar — sussurrou Bay. — É também a entrada para os portões que guardam as crianças do mar. Se você mergulhar, vai encontrar uma abertura sob as rochas em que estamos.

— Você me trouxe ao lugar onde, a qualquer momento, monstros podem emergir?

Bay apenas encolheu os ombros, sem afetação.

— É, acho que estamos seguros hoje.

— Você *acha que estamos seguros*? — reagiu ela, incrédula. Mas algo mais incomodou o fundo da sua mente. — Bash planeja me jogar para as feras?

Bay riu.

— Claro que não. *Posso* ter mentido para Bash sobre para onde estávamos indo. Ele acha que estamos nos limitando à costa, mas assim que voltarmos sãos e salvos, duvido que ele fique tão bravo. Eu não deixaria nada acontecer com você, Margrete. Saiba disso.

Ela balançou a cabeça, impressionada com o jovem soldado.

— Você certamente não teme a ira do seu rei, não é?

— Eu conheço Bash pela maior parte da minha vida. Ele pode ter um temperamento difícil de vez em quando, mas é como um irmão, e irmãos não ficam bravos uns com os outros por muito tempo. — Seus olhos dançaram com malícia. — Deixe-me ser o único a me preocupar com o rei taciturno.

— É melhor mesmo — ameaçou ela, embora não estivesse com raiva. Não ali, naquele lugar. Mesmo que tivesse monstros abaixo da superfície.

Algo picou o dedo de Margrete onde ele descansava, talvez alguma pedra irregular, e ela retirou a mão. Uma bolha de sangue se formou na ponta do dedo, uma conta carmesim perfeita. Ela colocou o dedo entre os lábios e o lambeu distraidamente, sua atenção focada na magnitude do ambiente, uma visão que ela imaginou que poucos mortais já haviam testemunhado. Conforme o tempo passava, mais seu dedo picado coçava com um zumbido estranho, e um formigamento subsequente começou a subir e descer por toda a extensão da sua coluna.

Como se seu sangue derramado em solo sagrado tivesse despertado as águas, a atração que ela conheceu em toda a sua vida ficou tensa, o coro das ondas apressadas rugindo em seus ouvidos. Com um estremecimento, ela focou o olhar à frente, examinando a faixa interminável de azul.

Margrete fechou os olhos e implorou por apenas uma dica da música etérea do mar, a melodia que sua alma sabia de cor. Em resposta, uma forte brisa soprou, enredando seu cabelo e enchendo seus pulmões com uma selvageria que ela desejava capturar e manter para sempre.

Uma palavra, o mesmo nome sussurrado que ela ouvia desde que chegara em Azantian, soou verdadeira, a voz etérea que a proferiu como uma carícia sedosa. *Shana.*

Um nome. Um apelo. Um pedido.

Shana. Você voltou para casa.

CAPÍTULO DEZOITO
Margrete

Depois de explorar a caverna Kardias, eles passearam pelas praias. Bay pegou algumas conchas, afirmando que eram para Adrian e, enquanto ele falava, Margrete esquadrinhou o ambiente com o canto dos olhos. Bay reclamava dos recrutas mais novos com quem teria de lidar quando Margrete avistou alguns navios de pesca atracados abaixo do palácio. Pareciam fora de uso, provavelmente embarcações antigas que ninguém se preocupou em consertar, mas podiam flutuar. Isso era tudo que ela poderia desejar. Porém, pegar um deles sem ser notada seria quase impossível.

— Parece que você terá bastante trabalho — observou ela, assim que Bay terminou de desabafar. — Mas, pelo que Adrian diz, você é o guerreiro mais habilidoso da ilha.

Bay riu com escárnio, mas um leve rubor tomou conta das suas bochechas.

— Ele *tem* que dizer isso.

Margrete riu e balançou a cabeça.

— Não acho que Adrian diz o que não quer.

Conforme o rubor de Bay crescia, Margrete desviou os olhos para a grama alta cerca de nove metros à frente. Ela notou um trecho com as raras flores amarelas que viu no primeiro dia na ilha. A tentação de arrancar uma e levá-la para estudar em casa a tomou, mas provavelmente morreriam antes que ela chegasse em Prias. Ela suspirou, prestes a se afastar do cacho de flores, mas um traço azul chamou sua atenção. Ela parou.

Talvez o Deus do Mar tivesse ouvido suas orações, afinal.

Flor de Liander. Ela se lembrou da flor do livro que Bash havia deixado em seu quarto. Deixá-la ter acesso a esse conhecimento foi um erro que ele não percebeu que havia cometido.

A flor roxa era rara. Suas pétalas violeta e centro prateado brilhante eram procurados para um único propósito naquela parte do mundo: sedação.

— Olha, *Solanthiums* — disse ela com entusiasmo, ganhando a atenção de Bay. Ela acelerou o ritmo, sabendo que ele ficaria bem atrás dela. Ela tinha que se aproximar das flores. — Achava-se que elas estavam extintas.

Era fácil fingir entusiasmo, e Bay cedeu quando ela se agachou ao lado do canteiro e passou as mãos pelas pétalas acetinadas.

— Bash não estava mentindo quando disse que você se interessava por plantas. — Bay se acomodou ao lado dela.

A mão de Margrete parou. Bash comentou sobre ela com outras pessoas, e não tinha nada a ver com quem ela era para Azantian... ou seu pai.

Ela não tinha certeza de como se sentir quanto a isso.

Margrete deixou sua mão vagar para a esquerda, fora do campo de visão de Bay, enquanto agarrava as hastes das três Flores de Liander crescendo entre as *Solanthiums*. Havia apenas algumas hastes, outro agrupamento mais abaixo, mas ela não queria revelar seu plano antes que ele tivesse a chance de se formar. Ela rezou para que as poucas pétalas que ela conseguiu arrancar fossem suficientes.

— Bash também pareceu satisfeito em saber por Adrian que você dá um soco decente — Bay acrescentou com um sorriso que tomou conta do seu rosto. Ele parecia satisfeito com o fato também.

— Para ser sincera, fico surpresa que ele fale sobre mim, especialmente se meu pai não estiver envolvido na conversa — disse ela, levantando-se. As palmas de suas mãos ficaram úmidas, e não apenas por causa do que ela segurava entre os dedos fechados. Ela enfiou apressadamente as pétalas dentro do bolso e enxugou a seiva residual nas calças.

Bay se levantou, um canto da boca se curvando.

— Ah, doce Margrete. Por favor, não me diga que você é *tão* ingênua. — Ele riu, conduzindo-a de volta à trilha.

— Não sei o que quer dizer com isso — respondeu friamente. Ela sabia o que ele estava insinuando, e a ideia era absurda.

— Claro que não sabe. — Seu sorriso ficou ainda mais largo. — Agora, vamos voltar porque soube que o cozinheiro servirá algo diferente de frutos do mar no almoço. Graças aos deuses — murmurou ele.

Margrete o seguiu, com o coração disparado, e não pela insinuação de Bash gostar dela.

Ela tinha o sedativo e, se as coisas acontecessem do seu jeito, ela tinha um barco também. Agora tudo que precisava era do momento certo.

De volta ao quarto, Margrete abriu imediatamente o livro da flora e da fauna. Folheando as páginas, viu as pétalas reveladoras da Flor de Liander. De acordo com a descrição, uma pasta poderia ser feita a partir das pétalas amassadas e uma colher de chá de água.

Usando a bancada de mármore do banheiro como estação de trabalho improvisada, Margarete colocou os dois ingredientes na palma da mão e usou o cabo arredondado da escova de cabelo para moer as pétalas na água. Depois de algum tempo, formou-se uma pasta.

Margrete não tinha certeza de quanto precisaria para nocautear um homem adulto — muito menos um homem *Azantiano* adulto —, mas rezou para que tivesse o suficiente.

Ela embrulhou a pasta grossa em um lenço de seda e escondeu no bolso.

Foi só quando Bay apareceu para acompanhá-la ao jantar que Margrete percebeu que havia se esquecido de verificar se havia um novo livro de Bash. Com um olhar de soslaio para a bandeja do café da manhã intocada, ela vislumbrou a borda de uma capa vermelha aparecendo por baixo de um guardanapo dobrado.

— Esqueceu algo? — perguntou Bay, hesitando no portal.

Margrete deu meia-volta, abandonando o livro e os segredos de suas páginas.

— Não — disse ela. — Tenho tudo de que preciso.

CAPÍTULO DEZENOVE
Margrete

Naquela noite, o jantar foi insuportavelmente silencioso.

Antes de tomarem seus lugares, Adrian e Bash trocaram olhares peculiares que Margrete não pôde evitar de perceber, e até mesmo Shade estava visivelmente quieta. Um olhar contemplativo enfeitava o rosto deslumbrante da mulher desde o momento em que ela entrou na sala.

Depois que todos se acomodaram ao redor da mesa, os servos correram para encher as taças com vinho e os pratos com frutos do mar frescos. Mas, ao contrário das noites anteriores, todos se concentraram em suas bebidas e engoliram o rico vinho tinto com fervor.

Margrete também bebeu, com o objetivo de acalmar os nervos. A pasta estava enfiada com segurança no bolso da calça, o lenço de seda mal mascarando o perfume floral.

— Podemos ir ao mercado bem cedo amanhã — sussurrou Bay em seu ouvido, assustando-a. — Também estava pensando que poderíamos fazer alguns exercícios depois. Não serei necessário até o final da tarde.

— Parece ótimo — murmurou Margrete, sentindo olhos fixos nela. Olhando por cima da sua refeição intocada, ela encontrou Bash fitando-a da cabeceira da mesa, com curiosidade no rosto. Ele estava sério, sem sorrir.

— Bay — Bash quebrou o silêncio. — Fiquei sabendo que hoje você levou nossa convidada para a Caverna Kardias. Não posso dizer que estou satisfeito.

Ao lado dela, Bay ficou imóvel.

— Levei sim — admitiu ele. — É o tesouro de Azantian.

Bay previu com razão a desaprovação do rei quanto a visitar a caverna, mas Bash apenas resmungou indignado, o que a surpreendeu.

— Viu? Eu disse que tudo ficaria bem — murmurou Bay. — O segredo é nunca ser pego em flagrante.

Margrete assentiu e uma conversa cautelosa se espalhou ao redor deles. Mas, quando ela ergueu os olhos do prato, dois olhos verdes a prenderam rapidamente, o rei fitando-a acima da borda de sua taça. Ela engoliu em seco.

O lenço dobrado em seu bolso parecia queimar contra sua coxa, mas não havia como Bash saber o que Margrete havia roubado da praia. Foi a paranoia que fez com que suas pernas se empurrassem sob a mesa. Nem quando enfiou a faca na manga estava tão nervosa, provavelmente porque não sentia o tique-taque do relógio da sua jornada de volta a Prias com tanta intensidade.

— Bay. — Ela se virou no assento, sabendo que sua hora de atacar se aproximava. Por mais que odiasse até a medula, Bay era sua melhor chance. — Podemos dar um passeio depois do jantar?

Bay empurrou o prato vazio de lado e jogou o guardanapo na mesa com um sorriso. Ele se inclinou para sussurrar de forma conspiratória em seu ouvido.

— Só se aquele ali permitir. — Ele inclinou a cabeça para o rei, que ainda olhava na direção deles. — Ele não tira os olhos de você.

— Qual é o problema de fazer uma caminhada? — perguntou ela com recato, forçando o tom inocente.

— Eu te levo — Bash falou um pouco acima de um sussurro, mas o comando em sua voz não passou despercebido. O resto da mesa ficou em silêncio.

As palmas das mãos de Margrete ficaram úmidas de suor.

— Mas eu estava querendo que Bay...

— *Eu* vou te levar, Margrete. — Bash se levantou da cadeira e todos os olhos na sala foram em sua direção. — Eu também quero tomar um pouco de ar fresco.

O coração de Margrete caiu em seu estômago. Seu plano era enganar Bay, mas Bash? A faísca nos olhos dele foi se intensificando conforme ele se aproximava de onde ela estava, puxando suavemente a cadeira para que ela se levantasse.

O lenço de seda parecia mais pesado em seu bolso a cada passo que dava para longe da sala de jantar, o rei se arrastando atrás dela em um ritmo vagaroso. Ela mordeu o lábio até sentir o gosto de sangue. Ela ainda *poderia* fazer o que estava pensando, certo? De alguma forma?

— Primeiro vamos dar uma passada na cozinha — disse Bash, acelerando o passo até liderar o caminho. Margrete o seguiu, nervosa.

As mãos de Margrete estavam úmidas e o suor começou a escorrer por suas costas, mas Bash parecia não perceber a ansiedade.

Ele a conduziu pela cozinha movimentada, ignorando os rostos assustados dos criados por quem passavam. Depois de agarrar o gargalo de uma garrafa de vinho e duas taças de cristal, ele se virou para encará-la, os olhos dançando.

— O que é uma boa caminhada sem vinho? — A covinha em sua bochecha direita apareceu. Ela achou difícil se concentrar depois disso.

Em vez de responder, ela arrancou a garrafa das mãos dele com um aceno de cabeça e a apertou contra o peito. Ele não tinha ideia de que tinha acabado de entregar a ela os ingredientes que ela precisava para tornar a fuga possível.

— Você está quieta esta noite — observou Bash, uma vez que estavam além da cozinha e atravessando as portas do palácio. Ele acenou para os sentinelas quando saíram para a noite, o ar misericordiosamente fresco. O suor estava começando a cobrir a testa de Margrete e a brisa era bem-vinda.

— Pensei que você me preferia assim — respondeu ela. Eles caminharam lado a lado nas areias macias da praia, e ela teve que inclinar a cabeça para ver a reação dele.

Seu sorriso provocador apenas se alargou.

— Eu prefiro conseguir ler as pessoas. — Ele fez uma pausa antes de chegarem à costa, o olhar fixo nas águas. — Certamente não achei que você fosse uma botânica manejadora de facas e com uma inclinação para escalar edifícios. — Ele piscou para ela. — Você é cheia de segredos, Margrete Wood.

Sua respiração dela ficou presa na garganta quando seu nome rolou pela língua dele, e o calor floresceu em suas bochechas. Estava grata pela cobertura da noite, porque ele não tinha ideia de quais segredos ela estava escondendo.

— E você, pirata, até parece que pode falar isso.

Ele deu uma leve risada de escárnio.

— Um rei sem segredos não é um rei. — Ele escalou o monte de areia, forçando Margrete a segui-lo. — Agora, me diga, princesa. — Ele se sentou, olhando para ela, a lua acariciando seu rosto áspero. — Tem certeza de que deseja saber todos os meus segredos?

Algo escuro cintilou em suas feições, algo nascido da crueza da verdade.

— Um homem só pode suportar o tormento de seus segredos por um certo tempo antes de ter uma das duas opções. — Ela se virou na direção das ondas e enfiou a mão no bolso da calça. Com dedos ágeis, ela abriu o embrulho e mergulhou um dedo dentro para retirar o sedativo.

— E o que pode ser isso?

Margrete se mexeu para encará-lo antes de sentar-se na areia ao lado dele, tomando cuidado com o sedativo em seu dedo indicador esquerdo. Suas coxas roçaram, mas nenhum deles fez um movimento.

— Ou ele sucumbe ao peso que se recusa a compartilhar... — Ela desarrolhou o vinho e prendeu a garrafa entre as pernas; em seguida, fez um gesto para que ele entregasse as taças. Ela as pegou e rapidamente limpou a pasta abaixo da borda da taça antes de derramar o vinho. O líquido empurrou o sedativo até o fundo.

— Ou? — perguntou ele, quase sussurrando. Ele não olhou para qualquer lugar além do rosto dela, aparentemente cativado por todas as palavras que ela diria em seguida. Aquele olhar quase a forçou a se arrepender do que estava prestes a fazer.

Sem quebrar o contato visual, ela lhe entregou a taça de vinho. Ele aceitou a bebida e a levou aos lábios, e ela teve que se conter para não arrancá-la da mão dele. Por que parecia uma traição? Bash iria usá-la. Devolvê-la ao pai. Ela *não deveria* se sentir culpada, mas se sentia. Deuses, como sentia.

— Ou encontra a coragem de permitir que outra pessoa carregue o fardo com ele.

Bash deu um longo gole, sua garganta trabalhando enquanto ele engolia. Ela observou o movimento enquanto tomava um gole da sua própria taça, com a intenção apenas de acalmar os nervos.

Longos momentos se passaram antes que ele falasse, mas, quando o fez, até as ondas pareceram se acalmar, ansiosas para ouvir.

— Seu pai matou o meu quando eu era criança.

As palavras ecoaram noite adentro, seu esmagador dom da verdade fazendo com que o coração de Margrete acelerasse. Bash continuou a olhar para frente, a taça de vinho firme em suas mãos. Uma dor profunda habitava aquele homem, o tipo de dor que sempre roubaria seu ar. Ela estava familiarizada com uma dor como aquela e teve o desejo repentino de estender a mão. Pegar a mão dele. Fazer qualquer coisa para tirar a desolação de seu rosto. Mas ela manteve a mão ao lado do corpo.

— O navio mercante do Capitão Wood afundou, um grande navio que transportava mais de cem homens. Ele foi o único sobrevivente, ficou agarrado aos destroços. Meu pai estava voltando de uma caçada sagrada e avistou um homem flutuando entre os pedaços do casco estilhaçado e velas arrebentadas. Meu pai era bom, bom demais para ser um rei, e teve pena de Wood. Ele o resgatou e o trouxe para Azantian.

Margrete tentou imaginar o jovem capitão, um homem resgatado por um povo mítico. O que ela não conseguia imaginar era que o navio dele tivesse naufragado. Desde que ela conseguia se lembrar, ele era um dos capitães mais sortudos do reino. Suas frotas nunca sofriam a ira de tempestades ou ataques de piratas. Suas orelhas se animaram enquanto Bash continuava.

— Wood ficou em Azantian por três anos, e meu pai, o rei na época, gostou dele. Ele concedeu a ele favores e riquezas; tudo o que desejou. Seu pai não queria nada. Ele até se casou com uma das nossas mulheres, embora ela tenha se perdido para nós depois... — O tom de Bash tornou-se glacial e seus olhos escureceram. — A esposa ficou ao lado do capitão mesmo quando ele nos traiu, e nunca mais a vimos.

O sangue de Margrete gelou. Ela não tinha ideia de que seu pai fora casado antes de conhecer sua mãe. Adina sempre contava que sua mãe fora uma nobre de Marionette, que seu pai teve a sorte de se casar com uma beldade como ela.

— Depois que assassinou meu pai, ele pegou a única coisa que pode reforçar os portões que prendem as crianças do mar, o que deixou Ortum para... — Ele fez uma pausa, olhando para ela como se decidindo se deveria continuar.

— Eu sei que Ortum é a razão pela qual as feras não escaparam — disse ela, —, e que ele foi a causa das barreiras. Só não sei como ou por quê. — Ela deixou de fora a menção ao nome de Bay, pois não queria criar problemas para seu novo amigo. Ele havia dito que essa era uma história que Bash deveria contar, e ela honraria seu pedido.

— Entendo — respondeu Bash. — Não vou perguntar como você sabe, embora suspeite de quem é a boca solta, mas Ortum é uma história para outro dia. — Ele levou a bebida à boca. Margrete fez uma careta quando o líquido desceu por sua garganta. — De qualquer forma, Ortum não pode manter os monstros longe por mais tempo. Ele já perdeu o controle sobre as barreiras, e se os portões também caírem...

Então, as crianças do mar não terão nada impedindo-as de escapar.

— Deuses, este vinho está me derrubando. — Bash olhou para ela por baixo dos cílios, suas pálpebras pesadas tremulando. A taça quase vazia em sua mão tremia.

O sedativo. Ela ficou tão cativada pela história, tão perdida na crueza da sua voz, que não percebeu quanto tempo havia passado.

— Quando olho para você, vejo a água — continuou ele. — As ondas selvagens que se recusam a ser domadas. — Sua voz assumiu um tom sonhador, as palavras cada vez mais arrastadas. — Eu odeio que você me faça sentir assim. — Ela franziu as sobrancelhas e ele soltou uma risada espontânea. — Não faça *cara feia*. — Ele levantou a mão para desfazer os vincos na testa de

Margrete com movimentos lentos. — Eu sou péssimo com elogios?

Ele colocou os cachos rebeldes dela atrás da orelha e, em seguida, roçou os dedos ao longo de seu rosto. Quase uma sugestão de carícia. Quase a desfez completamente.

— Bash... — ela chamou seu nome enquanto ele balançava e apoiava a mão na areia para se firmar. Ele estava lutando para manter os olhos abertos, e vê-lo enfraquecido e atordoado a fez estender a mão para segurá-lo, os dedos cavando em seu bíceps musculoso.

Ele tinha acabado de reabrir uma ferida antiga. A agonia de reviver aquela noite era dolorosa por si só, mas ele ainda assim a compartilhou com ela, a filha do seu maior inimigo.

E ela o havia drogado até perder o juízo.

Bash inclinou a cabeça, lutando para se manter de pé. Um olhar de mágoa cruzou seu rosto.

— Margrete, o que você fez...

Ele mal pronunciou as palavras antes de desmaiar, seu rosto virado para a lua e o céu claro. Margrete congelou, surpresa com o quão bem a Flor de Liander funcionava.

Ela se inclinou sobre o corpo dele. Seu peito subia e descia continuamente, e ela colocou um dedo no pescoço para medir o pulso. Ela poderia ter permanecido ali, a mão em sua pele quente, por mais tempo do que o necessário. Poderia olhar para ele e desejar ter ouvido o resto de todos os segredos que ele estava disposto a compartilhar. Mas aquele tempo havia passado, e o arrependimento não era uma opção.

Ainda assim, seu coração doeu quando ela segurou o rosto do rei, a barba por fazer contra a pele lisa da mão dela.

— Desculpe, pirata, mas não posso deixar você decidir meu destino.

Ela se levantou, pairando sobre o rei adormecido. *Você precisa fazer isso*, ela lembrou a si mesma. *Agora, mexa-se!*

A garrafa de vinho jazia na areia, o líquido vermelho empapando os grãos. Sem outra arma à disposição, Margrete agarrou a garrafa e a impulsionou contra um pedaço de madeira. Ela quebrou silenciosamente, e o vidro verde brilhou à luz da lua.

Usando o lenço em que contrabandeara o sedativo, Margrete embrulhou cuidadosamente o gargalo da garrafa quebrado e enfiou-o no bolso. Ela se sentiu melhor sabendo que tinha algo com que se defender. Quem sabia o que poderia encontrar?

Erguendo-se nas pernas instáveis, Margrete correu pela areia compacta e ao longo da costa até onde tinha visto os barcos amarrados. Nenhum sentinela os seguira até a praia, mas ela ficou perto dos juncos altos só por segurança.

Uma doca frágil se projetava nas ondas, as embarcações em seu campo de visão eram uma imagem bem-vinda. Margrete agradeceu à deusa da lua, Selene, por se esconder atrás da cobertura das nuvens. Mesmo se um sentinela estivesse perto, não a veria facilmente sob a pesada mortalha cinza.

Suas botas bateram nas pranchas mofadas enquanto ela corria pelo convés e começava a trabalhar para desatar os nós que prendiam a pequena embarcação. Jogando a corda de lado, Margrete se lançou para dentro do barco de pesca, onde cuidou da vela solitária e se preparou para a viagem. A adrenalina a percorreu quando a imagem de uma queda na água roubou seus pensamentos, mas ela não se permitiria pensar em sua incapacidade de nadar. Não quando estava tão perto de ter sucesso.

Como se para atormentá-la, uma faixa de relâmpagos cruzou o céu quando ela se afastou da doca, nuvens cinzentas se formando para bloquear as estrelas brilhantes. *Certamente não de novo*, pensou ela, mas então a chuva começou a cair. Deuses. Aquela maldita ilha parecia ter tudo contra ela.

Sem pensar duas vezes e desesperada para ser dona do próprio destino, Margrete ignorou os relâmpagos irregulares e o estrondo do trovão, fingindo que sua pele não estava ensopada pela chuva que se seguiu. Ela já havia lutado contra tempestades antes e o faria novamente.

Foi um minuto depois, quando uma onda violenta quebrou ao lado do barco a remo, que ela percebeu que aquilo estava além de sua capacidade.

CAPÍTULO VINTE
Margrete

Marinheiros experientes afirmavam saber quando o mar estava mais bravo. Eles podiam dar uma olhada na água e sentir quando enfrentar as ondas seria inútil. Margrete percebeu que aquele seria um desses momentos.

Assim que ela saiu do cais, para longe da costa dourada de Azantian, o mar ficou furioso. A tempestade começou de repente, assim como na primeira noite em que tentou fugir. Sejam quais fossem as forças que estavam trabalhando contra ela, Margrete amaldiçoou sua sorte, mas estava muito empenhada e determinada para voltar atrás.

Seus movimentos eram incertos enquanto ela ajustava a vela e lutava para segurar firme o leme. Ela aprendeu tudo o que sabia sobre barcos nos livros e observando os outros navegarem do alto da sua torre ou, nas poucas ocasiões em que teve permissão, nas docas. Naquelas águas turbulentas, a falta de experiência não seria um bom presságio.

Margrete fez uma careta quando outra onda poderosa salpicou o casco. Ela queria gritar noite adentro. Perguntar por que o mar, a entidade que ela sabia que falava com ela, fazia questão de atrapalhar seus planos de liberdade. Onda após onda assaltaram o pequeno barco, e ela fez de tudo para não despencar no mar para a morte certa.

No entanto, mesmo com toda a luta, o barco estava sendo empurrado para trás pelas ondas. De volta à costa.

Longe da *liberdade*.

As águas assobiaram para ela como se a reprovassem, grandes ondas encharcavam suas roupas e cabelos, deixando-a mais pesada. Ela podia sentir a raiva, a ira saturada no ar, enquanto o vento açoitava seu rosto.

Ela agarrou as laterais do barco, as mãos tremendo enquanto rezava para ter forças para não cair ao mar.

A maldita tempestade apareceu do nada. Até mesmo o relâmpago que brilhava no céu era estranho; seus raios denteados tinham um tom estranho de branco. Seria quase lindo se ela não estivesse se segurando para salvar sua vida.

Não vou conseguir, pensou, no momento em que um *flash* prateado a cegou, a noite iluminada com fogo e eletricidade crescente. Ela morreria naquelas ondas ou teria que retornar e enfrentar Bash. Encarar o que fez com ele.

Com a esperança cada vez menor, Margrete sabia que a única maneira de sair daquele caos com vida era voltar. Abandonar a última chance que provavelmente teria de trilhar seu próprio caminho.

Com uma maldição terrível, ela rugiu sob a chuva forte, empurrando o leme, forçando o barco ao redor. Margrete não sabia dizer se era apenas a chuva ou se lágrimas de frustração também molhavam seu rosto. Naquele ponto, ela não se importava.

Ela tinha falhado. Mais uma vez. A natureza trabalhara contra ela, *duas vezes*. Ou ela era extremamente azarada ou os deuses eram absolutamente cruéis, brincando com ela por razões que ela não entendia.

Suas mãos tremiam enquanto ela manobrava o barco para mais perto da costa, as ondas selvagens levando-a para a terra. Como se o mar soubesse que tinha vencido, o vento forte e a chuva torrencial diminuíram, e as gotas começaram a cair em um ritmo constante. Era tarde demais para dar meia-volta e tentar mais uma vez, não quando todas as suas forças tinham sido drenadas apenas para se manter à tona.

As águas turbulentas empurraram-na para a costa e, quando o barco atingiu a areia, Margrete caiu na água, as ondas na altura das coxas. Lutando contra a água, ela caminhou até a praia e tombou em um outeiro.

Em um momento de fraqueza, Margrete pensou ter ouvido sussurros que chamavam seu nome. Ela os ouviu novamente e ergueu a cabeça, sem esperar ver a silhueta escura de um homem a uma curta distância.

— Merda — lançou ela com um engasgo enquanto uma onda quebrava ao redor.

Pondo-se de pé, completamente encharcada da cabeça aos pés, Margrete enfiou a mão no bolso em busca do caco de vidro que havia guardado, e uma borda afiada cravou na palma de sua mão. Uma dor aguda subiu por seu braço. Ela tinha se cortado.

Mas a dor que aquilo provocou foi a última coisa que passou pela cabeça dela quando o homem se aproximou. Ele bamboleava, sem firmeza no passo, e um raio iluminou seu rosto.

Fúria pura e autêntica transparecia nas feições de Bash enquanto ele cambaleava na direção dela, os lábios se curvando para cima com raiva. O sedativo não fora forte o suficiente para nocauteá-lo por muito tempo, mas certamente o havia desacelerado, o que quase piorou a expectativa daquele encontro.

Margrete percebeu, pela primeira vez, que estava com medo, e não porque Bash estava com raiva, mas *por que* ele estava com raiva. Sob a ira latente ela vislumbrou um pânico alarmado que só poderia ser preocupação.

Preocupação por *ela*. Não por sua moeda de troca.

— Você está *completamente* insana, mulher? — rugiu, elevando-se acima dela enquanto estendia a mão para pegar seu pulso. Ele a aproximou de si até que seu peito ficasse pressionado contra o dele. Ela estremeceu em suas roupas molhadas e a chuva os atingiu mais uma vez, parecendo se igualar à ira de Bash. — Você poderia ter se matado! — Ele a apertou com mais força e a sacudiu de leve. — Você poderia ter se afogado. *Porra!*

Ela sentiu a força de seus braços cederem, a droga ainda o enfraquecendo. Mas mesmo cambaleando e lutando para permanecer de pé, ele se manteve firme, exigindo uma resposta.

— Eu tinha que tentar! — disse ela, inabalável. — Você não tem ideia de como é viver sob o controle de outra pessoa. Viver com outras pessoas decidindo todos os aspectos da sua existência. Não estar no controle. Não posso mais viver assim! — gritou, a chuva batendo em sua pele.

Um brilho suave preencheu os olhos dele enquanto engolia suas palavras. Quando ele falou, um bálsamo calmante se espalhou pela pele inflamada de Margrete. Macio, gentil e tão diferente do homem que a segurava.

— Você perguntou sobre os meus segredos. — Ele passou a mão livre pelo cabelo, tirando os fios molhados dos olhos. — Você quer compartilhar o fardo? Vou te contar, então. Me procure de madrugada, vou te mostrar por que fico alerta todas as noites, sem conseguir dormir, porque estou preocupado em falhar com meu povo. Preocupado de não estar à altura do meu pai. Preocupado se eu serei o rei que destrói Azantian.

Os braços de Margrete se moveram por conta própria, serpenteando ao redor do torso dele. A adrenalina fluía por ela como uma brisa fresca, sua confissão comovente aquecendo o resto do gelo que protegia seu coração.

— Não sou nada parecido com o grande homem que meu pai foi — murmurou Bash, com os olhos baixos. — E meu povo sabe disso muito bem. Mas isso não significa que vou parar de tentar fazer o que é certo. Se não para provar a Azantian que posso ser o homem de que precisa, pelo menos para mim mesmo.

Margrete segurou as costas da camisa dele e torceu o tecido úmido. Bash vivia sob a sombra do pai, um líder que não teve tempo de ensinar seu filho a governar. Essa perda se tornou um fantasma que assombrava todas as suas decisões.

— É *porque* se preocupa com essas coisas que você é um bom rei — disse ela, por fim, sustentando seu olhar ao mesmo tempo que sentia que ele desejava desviar os olhos.

Ela conhecia homens maus — foi criada por um —, e homens maus não perdiam o sono se preocupando com o bem-estar dos outros. Homens maus não lutavam para manter uma máscara de controle, nem que fosse apenas para acalmar os medos das pessoas que os procuravam em busca de orientação.

Bash tinha baixado a máscara, e o que Margrete viu em seu lugar fez seu coração disparar das formas mais selvagens.

Uma teia de aranha relâmpago espalhou-se pelo céu e os dois estremeceram. Bash inclinou a cabeça para mais perto, olhando para o horizonte escuro antes de voltar sua atenção apenas para Margrete.

Ele fitou seus olhos, o olhar dançando, e de repente, ela ficou muito ciente da rigidez do corpo do rei pressionado contra o dela. Talvez *ambos* estivessem muito conscientes, porque ela sentiu que o corpo de Bash começou a reagir.

Sua respiração se acalmou e, embora sua mente dissesse *CORRA*, o resto dela tinha outras ideias.

Ela se curvou de leve para junto dele, mas foi o suficiente.

Sua respiração aumentou, e ele pressionou a testa na dela.

— Não peça algo que você não quer, princesa.

A voz de Bash saiu em uma respiração rouca, sua boca tão perto. Ela queria que ele a beijasse. Queria provar a chuva em seus lábios, sentir seus dentes arrastando em seu pescoço. Ela deveria querer qualquer coisa menos aquilo, e ainda assim...

— Você não tem ideia do que eu quero — disse ela.

E então o beijou.

A GAROTA QUE PERTENCIA AO MAR

CAPÍTULO VINTE E UM
Margrete

O rei de Azantian tinha gosto de vinho, desejo e mares abertos.

Margrete perdeu a noção de tudo: não conseguia mais lembrar de um tempo em que seus lábios não estivessem colados ao dele ou que seu corpo não estivesse envolvido em um abraço de aço, braços musculosos e desejo. Ela o pressionou ainda mais, ficando na ponta dos pés, e ele gemeu, o som indo direto para seu âmago.

O beijo não foi gentil ou doce. Era um emaranhado vicioso de línguas e dentes batendo. Selvagem e cheio de vida. Margrete não conseguia imaginar beijá-lo de outra forma.

— Margrete. — Ele se afastou apenas tempo suficiente para murmurar o nome dela. Sua mão vagou para seu seio, e ela se curvou ao toque, o corpo queimando, o coração disparado. Ela precisava senti-lo, sentir sua pele na dela.

Ela havia perdido todo o senso de quem era. Do que *deveria* estar fazendo. Havia ele e a sensação de queda livre. Isso era tudo.

Os dedos dela se enredaram nos cachos molhados da nuca dele, puxando-o para mais perto, a barba por fazer deliciosamente áspera arranhando seu rosto. Ela sentia que a excitação pressionava sua barriga, uma fome que a deixava louca de necessidade. Ele moveu a mão para a nuca dela e a deslizou por seu cabelo até puxá-lo com força, expondo o pescoço de Margrete. Os lábios do rei a marcavam como brasa enquanto ele beijava de cima a baixo o comprimento da garganta.

Bash cultuava sua pele aquecida, os lábios traçando a curva delicada do pescoço. Ele a inspirou como se fosse um homem faminto, sem acreditar que ela devolveria sua paixão com um apetite voraz.

Os dedos dela se enrolaram em seu cabelo, e ela puxou os fios para guiá-lo de volta para onde seus lábios pertenciam. Margrete podia sentir o sorriso dele através do beijo, mas Bash a atendeu, mordiscando seu lábio inferior enquanto pousava as mãos em sua cintura.

Deuses. Ela queria *mais*, e sua ganância insaciável era aterrorizante e emocionante.

Um raio acendeu os céus por trás das suas pálpebras fechadas e um trovão estilhaçou o ar, a força sacudindo as areias em que pisavam. Suas pálpebras se abriram quando Bash se afastou com um gemido, os olhos dele semicerrados. Ele parecia completamente destruído, e Margrete sorriu secretamente por saber que fora ela quem fizera isso.

Mas o sorriso logo murchou quando ela percebeu o que tinha acabado de fazer — e com *quem*. Seu peito se contraiu quando viu o semblante de Bash transformado em uma expressão de choque, os olhos dele se arregalando ao mesmo tempo que olhava para a boca dela. Quando ele ergueu os olhos para voltar a encará-la, eles estavam cautelosos, e a faísca que os havia acendido segundos antes tinha sido sufocada.

Ela só podia supor o que ele estava pensando. Que ele beijou a filha de um inimigo. A mulher que ele precisava para a negociação. Sua moeda de troca.

Margrete estava preparada para quebrar o silêncio incômodo que se instaurou, e dizer *qualquer coisa* para livrar seu rosto da vergonha que parecia sentir, mas as palavras morreram em sua língua. Bash cheirou o ar, e seu nariz enrugou ligeiramente. A preocupação substituiu a mistura de remorso e luxúria nublando seu olhar, e em um movimento muito rápido para um ser humano, ele agarrou a mão ferida dela.

Margrete havia se esquecido do ferimento. Ela mal sentia seus membros.

— Você se cortou. — Não foi uma pergunta. — Precisamos limpar isso — continuou, com a voz tensa.

— Você acabou de... *farejar* minha ferida? — indagou ela, sua voz rouca.

— Sentidos aguçados — explicou Bash, sem adicionar mais esclarecimentos para a habilidade incomum. Ele estava mais focado em sua mão, examinando a carne ensanguentada com cuidado.

A mente de Margrete imediatamente derivou para pensamentos sobre *o que mais* ele poderia farejar.

Seu peito floresceu com o calor, mas ela conseguiu dizer:

— Está tudo bem. Sério, já tive cortes piores. — A última parte escapou, e o rosto de Bash se transformou em uma expressão de desgosto.

— Não — grunhiu ele. — Não está nada bem. Parece profundo.

— Bash, de verdade, estou bem — argumentou ela, mas, agora que a névoa estava passando, a ferida irradiava calor. Doía. A paixão que a atingira com tanta ferocidade foi repentinamente substituída por um peso na boca do estômago. Ela tinha acabado de beijar o homem que a sequestrou. Tinha recebido Bash nos braços e ansiava por seu toque.

Ela estava faminta por afeto? Não. Ela sabia que era mais do que isso, mas não estava pronta para admitir o que sentiu pegar fogo no momento em que o viu no topo dos penhascos em Prias. O que ela respondeu a si mesma foi que sentiu apenas um pouco de curiosidade e muito ódio.

— Não seja teimosa. — Bash estava evitando seu olhar. — Por favor — pediu, engolindo em seco antes de oferecer o braço a ela.

Talvez fosse por causa da súplica em seu tom, mas ela deslizou a mão pela curva do seu cotovelo e permitiu que ele os conduzisse pela praia e além das portas do palácio. Ele ficou em silêncio enquanto passavam pelos sentinelas de guarda no corredor principal, seu rosto se transformando novamente na máscara apática que ela passou a desprezar.

Ela gostava muito do que estava por baixo.

— Realmente não há necessidade de tudo isso — protestou ela quando entraram nos aposentos dela. Bash já estava indo ao banheiro, ignorando-a inteiramente. Margrete pegou um cobertor dobrado para se sentar por cima. Suas roupas estavam encharcadas e não havia sentido em molhar a cama.

Ela ergueu a mão ensanguentada e a girou sob a luz fraca. Tinha parado de sangrar, mas a chuva espalhara o sangue pelo braço e deixou a pele salpicada de vermelho.

Bash emergiu momentos depois, com lenços limpos e uma pequena tigela.

Ele os colocou suavemente no chão ao lado dos pés dela e ficou em pé, as mãos indo para os botões da camisa encharcada dele.

— Você deveria tirar as roupas molhadas — sugeriu ele, sem tirar os olhos do seu trabalho.

— E-eu estou bem — ela conseguiu dizer. Seus lábios se separaram enquanto ela observava os dedos ágeis dele se moverem, o material quase transparente dando lugar a uma pele bronzeada e uma barriga gloriosamente musculosa.

— Espero que não se importe se eu me despir. — Ele chamou sua atenção, parando no botão final. Ela sacudiu a cabeça de maneira brusca, e ele continuou.

Ele amassou a camisa em sua mão e a jogou no chão, fora do caminho. Margrete se deleitou com as muitas tatuagens que decoravam seus braços e peito. Uma imagem dela mesma lambendo as gotas de chuva restantes que deslizaram por seu abdômen ondulante passou por sua mente.

— Preparada? — perguntou ele.

Margrete tirou os olhos do corpo esculpido. Era difícil pensar, quanto mais falar, e, contra sua vontade, mais imagens pecaminosas inundaram seus pensamentos como uma onda violenta.

— S-sim — ela conseguiu falar, colocando uma mecha de cabelo úmido atrás da orelha. Bash soltou um suspiro trêmulo antes de se sentar ao lado dela na cama, sua coxa pressionando a dela.

Quando ele se mexeu para ver melhor a lesão, ela notou como os olhos dele percorreram todo o seu corpo, parando apenas quando alcançou a blusa, que deixava pouco para a imaginação. Os botões superiores estavam abertos e o material fino agarrava-se a ela como uma segunda pele.

— Deixe-me ver sua mão, Margrete — murmurou ele, seu peito subindo e descendo de forma desigual.

Com movimentos tensos, ele se abaixou para pegar o pano, espremendo o excesso de água. Ela estendeu a palma ferida quando ele se endireitou, e com uma ternura que ela não achava que ele fosse capaz, começou a limpar o corte. Ele cuidou da ferida como se Margrete fosse feita do vidro mais frágil, com olhos treinados para o trabalho.

Margrete agradeceu quando ele quebrou o silêncio que se abatera sobre eles. Se ficassem mais tempo em silêncio, ela poderia ter se despedaçado completamente.

— Você realmente poderia ter se machucado. — Seu rosto ficou sério e ele olhou rapidamente para a varanda, para a tempestade forte lá fora. — Veio do nada — afirmou. — Nunca vi algo assim na minha vida.

Ela também não. Mas também tudo parecia muito mais intenso sobre as ondas.

— Sabe, quando eu era menino, também fiz a tola tentativa de navegar durante uma tempestade. — Ela ergueu os olhos. — Achava que era um marinheiro habilidoso simplesmente porque era o filho do rei. Por isso, e porque os Azantianos são capazes de prender a respiração debaixo d'água por longos períodos de tempo, presumi que estaria seguro. Sempre adorei tempestades — acrescentou ele, sacudindo a cabeça.

Margrete sorriu suavemente. Pelo jeito, não falariam sobre o fato de que ela o drogara — ou sobre o beijo. Não por enquanto, pelo menos, e ela tinha que admitir que era mesmo melhor simplesmente agir como se nenhum dos incidentes tivesse acontecido. Reconhecê-los só poderia causar problemas.

Bash mergulhou o pano na tigela, que agora tinha uma coloração vermelha.

— O mar me devorou. — Ele riu, os olhos vidrados enquanto trabalhava. — O veleiro naufragou e a corrente me sugou para bem perto do recife. Eu me cortei e mal consegui voltar para a costa inteiro.

— A cicatriz. — A marca na testa. Bash ergueu a cabeça e jogou o pano sujo de lado. Ele estremeceu quando ela levantou a mão, sem pensar, e passou o polegar sobre a ferida curada há muito tempo. Percebendo que o tocava novamente, Margrete colocou a mão no colo. Bash engoliu em seco. — Os Azantianos podem ser capazes de se curar, mas ficamos com as cicatrizes. Não foi a minha primeira, nem será a última. — Limpando a garganta, ele voltou sua atenção para envolver a mão dela com linho limpo, amarrando o pano no lugar. — Agora, você tem sua primeira cicatriz. — Seus olhos se encontraram e se fitaram.

— Não é a minha primeira também — disse ela, pensando em todos os horrores que seu pai infligiu ao seu corpo. — E também duvido que seja a última — concluiu, sua voz um sussurro gutural. Sua mão estava aninhada na palma quente dele, e quando a outra mão se ergueu para acariciar seu rosto, os cílios de Margrete vibraram, odiando como ela antecipou seu toque.

Reverentemente, ele roçou suas bochechas, prendendo os fios de cabelo úmidos atrás da orelha. Os dedos dele deslizaram pela lateral do pescoço, passando pela garganta e descendo até a clavícula, como se ele estivesse memorizando a forma dela. Margrete respirou fundo, a pele formigando.

Ela faria bem em se lembrar da sua situação, mas ficou totalmente rendida, sem ação, quando as pontas calejadas dos dedos dele traçaram a suavidade da sua pele. Ela queria aquelas mãos em todos os lugares.

Precisava daquilo.

O contato estava roubando todo o pensamento racional, todo o ar dos seus pulmões. Ela se lembrou de como era tê-lo pressionado contra o corpo, como os lábios dele se encaixavam perfeitamente nos dela.

O calor tomou conta das bochechas de Margrete. Ele a queria também.

Como se ele também percebesse suas próprias ações e pensamentos, a mão errante de Bash se afastou da pele dela. Limpando a garganta, ele se levantou abruptamente, com os lenços sujos e a tigela em mãos.

— É tarde — rosnou ele, mas ela ouviu como sua voz vacilou. — Você deveria tirar essas roupas molhadas.

Margrete se levantou, a centímetros dele, com o coração aos pulos. Ela ficou tentada a pedir que ele ficasse, seu corpo lamentando a perda do toque, mas, em vez disso, ela falou:

— Obrigada por... — Ela inclinou a cabeça em direção à mão enfaixada.

Bash acenou com a cabeça, a mandíbula tensa.

— Sem problemas, princesa — respondeu ele, ainda sem se mover.

Estavam tão perto um do outro que ela teve que inclinar a cabeça para olhá-lo. Ela via a turbulência em seus olhos. Os flashes do que ela sabia ser desejo.

— Boa noite, pirata. — Margrete avançou com coragem para mais perto, saboreando a maneira como a respiração dele prendeu e como seu pulso latejava descontroladamente em seu pescoço. Isso a fez se sentir poderosa.

— Boa noite — disse ele, e Margrete sorriu com as emoções conflitantes torcendo suas feições. Eram as mesmas que ela sabia que estavam escurecendo seu olhar.

Eles não deveriam ter maculado os limites. Ambos sabiam disso. Ela era mais inteligente do que isso, não era uma garota boba que acreditava em finais felizes.

Bash assentiu antes de dar meia-volta, como se também não tivesse palavras, nem força para dizer qualquer coisa que destruísse ainda mais os dois.

Margrete o viu abrir o portal e desaparecer no corredor, deixando apenas a lembrança de um momento roubado na chuva.

A GAROTA QUE PERTENCIA AO MAR

CAPÍTULO VINTE E DOIS

Bash

Bash encarou o teto enquanto as luzes de antes do amanhecer infiltravam-se em seu quarto, tentando fazer qualquer coisa, exceto pensar em Margrete. Ele mal tinha dormido, seus lábios ainda formigavam com o gosto dela. E o toque. Margrete o marcara, bem ali na praia. Ela o destruíra totalmente.

Nunca em sua vida ele se sentiu tão fora de controle. Ele *precisava* de controle tanto quanto precisava de ar. Isso o ajudava a lidar com o peso da coroa. Só assim ele conseguia ver as coisas com clareza. Pensar com clareza.

Mas agora, o controle era inexistente.

Ele pensou no beijo. A maneira como ela pressionou os lábios nos dele, destemida e faminta. Ela pressionou seu corpo macio contra o dele e engasgou quando o percebeu duro por ela. Mas ela apenas se aproximou ainda mais, seu desejo correspondendo ao dele. Ele queria despi-la e tomá-la na areia no meio da tempestade, e tinha quase certeza de que ela não protestaria.

Ele deslizou a mão por baixo das cobertas. Tanto para não pensar nela...

Deuses, ele sofria. Não sabia se essa luxúria cegante era dos restos da droga ainda fluindo em suas veias ou se tinha sido apenas Magrete que o afetara. Não importava. O que importava era que ele precisava de alívio antes de morrer de desejo.

E certamente, antes de vê-la de novo pela manhã.

Bash fechou os olhos, permitindo-se imaginar o que poderia ter acontecido se ele a tivesse tomado ali mesmo na areia. Ele teria tirado suas roupas, deixando que a chuva umedecesse sua pele dourada. Ele teria lambido as gotas de chuva do seu pescoço antes de prosseguir para explorar o vale dos seios, a curva dos quadris, o ápice das coxas. Bash se imaginou provando-a lá, e um gemido escapou dele com o pensamento dos doces ruídos que ela faria quando se soltasse sobre a língua dele. Como sua cabeça rolaria para trás e ela gritaria o nome dele.

Sua mão movia-se rapidamente sob as cobertas enquanto imagens dela se contorcendo embaixo dele, os olhos semicerrados em êxtase, o levavam para mais perto da borda.

Ele quase podia sentir a mordida dos dentes dela beliscando seus lábios e pescoço, as mãos dela pressionando suas costas em um pedido exigente para se mover mais rápido. Com mais força. Ela corresponderia a cada impulso selvagem dele, tomando tudo que ele lhe desse.

O prazer o invadiu em uma onda violenta. Ele enterrou o rosto no travesseiro para abafar o gemido que não conseguiu conter.

Deuses. Tudo o que ele conseguiu fazer foi se torturar ainda mais. Porque agora ele precisava desesperadamente da coisa real.

— *Merda* — amaldiçoou, saindo da cama para se limpar. Depois, se sentou na cadeira perto do fogo, apoiando a cabeça nas mãos. Sua respiração desacelerou e seu batimento cardíaco gradualmente diminuiu para um ritmo normal. O controle simplesmente não era possível quando se tratava dela e, por algum motivo, Bash não temia perder o controle. Não quando se sentia tão bem.

Bem *demais*.

Abandonando o fogo e seus pensamentos devassos, ele se vestiu com pressa, puxando as botas e deslizando a mão trêmula pelo cabelo. Ele olhou para a mesa de cabeceira, para o livro de fábulas que seu pai lhe dera de presente em seu sexto aniversário. Nos últimos dias, ele enviara para Margrete seus livros favoritos junto com o café da manhã. Depois de encontrar o antigo romance de aventura, ele circulou a palavra pela qual ela mais gostava de chamá-lo — pirata — e o enviou, esperando obter uma reação, embora não tivesse certeza na ocasião de por que ansiava por tal coisa.

Mas, claro, como ela o ignorou no jantar naquela noite, ele ficou mais determinado.

Então Bash entregou outro livro na manhã seguinte; um mais... pessoal. Como ela sorriu para ele naquela noite, ele foi direto para a biblioteca depois do jantar para escolher mais. E como um tolo, se pegou querendo nada mais do que ver se um sorriso enfeitaria seus lábios carnudos quando ela lesse as notas que ele rabiscou nas páginas. Se elas a fariam rir.

Sem pensar em mais nada, Bash pegou o livro na mesa, colocando-o embaixo do braço. Ele estava inquieto, ansioso para vê-la novamente, e quando adentrou no corredor do lado de fora do quarto, os guardas o olharam com expressões curiosas.

Claro, eles rapidamente desviaram os olhares quando ele lhes lançou uma expressão de advertência. Ainda era o rei e não queria que seus homens o testemunhassem agindo como um menino de escola.

Endurecendo a coluna, ele subiu as escadas e marchou pelo corredor até o quarto dela. Com um aceno de cabeça para o guarda, ele colocou a palma da mão no portal e inalou o ar com força enquanto ele clareava.

O cheiro dela estava em toda parte. Floral. Inocente. Selvagem. Ela cheirava a um dia de verão na água, e ele a inspirou enquanto arrumava o livro de fábulas em sua cômoda para ela achar mais tarde.

Com a pulsação acelerada, ele se virou para observá-la. Margrete dormia profundamente, enroscada de lado, o cabelo castanho-escuro espalhado sobre o travesseiro. Ele queria correr os dedos pelas mechas, sentir a maciez sedosa delas. Ele imaginou o cabelo dela enrolado em suas mãos, as costas arqueadas...

Bash balançou a cabeça, xingando a si mesmo. Ele tinha que parar com aquela loucura antes que o consumisse.

Engolindo sua necessidade insaciável por ela, ele se sentou ao lado do seu corpo minúsculo, o colchão gemendo sob seu peso. Deuses, ela era linda.

Foco, ele se repreendeu, levantando a mão com hesitação. Ele tocou o braço nu, a pele lisa e quente sob sua mão calejada.

Ele a sacudiu suavemente. Bash estava ali por um motivo. Ele havia dito que iria compartilhar seus segredos, e, na noite anterior, decidiu que ela deveria saber o que seu pai roubou. Contra o que estavam lutando. No final das contas, ele estava começando a... confiar nela.

O pensamento fez seu coração despencar.

— Bash? — As pálpebras de Margrete se abriram, e ele rapidamente retirou a mão. — O que você está fazendo aqui? — Ela se sentou, vestindo apenas uma camisola marfim fina. Seus olhos vagaram para o contorno claro do seu corpo. O material fino fez pouco para esconder os contornos delicados; curvas que ele queria mapear com as mãos, a boca...

Ele cerrou as mãos e se forçou a encontrar seu olhar sonolento.

As bochechas de Margrete ficaram muito rosadas, o que era quase engraçado, dado o que eles fizeram na noite anterior.

Puxando o lençol acima do peito, ela ergueu os olhos castanhos.

— Eu queria te mostrar uma coisa hoje. Explicar algumas coisas. — Ele sabia que era tudo o que ela queria: respostas. — Vista-se e voltarei para buscá-la em vinte minutos.

Bash se levantou e se dirigiu para o portal antes que ela pudesse pronunciar uma palavra em resposta; ele não podia confiar em si mesmo vendo-a daquele jeito, toda suave, quente e convidativa.

Ele praguejou, passando por sua guarda, aventurando-se no terraço aberto abaixo dos seus aposentos. O mesmo no qual Margrete quase se matou tentando fugir. Deuses, ele queria torcer o pescoço dela por sua imprudência. Ele também odiava o quanto isso o impressionava.

Bash soltou um gemido cansado, apoiando os cotovelos na grade. Ele ouviu a música do mar, tentando e falhando miseravelmente em limpar a mente. Ele devia estar sob algum tipo de encantamento. Essa era a única explicação para aquela insanidade. Aquela fome.

Depois de vinte minutos penosamente lentos, ele se afastou da grade. O sangue rugia em seus ouvidos enquanto ele voltava para os aposentos.

Quando entrou, ela estava vestida e sentada na cama, segurando a mão ferida enquanto olhava para a varanda e o mar além. Estava estranhamente quieta, e ele percebeu que sentia falta do tom da sua voz sempre que ela brigava com ele.

— Pronta? — perguntou ele, sua voz saindo mais áspera do que gostaria.

Ela se virou para encará-lo e assentiu. Ela caminhou com passos leves para o lado dele, seguindo-o através do portal e pelo corredor até as escadas. De vez em quando em sua caminhada silenciosa para o andar principal, Bash roubava alguns vislumbres dela, se perguntando se estava pensando na noite passada. Se tinha ficado acordada na cama como ele.

— Esta é a biblioteca de Azantian — disse ele antes de abrir um conjunto de portas duplas do corredor principal. Instantaneamente, eles foram agredidos por uma brisa de poeira e o cheiro forte de livros antigos. — E dentro dessas paredes estão todas as respostas que você tem procurado.

A GAROTA QUE PERTENCIA AO MAR

CAPÍTULO VINTE E TRÊS
Bash

Bash se virou para Margrete, observando a reação dela enquanto absorvia o lugar com os olhos arregalados.

— É...

— Assustadora, estranha, sinistra. Pode escolher. — Ele examinou as prateleiras transbordando de livros e pergaminhos.

A sala inteira era composta de pedra escura, e as prateleiras de madeira fervilhavam de grossos tomos e pergaminhos. Estátuas sinistras cobriam o espaço, representações de nymeras e feras marinhas vigiando o conhecimento que os Azantianos consideravam sagrado.

Margrete estava diante dele, e Bash não conseguia parar de chegar perto dela, sua mente ignorando toda a lógica e a razão. O cabelo dela fez cócegas em suas bochechas quando ele se inclinou para sussurrar em seu ouvido.

— Você está pronta? — perguntou ele, gostando da maneira como ela estremeceu com sua aproximação.

Ele deslizou por ela e caminhou até uma pilha de livros alinhada na parede oeste. Atrás dele, Margrete soltou um suspiro trêmulo, mas o seguiu.

— Estes são os livros mais antigos da nossa ilha. Provavelmente os mais antigos do mundo. — Ele arrastou um dedo reverente pelo fundo da prateleira. — Nossa história está nestas páginas. O nascimento do próprio mar.

Margrete estendeu a mão, os dedos delicados roçando no couro rachado. Um sorriso curvou seus lábios, e Bash supôs que ela poderia passar o dia todo fechada naquele cômodo. Ela tinha uma mente inteligente e uma língua afiada, e ele não conseguia decidir do que gostava mais.

— E este... — Bash pigarreou e se ajoelhou, agarrando um denso livro verde — ... é o volume que pode ajudá-la a entender por que não posso parar até que o capitão devolva o que roubou. — Ele entregou a ela o livro com uma nuvem de poeira flutuando no ar. — Sente-se. — Bash puxou uma cadeira ao lado de uma das mesas descombinadas repletas de textos e pergaminhos.

Ela se sentou, olhando-o com cautela. Ele daria qualquer coisa para saber no que ela estava pensando. Em vez de perguntar, porém, ele abriu a capa e folheou as páginas até encontrar o capítulo que procurava.

— Aqui. — Ele empurrou o livro e bateu com o dedo nas letras em negrito que marcavam o topo da página.

Ela ergueu o olhar para encará-lo antes de voltar a atenção para o livro, agarrando as bordas e puxando-o para mais perto.

— Stratias — ela leu em voz alta.

— Significa equilíbrio — explicou ele, e ela continuou a ler.

O mar nasceu da Deusa do Vento e das lágrimas do Céu. Diz-se que Surria deixou cair duas lágrimas, inundando a terra árida e criando o mar. Meninos gêmeos surgiram das águas, deuses destinados a um dia governar a casa de seu nascimento. Mas, embora irmãos, os meninos se tornaram homens com ambições diferentes.

Darius ansiava por poder, para se tornar o maior deus entre os divinos. Para ser adorado e reverenciado. Malum não possuía os mesmos desejos, contente em compartilhar o mar com os mortais e defender os ideais de justiça e neutralidade.

Margrete fez uma pausa, as sobrancelhas franzidas.

— Havia *dois* deuses do mar? — Bash sabia que a maioria dos humanos só conhecia um: Malum.

— Sim — respondeu ele. — Mas você ainda não está na parte importante. — Ele olhou para o livro, e ela continuou lendo.

Depois de milhares de anos, Darius, o deus que ansiava por domínio, ficou impaciente e decidiu resolver a questão por conta própria. Talhou criaturas de dentes e garras, feras de pesadelo nascidas das profundezas e, sedento pelo controle total sobre as águas, incitou essas abominações sobre seu modesto irmão.

Mas o irmão não era tolo e também tinha poderes.

Malum criou suas próprias bestas, algumas maiores e mais poderosas do que as de seu irmão. Essas criaturas destruíram a horda de Darius, forçando-o a se render à misericórdia do irmão gêmeo. Mas os monstros que triunfaram escaparam e espalharam-se pelo reino, causando estragos e acabando com a vida de muitos.

A mãe deles, do céu, vendo que os dois filhos causaram bastante derramamento de sangue, decidiu intervir. Antes que eles pudessem arruinar as águas que ela adorava, Surria os condenou a destinos difíceis. Darius foi aprisionado em um corpo humano. Destituído de seus poderes por mil anos, foi condenado a caminhar entre os mortais que quase destruiu.

Antes que Surria pudesse lançar uma punição em Malum, ele partiu para matar ele mesmo suas feras. Ao chegar a hora de dar os golpes mortais, no entanto, Malum hesitou. Incapaz de matar seus filhos, ele criou a ilha de Azantian, onde seus monstros permaneceriam protegidos por portões que ele forjou com fragmentos de ossos de seu próprio corpo.

Malum confiou à mulher que amava, uma mera mortal, o cuidado de suas criações. Como uma salvaguarda para proteger sua amada e seus descendentes, presenteou-os com um pedaço de sua divindade — seu próprio coração batendo. Removendo-o de seu peito, ele o colocou no Trono de Azantian, presenteando sua prole com o suficiente de seu poder para manter as criaturas presas, caso os portões falhassem. Na época, Malum não considerou as consequências de arrancar seu coração, como isso poderia drená-lo com o passar do tempo. Ele, como a maioria dos deuses, era arrogante, mas logo percebeu o erro de seu ato.

Quando Surria soube o que seu filho tinha feito, condenou Malum a um sono de mil anos. Seu caixão seriam as ravinas da montanha Axilya, 35 mil léguas abaixo do nível do mar.

Margrete ergueu os olhos das páginas, as perguntas iluminando seus olhos.

— Espere. Então os primeiros Azantianos eram filhos de Malum e de sua amada? Isso significa...

— Há apenas um Azantiano ainda vivo da linhagem original de Malum, e você já o conheceu, embora ele não seja uma pessoa de muitas palavras.

— Ortum — sussurrou ela.

Bash assentiu.

— Ortum é o último dos descendentes de Malum. O último dos Azantianos originais. Ele percebeu que as barreiras precisavam ser erguidas para proteger o mundo, que os portões que Malum forjou para suas bestas estavam enfraquecendo e que não possuíamos mais o Coração para mantê-los confinados. Só recentemente pudemos deixar essas praias para caçar a essência de Malum, porque Ortum não consegue manter um controle rígido sobre sua magia. Manter as feras presas o esgota a cada dia que passa.

Os olhos de Margrete voltaram para o texto, seus cílios tremulando contra as bochechas enquanto ela processava tudo.

— Se Malum acordar e retornar ao final de sua sentença de mil anos, ele simplesmente não protegerá seus filhos? Não protegerá o reino deles?

Nessa hora, Bash tropeçou.

— Ortum me disse, há dois meses, que não sentia mais a mesma conexão com as águas como antigamente. Antes, ele podia sentir o deus adormecido através do sangue místico em suas veias, mas agora ele não sente... nada. Malum não considerou as consequências de remover seu coração e, ao fazer isso, se condenou. Mesmo quando mil anos vão e vêm, ele estará muito esgotado para voltar e proteger a ilha que adorava. E sua sentença está quase no fim.

Margrete soltou um suspiro lento.

— Alguém ouviu falar de Darius ao longo dos anos?

— Não sei dizer ao certo, porém, sempre houve rumores. Darius era um trapaceiro conhecido, e eu não ficaria surpreso se ele tivesse feito aparições ao longo dos anos. — Bash não tinha provas, mas havia muitas histórias de homens poderosos com habilidades incomuns; habilidades que seriam impossíveis para um mero humano possuir.

— Deuses. Meu pai roubou a única coisa que poderia nos proteger caso os monstros escapassem. Ele quase garantiu sua própria morte. — Um escárnio sem humor escapou de seus lábios carnudos. — Ele precisa ser encontrado — acrescentou ela, baixinho. — O *coração* de Malum precisa ser encontrado. E recuperado. Porque, mesmo que você tentasse dizer ao meu pai a verdade sobre o que ele fez, ele nunca acreditaria.

Bash estendeu a mão e segurou a dela, precisando sentir seu calor envolvido entre as mãos dele. Ele queria que ela soubesse a verdade. Toda ela.

— Depois que o capitão traiu a confiança do meu pai, ele voltou para Azantian uma noite com um navio cheio de mercenários. Eles invadiram nossas praias e massacraram a todos. Mataram nosso povo. Massacrou-os em suas camas. Mulheres, crianças. Até mesmo bebês aninhados em seus berços. Ninguém estava seguro.

O coração dele apertou quando viu os olhos dela se encherem de lágrimas que ela não deixou cair.

— Ele arrebatou nosso palácio e levou tanto ouro e riquezas quanto seu navio permitiu. Eu era uma criança, então meu pai me confinou na suíte real, mas ouvi os gritos. Acho que jamais os esquecerei, nem se tentasse. — Foi na noite em que meu pai morreu que me tornei o líder. Quando o encontrei, depois que o capitão e seus homens abandonaram os mortos dentro do palácio, seu corpo ainda estava quente. Escapei da minha guarda e me joguei no corpo do meu pai. Foram necessários dois guardas para me remover.

Margrete abriu a boca, mas Bash levantou um dedo solitário, silenciando-a. Ele não conseguiria continuar falando se parasse. Aquela noite era uma ferida que nunca cicatrizaria adequadamente.

— Antes do meu pai ser assassinado, antes de o capitão invadir o palácio, ele implorou a Ortum por ajuda. Ortum conhecia apenas uma maneira de evitar que Wood voltasse, e, embora fosse um risco, ele executou o ritual de qualquer maneira, desesperado para parar o louco em quem todos confiávamos.

"Usando as palavras sagradas dos antigos, Ortum tentou roubar o poder de dentro do Coração. Ele esperava colocá-lo em outro receptáculo para que, pelo menos, o poder protetor de Malum permanecesse na ilha, mas algo deu errado. Quando ele realizou o ritual, a maior parte da essência divina desapareceu no ar, e apenas uma pequena parte do poder permaneceu no próprio Coração. Depois que Wood foi embora, ele ergueu as barreiras para cercar a ilha, garantindo que nada pudesse passar para o mundo mortal... e que seu pai nunca nos encontraria novamente.

"De qualquer forma — acrescentou Bash —, apenas Ortum tem o poder de invocar a essência perdida, uma vez que tenha em mãos o receptáculo original. — Ele se sentiu arrasado ao ver o rosto de Margrete se entristecer.

"Se alguém pode ajudar, é Ortum, princesa — disse ele, tentando tranquilizá-la. Seu coração palpitou no peito quando ela lhe deu uma sugestão de sorriso."

Deuses, ele tinha contado tudo a ela. E, no entanto, não se sentia tão preocupado quanto pensou que ficaria. No mínimo, contar a verdade o deixou com a sensação de paz, porque agora ela poderia entender suas ações, as razões pelas quais ele não poderia falhar. Se entendesse, talvez o olhasse de forma diferente. Como alguém que merece respeito. Ele tinha visto um brilho disso nos olhos dela na noite anterior e precisava de mais.

— Nada do que eu disser pode aliviar essa situação — falou Margrete, a outra mão pousando sobre a dele. — Mas, por favor, saiba que tenho total consciência de como meu pai é mau. Precisamos ter o Coração de volta para que Ortum tente chamar o poder de Malum. — Suas feições se transformaram em pedra quando ela acrescentou: — E meu pai precisa ser destruído. Se ao menos ele não pudesse machucar ninguém nunca mais...

Sim, Bash iria destruí-lo. Ele teria um imenso prazer em fazer isso.

Bash abriu a boca antes de pensar melhor e soltou, apressado, as palavras que ele não tinha ousado falar antes.

— Sabe, questionei Ortum anos atrás, pedindo-lhe soluções para o caso de nunca termos o Coração de volta. Ele me disse que minhas orações seriam atendidas quando o sangue de nosso inimigo chegasse às nossas praias. Só então eu encontraria a paz que ansiava. — Bash olhou para ela intensamente, seu coração disparado. — Achei que ele se referia ao capitão, mas, agora, imagino que estava falando de você.

Margrete mordeu o lábio inferior, e os olhos de Bash caíram para onde ela prendia a carne entre os dentes. Foi um grande esforço desviar o olhar.

— Bash, eu... — Ela o surpreendeu quando os dedos magros se entrelaçaram com os dele. — Espero ser parte da razão pela qual o Coração será devolvido. Quero fazer tudo ao meu alcance para ajudar. Para ajudar *você*.

Aqueles olhos, tão grandes e cheios de sinceridade de tirar o fôlego, roubaram seu ar, e, por apenas um momento, Bash imaginou que nada no mundo poderia estar errado se ele permanecesse preso no olhar dela.

Justo quando ele estava prestes a fazer algo de que poderia se arrepender — como inclinar-se e pressionar os lábios nos dela —, Margrete pigarreou, tirando as mãos das dele. Bash observou enquanto ela se afastava, os dedos tremendo antes de escondê-los em seu colo.

Ele se divertiu ao vê-la olhando timidamente para as estantes, seu cabelo comprido protegendo a maior parte do rubor que pintava suas bochechas. Ela examinou as fileiras e mais fileiras de livros em um silêncio calculista, e Bash observou curiosamente enquanto sua expressão se tornava astuta.

De repente, ela se levantou e foi até uma pilha transbordando de textos.

— Talvez haja outra resposta — meditou ela, os dedos tateando ao longo das lombadas de couro antigo.

— Eu pesquisei em tudo. Feitiços, rituais, até sacrifícios de sangue, que são proibidos no meu reino.

Margrete se agachou e puxou um livro vermelho e fino, gasto pelo tempo. Ela o virou nas mãos e viu os dois círculos entrelaçados adornando a capa, suas bordas brilhando em ouro.

— O que você tem aí? — perguntou ele, sem lembrar de ter visto aquele livro antes.

— Não tenho certeza. Se não me engano, diria que é uma espécie de... diário. — Ela o folheou, mas parou em uma página, os olhos se arregalando com o que via em suas linhas. — Estou esquecido. *Não sou nada, e deveria ser tudo* — ela leu em voz alta, com a voz trêmula.

Bash sentiu o cabelo da sua nuca se arrepiar enquanto seus sentidos aguçados percebiam o cheiro de cobre e ferrugem.

— Merda — praguejou Margrete, afastando a mão. A bandagem em torno de sua ferida estava vermelha de sangue.

— O que aconteceu? — Bash saltou de pé.

— Minha ferida deve ter aberto. Tem um pouco de sangue... — Um grito de dor escapou de Margrete, e ela deixou cair o livro no chão de pedra.

O chão sob as botas de Bash tremeu, as vibrações subindo por suas pernas. Margrete abriu a boca horrorizada quando o chão se inclinou, e os livros voaram das prateleiras e caíram em uma pilha desordenada.

Ele estava a meio caminho para alcançá-la quando a prateleira que ela se agarrou começou a balançar. Sem pensar, Bash se lançou para frente e passou o braço em volta da cintura dela, empurrando-os para fora do caminho. A estante de madeira caiu no chão segundos depois.

Bash protegeu sua cabeça antes que colidisse contra a pedra, o peito pressionando suas curvas suaves.

A respiração dela estava irregular, e os olhos semicerrados de medo. Ele não se moveu, nem mesmo quando a terra se acomodou, aquietando-se, as feras abaixo deles se acalmando. Mesmo assim, ele apertou o abraço, o hálito quente dela fazendo cócegas em seus lábios enquanto ele lutava para recuperar o controle.

— Margrete. — Ele falou seu nome como se fosse uma prece enquanto papéis soltos flutuavam ao redor deles. — Você está bem?

Ela o olhava da mesma forma que tinha feito na noite anterior, antes de se inclinar na ponta dos pés e beijá-lo, colocando o mundo dele em chamas.

— Estou bem — ela conseguiu responder, as palavras raspando na garganta.

Ele ficou tenso com a sensualidade da voz, um calor crescendo em seu interior.

Os cílios dela tremeram, as mãos movendo-se para o peito. Ela se demorou, seus lábios entreabertos uma tentação que ele não conseguiria resistir se ela não o afastasse. Margrete tinha o dom irritante de ser atraente, mesmo sem tentar.

Lentamente, ela levantou um dedo solitário para traçar a curva da mandíbula dele e a bochecha, antes de mapear o pescoço. Bash não podia sentir nada além da sua carícia, a suavidade dela enquanto o memorizava, seus olhos astutos devorando cada detalhe.

— Vou te ajudar, Bash — disse ela. O calor se acumulou em sua barriga ao som do seu nome em seus doces lábios. Ele queria capturar o som para si. — Você vai fazer a troca com meu pai e conseguir o Coração — insistiu ela, e o peito dele apertou imaginando-a na presença daquele monstro. — Mas, se ele conseguir escapar de você, eu mesma o caçarei.

Ela abaixou o braço até a lateral do corpo com uma expressão feroz e mortal, a boca definida em uma linha de determinação. Bash achou esses traços duros absolutamente lindos.

— Juntos — prometeu ele, forçando-se a ficar de pé. Ele ofereceu a mão, e ela aceitou prontamente. Depois que ela se levantou, ele não a soltou.

A mão dela pertencia à dele. — Vamos derrubá-lo juntos.

CAPÍTULO VINTE E QUATRO
Margrete

Naquela tarde, Adrian foi gentil e levou Margrete ao terraço de treinamento, onde uma brisa bem-vinda lutava contra o sol escaldante. Ainda assim, ela começou a suar no momento em que Adrian demonstrou como sair de um estrangulamento. Sua mente vagando para outro lugar também não ajudou — ela não parava de pensar em todas as verdades que Bash tinha revelado na biblioteca.

Verdades que ele *confiou* a ela.

Não faltava muito tempo para o jantar quando ela voltou para seus aposentos. Ela encontrou um banho frio esperando e estava prestes a entrar na banheira quando um flash vermelho chamou sua atenção. Ela parou, concentrando-se em um livro com capa de couro que estava na beira da cômoda.

Margrete se aproximou para pegar o livro de bordas arredondadas e gastas. Passando uma mão cautelosa pela capa desbotada, ela o levou ao nariz, fechando os olhos enquanto inspirava o cheiro familiar.

Cheirava a ele.

Margrete exalou lentamente antes de colocá-lo de volta na cômoda. Ela se virou na direção do banheiro, forçando o livro e o significado por trás dele para o fundo da mente.

Mas somente quando ela estava afundando na banheira, seus membros doloridos parecendo suspirar de alívio, que sentiu o peso esmagador da realidade roubar seu fôlego.

Se seu pai não a trocasse pelo Coração, e Ortum não pudesse invocar o poder ausente — aquela essência divina concedida a Azantian pelo próprio deus do mar —, o que aconteceria com seu mundo? Um mundo que ela nem tinha começado a explorar, com pessoas que ela ainda não conheceu e aventuras das quais ela ansiava por fazer parte.

Enquanto estavam na biblioteca, Bash abriu seus olhos, fazendo-a apreciar o quão vital sua missão era para o reino. Margrete por fim entendeu que ela não poderia atrapalhar seus esforços por mais tempo. Ela voltaria de boa vontade para seu pai — se ele fizesse a troca —, e o faria sabendo o que estava em jogo.

Essa aceitação a ajudou a perceber outra coisa. Naquele exato momento, ela não estava no castelo. Não estava sob o controle do pai. Não. Ela estava *ali*, em um dos lugares mais lendários e impressionantes, conhecido apenas pelos livros de contos. E talvez ela só quisesse aproveitar o tempo que lhe restava, para se entregar pelo menos *uma vez* em sua jovem vida.

Embora as sombras da dúvida a seguissem enquanto ela se vestia para o jantar, havia também leveza em seu coração, uma sensação de paz que chegava por ela estar deixando tudo o mais ir embora. Ela respirou maravilhada pelo que ela havia negado anteriormente, e o peso esmagador das coisas que ela não conseguia controlar saiu dos seus ombros. Mesmo com as areias do tempo fluindo para o fundo da ampulheta, ela se sentia... *liberta*.

Poucos minutos depois de terminar de se vestir e poucos segundos depois de dar os últimos retoques em seu cabelo, uma voz familiar a assustou.

— Posso dizer sinceramente que estou impressionado com você. — Bay estava no portal, as mãos enfiadas nos bolsos das calças azuis finas, uma expressão entediada no rosto. — Adrian me contou tudo sobre sua pequena navegação à meia-noite. Ele viu Bash trazê-la de volta para o palácio, com as roupas molhadas e a mão ensanguentada.

Margrete enrubesceu. Ela esperava que Adrian não tivesse visto o que mais aconteceu na praia.

— Parece que sou uma péssima fugitiva.

— Você realmente é — disse Bay. — Possivelmente as piores exibições que já vi, embora seja preciso admirar sua determinação.

Se eles fossem amigos, amigos *de verdade*, ela poderia ter batido suavemente em seu ombro. Em vez disso, ela balançou a cabeça e tentou não revirar os olhos.

— Vamos indo? — perguntou Bay. — Aposto que você quer comer antes de tentar outra coisa esta noite. Bash realmente está muito ocupado com você.

Ela queria dizer a Bay que não tinha mais risco de fuga, que tinha decidido ficar, mas as palavras não encontraram o caminho até sua boca. Ela então sorriu e caminhou ao lado dele até a sala de jantar.

Quando entraram, Ortum, Nerissa e Shade já estavam presentes; Nerissa batendo suas longas unhas impacientemente no tampo da mesa de vidro. Margrete sentou-se com Bay ao seu lado. Não muito depois, Bash e Adrian chegaram, o primeiro com uma carranca.

Depois que ele se acomodou em seu lugar, ela encontrou seu olhar. Gradualmente, seus olhos se desviaram para a mão enfaixada. Ela viu um lampejo de preocupação em seus traços estoicos, mas então ele se virou para Adrian, que estava sentado à sua esquerda.

Ortum parecia visivelmente esgotado, com os ombros caídos e os olhos cor de coral vincados. Ele percebeu seus olhares mais de uma vez e os segurou, correspondendo com sorrisos de entendimento. O homem nasceu de um deus. Ele foi o responsável pelos portões permaneceram fortes depois que o coração de Malum foi roubado. Ela estava errada em se sentir desconfortável perto dele, embora, para ser honesta, seu pulso ainda disparasse sempre que ela olhava para o ancião. Margrete disse a si mesma que era apenas por causa *do que* ele era.

Certamente devia ser por isso que seu estômago se revirava.

O jantar foi servido enquanto o rei e seu comandante conversavam profundamente. Não que isso importasse muito para ela. Ela suportou em silêncio a maior parte da refeição, ocasionalmente dando uma olhada no rei Azantiano. Ele só a pegou olhando para ele uma vez, e ela rapidamente desviou os olhos para Bay, que começou a perguntar como ela gostava de seu peixe.

Seu humor, aquele que ela moldou com a esperança de estar fazendo a coisa certa, diminuía quanto mais ela ficava na presença do rei. Ele era um lembrete vivo de que havia tantas coisas que ela *não* tinha experimentado. O que quer que estivesse acontecendo entre eles — a provocação, o flerte, os momentos roubados — chegaria ao fim. Uma semana atrás, ela teria rido de tal pensamento, de que ela teria qualquer tipo de remorso por ir embora. Agora, a ideia de nunca mais vê-lo a deixava com uma sensação de vazio.

Ao lado dela, Bay tentava ao máximo manter a conversa, mas estava difícil demais para ela conversar sobre amenidades. Embora a atenção dele momentaneamente lhe trouxera um sorriso fraco aos lábios, ele desvaneceu, substituído por uma carranca que parecia não sair.

Ela passou o tempo mexendo com o anel que Arabel lhe dera no mercado. A faixa polida brilhava a cada rotação, e ela pensou na mulher e em suas palavras misteriosas. Talvez Arabel estivesse simplesmente louca, mas o anel acalmou suas emoções turbulentas, e Margrete estava grata por isso.

— Eu queria que você não precisasse ir — Bay confessou, sua voz baixa para que ninguém mais pudesse ouvir. Parecia que ele havia perdoado sua brusquidão anterior e reconhecido que aquele silêncio significava uma desesperança ainda maior.

Do outro lado da mesa, Bash ergueu a cabeça, orelhas em pé enquanto ouvia. Shade estava falando animadamente sobre uma nova embarcação sendo construída, mas o foco de Bash permaneceu firme na filha do capitão.

Margrete afastou seus pensamentos do rei e respondeu à declaração de Bay com um sorriso melancólico.

— Desejo estar em qualquer lugar, menos de volta àquela fortaleza. No entanto, não pretendo ficar muito tempo.

— Bash não tem escolha.

Em mandá-la para casa, ele quis dizer. Em troca do Coração.

— Entendo isso agora. Bash me explicou a importância da troca e, embora eu não esteja ansiosa por isso, entendo por que ele trabalhou tão incansavelmente para reestabelecer a ordem. Algo pelo que não posso deixar de elogiá-lo. — Ela olhou para Bay e, tentando aliviar o clima, pediu: — Mas não diga isso a ele. Não gostaria de inflar ainda mais seu ego.

Embora cooperar livremente na troca fosse a coisa certa a fazer, o pânico apertou seus pulmões com a ideia de voltar para o pai. A presença do capitão sempre a transformou em uma garota indefesa. Não importava quantos anos ela tivesse, ele tinha um jeito de fazê-la se sentir muito pequena.

Margrete subitamente se levantou, a cadeira rangendo contra o piso de mármore polido.

— Estou cansada — anunciou ela, de repente o alvo de todos os olhos da sala. — Gostaria de me retirar.

Todos os olhares se voltaram para Bash, como se pedissem sua permissão *por* ela. Ele assentiu, e suas cabeças se moveram para reorientar suas vacilantes atenções para seus pratos cheios. Bash afastou a cadeira e se levantou, as mãos alisando as rugas inexistentes de suas calças.

— Vou te acompanhar.

O garfo de Nerissa bateu no prato, o som ecoando.

— Adrian pode fazer isso, Bash — disse ela, sua voz cantante misturada com apreensão.

Bash enrijeceu.

— Não há necessidade. — Ele fez um gesto de recusa para Nerissa, mas a vidente não silenciou.

— Você realmente acha que é uma boa ideia? — A sala caiu em um silêncio desconfortável. — Todos nós vemos o que está acontecendo aqui, e como eu já disse a você...

— Chega, Nerissa — Shade falou.

Nerissa fechou a boca e desviou o olhar.

Margrete engoliu em seco, pronta para fugir da tensão que invadira a sala. Ela ficou grata quando Bay se levantou, deu um beijo rápido em sua testa e lhe desejou uma boa noite. Adrian apenas deu seu sorriso gentil de costume, mas seus olhos piscaram para Nerissa.

— Vamos. — Bash inclinou a cabeça, e ela, sem hesitar, saiu.

Quando estavam em segurança no saguão principal, sem que os outros pudessem ouvir, Margrete perguntou:

— O que foi aquilo?

Bash soltou um gemido.

— Nerissa é muito... protetora comigo. Ela pensa que você e eu somos... — Uma pitada de cor tomou suas bochechas. — Que estamos ficando mais próximos do que deveríamos.

Eles *estavam* ficando mais próximos do que deveriam.

Bash fechou os olhos por um momento, o peso do silêncio ensurdecedor.

— Eu sei que não é isso que você quer. Amanhã, quero dizer — Bash começou a falar, estranhamente hesitante —, mas acredito que você não o deixará vencer nunca mais. — Bash pegou a mão dela, o calor envolvendo seus dedos. — Você não tem ideia do que eu faria pelo meu povo e pelas águas que fui encarregado de proteger. Sem você, meu legado, meu dever sagrado...

— Você não precisa mais me convencer, Bash — afirmou ela. Ele assentiu, ainda sem soltar a mão dela.

Um longo momento se passou entre eles. Como se não pudessem evitar, eles se aproximaram, puxados por aquele maldito vínculo invisível. O peito de Margrete se encheu de calor.

— Você não contou os talheres. — As palavras saíram dos seus lábios sem pensar, mas tiveram o efeito desejado.

Bash deu um passo para trás. Seus olhos se iluminaram lentamente, as manchas douradas girando com malícia renovada.

— Aaah, tem razão. Que distração a minha. — Ele apertou a mão dela, e ela poderia jurar que o sorriso que ele exibia iluminava todo o salão. — Que gentileza sua me lembrar.

— Só estou avisando. — Ela deu de ombros, o peito afrouxando.

A tensão se quebrou e ela pôde respirar novamente.

— Humm. Bom, se planeja tentar me matar esta noite, de novo, devo acrescentar, pelo menos, me faça a gentileza de permitir que eu lhe mostre meu lugar favorito na ilha. Porém, talvez eu seja o único com essa opinião.

Os lábios de Margrete se separaram. Ela estava dividida. Se fosse com ele, poderia descobrir que gostava dele ainda mais. Uma parte dela sentia falta dos dias em que era fácil odiá-lo.

— E se você pudesse esperar para me matar até *depois* de chegarmos ao nosso destino, eu agradeceria. Eu odiaria que meu sangue manchasse o piso de mármore. Ele acabou de ser polido.

— Vou considerar o seu pedido. — Ela sorriu, lançando um olhar astuto.

Ela quase vacilou quando as duas covinhas apareceram em suas bochechas.

Bash puxou sua mão, colocando-a em movimento.

— Vamos, princesa. Vamos antes que você tenha mais ideias e resolva me drogar novamente.

Enquanto caminhavam, as chamas trêmulas dos castiçais dançavam nas paredes de vidro, destacando a beleza natural do palácio. Eles passaram por incontáveis arcos dourados e portas intrincadas, e Margrete especulou silenciosamente sobre o que cada uma escondia. Ela estava prestes a perguntar o que havia por trás de uma porta verde-floresta com intrincadas pontas de prata quando Bash parou abruptamente e Margrete colidiu com suas costas musculosas.

— Ai — gemeu ela. Esfregou a testa, e Bash se virou para sorrir. Mas ele não se desculpou nem largou a mão dela.

Eles tinham acabado de descer um lance de degraus de pedra, onde um conjunto de portas de ferro se erguia no final de um corredor longo. Com leveza em seus passos, Bash a puxou, diminuindo o espaço entre eles e as portas que se aproximavam, cada passo ecoando.

— Por aqui. — Bash acenou com a mão sobre a fechadura. O metal embaçado parecia deslocado entre a prata etérea e o delicado vidro marinho de Azantian.

A fechadura clicou e uma luz brilhou. Os portões se abriram um segundo depois.

— Eu perguntaria como você fez isso, mas tenho a sensação de que é semelhante ao funcionamento do meu portal.

— Você está certa — Bash disse, conduzindo-a para a escuridão e além da luz fraca do corredor. — A magia responde a quem tem acesso, mas muitos não têm acesso a este lugar.

— Não consigo entender uma maldita coisa — praguejou ela, aprofundando-se no vazio.

Bash riu, o som rico da sua risada aumentando no escuro.

— Paciência — repreendeu ele, e a apertou com mais força.

Depois de muitos longos momentos de silêncio e escuridão, Margrete se preparou para pedir uma explicação, mas sua boca aberta logo se fechou.

Uma centelha de luz roxa brilhou nas paredes rochosas. Durou apenas um batimento cardíaco.

— Quase lá — assegurou Bash, conduzindo-os ainda mais nas profundezas do túnel.

Se ela estreitasse os olhos, conseguiria ver o caminho, mas, mesmo assim, não era o suficiente para se mover sem a ajuda de Bash. Ele parecia conhecer o túnel tão bem quanto a si mesmo.

Margrete ouviu o tamborilar de água pingando, o som ficando mais alto conforme eles se aproximavam. Acima, o teto tinha centenas de metros de altura e estalactites apontavam ameaçadoramente para onde Bash e Margrete estavam. De vez em quando, as faíscas roxas efêmeras acendiam, deixando as paredes denteadas zumbindo com cores vivas. Quando aquelas luzes brincalhonas se apagaram, o ambiente foi mais uma vez lançado na escuridão obscura.

— Apenas espere. — Um feixe de luz iluminou Bash enquanto ele erguia um dedo solitário. Seus olhos se voltaram para o centro do teto da caverna, um telhado em espiral que se elevava até um único ápice, muito parecido com o interior de uma torre.

— O que estou esperando? — sussurrou ela, ficando cada vez mais curiosa. Algo naquele lugar era familiar e desconfortavelmente sinistro.

— Eu juro... Você não vai se arrepender.

Outra cintilação violeta iluminou os olhos esmeralda, que ganharam uma aparência artificial. Isso o fez parecer um fantasma, o fantasma de uma alma com rosto humano.

Nada aconteceu.

— Ainda estou esperando, pirata.

— Paciência certamente não é uma das suas virtudes, princesa. — O rosto de Bash brilhou com um sorriso infantil. Fosse o que fosse aquele lugar, significava muito para o rei.

— Como este local é chamado? — perguntou ela, baixinho. — É... irreal. — Isso foi um eufemismo para o que ela estava testemunhando.

— Esta é a Caverna Adiria. Traduzido aproximadamente para *a alma* — respondeu Bash com reverência. — Foi neste terreno sagrado que Malum forjou a ilha com sua amada. Mesmo nós, Azantianos, não sabemos todos os segredos que este lugar guarda.

Seu pulso acelerou, antecipando o momento.

— Acontece uma vez ao dia, sempre no mesmo horário. A maioria assiste de cima, mas eu gosto de assistir de baixo. É como estar dentro de uma chama estelar. — Bash deu uma risadinha. — Só não pergunte a Adrian o que ele pensa daqui. Ele tem muitas teorias sobre este lugar e vai falar delas por horas.

Margrete sorriu com a ideia. Ela podia imaginar Adrian fazendo exatamente isso.

— O que é uma chama estelar? — indagou.

Outra chama iluminou o rosto de Bash, e ela vislumbrou a curvatura do seu sorriso.

— Oh, você verá.

Pego pela excitação, Bash avançou atrás dela até seu peito pressionar rente contra suas costas. Pairando sobre ela, com o queixo roçando o topo dos seus cachos, ele arrastou o dedo contra a parte inferior da mandíbula dela.

Inclinando a cabeça dela para trás, ele sussurrou na concha da sua orelha:

— Olhe para cima. — Sua respiração saiu irregular e quente.

Ela congelou e a adrenalina gelada subiu em seu peito. Um calafrio do tipo que deixava os joelhos fracos e a respiração curta.

Seus pensamentos girando pararam abruptamente quando Bash se aproximou com mais firmeza de suas costas, a solidez dele pressionando contra ela. Como um interruptor, a capacidade de se importar que ele a estava tocando dessa forma desapareceu. Ele colocou as mãos em sua cintura e engatou os polegares no tecido fino de suas calças, gentilmente cravando-as em seus quadris. Ela reagiu exalando trêmula e irregularmente, e Margrete teve que morder o lábio para conter o tremor. Ela murmurou uma maldição silenciosa.

— Agora — sussurrou Bash —, no escuro, em um lugar que estamos apenas nós, quero fingir. Não haverá amanhã. Eu não sou um rei e você é simplesmente uma mulher que me deixa louco. — Suas palavras roucas fizeram cócegas na pele dela. — Pelo menos por uma vez não quero me conter. — Ele pressionou os lábios na lateral do pescoço dela e desceu para a clavícula, a boca aquecendo sua carne. — Não quero resistir ao que você faz comigo. O que você tem feito comigo desde o momento em que te vi. — Seus lábios roçaram a área sensível abaixo da orelha. — Você gostaria de fingir comigo, princesa? Ceder por apenas uma noite?

Ela não conseguia respirar direito. Não com ele a tocando — beijando — daquela maneira. Ela foi transportada de volta para a praia, para o momento em que se inclinou e pressionou os lábios nos dele. Como parecia certo. Estranhamente... natural.

Em resposta à pergunta, o apelo para simplesmente fingir, Margrete envolveu as mãos em torno dos seus antebraços musculosos. Ele soltou um silvo quando ela arrastou os dedos em sua pele, o nariz pressionado em seu cabelo.

Ela imaginou que ajudava estarem ali, isolados em uma caverna de maravilhas, escondidos dos olhos dos homens e mulheres que ele governava. Ele poderia simplesmente ser... *Bash*. Devia ser por isso que ele a levara até aquele lugar, ali não teria que pensar sobre todos os muitos motivos pelos quais não deveriam estar fazendo aquilo.

Quando a luz violeta atingiu os lados da caverna úmida e suas respirações combinadas se tornaram seu próprio tipo de melodia proibida, Margrete se sentiu bêbada com sua proximidade. Bash era uma corrida, e ela ansiava pela adrenalina.

— Margrete. — A voz do rei quebrou com um desespero que enrolou os dedos dos pés. — O que você fez comigo...

E então o mundo explodiu.

Explosões violentas de luz e cor irromperam, libertando-se de sua prisão rochosa. Foi surpreendente, um brilho absoluto. Cegando e hipnotizando tudo de uma vez.

Margrete ficou boquiaberta assistindo à caverna dançar com vida, as pedras preciosas azul-violeta incrustadas nas paredes incendiando-se com energia, milhares de manchas de prata polida capturadas em suas facetas lisas. Ela ficou no centro de um encantamento, admirada como as ondas resplandecentes de pervinca e ameixa cresciam e caíam nas paredes ásperas. Como um eco, aquelas ondulações incandescentes pulsaram no teto de pedra, que se tornou um céu pontiagudo de delicadas estrelas de fadas.

De volta ao centro, as luzes dançavam, fagulhas de ouropel roxo subindo até o ponto em espiral. Girando e girando, eles irromperam em um final explosivo, raios de lilases e orquídeas vibrantes se estilhaçando enquanto lutavam para escapar pela alfinetada de uma abertura. Uma única estrela podia ser vista de onde estavam, e Margrete sabia, sem dúvida, que era a mesma estrela que os marinheiros seguiam quando perdiam o caminho de volta para casa.

Bash aumentou o aperto em sua cintura, tirando-a do transe atordoado. O telhado da caverna assentou e balançou, mais uma vez acalmando para a escuridão e depois para o nada.

Eles foram deixados na escuridão, sozinhos. Sem ter mais o que ver naquele vazio onde a realidade não os conseguia encontrar, Margrete deu meia-volta. Mesmo no escuro, Bash encontrou seu rosto e o envolveu com as mãos. Seu toque era terno e os olhos de Margrete se fecharam.

A respiração dele ficou mais perto até que ela pôde sentir seu hálito quente fazendo cócegas em seus lábios. Ela poderia fazer isso. Fingir. Ceder à magia e aos desejos dela.

— Bash...

A força dos lábios dele a silenciou. Ele serpenteou a mão por seus cachos, agarrando seu cabelo na nuca. Ela gemeu contra sua boca, meio surpresa e meio em alívio feliz. Em seu domínio de ferro, não havia nenhum lugar para ir, nenhum lugar para onde correr e, na escuridão, ela poderia alimentar sua fome, o desejo feroz para o qual ela estava impotente para lutar depois que o provara.

Seu beijo foi suave, reverente. Bash demorou o tempo que quis, explorando sua boca com a língua e gemendo quando ela deslizou a sua própria boca aberta.

As mãos dele percorreram seu corpo, segurando seu traseiro, seus quadris. Os dedos hábeis brincaram enquanto roçavam a parte inferior dos seus seios. Em todos os lugares que ele tocava, ela *queimava*. As mãos dela exploraram os músculos ondulantes do peito dele, e ela amaldiçoou a fina camada de linho que continha seu calor.

Quando a língua dele passou ao longo da fenda dos seus lábios mais uma vez, ela começou a doer, a necessidade latejante entre suas pernas a mais doce forma de tortura. Ela gemeu, implorando, e curvou os quadris em direção a ele, incapaz de resistir, precisando tanto senti-lo.

Bash a arrebatou com fome renovada, comandando seus lábios enquanto brincava com sua língua de maneiras que ela não tinha pensado ser possível. Mesmo em um mundo de magia.

Mas essa era uma forma totalmente diferente de encantamento.

Ela se arqueou contra ele novamente, sua mente perdida no desejo, e um gemido baixo retumbou no peito de Bash.

— Margrete. — Ele se afastou, traçando seu lábio inferior com o polegar. Havia uma pergunta silenciosa mantida cativa em seu nome, e quando ele lentamente abriu os botões da calça dela, ela entendeu a necessidade que ele sentia de tocá-la. Ele estava hesitante enquanto brincava com a faixa da calça dela, esperando sua permissão.

Margrete ficou na ponta dos pés e deu um beijo suave em seus lábios.

— Sim — sussurrou contra sua boca. — Deuses, sim.

Ele gemeu enquanto deslizava os dedos entre as pernas dela, movendo-se vagarosos para cima e para baixo em suas roupas íntimas de seda. Ele fez uma pausa quando sentiu a evidência do desejo, seu peito reverberando com aprovação.

— Você está muito molhada, princesa — murmurou, enquanto a estimulava da maneira mais pecaminosa. — Você já fantasiou sobre isso? Meus dedos na sua pele, entre as suas pernas? — Ela pode ter assentido, mas tudo se tornou um borrão. — Eu sei que eu já fantasiei. Desde o momento em que te conheci, não pensei em mais nada. Minha necessidade só piorou quanto mais você me desafiou, mais você me surpreendeu... — Ele soltou um suspiro tenso. — Você me corrompeu completamente.

Ela podia sentir o sorriso nos lábios dele quando a beijou, sua testa pressionada contra a dela enquanto ele trabalhava os dedos hábeis sob a faixa de seda que separava suas peles. Ela engasgou com o contato.

— Diga-me o que você quer, Margrete — murmurou ele, sua voz faminta enviando arrepios por sua espinha. A deliciosa dor em seu núcleo só cresceu, transformando-a em uma bagunça ofegante. — Você quer que eu toque em você aqui? — Ele deslizou os dedos através do seu calor, seus golpes propositalmente leves enquanto a provocava. — Me quer dentro de você?

Ela respirou fundo e tudo o que pôde dar em resposta foi um aceno de cabeça, um som entre um suspiro e um gemido saindo da sua boca.

Bash riu sombriamente.

— Entendo — disse ele, e seu toque *finalmente* mudou para a parte mais sensível dela. Ele moveu o polegar em círculos suaves. — Mais? — perguntou.

— Sim — respondeu, sua voz aérea e devassa enquanto se empurrava mais fundo em sua mão, implorando vergonhosamente.

Outro gemido escapou dele, e ela estremeceu com o som.

Ele beliscou sua orelha.

— Mal posso esperar para sentir você desmoronar — sussurrou, antes de mergulhar um dedo dentro dela.

Margrete se arqueou, soltando um grito frenético.

— É isso — falou quando ela começou a se mover com ele. Um gemido estrangulado a deixou enquanto seus quadris combinavam com o ritmo preguiçoso, mas ela precisava de mais. Muito mais.

— Bash. — Seu nome era uma oração. — Por favor.

Ela disse a si mesma que não imploraria, mas não se importava mais. A dor latejante era quase dolorosa, aquele calor espiralando dentro dela apertando. Outro dedo se juntou ao primeiro, enchendo e esticando-a completamente. Ela mordeu o lábio inferior quando ele *realmente* começou a se mover, empurrando os dedos para dentro e para fora enquanto o polegar dava prazer a ela de maneiras que ela nunca tinha conhecido.

Margrete agarrou seus ombros, as unhas cravando-se nos músculos rígidos. Ela segurou firme, sentindo que poderia explodir, assim como o relâmpago que irrompeu na caverna. Ela ia...

O mundo ao redor deles deixou de existir. Ela estava despencando, caindo em êxtase agonizante. Seu corpo estremeceu quando Bash a segurou firme, enquanto faíscas brilhavam por trás de suas pálpebras fechadas.

Os movimentos diminuíram, ordenhando cada grama de prazer do seu corpo.

A cabeça de Margrete caiu contra seu peito, a respiração irregular — assim como a dele.

— Isso foi...

Ela não tinha palavras.

— Eu sei, princesa. — Bash tirou a mão de dentro da calça dela, e ela imediatamente lamentou perder aquele contato. — Eu só queria ter visto o seu rosto.

Um raio solitário de pervinca faiscou e as pálpebras de Margrete se abriram, tendo um vislumbre nebuloso dele. O cabelo estava despenteado, e aqueles lábios carnudos, separados. Ele parecia tão desmanchado quanto ela se sentia.

A escuridão encheu a caverna mais uma vez e, com ela, Margrete encontrou coragem para alcançar as calças dele.

Mas Bash a impediu, colocando a mão sobre a dela.

— Não. Esta noite é toda sua. — Ele levou a mão dela aos lábios e beijou os nós dos dedos docemente. — Eu já realizei meu desejo e temo ter recebido muito mais do que mereço.

— Bash...

Ele a silenciou com a boca enquanto suas mãos mais uma vez se enredavam nos cabelos dela. Ocupou os lábios de Margrete, mas não suas mãos.

O barulho do cinto ecoou na caverna e, antes que ele pudesse se afastar e protestar, Margrete segurou seu comprimento duro na palma da mão. Bash gemeu em sua boca, mesmo com a rigidez de seu corpo.

Margrete não parou de beijá-lo até libertar sua suavidade aveludada. Com cautela, ela começou a mover a mão. Os ruídos que escaparam de Bash foram os sons mais bonitos que ela já tinha ouvido.

— Margrete — gemeu, o hálito quente soprando em seus lábios entreabertos.

— Você diz que não merece nada hoje — disse, acelerando os movimentos. Bash puxou o cabelo dela com um pouco mais de força, e ela saboreou a leve pressão. — Mas não considerou a *minha* vontade, querido pirata. — Ela podia senti-lo inchar, latejando na palma da mão. — E eu quero te tocar. Fazer *você* desmoronar com *minha mão*.

Ele já estava chegando lá. Ela podia perceber pela maneira como sua respiração falhava, pela maneira como ele agarrava seu cabelo com ainda mais força, pela maneira como seu corpo tremia. Seus quadris começaram a se mover com o ritmo do toque, e, logo, um gemido saiu do seu peito, ecoando nas paredes da caverna.

Margrete sorriu no escuro, saboreando a maneira como ele perdeu o controle. Tomando uma inspiração afiada, Bash enrijeceu, e ela engoliu seu próximo gemido com um beijo. Ela devorou os sons do seu prazer como se fossem apenas dela.

Quando ele se acalmou, ainda pulsando na palma da mão dela, Margrete se afastou, dando-lhe espaço para respirar.

Ele tirou as mãos do cabelo dela para segurar seu rosto, descansando a testa contra a dela, os narizes se tocando.

— Isso foi... Deuses. — Ele suspirou. — Nunca mais negarei seus desejos, princesa. — Ele sorriu contra sua pele enquanto beijava seu pescoço de cima a baixo, apenas para retornar à boca mais uma vez. Quando ele finalmente se afastou, os lábios dela estavam inchados e machucados, e ele pegou a mão dela novamente. Seus dedos se entrelaçaram. — Obrigado — disse.

A sobrancelha de Margrete franziu.

— Pelo quê?

— Por fingir comigo.

CAPÍTULO VINTE E CINCO

Margrete

O amanhecer veio muito cedo.

Margrete vestiu uma calça e uma camisa leve azul-marinho com as mangas arregaçadas e presas com botões de pérola. A calça de linho estava um pouco larga em seu quadril, então ela a prendeu com um cinto incrustado de opalas.

Se ela não estivesse a caminho de encontrar seu destino, poderia ter admirado sua aparência — ela estava diferente. Não era mais a Margrete de Prias. Isso a teria até feito sorrir, mas ela sabia que não devia sorrir. Sabia bem que não deveria ter esperanças ou se perguntar *e se*.

Ter esperanças não tinha funcionado até aquele momento.

Lembranças da noite anterior voltaram com pressa. Ela ainda podia sentir Bash dentro dela, seus lábios unidos enquanto ela se pressionava contra seu corpo. Deuses, ela ainda podia ouvir o gemido de quando ele se desfez.

Margrete praguejou, fechando os olhos e afastando os pensamentos de Bash e do que compartilharam. Ela lembrou a si mesma de que eles estavam apenas *fingindo*, que não era real.

Mas ela também reconhecia uma mentira, mesmo que estivesse mentindo apenas para si mesma.

— Bom dia.

As pálpebras de Margrete se abriram de repente, e o homem com quem estava fantasiando estava diante dela como um deus esculpido. A brisa da varanda bagunçou o cabelo dele, fazendo-o bater em seu olhar penetrante, o verde de suas íris vibrando ao sol nascente.

— Bash — cumprimentou ela, tentando recuperar a compostura. — Não ouvi você entrar.

— Eu bati — respondeu ele, colocando as mãos nos bolsos.

Ela estava *tão* consumida por pensamentos carnais que não tinha ouvido sua aproximação? Aparentemente, sim.

Ele engoliu em seco enquanto dava um passo hesitante para mais perto.

— Eu queria que você soubesse que... a noite passada foi importante para mim — começou ele, olhando para os lábios dela. — E gostaria que hoje não tivesse que acontecer. — Sua garganta se moveu, os músculos da mandíbula incrivelmente tensos.

Margrete sabia que ele estava tentando parecer forte, mas bastou um olhar em seus olhos para sentir o peso esmagador do desgosto que ele sentia.

— Está tudo bem, Bash — disse ela, tirando as duas mãos dele dos bolsos e apertando-as. Ele praguejou baixinho, mas ela as apertou ainda mais forte.

Bash enroscou os dedos nos dela, segurando-a firme enquanto seu pulso acelerava.

Ela ficava incapaz de falar quando ele a olhava daquela maneira.

Ele soltou uma das mãos e tocou o rosto dela.

— Eu tinha esquecido como era *sentir*, Margrete Wood. — Ele acariciou a pele suave com o polegar. — Mas meu coração nunca bateu tão rápido e seguro como quando estou na sua presença.

— Bash. — A voz dela tremeu ao dizer o nome dele.

Ela queria que ele chegasse mais perto, a beijasse e voltasse a enredar os dedos em seu cabelo, segurando-a contra seu corpo maciço. Margrete queria tudo dele.

Em vez disso, ele descansou a testa na dela, o hálito quente fazendo cócegas em seu nariz. Ela inalou seu ar, saboreando uma vida que seria muita ingenuidade dela acreditar que poderia ter. Ela experimentou liberdade, aventura e noites na companhia de um ladino que poderia roubar seu coração se ela não tomasse cuidado.

Ele apoiou o queixo sobre o cabelo dela, e ela passou os braços em volta do seu torso sem pensar. Por minutos, ficaram assim, um retrato congelado de tristeza e despedida. Por fim, Bash falou em seu cabelo, quase um sussurro:

— Está na hora, princesa.

Margrete se afastou abruptamente, deixando o calor que ele oferecia, abandonando o que nunca tinha sido dela de verdade.

Bash enrijeceu, a estátua de um homem em conflito. Seus braços se levantaram como se para segurar seu rosto mais uma vez, mas ele conteve o gesto e cerrou as mãos.

— Vamos, então. — Ela quebrou o silêncio que se instalou. — Não podemos ficar adiando o inevitável.

Enquanto Margrete caminhava pela ponte de vidro descendo para as docas, observou como as águas pareciam mais paradas do que quando ela chegou. O céu estava nublado e sombrio, e a desolação daquele dia combinava com suas emoções.

Margrete tentou não pensar na perigosa jornada que tinha pela frente, na reação que teria ao ver seu pai. Mas sua realidade não podia ser ignorada.

À distância, o cais fervilhava de marinheiros apressados para terminar de preparar o navio antes da viagem fatídica. Alguns barcos menores balançavam nas ondas, mas a beleza de cobalto do navio roubava todo o foco.

— Parece que você deixou uma impressão bastante duradoura — Bash murmurou em seu ouvido enquanto pisavam nas pranchas em constante mudança que conduziam ao *Phaedra*. Nenhum deles tinha falado uma palavra desde que deixaram seus aposentos.

Antes que ela tivesse tempo de se perguntar de quem ele estava falando, uma voz familiar pairou sobre seu ombro, profunda e gentil.

— Margrete — disse Adrian.

Ela se virou e viu Adrian e Bay, a preocupação marcando cada linha dos seus belos rostos. Cada um deles estendeu um braço, e ela foi até eles, permitindo que a envolvessem em um abraço. Ela sentiria falta desses dois amigos improváveis mais do que gostaria de admitir.

— Tivemos que vir dizer adeus. — Suspirou Bay, apertando e soltando seus ombros. Adrian deu um passo para trás, os olhos baixos.

— Você trouxe mais emoção para esta ilha do que eu vi em muito tempo. — Ela olhou para Bay, e ele acrescentou: — E me apego muito rapidamente a mulheres astutas que escalam palácios e manejam palavras como facas. Especialmente as que podem fazer nosso taciturno rei sorrir. Os deuses sabem que ele está com um humor melhor desde que você chegou...

— Bay. — Os lábios de Adrian se esticaram em advertência.

— Tudo bem, tudo bem. — Bay fez um gesto desdenhoso. — Mas você sabe que é verdade.

Margrete olhou para as botas enquanto o calor subia por seu pescoço.

— Vou sentir falta de vocês dois — disse ela, de repente se sentindo vulnerável. Não era um sentimento que gostava. — Talvez possamos nos encontrar novamente. Neste mundo ou no próximo.

— Margrete — chamou Bash atrás dela. — Precisamos partir antes que os ventos mudem.

Bay e Adrian baixaram a cabeça, quase como se em respeito. Aquilo aqueceu seu coração e a encheu com a força de que precisaria para sua jornada.

— Adeus, Adrian. Bay. — Ela acenou com a cabeça para os dois.

Adrian baixou o queixo enquanto Bay a puxava para um abraço final.

— Seja boazinha, Margrete. — Ele acenou enquanto se afastava. — Ah, e, Bash? — Bay ergueu uma sobrancelha. — Cuide dela, sim? Ela merece o melhor.

Os olhos de Adrian se arregalaram, e então ele arrastou seu namorado para longe dali e do rei.

— Ele está certo — falou Bash depois de um momento, tentando dar um sorriso que não alcançou seus olhos. Ele estendeu o braço para ela se apoiar, e ela percebeu como aquele sorriso vacilou. Moveu-se na direção dele sem hesitação.

Bash gentilmente a guiou pelo passadiço e para o grande convés. Nem uma vez afrouxou seu toque, mas suas feições se transformavam em pedra a cada passo que davam.

— Gius. — Bash inclinou a cabeça em saudação a um homem robusto de cabelos loiros grisalhos e olhos azuis profundos.

O homem mais velho fez uma ligeira reverência.

— Tudo pronto para partir, senhor. Ao seu comando. — Bash deu um aceno brusco de aprovação, e Gius correu em direção aos homens reunidos.

— Ele é o intendente — murmurou Bash, respondendo à pergunta silenciosa de Margrete.

— Por que ele se dirige a você tão casualmente?

— Não acredito em títulos quando eles não são necessários. Especialmente aqui. — Ele sacudiu a cabeça para o mar aberto. — Nenhum homem é rei. Só existe família.

Uma abundância de emoção agitada rodou nos olhos esmeralda dele, e sua mandíbula cerrou enquanto evitava seu olhar.

— Você estará segura neste navio. Foi construído com a madeira da Floresta Soliana. — Ela ergueu uma sobrancelha, e ele explicou: — É a floresta onde a primeira árvore cresceu em nossa ilha e é considerada um local sagrado. Qualquer navio construído com sua madeira conhecerá apenas uma passagem segura e ventos rápidos.

Havia tanto que não sabia sobre Azantian. Ela gostaria de ter mais tempo.

— Ainda assim, sugiro que permaneça abaixo do convés em caso de um clima desagradável — acrescentou ele —, mas suspeito que não atenderá aos meus desejos. — Ela detectou o leve tom de brincadeira em suas palavras.

— Você suspeitou corretamente — respondeu ela, gostando de como ele lutou para não sorrir. Parecia que ela tinha um talento para afrouxar sua máscara, mesmo que apenas ligeiramente.

— Desce comigo, mesmo assim? Nem que seja para me agradar.

Ela sorriu e assentiu enquanto passava o braço pelo dele; ele a conhecia bem.

Bash a conduziu pelo convés de homens ocupados até a mesma cabine em que ela havia chegado. Ela caminhou até a cama e se sentou, seus membros de repente tão exaustos quanto sua mente.

— Margrete?

Ela congelou com o uso do seu nome de batismo. Bash raramente a chamava de outra coisa senão princesa, um termo que ela estava começando a ver como um carinho. Ele ficou ereto, um braço apoiado casualmente na moldura da porta da cabine. Até podia parecer uma postura relaxada, mas a tatuagem de estrela-do-mar em seu braço se enrolou, se escondendo.

Margrete engoliu o nó na garganta quando ele cruzou a curta distância e ficou de joelhos, as mãos espalmadas de cada lado dela na cama.

— Talvez, depois de tudo isso... — suas mãos se aproximaram, roçando as laterais de suas coxas — ... você encontre uma maneira de sair de lá e seguir seu próprio caminho. — Seus dedos avançaram mais alto, fazendo com que ela prendesse o fôlego. — Se eu não tivesse fé de que você consegue fazer isso, talvez não continuasse com isso agora.

Aquelas mãos perversas permaneceram em suas coxas, sua pele fervendo sob a barreira fina da calça. Ela observou enquanto Bash, lenta e meticulosamente, deslizou as mãos para seus quadris, seu toque abrasador como uma marca.

— Não vou ficar lá. — As palavras eram fogo em sua garganta. — Não se preocupe com isso.

Ainda ajoelhado, ele balançou a cabeça e inclinou o rosto para encontrar os olhos dela.

Um rei de joelhos.

A visão a teria deixado cambaleando, se ela já não estivesse oscilando no limite da razão.

— Tenho plena confiança de que você não vai. — Ele colocou uma mecha de cabelo dela atrás da orelha, seus olhos nunca deixando os dela. — Talvez até possamos nos encontrar novamente um dia desses, Srta. Wood.

O coração de Margrete trovejou com a promessa.

— Se o fizermos, posso assegurar-lhe de que certamente estarei equipada com algo muito mais mortal do que uma faca de cozinha.

O rosto estoico de Bash se transformou, seus olhos enrugando enquanto ele lutava contra um sorriso.

— E estou ansioso por esse dia, princesa. — Ele arrastou um nó dos dedos por sua bochecha.

Os olhos de Margrete se fecharam. Mas então a mão se afastou de seu rosto, e o frio substituiu seu calor.

Quando Margrete abriu os olhos, ele já havia partido.

A GAROTA QUE PERTENCIA AO MAR

CAPÍTULO VINTE E SEIS
Margrete

Margrete se inclinou sobre a amurada, observando o sol poente dourando as ondas que batiam contra os lados do *Phaedra*.

Atrase-nos, ela instou as águas. *Pare de soprar*, pediu ao vento.

O tempo estava passando rápido demais, quando tudo o que ela queria era que parasse completamente.

O barulho de botas soou às costas de Margrete. Ela lançou um olhar por cima do ombro e viu Bash se aproximando devagar até parar ao lado dela. Ele apoiou os cotovelos na grade e olhou para longe.

— Diga-me o que ele faz com você.

Ela percebeu a forma como a luz do sol delineava seu perfil forte, seu cabelo parecendo cobre polido. Ele estreitou os olhos na direção do mar e apertou a amurada do navio. Ele não precisava dizer nada. O olhar de dor torcendo suas feições disse tudo o que ela precisava saber.

Quando ele perguntou pela primeira vez por que ela odiava o pai, ela não respondeu. Mas agora...

— Ele é... cruel. — Ela ficou tentada a mentir, já que dizer para os outros como seu pai era bondoso estava enraizado nela desde que era criança, mas não sentia que precisasse mentir para Bash.

Lágrimas arderam em seus olhos e sua garganta se apertou. Ela cruzou os braços sob os seios, sem conseguir olhar para ele.

— Já passei muitas noites pensando no pior, e posso ser um bastardo por perguntar isso, mas preciso saber *exatamente* o que ele faz ou vou me perder em minha própria imaginação perversa. Margrete, estou pedindo que confie em mim o suficiente para me deixar entrar. *Por favor*.

Essas duas palavras a quebraram.

— Ele me tranca em uma caixa de ferro — disse ela, a voz como aço e sua determinação forte. — Ele se deleita com a dor dos outros. Com a *minha* dor. — As unhas de Margrete se cravaram nas palmas das mãos. — Ele ameaça colocar minha irmãzinha no meu lugar, se eu lutar contra ele. Ela é a única razão pela qual eu permitiria a ele esse controle.

Margrete nunca esqueceria a primeira vez que foi trancada. Ela tinha acabado de fazer 8 anos e entrou no escritório do pai sem ser convidada. Encontrou-o em sua mesa, os olhos fixos em algum objeto escondido nas mãos. Lembrava com nitidez como aqueles olhos relampejavam, e a forma sinistra como eles brilhavam deveria ter sido aviso suficiente.

Mas então ele ergueu o olhar maníaco, e aquela faísca chamejou, um olhar torto cruzando suas feições ao mesmo tempo que seus lábios se curvavam para cima. Aquele foi o dia em que ele começou com as "punições". Sua primeira ofensa: entrar no escritório sem permissão.

— Quantas vezes? — A voz de Bash a libertou da memória inquietante. O estoicismo se foi, sua ira se transformando em uma nova marca e o olhar feroz que aguçava seus olhos exprimia uma proteção que ela não conhecera antes.

Margrete estremeceu, mesmo com a brisa quente.

— Ele me colocou lá vezes demais para contar.

Eles permaneceram em um silêncio desconfortável que corroeu sua pele. A carne dela formigou e seus ossos coçaram para se mover. Para correr.

— Você não deveria ter passado por isso — comentou Bash friamente. — Ninguém deveria. Sempre o considerei um homem cruel, mas nunca achei que faria algo como... *isso*. — Ele passou uma mão inquieta pelos cabelos, os músculos da sua mandíbula tensos. — Quando atacamos a fortaleza, achei que encontraria uma mulher mimada, que viveu no luxo enquanto seu pai roubava e saqueava. Foi por isso que você me surpreendeu, já naquele primeiro dia. Acho que neguei a verdade desde então, nem que fosse apenas para aliviar minha própria consciência. Foi por isso que não te pressionei para obter respostas.

— Eu sabia — declarou Margrete, surpreendendo-se. — Eu sabia que você estava lutando para fazer de mim uma vilã. Mas eu também percebi que, em algum momento, você parou de me ver assim.

Bash respirou fundo, abrindo a boca e fechando-a novamente. Ele não conseguia encontrar as palavras, a resposta que poderia libertar os dois.

Ela colocou a mão em seu ombro. Ele ficou tenso.

— Não uso isso contra você — falou ela. — Não mais.

Sua garganta se moveu com a emoção, mas ele não parecia encontrar alívio com a confissão dela. Em vez disso, seus olhos encontraram os dela, escurecendo com a promessa letal.

— Deuses, se você não o matar, saiba que o farei. Tenha fé nisso.

A promessa pairou entre eles. Um juramento proferido diante das águas que o rei reverenciava.

— Eu acredito em você — disse ela.

Em sua vida, Margrete vivenciou muitas promessas não cumpridas e colecionou mentiras como grãos de areia, mas ela acreditava no rei. Bash uma vez disse que os olhos detinham as verdades da alma, e os olhos dele falavam com ela de uma forma que as palavras nunca poderiam.

Bash mexeu os pés com desconforto e a mão de Margrete caiu do seu ombro.

— Se você *fosse* uma pirralha mimada, tudo teria sido mais fácil. Agora, sinto grande admiração por você. De verdade. — Seu sorriso ficou tenso. — É *porque* me sinto atraído por você que te amaldiçoo.

— Eu gostaria de ainda te desprezar também, pirata — devolveu ela, também sorrindo com severidade. Ela se perguntou que verdades ele vira nos olhos dela. Se ele podia vislumbrar a alma que chorava por dentro.

Ela segurou o braço do rei quando ele se virou para ir embora. Ele olhou para trás e cobriu a mão de Margrete com a dele.

— Está tudo bem — explicou ele. — Eu só preciso de tempo para pensar.

— Não existe outra maneira, Bash. Se meu pai cooperar e chegar com o Coração, você deve deixar que ele me leve. Você não pode correr o risco de que o Coração caia nas mãos erradas.

Ele se aproximou, pairando sobre ela de uma forma que a fez se lembrar de como ficou perdida em seus braços na noite anterior.

— Eu sei do risco, princesa. — Os olhos dele vagaram pelo rosto de Margrete como se memorizassem cada linha e curva. — Eu também sei que o Capitão Wood já recebeu o suficiente de mim.

Ela engoliu o nó na garganta quando ele beijou a palma de sua mão, o olhar penetrante encarando o dela o tempo todo.

— Eu sou tudo menos tolo — disse ele. — Saiba disso. Confie em mim.

— Eu confio — confirmou ela sem hesitação. O desejo de confiar nele começou na noite em que ela caiu em seus aposentos, quando viu o homem sob a máscara. Ele só ficou mais potente com o passar dos dias, e na manhã em que ele compartilhou os segredos de sua ilha, ele ganhou a confiança que ela guardava.

De repente, Bash se abaixou sobre um joelho, com uma das mãos cerradas em punho na altura do coração e a outra segurando a mão de Margrete.

— Jurei lealdade a duas coisas na minha vida — começou ele, o queixo erguido para que pudesse olhar nos olhos dela. — Para minha ilha e os Deuses do Mar.

O coração de Margrete martelava enquanto esperava as próximas palavras, seu aperto a ancorando no lugar.

— Agora, juro a você, Margrete Wood de Prias, que minha espada é sua. Nenhum homem ou deus vai me impedir de cumprir esta promessa. Você deve conhecer a liberdade que anseia. Mesmo se eu tiver que abrir os mares para te encontrar. Feras de batalha e homens implacáveis. Vou até suportar a ira dos próprios deuses.

Suas mãos tremiam e seu juramento quase a fez cair de joelhos.

— Eu rezo para que nunca chegue a esse ponto, Bash — respondeu ela, sua voz falhando sob o peso do seu olhar.

Um músculo na mandíbula de Bash se contraiu, os olhos ferozes.

— Oh, Margrete. Os deuses são cruéis e, raramente, gentis. E o destino? O destino ri de todos nós.

A GAROTA QUE PERTENCIA AO MAR

CAPÍTULO VINTE E SETE
Margrete

𝒜 tempestade veio do nada.

Em um momento, o céu estava claro e cheio de luz, e no seguinte, o aço cinza varreu o mundo enquanto a chuva atingia o *Phaedra* e sua tripulação.

Bash encontrou Margrete no tombadilho no momento em que uma onda gigantesca atingiu o casco, fazendo o navio balançar precariamente para os lados. Ele pegou a mão dela e silenciosamente foram para baixo, a força dos braços dele a única coisa que a impedia de cair da escada. Uma vez que estavam na segurança da sua cabine, Bash se virou para ela, o rosto contraído.

— É muito perigoso ficar lá em cima — disse ele. — Vamos sair dessa, mas não será fácil. — Ele passou a mão pelo cabelo e se dirigiu para a porta. Parando na soleira, ele olhou por cima do ombro e encontrou o olhar dela. — Preciso que fique aqui, por favor. *Preciso* que fique em segurança, princesa. — Sua voz estava revestida de vidro, o desespero em seu tom quase tangível.

— Eu vou ficar aqui — prometeu ela. — Mas é melhor você se proteger também. — O navio deu uma guinada violenta e ela se chocou contra a penteadeira. Pensar que ele ficaria à mercê daquele pesadelo infernal a deixava nauseada.

Bash demorou mais um segundo, os olhos fixos no rosto dela, quase como se quisesse memorizar cada detalhe. Ela fez o mesmo.

Então ele assentiu e fechou a porta.

Se a tempestade continuasse noite adentro, eles poderiam perder o horário estabelecido para a troca. Margrete disse a si mesma que era por isso que estava andando de um lado para o outro na cabine, e não porque uma pequena parte dela se preocupasse com um certo guerreiro no convés.

Depois de abrir um caminho nas pranchas, um raio perfurou os céus. Ela cambaleou até a escotilha da cabine para espiar o pandemônio cinza. Aquela não era uma tempestade comum. Não do tipo que muitos sobreviveram, pelo menos.

Olhando as águas agitadas, Margrete implorou ao mar, um hábito recente e pacificador. Como se em resposta, ela foi jogada para trás, colidindo dolorosamente com a borda afiada da penteadeira. Amaldiçoando, ela cambaleou de volta ao lugar e agarrou a cadeira de madeira para se apoiar.

Margrete pressionou a mão na escotilha, e seu anel tilintou contra o vidro. Ela girou o anel no dedo, os pensamentos vagando. *Vejo isso em você, garota, algo escuro e velho.* Foi o que a mulher disse, quase como se acreditasse que Margrete carregava algo antigo dentro dela. Deuses, Margrete gostaria que fosse verdade. Bem que ela gostaria de possuir algum poder que persuadisse as ondas a se acalmarem e os céus a clarearem, poder que poderia tirar o *Phaedra* e a tripulação daquela situação com vida. Bash jurou que o navio poderia resistir a qualquer tempestade, mas, naquele momento, ela não estava tão certa assim.

Por favor, ela implorou. *Por favor, por favor, por favor...*

As profundezas cinzentas reagiram girando e gritando e, por um momento, tudo o que Margrete conheceu foi a derrota. Ela pensou tolamente que o oceano a ouviria...

Garota estúpida, estúpida.

Um choque correu do seu dedo e subiu por seu braço. Margrete olhou para baixo e viu seu anel brilhando na luz fraca. Sua pele queimava com um calor gelado onde o metal repousava, mas ela não se atreveu a tirá-lo. Uma explosão de calor serpenteou dentro do seu peito, e sua visão se aguçou em uma onda crescente.

Ela olhou pela escotilha quando um coro de vozes etéreas e a pulsação do coração de cada onda consumia tudo o que ela era. Por um momento, ela conseguiu ouvir o que as águas a incitavam a ouvir — e ela respondeu. Mas não com palavras.

Estreitando os olhos para a violência turbulenta além do portal, ela se fixou em uma onda da altura de dez homens. Enquanto o calor florescia em seu peito e os misteriosos sussurros do mar aumentavam, a ondulação à sua frente subiu e quebrou inofensivamente, sugada de volta para o oceano que a originou.

Sim! Mais faíscas picaram seu interior com cada manifestação frenética. O calor interno não vinha dos nervos ou do simples medo humano. Não. Margrete podia sentir o gosto da eletricidade no ar, uma espécie de encantamento antigo tecido com um fio frágil.

Este fogo interno — criado a partir de todas as coisas invisíveis e desconhecidas — escalou como as ondas além do seu portal. Margrete fechou os olhos e se concentrou em acalmar as águas dentro de si, ao mesmo tempo que a música do mar indomável zumbia em seus ouvidos.

Controle, uma voz gentil sussurrou. A mesma voz que ela ouviu na Caverna Kardias, dando as boas-vindas à sua casa. *Controle-os.*

Não houve tempo para se perguntar por que ouvira a voz do outro mundo ou por que a voz escolhera chamá-la naquele momento. Não quando o *Phaedra* estava perto da destruição.

Sem pensar em nada, ela fechou os olhos e permitiu que imagens de águas paradas e céus cristalinos esmagassem todos os outros pensamentos. Ela vislumbrou o mundo através dos olhos de outra pessoa, sua visão bem acima do mar como se ela fosse um pássaro voando no alto.

Sim, a voz desconhecida pediu. *Controle-os.*

Margrete abriu os olhos enquanto sua visão de águas serenas se dissipava. Além da escotilha, o céu estava um pouco mais claro. As ondas ainda estavam com raiva, mas não sanguinárias. Seu coração batia forte no peito. Ela não poderia ter sido a única a fazer isso...

Um grito agudo penetrou no ar, o som como uma adaga em sua calma.

Ela conhecia aquele grito, o reconheceria em qualquer lugar. Bash estava com problemas.

Tropeçando a cada onda, Margrete correu para o convés principal. A chuva havia aumentado e as gotas caíam com violência. Em segundos, ela estava encharcada.

Bash gritou novamente. Um gemido de dor. Um grunhido de frustração e angústia.

Agarrando-se ao parapeito, Margrete examinou o convés. Se a tripulação estava com medo, nenhum deles demonstrou. Eram marinheiros experientes, vindos do próprio mar. Ela, por outro lado, não era. Nem sabia nadar. Não havia dúvida de que aquelas águas a engoliriam inteira se ela não tomasse cuidado, mas ela tinha que saber se Bash estava seguro.

Um trovão foi o único aviso antes que um raio atingisse a vela da mezena, deixando o linho quase translúcido uma confusão de farrapos fumegantes. Margrete cambaleou para a frente, errando por pouco a madeira que despencava e a vela em chamas quando eles caíram no tombadilho.

O impacto a fez deslizar pelas pranchas lisas, mal se segurando na amurada de estibordo quando uma onda tumultuada atingiu a crista, batendo impiedosamente contra o casco.

O aguaceiro atingiu a tripulação, gotas de chuva selvagens voando de todas as direções, tornando difícil ver mais de três metros à frente. Margrete envolveu os dois braços na amurada. A tempestade foi implacável.

Mas foi a voz *dele* que ficou isolada entre muitas. Só a voz dele que flutuou até seus ouvidos e fixou residência em seu coração tumultuado.

Ela o avistou do outro lado do convés. Um canhão tinha se soltado e prendido três homens, Bash entre eles. Seus homens trabalhavam para libertá-lo, mas as águas turbulentas tornavam o resgate ainda mais desafiador.

Ela tinha que chegar até ele.

Margrete escorregou e tropeçou enquanto corria, a chuva obscurecendo sua visão. Ela estava perto, os gritos de Bash ficavam mais altos e abafavam o vento sibilante e o granizo.

Um raio caiu novamente. E acertou o alvo.

O mastro acima de Margrete rachou e se estilhaçou; o cheiro de madeira queimada se misturou ao cheiro opressor de desespero. A madeira rangeu e gemeu, e antes que ela pudesse reagir, tudo desabou.

Bash gritou o nome dela.

Ela girou na direção dele antes que um vento forte a levasse, fazendo-a tombar sobre a grade e cair nas águas turbulentas. Ela despencou como uma rocha, seu corpo golpeando as ondas com força, seu grito interrompido pelo mar implacável.

A correnteza roubou sua força e puxou os fios soltos de sua vontade, mas ela se recusava a desistir tão facilmente.

Empurre!, ela gritou para si mesma. *Lute!*

Mas a correnteza era forte, e o mar, caótico. Margrete *empurrou*, no entanto. Ela *lutou*.

Sua determinação de viver não foi suficiente para guiar seus membros inexperientes.

Ela estava afundando. Rápido.

O mar iluminou-se brevemente, um *flash* impressionante de relâmpago iluminou as águas que a seguravam com firmeza. Outro raio. E outro. Ela afundou mais, os braços foram ficando pesados e os pés pararam de se movimentar.

Margrete sempre pensou na Morte e no mar como os amigos mais próximos e os inimigos mais ferrenhos. A linha entre os dois há muito tinha se confundido, assim como ódio e amor tendem a se combinar e entrar em combustão, transformando estranhos vingativos em amantes hesitantes.

A correnteza era violenta e, embora perversa, lidava com Margrete quase com reverência. Isso a varreu ainda mais para baixo até que o fundo do navio de madeira se tornou nada além de um sonho de cobalto em uma noite sem lua.

Caindo, caindo, caindo.

Uma onda de eletricidade pulsou, tão forte e repentina que forçou seus olhos a se abrirem na escuridão. Uma violenta energia moveu-se com as ondas, as águas parecendo tremer quando uma faísca de luz irrompeu.

Ela ouviu a voz. Desta vez, não foi gentil, nem abafada. Soou perto, como se murmurada em seu ouvido.

Shana, o oceano cantava.

A voz pertencia a uma entidade que ela não podia ver e se transformou em um eco imperioso, repetindo o nome estranho como uma prece. Ela sentiu as ondas se acalmarem, como se estivessem ansiosas para ouvir o que a voz tinha a dizer.

Posso senti-la, mesmo na minha prisão. Você me chama do escuro.

Em meio às ondas fortes, Margrete mal conseguia ouvir o som de água pingando. O barulho a lembrou da caverna sob o palácio.

Malum?, perguntou ela, seus pensamentos vagando para um lugar distante.

Você me chama, como eu chamo você, respondeu ele. *Em breve estarei livre. Minha hora se aproxima. É então que vou precisar de você, minha querida Shana. Mas o perigo assoma no horizonte. Está mais perto do que você pensa.*

Que perigo?, perguntou ela. Mas Malum não respondeu.

Encontre meu coração. Mantenha as feras contidas. Não o deixe vencer. Não responda quando ele a chamar. Sinto que ele já está em sua mente.

Ele? Mas ela sabia. O conhecimento foi repentino e abrangente.

Darius.

As últimas bolhas de ar a deixaram, flutuando em direção à superfície onde as sombras do caos reinavam, e seu coração deu uma batida final e trovejante. A última coisa que ela ouviu foi o mar enfurecido, sussurrando comandos que ela não viveria para obedecer.

CAPÍTULO VINTE E OITO
Bash

𝔐edo.

Bash acreditava que já tinha experimentado o medo. Na noite em que seu pai foi assassinado. No dia em que ele assumiu o trono. Na primeira vez que a ilha estremeceu enquanto as crianças do mar lutavam contra sua prisão.

Mas ele percebeu que, em todas essas vezes, foi consumido pela raiva e pela culpa.

Não medo.

Não o verdadeiro tipo de terror que ele sofreu ao ver Margrete tombar da amurada do navio, as águas turbulentas tragando-a para a morte certa.

Os homens fizeram força e, graças a uma ondulação inclinada, o canhão se deslocou e foi levado em direção à extremidade oposta do navio, até se chocar contra a amurada. Bash tocou seu braço, a dor cegante. Um corte irregular abrira a carne do cotovelo ao ombro, mas a ferida já estava se fechando, graças ao sangue Azantiano. Teria uma cicatriz, mas sobreviveria.

Ele lutou para ficar de pé. Gius, que recebera a maior parte do golpe, gritou:

— Vá! Ela precisa de ajuda!

Bash não precisou que ele dissesse duas vezes.

Ele correu pelo convés, a imagem dela caindo em meio à tempestade ainda nítida em sua mente enquanto ele mergulhava nas ondas estrondosas.

Ele atravessou a água com o mar rugindo ao seu redor. Os gritos abafados da tripulação perplexa o alcançaram e ele lutou com mais força contra a corrente. Sabia que contavam com ele para salvar a todos. Se ele morresse, então...

Não. Morrer não era uma opção.

Nem perder Margrete.

O mar estremeceu quando ele mergulhou, e uma sensação de mau presságio encheu seu peito. Era quase como se houvesse *algo mais* ali com ele, e Bash não conseguia afastar a sensação de poder estranho, embora familiar, que surgia através das ondas.

Bolhas de ar escaparam dos seus lábios, mas ele não perdeu o ritmo, nem mesmo quando um raio violento atingiu o céu. O clarão de luz afundou abaixo das águas, iluminando uma forma escura e um flash de prata brilhando a cerca de seis metros de distância.

Tinha que ser ela.

Ele não poderia imaginar que não fosse.

Com força renovada, Bash se impulsionou mais fundo, para onde ele tinha visto o brilho da luz metálica. Não houve tempo para pensar sobre o quanto haviam se afastado do navio, ou o que fariam se o *Phaedra* afundasse. Bash tinha que chegar até ela primeiro, e o que quer que acontecesse depois teria que esperar — se eles conseguissem sair daquela situação com vida.

Quanto mais fundo ele nadava e quanto mais prendia a respiração, mais grato se sentia por não ser humano. Seu corpo tinha sido feito para nadar, sua visão tinha sido projetada para ver através da escuridão envolvente das profundezas.

Finalmente, Bash se aproximou. Ele alcançou a penumbra e agarrou a mão de Margrete, a que levava o brilho prateado que o guiou — o anel que ela começou a usar depois da ida ao mercado.

Bash puxou o corpo inanimado para perto do peito e passou o braço em volta da cintura dela, a pressão que rodeava seu coração se contraindo. Ele odiava a sensação de impotência. Os olhos dela estavam fechados, e ele não tinha certeza se ela estava viva, ou se havia carregado uma última leva de água em seus pulmões e se rendido.

É melhor que ela não tenha.

A cabeça de Margrete balançou enquanto ele se impulsionava, seus longos cachos chocolate flutuando em torno do rosto pálido como um *halo* sombrio.

Não restava muito tempo. Os pulmões de Bash doíam por ar.

Quando finalmente chegaram à superfície, Bash engasgou, enchendo seus pulmões em chamas. Ele virou a cabeça, procurando por sua embarcação e sua tripulação. Por uma chance de sobrevivência.

Ele estava com medo de olhar para Margrete, mas se forçou. Ela estava tão pálida, tão sem vida, seus lábios tingidos de azul.

Merda. Ele inclinou a cabeça dela, orando e amaldiçoando os deuses ao mesmo tempo.

Uma onda gigante atingiu a crista e esmoreceu, revelando o *Phaedra* a não mais de quarenta e cinco metros de distância.

Ele gritou, acenando com o braço livre, esperando que seus homens estivessem mantendo os olhos cravados em seu rei.

Puxando Margrete, apertando firme em torno de sua cintura fina, ele partiu na direção da salvação. Somente quando ouviu os gritos de seus homens foi que sentiu o peso repentino da exaustão e a dor do ferimento ainda se curando.

Ele se segurou enquanto o navio virava na direção deles, as ondas ficando menos frenéticas e selvagens. Uma escada de corda foi jogada do convés e os gritos de alegria da tripulação chegaram aos seus ouvidos. Bash deu mais uma olhada no rosto imóvel de Margrete. Naquele momento, com seu corpo flácido pressionado ao seu peito, ele soube que teria mergulhado na tempestade de novo e de novo se isso significasse ver seu rosto mais uma vez.

Moeda de troca para a segurança do seu povo ou não, Bash, de repente, não conseguia entender a ideia de um mundo sem Margrete. Um mundo em que ela não estivesse revirando os olhos quando pensava que ele não estava olhando, ou franzindo delicadamente o nariz quando estava frustrada com ele, o que, aparentemente, era muito frequente.

Ela o fez sentir algo diferente de raiva pela primeira vez em mais de uma década.

E os deuses que se danassem, ele não permitiria que ela se livrasse dele tão facilmente.

CAPÍTULO VINTE E NOVE
Margrete

Um gemido rangente, baixo e abafado chamou Margrete.

Ela abriu os olhos para o que parecia um sonho borrado.

— Princesa.

Ela lutou para se concentrar, procurando por aquela voz familiar. O mundo balançava, e seu corpo parecia pesado como chumbo.

— Princesa.

A voz soou mais uma vez, e os contornos confusos de sua visão ficaram mais nítidos. Um rosto cansado olhou para ela, a preocupação esculpindo cada traço distinto.

Mais uma vez, Bash disse o nome dela, mas acrescentou:

— Que os deuses nos ajudem, Margrete, pensei que estava imaginando. Seus olhos, amor.

Os olhos?

Ela piscou, sem entender o que ele queria dizer. Ele parecia... assustado. Ou talvez confuso.

Ele se inclinou mais perto, com cautela, e afastou o cabelo dela enquanto estudava seus olhos. A sensação áspera do seu toque e o cheiro de sal, sol e homem a envolveram, sua proximidade mais reconfortante — mais inebriante — do que tinha o direito de ser.

O mundo inteiro parecia mais brilhante, mais intenso, e a visão ganhou nitidez em algo feroz.

Aquilo era um sonho? Ou alguma existência intermediária entre a vida e a morte? Imagens de sombras giratórias e correntes fortes a assaltaram, de como ela lutou para chegar à superfície. E então aquela voz...

O perigo assoma no horizonte. Está mais perto do que você pensa.

O eco do aviso do mar — do aviso de *Malum* — flutuou em seus ouvidos e, por um segundo, ela estava novamente sob as ondas, lutando com unhas e dentes para permanecer viva. A única coisa que a confundia — bom, não a única — era que ela se lembrava de ter dado aquele último suspiro precioso, quando toda a vida do seu corpo foi sugada em um último esforço para lutar.

No entanto, naquele momento, ela inalava a brisa fresca do mar em seus pulmões e sentia o gosto de sal na ponta da língua. Ela sentia o calor de Bash, as pontas calejadas dos dedos dele deslizando ao longo do braço, provocando arrepios por todo o corpo. Ela tocou o rosto dele; ele suspirou e deu um beijo suave na parte interna do seu pulso.

Ela certamente estava viva. Mas como?

— Seus olhos... — repetiu Bash, inclinando a cabeça para o lado, o cabelo ruivo caindo em seu rosto. — Eles realmente *são* azuis.

Ela não tinha olhos azuis. Eles eram avelã e dourado.

— Eles não são — disse, sua voz soando como se tivesse engolido areia.

Ela teve um ataque de tosse que demorou vários minutos para passar. Bash a ajudou a se acomodar em uma posição mais confortável entre os travesseiros e, em seguida, entregou-lhe um copo d'água.

Margrete negou a oferta ao ver o copo cheio. A água lhe pareceu tão atraente quanto uma porção de vidro. Ela teve água suficiente por um dia.

Bash colocou a bebida no banquinho ao lado dele e apoiou a cabeça nas mãos enquanto a observava.

— Notável — suspirou ele, enlevado por seus olhos. Ele parecia uma criança maravilhada.

Mesmo assim, Margrete ainda não acreditava nele, e Bash deve ter sentido sua dúvida. Ele então saiu do quarto e, um momento depois, voltou com um espelho pequeno.

Ele o ofereceu a Margrete e ela o pegou com dedos trêmulos. Abriu a tampa e se olhou.

Azuis.

Seus olhos estavam *azuis*.

Mas não qualquer azul comum — vários tons de turquesa, água-marinha e toques do céu giravam dentro de suas íris. Ela inclinou o queixo, e a luz fraca capturou as manchas prateadas que brilhavam como pequenas estrelas lutando por atenção. Seus lábios se separaram em choque.

Bash estava certo — e ela nunca tinha visto nada parecido com aquilo antes.

— Caramba — disse ela bruscamente e deixou cair o espelho no colo. — O que aconteceu? — finalmente perguntou, a garganta ainda dolorida.

— Você foi jogada para fora do navio. — Bash mordeu o interior da bochecha e olhou para as sombras nos cantos da cabine. Ele não conseguia olhar nos olhos dela. — Ficou lá por muito tempo. Eu mergulhei atrás de você quando meus homens conseguiram me libertar daquele canhão.

— Você está bem? — Ela estendeu a mão e as passou sobre seu peito e ombros, parando ao ver o tecido rasgado e ensanguentado da manga. A imagem dele, preso e gritando, veio à sua mente, e ela se lembrou da sensação de impotência que sentiu por não conseguir chegar até ele.

Sua mão cobriu a dela, e ele encontrou seus olhos com um olhar vítreo.

— Estou bem. Outro membro da tripulação recebeu o impacto do peso, e os Azantianos se curam mais rápido do que os mortais. — Ele moveu o braço, revelando uma ferida vermelha inchada ziguezagueando em seu bíceps. Inchada, mas não aberta. Curada. — É com você que estou preocupado — acrescentou. Bash roçou as costas dos dedos ao longo da sua bochecha e engoliu em seco, sua expressão rígida com a lembrança. — Juro, você estava morta.

Margrete se lembrou de como o entorpecimento a saudou, a sensação avassaladora de um nada tranquilo. A morte tinha nadado ao encontro dela na profundidade. Mas então... ali estava ela, respirando ar espesso e olhando para o homem mais cativante que ela já tinha visto.

Ela tocou o rosto dele.

— Eu deveria ter te contado — começou a dizer com cautela —, mas tinha vergonha de admitir isso.

— Admitir o quê? — Ele franziu o rosto.

— Nunca aprendi a nadar. Meu pai sempre me proibiu de ir a qualquer lugar perto da água.

A mão de Bash estremeceu, mas ele não a removeu do rosto dela.

— Você não sabe *nadar*? Sim, isso é algo que você deveria ter me dito. — Seus olhos estavam duros. — Eu teria me assegurado de que você estivesse protegida. *Nunca* a teria deixado sozinha se soubesse. — Ele cerrou os dentes. — E o fato de se colocar em perigo, por mim...

— Estou bem — ela o interrompeu quando viu que ele estava remoendo os acontecimentos e colocou a mão livre sobre a dele. — Eu ouvi os seus gritos e não consegui me conter. Nada poderia ter me impedido.

Bash balançou a cabeça, a sobrancelha franzida.

— Mas você quase *não* esteve bem, Margrete. Você estava morta no fundo do mar. Eu sou Azantiano. Se caísse, teria sobrevivido, mas *você*... Você não deveria ter ido atrás de mim.

Sua voz tinha um tom agudo, mas, por baixo da ira, havia dor.

— Se os papéis fossem invertidos, você teria vindo até mim? — ela perguntou.

A turbulência torceu suas feições por apenas um segundo antes que ele soltasse sua resposta.

— Acho que você sabe a resposta para esta pergunta. — As narinas de Bash dilataram quando ele olhou para seu colo.

— Nunca me senti assim antes. Esse *medo* esmagador. Quando te puxei para o convés, você não tinha um maldito batimento cardíaco, princesa. *Nada*. Levei alguns minutos para reanimá-la e, ainda assim, você estava tão pálida, então...

Seus olhos se ergueram para o peito dela, como se estivesse se certificando de que ela ainda estava respirando.

A culpa no rosto dele era tangível. Bash ficou tenso quando ela enroscou os dedos nos dele, mas não se afastou. Uma parte dela queria contar o que ouviu, sobre a voz que sabia pertencer a Malum, mas se conteve. Ela só pareceria louca e, depois do que ela passou, Bash poderia atribuir o encontro ao choque.

Em vez do que tão desesperadamente queria compartilhar, ela perguntou:

— E então o que aconteceu depois que você me puxou para o convés?

— Você finalmente abriu os olhos. — Ele esfregou o rosto com a mão livre. — Foi *meio segundo*, mas eu vi o azul, claro como o dia. Era como se eu olhasse diretamente para o mar. — Ele olhou para ela, a mandíbula tensa. — Eu conheço seus olhos. Eu os reconheceria em qualquer lugar. Mesmo naquele momento. Mas eles mudaram. Isso tirou meu fôlego.

Um rubor quente subiu pela garganta dela, que não pôde deixar de apertar a mão dele. Bash olhou de volta para as sombras, e Margrete queria fazer qualquer coisa para aliviar sua culpa. Ela podia senti-lo se afogando em tudo.

— Eu nunca... nunca me senti tão impotente. — A confissão dele não passou de um sussurro, e ela se perguntou se ele pretendia dizer as palavras em voz alta.

Bash distraidamente acarinhou sua pele fazendo pequenos círculos com o polegar, seu toque lhe dando equilíbrio em um mundo que ainda parecia balançar.

— O oceano salvou você. *Escolheu* você — murmurou Bash, depois de alguns momentos opressores de silêncio. — Você não estaria viva se isso não tivesse acontecido.

Ela franziu o cenho.

— Me *escolheu*?

— Essa é a única coisa que pode explicar o que aconteceu. — Bash deu uma risada melancólica. — Eu deveria saber que você tinha alguma conexão com o mar. Especialmente quando me disse que ouviu nossas sirenes. Somente os abençoados pelo mar podem ouvi-las. — Ele a encarou com firmeza. — Só *Azantianos* deveriam ser capazes de ouvi-las, quero dizer.

O dia do casamento. Quando ela perguntou, Bash ignorou como se isso não significasse nada.

Lendo seus pensamentos, ele disse:

— Parece que minto um pouco para mim mesmo em tudo que diz respeito a você. Tudo sobre você parece impossível.

Margrete deixou suas palavras pairarem no ar. Bash estava errado sobre ela, mas sua revelação, embora emoldurada por um sorriso forçado, tirou um peso dos seus ombros. E ela não conseguia parar de ruminar sobre a primeira metade do que ele havia dito.

Como ela estava conectada com Azantian.

Com o mar.

Margrete se lembrou de todas as vezes que o oceano cantava para ela, sua doce canção de ninar acalmando-a para dormir. O jeito que ficou quieto e se acalmou depois que seu pai a trancou dentro da caixa de ferro. No dia em que ela se casaria com o Conde Casbian — o dia em que sua vida mudou para sempre —, ela ouviu a voz do mar chamando-a como um aviso.

— Como você saberia se eu... se eu estivesse conectada?

— Eu... — Ele hesitou, esfregando a nuca. — Não sei — respondeu com sinceridade. — Margrete, sabe mesmo tudo sobre sua mãe? Onde ela nasceu?

— Sim. Adina me disse muitas vezes que minha mãe era uma nobre que meu pai conheceu na capital Aelia. Por que você pergunta?

Bash esfregou o queixo.

— Parece... estranho. Seu pai fugiu com uma mulher Azantiana há vinte e quatro anos. Você tem quantos anos?

Não. O que ele estava insinuando não poderia ser verdade.

— Acho que eu saberia se fosse meio Azantiana, Bash — disse ela, embora sempre se perguntasse por que seu pai se recusava a falar sobre a falecida esposa. Quase como se a simples menção dela lhe trouxesse dor. —

Certamente você, de todas as pessoas, seria a mais capaz de dizer.

Ele suspirou.

— Honestamente, isso é totalmente novo para mim. Eu conheço muito pouco do mundo fora de Azantian e, embora você pareça humana, posso muito bem estar errado. Existem muitas coincidências, muitas conexões que você compartilha com o mar e minha ilha.

A verdade de suas palavras provocou um calafrio pela espinha. Vendo ela estremecer, Bash puxou o cobertor até o queixo, a outra mão descansando acima do seu coração palpitante.

— *O que quer* que você seja — disse ele, seus olhos endurecendo com a promessa —, nós vamos descobrir. Juntos.

Bash segurou seu rosto, e Margrete inclinou a cabeça na palma da mão dele, fechando os olhos enquanto as pontas ásperas dos dedos do rei roçavam sua pele aquecida. A pulsação dela acelerou com a promessa sincera dele.

Ela silenciosamente levantou o cobertor, uma oferta silenciosa. Um apelo para *fingir*. Para *sentir* em vez de pensar no que significava a conexão dela com o mundo dele.

Sem uma palavra, Bash tirou as botas, sempre olhando para ela.

Ele deslizou para baixo das cobertas e se acomodou, seu braço musculoso deslizando sob sua cintura para depois puxá-la para mais perto.

Com o ouvido pressionado acima do coração dele, ela ouviu seu ritmo errático. Ela colocou o braço em volta do torso dele e enredou a perna na dele, fazendo Bash prender a respiração e curvar os lábios em um sorriso hesitante. Ela o afetou tanto quanto ele a ela, independentemente de como começaram. De inimigos a duas pessoas que entendiam as palavras entremeadas no silêncio.

Os deuses realmente tinham um senso de humor esquisito.

Pouco antes de o sono a tomar sob seu feitiço inebriante, Margrete sentiu a pressão dos lábios dele no topo dos seus cachos e ouviu uma promessa rouca sussurrada em seu ouvido.

— Antes que o sol se ponha amanhã — disse Bash —, eu irei reclamar o

Coração, e quando finalmente estiver em minha posse, colocarei o capitão aos seus pés, independentemente de quantos ele traga para defendê-lo. Quando eu terminar, ele vai implorar para você acabar com seu sofrimento.

O voto fez o pulso dela subir às alturas com um tipo distorcido de esperança, embora ela soubesse que Bash não teria outra escolha a não ser colocar seu reino em primeiro lugar quando se tratasse disso. Ela não poderia culpá-lo. Se ele não pudesse acabar com seu pai no dia seguinte *e* recuperar o Coração, ela entendia o que ele precisaria fazer.

— Mas se você não puder — disse ela, a camisa dele amassada sob sua mão —, não hesitarei em fazer isso sozinha.

Margrete preferia ser uma assassina a uma covarde. Ela não podia mais permitir que o mal andasse pela Terra sem nada fazer para impedi-lo. Ela se escondeu sua vida inteira, tremendo na presença de seu pai e aceitando seus castigos perversos como se ela os merecesse.

Mas agora, envolvida nos braços de Bash, as ondas balançando suavemente o *Phaedra* devastado pela tempestade, Margrete sentiu o fogo florescer em seu peito.

Fogo e uma raiva tão doce que foi um sopro de vida em uma mulher que tinha esquecido o quão forte realmente era.

Ela havia perdido o suficiente. Era hora de pegar algo para si.

CAPÍTULO TRINTA
Margrete

Margrete acordou em uma cama vazia.

Os lençóis estavam frios sob sua mão, e o calor de Bash não mais envolvia seu corpo como fez durante a noite. Apesar do trauma que sofreu no dia anterior, ela descobriu que tinha dormido bem e, sem dúvida, o crédito foi do homem que a segurou em seus braços, nunca afrouxando seu abraço reconfortante. Foi a primeira vez que não sonhou com seu pai.

— Bom dia, Margrete.

Margrete. Não *princesa*.

Ela ergueu os olhos pesados para onde Bash estava do outro lado da cabine, seu torso dourado em plena exibição. Seu olhar foi atraído para onde as calças dele abraçavam seus quadris, uma fina camada de pelo descoberta.

Ela ficou tentada a chamá-lo de volta para a cama, apenas para sentir a dureza dele contra si mais uma vez, mas ele pegou a camisa que estava pendurada na cadeira e deslizou seus braços musculosos pelas mangas.

— Bom dia — respondeu ela, observando silenciosamente enquanto ele terminava de abotoar a camisa. Seus movimentos eram hipnotizantes e, por um momento, ela se imaginou vendo-o se vestir todos os dias.

— Chegaremos lá em breve — disse ele, seu pomo de adão se movendo. Seu olhar disparou para o lado, como sempre acontecia quando ele não conseguia encará-la.

— Vou me vestir — avisou ela. O ar estava cheio de tensão.

Bash soltou um suspiro pesado e deu um passo para perto dela.

— Antes de sairmos, enviamos batedores para ter certeza de que ele está vindo sozinho e que não trouxe uma frota inteira com ele. Não temos nenhuma informação ainda, mas Wood sabe como nos encontrar. No entanto, se eu, de alguma forma, não conseguir colocar minhas mãos nele hoje...

— Bash, sei o que precisa ser feito. Podemos nos preocupar com o resto assim que você tiver o que precisa.

Suas palavras não serviram para acalmar as rugas na testa dele. Ela não suportava vê-lo daquele jeito, mas sabia que, no momento em que fossem para o convés, ele seria mais uma vez o rei implacável de que seu povo precisava. Esse era o Bash que ela teria que lidar naquele dia, mesmo que apenas para passar por essa provação.

— Encontro você no convés, Bash. — Ela queria ficar sozinha, para organizar seus pensamentos antes de se encontrar com o pai. Já estava decidida. Assim que voltasse para casa, pegaria sua irmã e encontraria seu próprio caminho para a liberdade, sem a ajuda de ninguém.

Era hora de sua cabeça retornar das nuvens. Se o destino fosse gentil, eles encontrariam o caminho de volta um para o outro, mas Margrete não podia se dar ao luxo de contar apenas com possibilidades. Se ela se permitisse ter esperanças e sonhos, poderia muito bem ser destruída por eles se falhassem.

Bash deu a ela um aceno brusco, soltando o ar com força. Ele enfiou a mão nos bolsos e jogou algo na penteadeira que ela não conseguiu distinguir de sua posição na cama.

— Te vejo lá em cima — acrescentou ele. A porta se fechou atrás dele com um estrondo retumbante que sacudiu o peito dela.

Ela saiu da cama e foi até o móvel. O espelho compacto que Bash trouxera no dia anterior estava em cima da pequena penteadeira. Só que, agora, uma joia azul-violeta amarrada em uma corrente de prata descansava ao lado dele.

Antes mesmo de pegá-la ela soube de onde era aquela pedra preciosa, reconheceu a forma como a gema capturava a luz do sol além da escotilha, as facetas cintilando como estrelas. Bash deu a ela um pedaço da Caverna Adiria. Um pedaço da alma de Azantian.

Seus dedos tremeram enquanto ela prendia o fecho na nuca. A pedra em forma de pera se acomodou em seu peito; o toque gelado da faceta lisa em sua pele. Era além de bonito, pois representava muito mais do que a magia da caverna. Da própria Azantian.

A joia *os* representava.

E aonde quer que o dia a levasse, Margrete carregaria com ela para sempre um pedaço daquela noite na Caverna Adiria.

Suas mãos continuaram indo para o pescoço enquanto ela se vestia e deixava a cabine. O peso da gema a confortou enquanto ela colocava um pé na frente do outro escada acima.

No convés, seus pulmões se inflaram imediatamente com o ar fresco do mar e uma rajada de vento selvagem brincou com os fios de cabelo dela. Seu peito ainda estava sensível do quase afogamento, seus membros doloridos e fracos, mas ela iria se curar, e quando a brisa do oceano beijou sua pele, seus passos ficaram mais firmes.

A tripulação a evitou enquanto ela caminhava para a popa, onde encontrou Bash olhando para o horizonte com uma expressão ilegível estragando suas belas feições.

Bash acenou com a cabeça quando ela se aproximou.

— Estamos quase prontos — murmurou ele, mais uma vez olhando para além de Margrete em vez de *para* ela. — Nossos batedores voltaram. Seu pai manteve a palavra, e apenas um navio está vindo nos encontrar.

Uma gaivota grasnou acima, indicando que estavam mais perto da terra do que ela pensava.

— Obrigada — disse ela, ignorando suas palavras enquanto sua mão se demorava no colar. — É lindo.

Um músculo em sua mandíbula tremeu e, quando ele falou, sua voz parecia tensa.

— Foi a primeira vez em anos que me senti vivo novamente. Como se eu não fosse um rei ou o maldito protetor dos mares, mas apenas um homem. — Ele se virou para encará-la, os olhos verdes ferozes. — E, naquela noite, a única magia que vi foi você.

O calor subiu para as bochechas dela e floresceu em toda a extensão do seu pescoço. O olhar penetrante transmitiu tantas coisas — todas as palavras que eles falaram e as verdades que ainda não tinham confessado. Ela envolveu os dedos em torno da gema.

— Eu nunca fingi, Bash.

Foi como se estivessem se despedindo. E, na verdade, eles estavam.

— Princesa. — Bash sorriu, embora ainda sombrio. — Quando estou com você é a única ocasião que não preciso fingir.

Ela queria segurar sua mão e puxá-lo para perto, para assim se livrar das paredes que cercavam o coração dela, mas ela desmoronaria se o fizesse. E não podia se dar ao luxo de desmoronar quando precisava dos seus escudos, nem que fosse para sobreviver ao que estava por vir.

— Eles estão se aproximando! — O grito perfurou o ar, pondo fim ao sombrio adeus.

A tripulação reagiu ao aviso da gávea, correndo para se preparar para a chegada do capitão. Cada membro do *Phaedra* se movia com graça e equilíbrio, como se tivesse nascido no convés de um desses navios e nada conhecesse da terra. Eles eram Azantianos, e o mar cantava para eles assim como para Bash. Como parecia fazer com ela.

Mas Margrete não estava disposta a enfrentar as duras verdades dos seus próprios encontros — pelo menos naquele momento — porque um coração transbordando de tristeza tende a afogar a lógica da mente.

Um grande navio com velas prateadas brilhantes apareceu no horizonte. Era um navio rápido, que navegava pelas águas com facilidade. Bash a encarou com um último olhar, cheio de palavras não ditas, antes de se afastar para dar ordens a seus homens.

O navio que transportava seu pai se aproximou. A hora havia chegado.

Margrete assistia da amurada, olhando para a embarcação que a levaria de volta para casa.

O capitão do navio o colocou com segurança paralelo ao *Phaedra*. As águas estavam calmas, como se o oceano tivesse se aquietado para ver tudo se desenrolar. Os homens baixaram uma grossa tábua de madeira sobre o convés, que caiu nas pranchas do navio Azantiano, uma ponte entre o mundo dos homens e o dos deuses.

Margrete não reconheceu nenhum dos marinheiros da embarcação inimiga. O navio não era da frota do seu pai. Ela erroneamente presumiu que ele comandaria o *Mastro de Ferro*, seu barco mais rápido. Era estranho, mas ela não teve muito tempo para questionar o motivo, porque o homem que cruzou a prancha de madeira não era seu pai.

Ele não tinha um sorriso cruel ou olhos de aço que queimaram seu espírito. Ele tinha uma mandíbula quadrada com barba por fazer escura e cabelo bagunçado pelo vento que lembrava penas de corvo.

Conde Casbian.

Seus olhos azuis a encontraram quase imediatamente, e a tranquilidade aparente de seu semblante vacilava. Mesmo de longe, o homem era impressionante.

Margrete prendeu a respiração e um nó se formou em sua garganta.

Por que ele estava ali?

Quando Bash disse que o capitão estava disposto a fazer a troca, ela legitimamente não acreditou que ele aceitaria, mas ali estava o homem com quem ela quase se casou, um homem de quem quase tinha se esquecido completamente.

As sobrancelhas de Bash se juntaram e ele procurou fazer contato visual com ela, segurando seu olhar arregalado como uma tábua de salvação. Nenhum dos dois esperava por aquilo, e o rei Azantiano cerrou os dentes ao voltar sua atenção para o conde.

O conde estava ali para fazer o trabalho sujo de Wood? Ou simplesmente resgatar sua noiva? Margrete fez uma careta.

Bash se endireitou, endurecendo a espinha enquanto avaliava seu novo inimigo.

— Só você.

Ele se colocou diante da prancha, protegendo o acesso ao *Phaedra*. Alguns dos homens do conde começaram a avançar, estufando o peito e exibindo os bíceps salientes. Marinheiros como aqueles ansiavam pela luta, perseguiam o ápice de uma briga.

— Está tudo bem — disse Casbian, ordenando-lhes que parassem, levantando a mão em advertência. Embora ele não fosse tão experiente quanto os homens que empregava, era, no entanto, bem apessoado e dominante. — Apenas eu.

Bash assentiu, examinando os marinheiros em busca de uma ameaça. Ninguém discordou. Margrete ficou agradecida.

Bash era uma figura imponente — ombros largos e braços esculpidos. A maneira como seus homens o cercavam, com as mãos nos punhos das espadas, os olhos brilhando de respeito, dizia a Margrete mais sobre ele como líder do que qualquer outra coisa. Sua tripulação o seguiria além das margens da morte.

Casbian tropeçou na tábua de madeira. Ele enrijeceu, embora o orgulho ferido brilhasse claramente, mesmo depois de erguer o queixo e puxar os punhos da túnica finamente bordada com sofisticação. Ele estava tentando se apresentar como formidável, mas era mais do que aparente que ele não estava acostumado com a vida no mar, ao contrário dos homens envelhecidos às suas costas. Ele também não estava acostumado a lidar com ninguém como Bash de Azantian.

Ele continuou marchando com confiança e saltou agilmente para o convés principal, com os olhos em Margrete. A intensidade dos olhos azuis e gelados queimou sua carne, mas ela sustentou o olhar.

Algo estava errado.

Os dedos de Margrete alcançaram a pedra apoiada em seu peito, uma onda de antecipação potencializando seus sentidos.

— Você o tem? — Bash manteve distância de Casbian, os braços cruzados e o queixo levantado em desafio.

— Não. Eu tenho outra coisa — o conde ofereceu, a voz vacilante. — Eu tenho ouro, muito ouro. — Ele remexeu nos bolsos para pegar um pedaço de papel. Ele o entregou a Bash, que o agarrou rapidamente, e Casbian voltou ao lugar, seu olhar cintilando para Margrete com cautela.

Bash olhou para o pedaço de papel por apenas um momento. Rindo, ele amassou a nota e jogou-a ao mar sem pensar duas vezes.

— Eu não quero suas mesquinhas riquezas mortais. Eu quero o que o Capitão Wood roubou do meu povo. — A voz de Bash se elevou acima do vento forte e do zumbido natural do mar. — Onde está o Coração?

Para seu imenso crédito, Casbian não vacilou.

— Eu... eu vim sozinho — disse ele, agora evitando totalmente o olhar de Margrete. — O... Capitão Wood não...

— Ele nunca viria — completou ela. Quantas vezes ela disse a Bash exatamente a mesma coisa?

O conde balançou a cabeça tristemente.

— Não, Margrete. Ele não virá.

Bash se virou para ela por um segundo, mas ela percebeu o choque piscando em seus olhos. O rei realmente acreditava que seu pai viria por ela, se não por amor, então por orgulho.

— Eu vim no lugar dele. — Casbian endireitou os ombros, a determinação se instalando. — Eu vim por Margrete. — Ele sacudiu a cabeça em sua direção. — Quero pagar o que for necessário.

Foi uma tentativa nobre em nome de um conde sem noção, mas Bash não aceitou bem a oferta.

— O que *você* é para o Capitão Wood? — perguntou ele uniformemente e sem inflexão.

Margrete não tinha certeza de onde ele queria chegar com o questionamento, mas algo disse a ela para ficar alerta.

Casbian franziu a testa.

— Sou noivo da filha dele — respondeu ele, como se fosse óbvio.

— O que *mais* você é? — Bash atirou de volta, inclinando a cabeça para o lado, de uma forma astuta.

Margrete podia *senti-lo* formando um plano — um que ela não tinha certeza se aprovaria.

— Eu... eu logo entrarei em um negócio com ele — vacilou Casbian, mudando de posição.

Ah. Isso era o que Bash desejava saber — o valor de Casbian para seu pai. Foi tão sutil que Margrete mal percebeu, mas o queixo de Bash baixou levemente, um aceno rápido direcionado ao contramestre.

Algo se passou entre eles...

E o contramestre deu o sinal.

Homens vestidos de azul-cobalto pularam para a posição, jogando a prancha de madeira ao mar e deixando o conde preso. Os homens de Casbian gritaram em protesto, lutando para recuperar suas armas.

Eles não tinham ideia do que estavam enfrentando. O *Phaedra não era* um mero navio. Se o que Bash dissera a ela sobre a Floresta Soliana fosse verdade, sua madeira carregava traços de divindade.

Se os homens do conde acendessem seus canhões, eles corriam o risco de matar seu mestre junto com o inimigo. Alguns soldados tolos tentaram saltar de um convés para o outro, espadas em punho, mas o *Phaedra* já tinha começado a se mover.

Margrete tropeçou conforme eles avançavam, movendo-se incrivelmente rápido pelas águas. Ela se firmou contra a grade, observando o navio do conde ficar cada vez menor. Eles tentariam segui-lo, mas não tinham chance.

Não contra um navio feito de madeira sagrada.

Um grito ecoou nos ouvidos de Margrete. Era Casbian, chamando seu nome enquanto os homens de Bash puxavam seus braços para trás. Atordoada, ela os observou arrastar o conde para baixo do convés até que seus pedidos de ajuda se tornaram um eco assustador.

Ele enfrentou o mar por ela, para resgatá-la, e agora ele era um prisioneiro. No dia do seu casamento, ela presumiu que ele queria usá-la como seu pai, mas talvez houvesse mais naquele homem do que ela acreditava.

E agora, tinha sido capturado por culpa dela.

A culpa percorreu seu peito e o apertou dolorosamente.

Ela voltou a atenção para Bash, e caminhou até onde ele estava conversando com uma mulher que ela reconheceu do ataque em seu casamento. A loira musculosa era uma guerreira, não apenas uma marinheira. Havia adagas amarradas em seus quadris, coxas e tornozelos.

Margrete parou alguns metros atrás, ouvindo o que parecia ser um debate acalorado.

— Para que precisamos levar esse homem? — a loira questionou, indiferente por falar com seu rei com um tom tão cortante. — E se não percebemos no caminho para cá, e agora Wood está nos seguindo? E se tudo isso fizer parte do plano do capitão? Que capturássemos o bastardo covarde? Ele pode muito bem ser uma isca.

As narinas de Bash se dilataram.

— Atlas, nenhum navio construído por mortais pode atingir nossa velocidade — ele falou com os dentes cerrados. — Além disso, esse sempre foi o plano, lembra? Consideramos que havia uma pequena chance de a correspondência não ter vindo dele. Que poderia ser algum tipo de estratagema. Mas de uma coisa nós sabemos... — Ele deu um passo mais perto da guerreira fervendo, sua voz baixando como uma ameaça. — Casbian, se for mesmo uma isca, deve saber alguma coisa. Podemos arrancar informações dele. Do jeito que for necessário.

Com isso, Margrete reagiu.

— O inferno que você vai.

Bash deu meia-volta, arregalando os olhos. Não era para ela ouvir a última parte.

— Princesa. — Ele abandonou a mulher, Atlas, que olhou Margrete com grande interesse, uma faísca de surpresa piscando em suas íris azuis profundas. — Falaremos sobre isso quando estivermos fora de perigo. Eu prometo. — Ele pegou a mão de Margrete, mas ela se afastou.

Ela sabia muito bem o que ele planejava para o conde, e isso fez seu estômago embrulhar. O homem que ela conheceu e confiou não faria mal a uma pessoa inocente, e Margrete não permitiria que ele tocasse no conde até que soubesse com certeza se ele estava trabalhando com seu pai.

— Sim, *vamos* conversar mais tarde — confirmou ela, segurando seu olhar.

Um lado dos lábios de Atlas se contraiu antes que ela escapulisse para o frenesi dos trabalhadores, mas o olhar de respeito que ela dirigiu a Margrete não passou despercebido.

As belas feições de Bash se retorceram. Ele abriu a boca para dizer algo, mas Gius se aproximou, parando-o com a mão em seu ombro.

— Senhor, sua presença é solicitada no tombadilho.

Margrete olhou em volta para a tripulação de Bash. Agora não era hora de discutir. Não com seus homens olhando.

Bash falou em voz baixa com seu contramestre antes de dirigir sua atenção de volta para ela.

Ele se inclinou para sussurrar em seu ouvido.

— Lembra quando pedi para você confiar em mim? Agora eu realmente preciso que você tente. Você me *conhece*.

Foram essas palavras finais que enfraqueceram sua raiva crescente, o tom desesperado delas que a fez balançar a cabeça, concordando. Ela observou enquanto ele lutava para se afastar, embora seus passos vacilassem ao seguir Gius.

Margrete queria confiar nele. Depois de tudo que passaram juntos, ele merecia a chance de explicar suas atitudes.

Ela só esperava que, com isso, não tivesse assinado a sentença de morte do conde.

CAPÍTULO TRINTA E UM
Bash

Bash não parava de pensar em Margrete. Não conseguia esquecer a forma como ela olhou para o conde enquanto ele era arrastado para baixo do convés. Ela quase se casou com o homem, embora afirmasse que mal o conhecia. E, ainda assim, a visão do seu rosto enquanto Casbian era levado para longe fez o coração de Bash bater descontroladamente. Ela estava chateada de não ter se casado com ele? Alguma parte dela gostaria de ter continuado com a cerimônia? E de estar longe de Azantian e Bash e do perigo?

Perigo em que *ele* a colocou.

Bash afundou na cadeira; finalmente ele estava sozinho em seus aposentos de capitão. Atlas tinha acabado de sair, provavelmente ainda irritada com a discussão. Embora a guerreira fosse teimosa demais, ela era uma excelente soldado. Bash a respeitava muito, mesmo que ela o questionasse constantemente.

Ele precisava colocar a cabeça no lugar e se concentrar no cenário maior. Talvez, no fundo, eles sempre souberam que o capitão não apareceria, mesmo que contornassem a possibilidade. No entanto, a verdade concreta de sua ausência fez com que Bash se sentisse desesperado.

Uma falha.

Horas se passaram. Ele precisava falar com Margrete, pois havia prometido, mas só de pensar nela olhando-o com decepção era quase pior do que desapontar sua ilha.

Bash não era um monstro. Ele não torturaria um homem inocente, especialmente se fosse um homem por quem Margrete tivesse... sentimentos. Um homem que poderia ser melhor para ela a longo prazo do que Bash jamais seria.

Ele passou as mãos pela mesa, fazendo com que alguns papéis voassem para o chão. Seu estômago se revirou enquanto ele se levantava, passando os dedos pelos cabelos em um esforço para conter a aflição que o oprimia.

Bash marchou em direção a sua cabine, ignorando como o peso das suas emoções, suas próprias malditas inseguranças, o sufocavam. Seu peito ficou tenso de dúvida e pesado de medo. Medo de que ele estivesse certo e de que Margrete estaria melhor sem ele. Era egoísmo desejar qualquer outra coisa.

Na porta dela, ele bateu hesitante.

— Entre. — Bash sentiu a frustração na voz dela, e isso fez com que ele entrasse com passos vacilantes. Seus olhos se voltaram imediatamente para a mulher que roubou algo insubstituível dele. Algo que ele nunca teria de volta, mesmo se quisesse.

Não que ele quisesse.

Ele se aproximou lentamente.

— Princesa.

Ela se sentou empoleirada na lateral da cama, as mãos colocadas delicadamente no colo, mas seus olhos estavam ferozes, cheios de angústia.

Bash ignorou a pontada de dor em seu peito e sentou-se ao lado dela, sua coxa roçando em seu calor. Ele podia sentir o cheiro de lavanda no ar, um perfume que a seguia como uma brisa de verão. Se não pudesse respirar nada além dela, ele o faria de bom grado.

— Diga-me por que você o aprisionou.

Ele se mexeu para encará-la. Ela não recuou com sua proximidade, mas suas feições estavam tensas.

— Se Casbian está trabalhando com seu pai, eu não poderia deixá-lo ir. Você sabe disso.

— Mas se ele não estiver? — pressionou.

— Então eu o libertarei.

— Você promete? — Seus olhos suavizaram.

Ele teve o desejo de colocar a mão em seu rosto, sentir a suavidade da sua pele e puxá-la para seu abraço.

Ele resistiu. Bash tinha que saber onde estava seu coração.

— Sim. Eu juro para você.

Ela assentiu.

— Eu entendo, sabe, por que você o aprisionou. Apenas me prometa que não vai... torturá-lo. Ele veio atrás de mim quando ninguém mais veio. Eu não poderia conviver comigo mesma se eu fosse a causa da sua dor.

Mais uma vez, sua bondade derrubou Bash.

— Eu nunca permitiria que você carregasse um fardo tão grande. — Bash olhou para suas botas. — Se as intenções dele são realmente honrosas, então não vou machucá-lo. — Ele hesitou quando ela entrelaçou os dedos nos dele, apertando com força.

— Obrigada, Bash. Eu sei que não foi isso que você planejou, mas nós *vamos* encontrar o Coração e consertar tudo. Não vou descansar até que os crimes do meu pai encontrem justiça.

Bash teve vontade de rir. Que chance eles tinham agora? Mesmo que conseguissem localizar o capitão, provavelmente seria tarde demais. O tempo e a magia de Ortum estavam se esgotando. Ele não conseguiria segurar os portões por mais tempo. Seus antes vívidos olhos cor de coral estavam nublados pelo crepúsculo, o esforço cobrando seu preço.

Margrete chegou mais perto, mudando de posição para descansar a cabeça no ombro dele. Ele então teve coragem de perguntar o que há horas atormentava seus pensamentos.

— Existe algo mais no seu relacionamento com Casbian? Você gosta dele? — A pergunta saiu em uma voz que ele não reconheceu. Era profunda e cheia de vidro.

Margrete inclinou a cabeça para olhar para ele, os olhos apertados em reprovação.

— Se está me perguntando o que eu acho que está, então você é muito idiota.

Uma onda de alívio o percorreu. Ele a puxou contra si e passou os dedos pelos seus cabelos.

— Eu tinha que saber. Tinha que ouvir dos seus lábios.

Margrete se eriçou, mas levou a palma da mão ao peito dele e a pousou sobre o coração.

— Depois de tudo o que vivemos juntos, achei que você saberia sem que eu precisasse dizer — argumentou com uma pitada de mágoa no tom.

Mas Bash precisava ter certeza. Ele nunca tinha estado em tal situação.

Ele deu um beijo gentil em sua testa e então se forçou a se levantar.

— Preciso subir e me encontrar com a tripulação, mas tente descansar um pouco. Nos vemos hoje à noite?

Ele sabia que voltaria assim que a noite caísse, ansioso para se envolver em seu calor, onde os pesadelos não podiam alcançá-lo.

— Estarei aqui. — Ela sorriu com certa ironia.

Foi a visão disso, como o rosto dela se iluminou com a promessa de que ele retornaria, que fez Bash acreditar que os deuses não eram tão cruéis quanto ele acreditava.

Mesmo com esperança em seu coração, Bash não conseguia se livrar do pressentimento que sentia no fundo da sua medula.

Ele sabia muito bem que esperança era algo perigoso de se ter.

CAPÍTULO TRINTA E DOIS
Margrete

Quando atracaram, Adrian estava esperando por Margrete.

Ele estava tenso, com a mandíbula cerrada e segurando as mãos atrás das costas.

— Adrian — cumprimentou ela quando o alcançou, as pernas ainda cambaleantes enquanto se ajustava à terra firme.

— Meus deuses, Margrete, seus olhos.

Ela quase tinha se esquecido. Como diabos ela explicaria isso para ele?

— Honestamente, não tenho ideia do que aconteceu. Caí no mar durante a tempestade que nos atingiu, e depois que Bash mergulhou e me salvou, eles estavam... diferentes.

Isso era um eufemismo.

Adrian ergueu a cabeça, finalmente percebendo os muitos olhares cautelosos dirigidos a Margrete. Ela sentiu aqueles olhares desde que emergiu do convés inferior. A tripulação provavelmente se perguntava se ela tinha sido abençoada ou amaldiçoada.

— Podemos conversar sobre isso mais tarde. — Adrian baixou o queixo e fitou seus olhos recém-mudados. — Eu imagino que você precise descansar.

Ela queria estar o mais longe possível das pessoas. O escrutínio era insuportável.

Adrian colocou um braço em volta do ombro dela e, felizmente, não fez mais perguntas sobre a tempestade ou seus olhos. Enquanto se afastavam das docas, gritos estrondosos perfuraram o ar e, sem sequer olhar para trás, Margrete sabia de quem era a voz que se erguia acima de todas as outras.

— Percebi que a troca não saiu conforme o planejado quando te vi no convés. — Adrian suspirou, conduzindo-os para mais perto da ponte. — Mas isso... — ele apontou para o *Phaedra* com um movimento da cabeça — ... apenas confirmou todas as dúvidas que eu podia ter.

Margrete balançou a cabeça.

— Tudo deu terrivelmente errado, Adrian. Meu pai não foi ao nosso encontro. Em vez dele, o conde apareceu, e Bash o capturou.

Adrian desviou o olhar enquanto eles continuavam a caminhada pela ponte. Eles estavam quase do outro lado.

— Sim, ele foi o primeiro a ser desembarcado do *Phaedra*. Ainda não falei com Bash e recebi um relatório.

Margrete puxou-o para o lado.

— Eu gostaria de vê-lo — disse ela. — Por favor, Adrian. Deixe-me falar com ele. Talvez eu possa obter mais informações antes que Bash o interrogue.

Bash mencionou a intenção de obter respostas da maneira que fosse *necessária*.

Adrian beliscou o alto do nariz com o polegar e o indicador, soltando um gemido de descontentamento.

— Por favor, Adrian — insistiu ela.

Ele deve ter visto a angústia que transbordava de seus olhos, porque cedeu.

— Tudo bem, mas não mais do que alguns minutos. — Derrotado, seus ombros arquearam. — Bash não vai ficar feliz com isso.

— Obrigada! — Margrete passou os braços em volta da cintura dele. — Prometo que serei rápida, e Bash não precisa saber.

Eles alcançaram o outro lado da ponte e passaram pelo grande arco do palácio. Adrian a conduziu a um corredor sinuoso que ela nunca tinha visto, com uma porta prateada no final. Uma escadaria de pedra áspera ficava logo adiante da porta, e eles caminharam em silêncio até chegarem à entrada de uma masmorra malcheirosa.

Dois soldados montavam guarda pouco antes da entrada. Eles curvaram a cabeça para cumprimentar Adrian, mantendo as costas rígidas. Margrete notou as nuvens pesadas e plúmbeas girando dentro da porta, presas na moldura de aço. Era o mesmo tipo de barreira mística que protegia seus aposentos.

— Você tem cinco minutos. — Adrian conduziu Margrete adiante e acenou para os dois soldados antes de levantar a mão na direção da porta enevoada.

O portal empalideceu, e um dos homens resmungou quando ela passou, claramente desaprovando sua presença. Margrete passou ruidosamente pelo guarda taciturno, também resmungando, e desceu sozinha os degraus rochosos. Se ele tinha um problema, poderia discuti-lo com Adrian.

— Casbian — gritou ela para o nada.

Um gemido abafado encheu seus ouvidos, seguido pelo sussurro do seu nome.

— Margrete?

— Aqui! — Ela acelerou o passo, correndo ao som da voz. Ele estava no canto mais distante, em uma cela de ferro e ferrugem. Margrete viu o contorno de um homem erguendo-se do chão lentamente, como se isso lhe custasse muita energia.

— Como você está? — Ela se aproximou das barras e apoiou a testa no ferro. — Eles estão te tratando bem?

— Eles têm sido bons — grunhiu o conde, endireitando-se e erguendo-se antes de se aproximar das barras. Um único candeeiro cintilou fracamente na parede atrás dela e, quando ele se aproximou da luz, expôs seu belo rosto. — E como *você* foi tratada? — Ele a examinou em busca de qualquer sinal de abuso. Quando pousou o olhar no rosto dela, sua sobrancelha franziu, expressando confusão. — Seus olhos sempre foram azuis? — perguntou ele. — Eu poderia jurar que eram cor de avelã.

Ela suspirou, balançando a cabeça. Claramente, ouviria muitas perguntas sobre sua recente mudança na aparência.

— É uma longa história — disse ela —, mas sim, eles costumavam ser cor de avelã. Você não imaginou. — Ela foi rápida em continuar antes que ele fizesse mais perguntas. Seus olhos não eram o maior problema que eles tinham que enfrentar. — Mas não se preocupe. Estou pensando em como tirar você daqui em breve — assegurou ela, levando a mão ao rosto dele. Um pequeno corte, com sangue já seco, decorava seu queixo. Não era profundo e talvez tivesse sido infligido quando o jogaram ali. — Mas, primeiro, eu tenho que saber. Meu pai teve algo a ver com o encontro? Ele mandou você?

Seu pai era a causa de toda aquela bagunça — era *ele* quem merecia estar atrás das grades.

Casbian sacudiu a cabeça com veemência, o cabelo escuro caindo em seus olhos azuis.

— Procurei o seu pai depois do ataque na fortaleza. Esperamos até que um batedor chegou com uma carta. Aparentemente, o que quer que esses homens queriam era mais valioso do que sua vida, e seu pai recusou. — Ele fechou os olhos e soltou um riso desgostoso. — Depois que ele jogou a carta no fogo, eu interceptei o batedor e enviei minha própria mensagem em um papel timbrado que roubei do escritório de Wood. Achei que era dinheiro que eles queriam, e eu não podia ficar parado, já que era o culpado por sua captura. Eu estava muito fraco para te defender.

— Não foi sua culpa.

— Mesmo que não fosse, eu teria vindo. — Casbian agarrou as barras, pressionando o rosto contra o metal enferrujado. — Vir te resgatar não teve nada a ver com seu pai e tudo a ver com honra. Com fazer o que é certo.

— Eu simplesmente não entendo — insistiu ela. — Nós nem nos casamos. Você pode facilmente encontrar outra noiva. — Ela fez um gesto apontando para ele, para o espetáculo impressionante que ele era. Casbian era o líder de Cartus e certamente não teria que passar por tantos problemas para levar Margrete para casa.

Ele se irritou.

— E isso teria feito de mim que tipo de homem? Eu fiz um voto antes do casamento, e sou um homem de palavra.

— Você é um bobo. — Ela riu, e Casbian se juntou a ela, sua risada profunda e rouca.

Talvez ela pudesse ter encontrado a felicidade com ele, mas a visão do Conde Casbian não fez seu estômago se agitar ou disparou arrepios em seus braços. Ela não sentia nada quando olhava para ele, exceto consideração.

— Vou falar com Bash — prometeu ela —, e voltarei aqui na primeira hora da manhã.

— Parece que não cometi um erro ao vir aqui — disse o conde, passando a mão pelas barras para segurar seu rosto. O toque parecia frio na sua pele, errado.

Uma súbita pontada de culpa lancinante a fez se afastar do toque.

Culpa que não merecia um lugar em seu coração.

— Vou tirar você daqui — repetiu ela, dando alguns passos para trás. Ela sabia que seu tempo havia acabado.

— Eu sei que você vai — Casbian comentou com um suspiro. — Até amanhã.

Margrete assentiu, deixando a prisão e o homem com quem quase se casou para trás.

A GAROTA QUE PERTENCIA AO MAR

CAPÍTULO TRINTA E TRÊS
Bash

Logo depois da meia-noite, Bash entrou na masmorra. Cada passo que dava ecoava nas paredes de pedra como um martelo, espantando os roedores que retornavam guinchando para as sombras. Ele respirou um bocado do ar viciado, com o objetivo de acalmar seu pulso acelerado. Ele já interrogara prisioneiros no passado sem um pingo de trepidação, mas eles também não tinham quase se casado com a mulher pela qual ele estava começando a se importar tão profundamente. Quando Bash se aproximou da última cela, a voz de Adrian soou clara.

— Nossos espiões descobriram que Cartus está praticamente falido. — O tom do seu amigo tinha uma ferroada incomum. — Então, por favor, me explique como você conseguiu um navio e contratou os homens para este seu resgate?

Bash parou bem perto do alcance da arandela, esperando Casbian dar a mesma resposta que havia dado antes, quando Adrian o interrogou pela primeira vez.

Primeiro, uma tosse fraca.

— Como eu disse antes, usei o que resta do nosso tesouro. Não podia ficar parado enquanto o pai de Margrete a deixava apodrecer. — As palavras do conde foram apaixonadas, e Bash quase acreditou nele.

Os segundos se passaram.

— Nada de novo, meu rei — declarou Adrian, sem se virar. Seu comandante tinha a capacidade fantástica de sentir a presença de Bash. Sempre teve, mesmo quando crianças.

Bash entrou totalmente na luz e teve a visão humilhante de Casbian algemado à parede, as correntes pesadas prendendo os braços acima da cabeça. A porta da cela estava aberta. Adrian apareceu diante do conde com os braços largos cruzados.

— A mesma história de antes, hein? — Bash vagou pelo espaço, limpando uma partícula invisível de poeira em seu casaco. Ele olhou para o conde com desdém óbvio, torcendo suas feições em um sorriso que Adrian frequentemente chamava de sinistro.

Bash não acreditou em uma única palavra que saiu da boca do bastardo. Mesmo algemado, Casbian se manteve majestoso, seus olhos azuis altivos e o lábio superior curvado. Mas talvez Bash não gostasse dele por outras razões. Certamente não podia permitir que o ciúme irracional atrapalhasse seu julgamento.

— Como disse ao seu *amigo* aqui, não tenho falado nada além da verdade. Eu vim resgatar Margrete. Fiz uma promessa a ela e sou um homem honrado. Um homem com palavra.

Bash engoliu a risada que borbulhou em sua garganta.

— Não de acordo com as informações que meus espiões trouxeram. — Ele deu um passo mais perto, erguendo os ombros e alinhando a postura, forçando Casbian a esticar o pescoço para olhá-lo nos olhos. — Não, de acordo com meus espiões, você é um grande mulherengo, que não se preservou nem mesmo dias antes do seu casamento. Então esse seu argumentozinho não parece se sustentar tão bem.

Casbian zombou.

— Você deve saber que nem tudo o que se fala por aí é verdade. — Ele olhou para a cela em que estava preso como se quisesse fazer uma argumentação. — Aqui estou eu, em uma ilha que não deveria existir. Acreditei que não existia apenas porque me *disseram* que não era possível. — Ele balançou a cabeça, o cabelo escuro caindo sobre os olhos. — Fui chamado de muitas coisas na minha vida, Bash. Qualquer governante ou rei, mesmo um conde, costuma ser o assunto das mentes ociosas. Talvez, quando eu era mais jovem, me envolvesse em atividades que não deveria, mas isso foi há muitos, *muitos* anos. Certamente não sou mais o menino que era.

Bash rangeu os dentes, tomando cada respiração trêmula que o conde dava.

— Por que você queria se casar com ela, para começo de conversa?

A pergunta saiu antes que ele pudesse se conter.

O olhar de Casbian ficou feroz.

— Nossas cartas. As que trocamos por *meses* antes do nosso casamento. — Sua cabeça afundou, as correntes chacoalhando. — Ela era engraçada e inteligente. Esperta. Ela me fez rir das coisas mais simples. — Os cantos dos seus lábios se curvaram. — Quando a vi pela primeira vez... — Seu sorriso floresceu. — Eu soube que ela era especial e que tinha sorte de me casar com uma mulher tão inteligente, astuta e incrivelmente bonita.

O estômago de Bash se revirou quando viu a maneira como os olhos do conde se enrugaram de admiração quando ele falou de Margrete. Como ele não conseguiu evitar quando falou das suas cartas. Isso o deixou nauseado.

Depois de um breve momento de silêncio, Adrian pigarreou, intervindo, já que Bash seguia silencioso.

— Ele afirma que, diante da recusa do capitão em fazer a troca, roubou seu papel timbrado. Então escreveu a carta concordando em nos encontrar e a entregou ao nosso batedor com o selo de Wood. Ele insiste que o capitão não tinha ideia do seu plano e que agiu sozinho.

Não, isso não tinha como estar certo.

— O que você ganharia se casasse com a filha de Wood? Você não quer que eu acredite que se apaixonou por ela com base em um punhado de cartas e alguns minutos na presença dela.

Enquanto Bash dizia essas palavras, ele percebeu seu erro.

Ele era culpado quase da mesma coisa. Embora não tivessem escrito bilhetes de amor um para o outro e seu tempo juntos tivesse sido limitado, Bash estava sob o feitiço de Margrete desde o momento em que ela abriu aquela boca perversa e o xingou.

Os olhos de Casbian brilharam enquanto ele se deleitava com Bash, um olhar conhecedor distorcendo suas feições.

— Eu vejo o que está acontecendo aqui — disse ele, endireitando-se o máximo que pôde. — Você gosta dela também. É por isso que não acredita em mim. Ou não *quer* acreditar em mim. Eu não sou o vilão que ela rejeitaria.

Bash cerrou os punhos, tentando recuperar a compostura.

— Isso não tem nada a ver — retrucou ele. — Não confio em você e vou descobrir por que está realmente aqui.

Bash fez menção de sair. Ele não tinha tempo para aquilo.

— Espere! — gritou Casbian, e Bash se virou a contragosto. — Posso ver nos seus olhos. Você se *importa*. Se esse for realmente o caso, você a deixará ir comigo para o mais longe possível deste lugar.

— E por que isso? — perguntou Bash, a mandíbula cerrada. Sua paciência estava se esgotando.

— Ela é sua prisioneira, pelo amor de Deus. Você a *usou*. — Casbian balançou a cabeça. — Não pensou no que é bom para *ela* desde que se conheceram. Você ainda não pensou e nunca o fará. Não enquanto usar uma coroa na cabeça.

A respiração de Bash ficou presa no peito. Um caroço começou a se formar em sua garganta e as acusações de Casbian se enrolaram no pescoço de Bash e o apertaram — um nó invisível.

— Isso definitivamente não é verdade...

— Ah, mas é sim! — Casbian assobiou, os olhos se arregalando. — Você nunca vai merecer uma mulher como ela. Você sempre escolherá seu povo ao invés dela. Seu reino. Você é egoísta e delirante por pensar o contrário.

O nó em torno da garganta se apertou. Ele abriu a boca para argumentar, para afirmar que *já estava merecendo*, mas não saiu nada. As palavras simplesmente congelaram na ponta da língua.

Bash era o rei de Azantian, protetor de seus mares. Era seu direito de nascença. A missão da sua vida. Ele soube, então, com uma percepção doentia, que Casbian estava certo.

Ele não *poderia* colocá-la em primeiro lugar.

— Termine de interrogá-lo — ordenou ele, se dirigindo apressadamente para Adrian, para então dar meia-volta e se afastar do conde e da verdade que saiu da boca dele. Ele precisava correr, ficar o mais longe possível daquela masmorra.

Bash caminhou pelos corredores do palácio com o coração disparado e as palmas das mãos escorregadias de nervosismo. Aquelas palavras venenosas giravam na mente dele. Provocando-o.

Quanto mais ele as repetia, mais entendia o que tinha que fazer. O que tinha que fazer *por* ela. Talvez ele nunca pudesse colocá-la em primeiro lugar, mas, talvez, se Casbian *fosse* realmente inocente, Margrete seria o mundo inteiro de outra pessoa. Ao final de tudo, eles sobreviveriam ao desastre com as crianças do mar e ele cuidaria disso: Margrete teria seu final feliz. Ela poderia muito bem encontrar a felicidade com Casbian, um homem que falava dela como um presente precioso.

Bash a tratara como uma moeda de troca e só recentemente percebera seus erros.

Ele chegou aos aposentos de Margrete antes de perceber para onde suas pernas o carregaram. Para onde seu coração o havia levado.

O guarda do lado de fora do quarto dela o olhou com curiosidade, mas permaneceu em silêncio. Bash ergueu a mão, prestes a abrir o portal, quando algo o impediu. Culpa, vergonha ou alguma emoção inominável. Ele baixou a mão de volta à lateral do corpo.

Ele deu meia-volta, as palavras do conde crescendo em um coro doentio. Quando entrou na privacidade dos próprios aposentos, encostou na porta e deixou seu corpo deslizar até desmoronar completamente no piso de pedras.

A honra sempre ditaria que Bash deveria colocar sua ilha acima de tudo. Ele preferia ver Margrete partir com o conde a ser a segunda escolha de um rei.

Mesmo que isso o partisse em dois.

A GAROTA QUE PERTENCIA AO MAR

CAPÍTULO TRINTA E QUATRO
Margrete

— Preciso ver Bash — gritou Margrete através da névoa agitada da porta na manhã seguinte. Havia dois sentinelas postados do lado de fora, e ela gritou repetidamente até obter uma resposta.

Após alguns minutos de gritos estridentes, um dos guardas berrou:

— Pare! Vou alertar sua majestade. Mas, por favor, pelo amor dos deuses, chega de gritos.

Margrete sorriu, triunfante. Agora, tudo o que ela precisava fazer era esperar.

Passou-se mais uma hora antes de Bash emergir pelo portal, círculos escuros ferindo a pele abaixo dos seus olhos. Ele havia perdido o sono por causa da troca fracassada? Claro que tinha. Ele quase disse a ela que não havia encontrado outro plano para reforçar os portões.

Bash se aproximou, e Margrete se levantou da cama, um livro caindo do seu colo. Ela finalmente tinha cedido e começado a ler as páginas de *Armamento e defesa*.

Seus olhos se desviaram para a pedra que ele tinha dado a ela, abertamente exibida contra seu esterno. Ela não a tirou sequer uma vez.

— Disseram que você queria me ver, mas fiquei preso em uma reunião durante a maior parte da manhã — disse ele como forma de saudação.

Algo entre eles estava errado.

— Tem alguma coisa errada? — perguntou ela, sentindo uma inquietação serpenteando em torno do seu coração e apertando. Ele tinha reerguido as paredes, e aquilo era algo que ela não toleraria. Não depois de conhecer o homem por trás da máscara.

Bash finalmente encontrou seu olhar, mas não havia mais a faísca em seus olhos. Ele cruzou os braços atrás das costas, seu corpo imponente rígido.

— Nossos batedores não relataram indícios do seu pai. Nem mesmo em Prias. A fortaleza foi virada de cabeça para baixo, e o Coração segue desaparecido. — Ele suspirou, um músculo tremendo em sua mandíbula. — Mas espero localizá-lo em breve. Há rumores de que ele está se escondendo em Haldion. É possível que o encontremos até o final da semana.

— E se o capitão não estiver com o Coração?

— Então nós o torturaremos até que ele nos diga onde está — respondeu Bash, sem um pingo de emoção.

Margrete assentiu. Ao contrário de Casbian, ela não sentiu nada ao pensar em seu pai passando por momentos de dor.

— Faça o que deve fazer — disse ela, sabendo o que estava em jogo. — E, por favor, pergunte a ele sobre Birdie. Se ele sabe se ela está segura.

— Farei isso — prometeu Bash.

Com sorte, sua irmã estava sob o olhar atento da governanta no castelo. Margrete não podia se dar ao luxo de pensar de outra forma.

— E o que mais? — Ela se atreveu a dar um passo à frente. — O que você não está dizendo? Eu sei que a troca não saiu de acordo com o planejado, mas algo mais está incomodando você. Dá para perceber.

Ela cruzou os braços e se manteve firme.

— Estou preocupado com o Coração, nada mais — respondeu ele, recuando em direção ao portal e para longe dela.

Margrete não o deixaria fugir tão facilmente.

— Eu sei reconhecer uma mentira — retrucou ela, fechando a distância entre eles e segurando em seu braço, forçando-o a olhar para ela. Os músculos ficaram tensos sob seus dedos. — Bash, o que foi?

Um lampejo de dúvida cruzou seu rosto, seus lábios se separaram, mas ele não disse nada. Até a tatuagem de estrela-do-mar em seu braço se enrolou, mais uma vez se escondendo dos olhos de Margrete.

— Entendo. — Ela baixou a mão. — Bom, pelo menos deixe-me perguntar sobre Casbian.

As narinas de Bash dilataram-se ao ouvir o nome do ex-noivo de Margrete.

— Falei com ele ontem, e...

— Você *falou* com ele? — Suas mãos caíram para as laterais do corpo, as mãos abrindo e fechando. — Quando?

Sua coluna endureceu e ela ergueu o queixo, lutando contra uma careta de pesar. Droga, ela não queria que ele soubesse.

— Pouco depois de chegarmos. Eu precisava questioná-lo eu mesma. Ele me pareceu... sincero.

Bash soltou uma risada melancólica.

— E o que você sabe sobre homens *honrados*? — No momento em que as palavras deixaram seus lábios, a vergonha retorceu suas feições. Ele passou a mão pelo cabelo. — Merda, eu não quis dizer isso.

— Talvez você tenha sim — murmurou ela.

Ele balançou a cabeça, negando.

— Ele pode muito bem ser honrado, mas precisamos ter certeza. Se está trabalhando com o capitão, então Adrian saberá em breve. Ele está quase terminando o interrogatório.

— O que isso significa? — Ela já suspeitava de qual seria a resposta, mas precisava perguntar. Como costumava fazer ultimamente, ela segurou o colar, o peso dele reconfortante.

Ele olhou para ela por baixo de uma sobrancelha pesada.

— Se Casbian está dizendo a verdade, então não há nada com que se preocupar. Assim que localizarmos o Coração, ele estará livre para fazer o que desejar e... você também.

Margrete deu um passo para trás, lendo a implicação que brilhava em seu tom de voz e em seus olhos.

— Bash. Não tenho planos de ver o conde depois que ele estiver livre muito menos quero me casar com ele. É isso que você acha que eu quero? Deuses, pensei que tivéssemos conversado sobre isso ontem. Fui bastante clara sobre o assunto.

Bash balançou a cabeça, derrotado, os ombros caídos.

— Margrete, se Casbian é um homem honesto que ousou desafiar seu pai e se aventurou a cruzar o mar para te encontrar, então ele é um homem digno. Digno de você. E eu acredito... — Ele respirou fundo. — Se ele realmente é tudo o que você afirma ser, então deve ir com ele quando ele for embora. Não há nada que eu possa lhe oferecer aqui.

Uma faixa invisível se enrolou na garganta dela, cortando seu ar enquanto ela processava as palavras.

— V-você *quer* que eu vá com ele? — Sua mão soltou o colar. — Eu pensei...

O que ela *achou*? Que o rei de uma ilha mística se apaixonaria por ela? Um homem que tinha a essência de um deus do mar correndo em suas veias? Ela era uma mortal, uma humana que não era nem mesmo nobre de nascimento, e ele era um maldito *rei*.

Era cômico. De verdade.

As bochechas de Margrete se aqueceram de vergonha. Ela se virou, dando-lhe as costas para esconder o constrangimento. Ela sabia que o que eles compartilhavam era real, mas não tinha pensado sobre o que aconteceria *depois* que eles derrotassem seu pai e encontrassem o Coração.

Ele se aproximou até seu calor ficar a apenas alguns centímetros de distância, e um arrepio percorreu a pele dela.

— Princesa — sussurrou Bash, sua voz falhando.

Ela fechou os olhos com força.

— Não. Eu entendo. — Após um longo momento, ela abriu os olhos, mas não se atreveu a se virar e olhar para ele. Em vez disso, ela falou por cima do ombro. — Não há nada mais a dizer além de expressar meu desejo de que Casbian seja transferido para uma cela mais apropriada até que ele seja considerado inocente.

O cômodo se encheu de silêncio, o ar saturado de tensão.

Lágrimas brotaram dos olhos de Margrete, mas ela as segurou para que não caíssem. Bash tinha deixado suas intenções claras. Ele não a queria. Ou, ele *queria*, mas não podia.

Bash continuava sem dizer uma palavra.

— Por favor, saia — pediu ela, diante do silêncio dele. Ela precisava que ele se retirasse antes que as lágrimas caíssem inevitavelmente.

— Margrete...

Ele estava tão perto que ela encolheu os ombros, tentando evitar a forma como a voz dele acariciava seu pescoço.

— Por favor — implorou ela. — Preciso ficar sozinha.

Segundos depois, as botas dele bateram no chão de pedra. Margrete esperou a porta fechar antes de se virar. Uma parte tola dela esperava vê-lo ainda parado ali, um pedido de desculpas posicionado em sua língua.

Mas ela estava sozinha.

E Bash havia tomado sua decisão.

A GAROTA QUE PERTENCIA AO MAR

CAPÍTULO TRINTA E CINCO
Bash

Tudo o que Bash queria era retirar cada palavra que falou. Ele não queria que Margrete fosse embora e certamente não queria que ela partisse com o *Conde*.

Horas depois de deixar os aposentos de Margrete, Bash contornou o corredor que levava à Caverna Adiria. Os soldados pelos quais ele passou evitaram seu olhar. Adrian planejava encontrá-lo abaixo do palácio em breve, mas, até que seu amigo chegasse, Bash estaria livre para habitar na escuridão e clarear a mente.

O rei destrancou a porta da caverna, pegou uma tocha e começou a descer, o ar ficando mais frio a cada passo que zse aventurava. A luz da sua chama corroeu as sombras que o cercavam, mas ele não sentiu um pingo de pavor.

Havia coisas muito piores a temer do que o escuro.

Ele parou logo abaixo do ápice da vasta caverna. Um filete de luz do sol filtrou-se pelo pequeno abismo no teto, mas foi devorado pela noite eterna que florescia naquele lugar. Desde criança, Bash ia para aquele lugar quando precisava ficar sozinho e pensar. A Alma de Azantian falava com ele, dando-lhe boas-vindas em sua escuridão entorpecente de braços abertos. Ali, sua mente se sentia felizmente quieta.

Mas, naquele momento, nem mesmo a Caverna Adiria conseguia parar seus pensamentos.

Bash sentou-se em uma pedra, sua tocha tremulando enquanto brigava contra uma rajada de ar frio. A brisa gelada ficou mais forte, e a chama enfraquecida tremeluziu e estalou, lutando para reacender.

Ela perdeu a batalha.

Bash ficou sozinho na escuridão assim que sua tocha se reduziu a nada.

— Claro — murmurou ele, praguejando, embora não estivesse preocupado. Ele conhecia o lugar como a palma da mão. Em vez de se apressar para encontrar o caminho de volta, Bash dobrou os joelhos no peito e inspirou o nada que o envolvia. Havia o reconfortante *staccato* de água pingando das paredes rochosas. O leve murmúrio do vento. O cheiro do sal e do mar.

O cheiro de casa.

Bash fechou os olhos, embora isso pouco importasse, e pousou a tocha inútil no chão. Seu batimento cardíaco, que, segundos antes, atormentava seus ouvidos, acalmou para um gentil tamborilar. Sem sua visão, Bash foi forçado a mergulhar dentro de si mesmo, para vislumbrar uma mente que estava tudo menos controlada e calma. Certamente ele não era um homem que tinha controle sobre si mesmo, muito menos sobre um reino.

Um silvo de energia viciosa cortou as pedras ásperas.

Bash abriu os olhos com um sobressalto. O clarão violeta atingiu as laterais da caverna com a ferocidade e a força dos relâmpagos, iluminando o espaço com um brilho atípico. Bash respirou fundo.

A caverna só ganhava vida duas horas antes da meia-noite. Tinha sido assim desde o início de Azantian.

E ainda assim...

Outro raio, este mais brilhante que o anterior, espalhou-se pela rocha até que colidiu com o centro morto do chão da caverna e se espatifou na pedra com um chiado de eletricidade.

Pedaços de rocha se soltaram, e Bash pulou de pé, erguendo as mãos para proteger o rosto. Ignorando seus instintos que gritavam para *correr*, ele se aprumou e caminhou em direção ao centro, atraído pelo restante de luz que ainda fervilhava.

Ele se agachou e passou os dedos pela pedra, o solo ainda quente. Ele pressionou a palma da mão contra a terra dura, e estremeceu quando um formigamento percorreu sua pele. Seu corpo parecia suspirar de alívio, quase como se a corrente de energia o revigorasse. Ele não conseguia explicar, nem mesmo para si mesmo, mas parecia familiar de uma forma que ele não conseguia descrever.

Bash se afastou com um sobressalto, segundos antes de outra rodada de relâmpagos cair a poucos centímetros de onde sua mão havia tocado.

Deuses, o que foi isso?

— Bash?

Ele girou a cabeça ao ouvir seu nome; o som parecia provir de todos os lugares, ecoando nas pedras. A voz chamou seu nome novamente, embora, desta vez, Bash reconhecesse a quem pertencia.

O brilho suave de uma tocha resplandeceu, e os passos de Adrian estavam pesados quando ele surgiu do túnel.

— O que você está fazendo aqui sem uma maldita tocha?

Bash estava quase atordoado demais para responder, mas se levantou.

— Apagou — disse ele, examinando cautelosamente as paredes da caverna, como se esperasse que as sombras se estendessem e o agarrassem.

O rosto de Adrian se contorceu de preocupação.

— Eu suspeitei que as coisas estivessem terríveis quando me pediu para te encontrar aqui.

As pessoas mais próximas de Bash sabiam que ele procurava a Caverna Adiria sempre que o peso da coroa era demais para suportar. Sempre que sentia falta do pai ou pensava na mãe que nunca conheceu. Ela morreu ao dar à luz a ele, mas isso não o impediu de invocar uma visão de como ela poderia ter sido.

— Eu precisava de silêncio — admitiu. — Odeio ter que esperar o retorno dos batedores. Você sabe que fico inquieto.

Seu amigo esfregou a mão em seus cachos negros.

— Eles devem voltar em breve e, assim que soubermos onde está Wood, podemos prosseguir.

— Vamos apenas rezar para que os deuses tenham misericórdia de nós e os batedores tragam boas notícias — disse ele, embora não acreditasse nem por um segundo. Misericórdia não era algo que os deuses concediam.

Adrian suspirou, claramente exausto dos últimos dias.

— Nesse ínterim, devemos continuar com a festa esta noite. As pessoas podem suspeitar que tem algo errado. Se cancelarmos, seria a primeira vez em mil anos que não haveria uma homenagem à deusa da lua.

Adrian estava certo. Se cancelassem a festa, seu povo concluiria que Bash teria falhado. O fato de serem supersticiosos e temerem desagradar os deuses, especialmente Selene, que comandava as marés, também não ajudava.

— Você vai acompanhar Margrete? — perguntou Adrian. O mero som do nome dela era devastador.

— Acho que não seria certo.

— E por que não? — Adrian zombou. — Eu não sou cego. Nunca vi você olhar para outra alma viva dessa forma antes. Nem quando se olha no espelho.

Bash empurrou o ombro de Adrian, embora a zombaria do amigo ajudasse a levantar seu ânimo.

— Ela já passou por muita coisa. Quando tudo isso acabar, precisa encontrar a felicidade com alguém que possa colocá-la em primeiro lugar. E isso é algo que nunca poderei fazer.

— Você é um tolo. — Adrian balançou a cabeça. — Essa mulher se preocupa com você. Só está se protegendo ao afastá-la. Está usando o que o conde disse como desculpa, e sabe disso.

Ele não estava fazendo isso. Bash estava sendo altruísta.

— Não, se o conde está dizendo a verdade, então ele é um homem decente. Ele não tinha que vir atrás dela, mas veio. Ela pertence a alguém que arriscaria tudo para estar com ela.

Adrian se irritou.

— Não, Bash. Ela *pertence* a quem ela escolher. Ela está bem ciente do que receberá quando se trata de você e da sua coroa. Você seria um tolo covarde se recusasse essa escolha simplesmente porque tem muito medo de se machucar.

Bash inclinou a cabeça. Ele nunca tinha visto Adrian se irritar daquela forma. Margrete não só tinha encontrado um lugar no coração dele, mas também no do seu amigo.

— Ela já está farta de ter alguém decidindo a vida dela, você não acha? — Adrian continuou, sem se deixar abater pelo silêncio do rei. — E você... — Ele ergueu o dedo, empurrando-o no peito de Bash. — Você é o homem mais decente que conheço, rei ou não. — Em um sussurro, ele acrescentou: — Você nunca se deu crédito suficiente.

— Se tem uma coisa que não sou, é um bom homem. — Ele tentou se livrar da mão de Adrian, mas seus dedos apenas apertaram com mais força o músculo do seu ombro.

— Você é um bom homem porque se preocupa em fazer o que é certo, mesmo que isso custe a chance de encontrar a felicidade.

— Você está apenas em busca de um aumento — Bash tentou brincar, mas Adrian não mordeu a isca.

— Você é meu irmão, Bash. Sempre foi, independentemente do sangue. Eu amo você. — Adrian olhou para suas botas. — Eu só queria que você carregasse esse mesmo amor por si mesmo.

Bash não sabia o que dizer. As palavras cheias de paixão de Adrian tocaram uma corda profundamente dentro dele. Ele nunca teve tempo para se concentrar em si mesmo, afinal, ele tinha um reino para governar, mas, quando as noites eram longas e o sono não vinha, a solidão batia forte. Foi assim que ele começou a beber, afogando suas dúvidas na bebida.

Uma imagem passou por sua mente. Ela... em seus braços. Ao lado dele. Sua parceira.

Eles. Juntos.

Como de costume, seu comandante havia dado um argumento justo — era escolha de Margrete que tipo de vida ela desejava ter. Tomar essa decisão por ela apenas fazia dele um covarde, como bem Adrian pontuou.

— Diga a ela como você se sente hoje, nos festejos. — Adrian o tirou de seus pensamentos sobre a vida que ele poderia ter, uma vida que ele não ousara imaginar antes. — Pode ser que não consigamos salvar a ilha, ou o mundo, a tempo, mas você tem controle sobre o que diz e faz antes que tudo pegue fogo.

Na noite em que ela o drogou, ela falou em compartilhar o fardo, o peso que o esmagava, mas ele nunca acreditou que ela pudesse realmente desejar suportar a responsabilidade ao lado dele. *Ele* mal desejava carregá-lo. Mas Adrian estava certo. Margrete devia decidir seu próprio destino. E, naquela noite, Bash daria a ela a chance.

Ele ou o Conde Casbian de Cartus. Bash sempre amou um desafio.

CAPÍTULO TRINTA E SEIS
Margrete

Margrete observou os cidadãos da ilha chegando. Cada pessoa que vivia e respirava por Azantian era bem-vinda ao salão principal do palácio, desde os humildes mascates aos pescadores.

Bash não era o tipo de governante que se sentava acima de todos eles ou se separava em algum trono elevado. Ele mergulhou no mar do seu povo, um tubarão gracioso nadando pela corrente de almas. As pessoas se curvaram e aplaudiram enquanto ele passeava entre elas, pois, mesmo que nada tivesse mudado — mesmo que o Coração ainda não estivesse entre eles —, ele era o homem em quem depositavam sua fé.

Ao lado de Margrete, Nerissa conversava alegremente com Bay. Enquanto assentia ocasionalmente para tudo o que ela dizia, seu olhar nunca se desviava de Adrian, olhando seu namorado como se ele fosse a única pessoa na sala.

Uma brisa fresca passou pelas portas do pátio, acariciando as diáfanas saias carmesim de Margrete. Shade tinha enviado a roupa para seus aposentos poucas horas antes do início das festividades com um bilhete que apenas dizia: "Vermelho ficaria bem em você".

O gesto pegou Margrete de surpresa, pois o vestido era da cor exata do seu vestido de noiva. Mas Shade não poderia saber disso, e o decote ousado estava muito longe do vestido de renda justo que ela foi forçada a usar.

Margrete avistou Shade do outro lado da sala, misturando-se com os risonhos participantes da festa. Seu cabelo ruivo estava solto, enrolado até a cintura, e um vestido verde justo se agarrava às suas curvas. Ela parecia pecaminosamente deslumbrante.

Margrete estava prestes a desviar o olhar quando Shade inclinou a cabeça para trás, gargalhando. O movimento de seu cabelo revelou uma furiosa faixa vermelha desfigurando a pele atrás da orelha direita.

Ao vê-la, um arrepio de inquietação percorreu a espinha de Margrete. Antes que ela pudesse examinar a marca com mais atenção, a tesoureira atraente desapareceu de vista, mirando em outro grupo de convidados que a esperava. Distraída, Margrete buscou com as mãos a gema que Bash lhe dera, mas seu pescoço estava nu, o peso calmante da pedra ausente. Ela tinha optado por não usá-lo naquela noite.

Foi apenas mais um lembrete doloroso do que ela não poderia ter.

Apesar do seu humor melancólico, a banda começou uma música alegre, a multidão gritando em apreço. Margrete ergueu os olhos. Orbes flutuantes pairavam acima deles nas vigas como gotas de chuva gigantes cheias de minúsculas criaturas nadadoras. Ela olhou fixamente, cativada por um peixe arco-íris espirrando de uma piscina suspensa para outra, brincando com um par de peixes-palhaço animados.

— Margrete.

Ela baixou os olhos, esquecendo-se da magia da sala. O Conde Casbian estava diante dela, adornado com belas calças ônix e uma camisa marfim luminosa abotoada com pérolas.

Curvando-se, ele gentilmente agarrou sua mão, dando um beijo casto nos dedos.

— Você está radiante.

— O que você está fazendo aqui? — perguntou ela, atordoada com a presença dele.

— Bash graciosamente me permitiu uma escolta pessoal. — O conde sacudiu a cabeça para o soldado robusto encostado rigidamente na parede atrás deles. — Ele me segue em todos os lugares, e realmente quero dizer *em todos os lugares* — sussurrou Casbian.

Margrete não pôde deixar de rir, exultante por ver o conde ileso e tão bem-vestido.

— Já que os últimos dias foram bastante incomuns, gostaria de dançar? — Ele deslizou a mão para a parte inferior das costas dela e Margrete soltou o ar com força. — Eu *vim* até aqui para ver você — ele acrescentou com um sorriso torto, o que fez seu coração relutante palpitar.

Embora ela soubesse que Bash era um homem de palavra, suas ações a surpreenderam, especialmente por permitir que Casbian andasse entre seu povo em uma noite tão sagrada.

— Claro — ela finalmente respondeu. — Eu adoraria dançar. — Ela reprimiu sua hesitação e apoiou a mão na dele, que estava estendida. Um lado da boca do conde se curvou deliciosamente, seu belo rosto radiante, mas Margrete viu a atuação como perfeita demais, ensaiada demais. O sorriso parecia vazio. — Conde Casbian — ela começou, mas ele a impediu.

— Cas. Por favor, apenas me chame de Cas. Conde Casbian é muito chato, não acha?

Ela assentiu, educada.

— Estou feliz que você esteja bem… Cas. — Não parecia certo chamá-lo daquele nome.

Ele a puxou, uma mão em sua cintura, a outra segurando sua mão. Ele cheirava a madeiras profundas e especiarias exóticas, os olhos arregalados e cegamente abertos para o futuro. Aparentemente, um futuro que ainda a envolvia.

Um pavor gelado se acumulou em sua barriga. Eles teriam sorte se tivessem um futuro com que se preocupar.

Casbian lançou Margrete em um giro gracioso. Ele a puxou suavemente de volta para ele um momento depois, mas ela já tinha avistado o homem em quem não conseguia parar de pensar.

Em meio a uma multidão de foliões em adoração, seus olhos se encontraram. O olhar de Bash brilhava com fogo e intensidade, mesmo enquanto as pessoas falavam ao ouvido dele, tentando ganhar a atenção do rei. O coração de Margrete disparou, e não foi por causa das mãos do conde em seu corpo. Bash não parava de olhar para ela, sem perdê-la de vista, enquanto Casbian a girava ao redor do salão.

Quando a música terminou, os convidados aplaudiram e elogiaram os músicos que tocavam sobre um estrado de mármore. Eles se curvaram, agradecendo, e começaram a tocar uma música mais lenta, um ritmo assustadoramente melancólico.

Os foliões se dispersaram e Bash deslizou por meio deles, dando passos determinados enquanto se movia por um mar de cor, risos e luz.

A visão dele se aproximando fez Margrete tropeçar, mas o conde não a deixou se atrapalhar. Casbian transformou seu passo em falso em um giro arrebatador.

Ela mal tinha se endireitado nos braços do conde quando a voz de Bash — baixa, profunda e impossivelmente angustiante — perfurou o ar.

— Srta. Wood, você me honraria com uma dança?

O olhar de aço de Bash cortou Casbian, seus ombros largos cheios de tensão. Margrete olhou para eles, dois homens que não podiam ser mais diferentes um do outro.

— Claro. — Casbian lançou a Bash um olhar de arrepiar, que indicava como ele *realmente* se sentia em relação ao rei de Azantian. Se Bash ficou incomodado, não deixou transparecer.

— Eu acredito que fiz uma pergunta a Margrete — corrigiu Bash, virando-se para encará-la.

— S-sim — ela conseguiu responder, observando como Casbian deu um passo para o lado, uma carranca contorcendo seu rosto.

Bash a estava confundindo completamente. Primeiro, ele empurrou o conde para ela, e agora estava interrompendo a dança. Ela o olhou com cautela antes de aceitar sua mão estendida.

— Bash — cumprimentou, engolindo em seco, percebendo o olhar dele viajando por todo o comprimento do seu corpo. Seus olhos brilharam de desejo.

— Margrete — ele disse o nome dela lentamente, parecendo saborear cada sílaba. Os lados da sua boca se ergueram em um sorriso cheio de pecado.

Quando ele mergulhou a mão na parte inferior das costas dela, ela soltou um suspiro, e ele a enlaçou com os dedos possessivamente.

Ela ergueu uma sobrancelha. Ele a estava tocando como um amante faria. Não como um homem que a rejeitou e a reduziu a lágrimas.

Ela olhou para ele com uma expressão de dúvida.

— O que exatamente você está fazendo?

— Estou dançando com você, princesa — respondeu ele, puxando-a contra si. Ela engasgou novamente e apoiou a mão na lapela do casaco dourado com estrelas-do-mar de metal bordadas ao longo da gola e punhos que ele usava.

— Então por que isso parece ser mais do que dançar? — perguntou ela, quando a cabeça dele se inclinou para mais perto, a boca a centímetros de distância. Seu hálito quente fez cócegas em seus lábios, e ela soltou um suspiro trêmulo.

— Porque é — disse ele, em um sussurro sedutor.

Margrete mal sentia seus pés se moverem enquanto deslizavam pelo chão. Ela estava presa em seu olhar, suas palavras ecoando em sua mente, mas foi sua dignidade que a fez empurrar suavemente seu peito largo.

— Não — rebateu ela, com raiva. Seus pés pararam de se mover, obrigando-o a parar também. — Isso não vai acontecer de novo. Você não pode me rejeitar em um momento e esperar que eu caia em seus braços no próximo.

— Eu nunca deveria ter dito aquelas coisas para você.

— Mas falou — argumentou ela. — Você falou, e certamente uma parte de você deve acreditar no que disse.

Ele apertou a cintura dela com mais firmeza.

— Eu pensei... Pensei que você seria mais feliz. Mais feliz com *ele*. — Ele suspirou, engolindo em seco. — Eu vi a maneira como você o olhou no *Phaedra*. E pensei que talvez você ficasse melhor com alguém que fosse livre para colocá-la em primeiro lugar. Um homem que não colocaria seu dever acima da mulher que gosta.

Ao redor deles, os dançarinos giravam e rodopiavam, e seus rostos sorridentes passavam por eles em um borrão. Ele deve ter percebido a hesitação nos olhos de Margrete, a pergunta que seus lábios não ousaram fazer, porque continuou falando, embora sua voz estivesse tensa.

— Antes de tudo, minha responsabilidade é proteger esta ilha, e me atormentou pensar em colocar você sob um fardo tão pesado. A única diferença entre esta manhã e agora é que percebi que a escolha é sua. Você sabe quem sou, o que envolve estar comigo, mas isso não significa que eu não iria até o fim do mundo por você. Que eu não faria tudo ao meu alcance para te ver feliz. Porque, quando você ri, quando você sorri... — A mão que tocava as costas expostas de Margrete tremia, e os olhos de Bash coraram com um tipo de vulnerabilidade crua que fez sua cabeça girar. — Quando você sorri, sinto como se estivesse sendo chamado de casa.

Margrete vacilou com a declaração, os joelhos enfraquecendo.

Casa.

Bash a comparou a um lugar que ela nunca conheceu. Um *sentimento* que ela ansiava por experimentar. Mas ali, olhando aqueles olhos que irradiavam adoração, afeto e ternura, ela percebeu que o lar que procurava poderia ser encontrado naquelas piscinas verdes.

— Eu jurei a você no *Phaedra* que minha espada era sua... — Ele guiou a mão dela para descansar acima do seu coração batendo. — Mas não é a única coisa que desejo que pertença a você.

Sob a palma da mão, ela sentiu a batida selvagem em seu peito, a melodia esperançosa de sua pulsação. Margrete baixou os olhos para o ponto em que se conectavam, onde os dedos dele se entrelaçaram nos dela. Segundos se passaram antes que ela levantasse o olhar, se deleitando com o medo e o desejo neles. As manchas de ouro em suas íris brilharam com esperança, e ela soube qual seria sua resposta. A que sempre foi.

Não significava que ela iria deixá-lo escapar dessa tão facilmente.

— Não pretendo ir com o conde quando tudo isso acabar. — Sob a mão, ela percebeu o batimento cardíaco do rei acelerar. Ela achou que ele não estava respirando. — Talvez eu quisesse ficar, pelo menos para descobrir minha conexão com este lugar.

— Entendo — disse ele, embora ela notasse como um canto da sua boca se contraiu. — Eu sei mais sobre Azantian do que qualquer outra pessoa. Bom, além de Ortum, claro. Talvez eu possa ajudar.

A orquestra começou a tocar algo animado e rápido, e as risadas encheram o ar. A melodia vazou por sua pele e elevou seu espírito.

Ela sorriu, e Bash a imitou, seu sorriso iluminando todo o seu rosto.

Bash se inclinou, sua nuca fazendo cócegas em sua bochecha enquanto ele sussurrava em seu ouvido.

— Encontre-me na sala do trono em dez minutos — pediu ele, sua voz com uma rouquidão desesperada. — Por favor, princesa.

Ela já estava fazendo que sim antes de perceber sua cabeça balançar.

Bash riu contra seu pescoço, o som transbordando de alegria. Ela queria engarrafá-lo e mantê-lo para sempre.

Ele se afastou com relutância, mas, antes de deixá-la na pista de dança, Bash deslizou a mão pela nuca dela e beijou-lhe a testa. Ela fechou os olhos, saboreando o beijo demorado e a promessa não articulada que fizeram um ao outro.

— Até daqui a pouco — murmurou ele contra sua pele.

Quando por fim ele se afastou, Margrete não conseguiu evitar a sensação de que ele havia levado um pedaço dela com ele.

A GAROTA QUE PERTENCIA AO MAR

CAPÍTULO TRINTA E SETE
Margrete

Margrete flutuou abaixo dos arcos inclinados e além do perímetro do grande salão onde a festa estava acontecendo. Suspendendo as saias, ela abandonou as festividades e correu pelo corredor para a sala do trono.

Bash ainda não tinha chegado, e o local estava vazio. Aquele lugar ainda a incomodava, embora ela não entendesse por quê. Sempre que se aproximava do trono, sua pele arrepiava e uma forte sensação de mau presságio envolvia sua garganta e a apertava.

Rangendo os dentes, ela caminhou até os degraus que conduziam ao trono, determinada a cessar sua apreensão absurda. A rede prateada brilhava intensamente sob as arandelas, e o trono parecia de outro mundo sob as grades intrincadas. Como nunca havia chegado tão perto, só agora ela podia observar os símbolos esculpidos de desenho complicado circundando a moldura de prata vazia. Parecia que tinha sido feito para abrigar uma joia; o que a fez se lembrar...

A moldura vazia era o abrigo do coração de Malum.

Ela olhou para trás de soslaio, e então tocou as figuras estranhas, porém familiares, traçando cada redemoinho e linha. As marcas prateadas despertaram uma espécie de memória distante, que não pertencia *apenas* a ela.

Enquanto seu dedo delineava a marca final, completando o círculo, algo doeu dentro dela, um anseio antigo e obscuro que se expôs na forma de nervosismo palpitante. Esse nervosismo fez cócegas em seu estômago, girou em seu intestino e subiu pela garganta. Foi uma sensação estranha.

Margrete se perguntou se era mesmo isso.

Com cautela, ela se virou e sentou-se no trono. Seu ato foi mais do que uma curiosidade inofensiva de descansar as mãos nos braços esculpidos e acariciar os delicados desenhos que supostamente o próprio Deus do Mar havia feito.

Sente-se. Observe, uma voz sussurrou em seu ouvido — a voz que ela conhecia em sua alma não pertencia a Malum. Pertencia a *ele*. Darius.

Margrete fechou os olhos e uma onda de adrenalina percorreu suas veias. Era inebriante e viciante, e seu corpo zumbia.

Quando abriu os olhos, percebeu que tinha sido enganada.

Margrete não conseguia se mover.

Com um grunhido, ela tentou em vão soltar os braços, mas grilhões invisíveis atavam seus pulsos no lugar, prendendo-a na cadeira antiga.

Ela ouviu gritos distantes, mas eles desapareceram conforme tudo ao redor mudava e borrava. O cheiro de cobre encheu o ar, obstruindo suas narinas.

Ela piscou, cerrando as pálpebras na esperança de que aquilo fosse apenas algum tipo de pesadelo, mas, quando as abriu mais uma vez, sabia que a cena diante dela era tudo menos um sonho.

Observe, disse a mesma voz sensual que ela conhecia. Seu rico timbre estava muito longe da carícia suave de Malum, o grunhido profundo do seu comando era carregado de paixão e fome.

Margrete agarrou os apoios de braço enquanto uma névoa leitosa flutuava para dentro da câmara opulenta, o cheiro de metal e ferrugem potente no ar. Sangue.

Estava em toda parte, espalhado pelo chão da sala do trono e salpicado pelas estátuas sombrias que revestiam a câmara. Ele revestia as tapeçarias intrincadas e as cortinas azuis, e respingos carmesins se estendiam para marcar as vidraças arqueadas que deixavam entrar o brilho nebuloso da lua.

O que é isso?, ela perguntou, esperando que a voz respondesse. Ela precisava ser lembrada de que tudo aquilo não era real. Que havia uma explicação para ela estar sendo forçada a ver aquela cena.

Uma batida do coração hesitante depois, a voz respondeu.

Este é o seu começo.

Ela estava prestes a berrar, a gritar com a entidade sobrenatural que a assombrava, quando uma nova voz — uma que ela não reconheceu — rompeu o ar. A névoa se dissipou, revelando um homem de joelhos que olhava para uma figura encapuzada lançada nas sombras.

— Eu confiei em você — o homem ferido falou com a voz embargada. Ele enlaçou a barriga com as duas mãos, suas vestes azul-celeste saturadas de vermelho. — Por quê? Depois de tudo que passamos, meu amigo?

Margrete sentiu o gosto da angústia na voz do homem — a traição —, mas ela estava presa no lugar. Mesmo sem os laços invisíveis, ela não poderia ter desviado o olhar se quisesse.

Dez soldados em trajes de couro grosso e carregando espadas largas entraram na sala enquanto o homem encapuzado ria, o som de um triunfo distorcido.

Deuses. Era uma voz que ela conhecia muito bem.

Margrete engasgou quando os homens formaram um círculo ao redor do seu líder, que estava ajoelhado e estendia a mão para segurar o queixo do moribundo.

— Oh, Eldoris. Isso é tudo culpa sua, na verdade. Foi você quem me mostrou até onde eu poderia chegar. O que eu poderia fazer com a magia que você estava fraco demais para utilizar. — O capitão deu uma risada sem humor. — Você poderia ser o governador do mundo todo. Não apenas desta pequena ilha. — O algoz afastou a mão do queixo do homem. — Você se contentou com uma coroa quando poderia ter sido um deus.

Margrete se retorceu. Ela queria ir até o homem de joelhos e salvá-lo.

Mas, em meio à dor, o homem, que usava uma fina tiara de ouro, ergueu a cabeça.

Naquele momento, ela soube quem ele era.

O pai de Bash.

O capuz caiu da cabeça do capitão. Ele voltou seu olhar de aço para o trono, parecendo olhar diretamente nos olhos da sua futura filha. Sua respiração engatou e, com um simples olhar, cada ato de crueldade que ele infligiu a ela ao longo dos anos atingiu seu coração, que batia rapidamente.

O capitão desviou o olhar e voltou o foco para o rei de Azantian.

— Você perdeu, *amigo* — sibilou ele, seus lábios torcidos nos cantos. O capitão se preparava para falar mais, mas passos soaram atrás da linha de soldados, interrompendo as palavras cruéis que ele planejava proferir.

Os musculosos guerreiros se separaram, revelando uma bela mulher de cabelos escuros com lábios vermelhos e os olhos castanhos mais profundos que Margrete já tinha visto. Com uma das mãos na barriga saliente, ela se aproximou do capitão, que lhe deu um sorriso nascido de profundo afeto. Um sorriso que Margrete nunca o vira usar. Essa visão foi quase tão chocante quanto a cena que se desenrolava diante dela.

— Arlin, querida. — Ele pegou as mãos delicadas dela e a atraiu para o seu lado. — Eu estava me perguntando para onde você fugiu.

A mulher, Arlin, sorriu para o capitão, seus olhos brilhando diante da adoração dele.

— Eu tinha algumas coisinhas para resolver — disse ela, sua voz uma coisa delicadamente cruel —, mas não perderia isso por nada no mundo, meu amor.

O rei cuspiu sangue. Ele mal conseguia manter a cabeça erguida, mas conseguiu falar, o ódio revestindo cada sílaba que ele soltou.

— Você é uma traidora, Arlin. — Ele lutou para se levantar, mas escorregou em seu próprio sangue, espalmando as mãos no chão da sala do trono. — Como pôde fazer isso com seu povo?

Arlin zombou, esfregando a barriga.

— Você sabe o porquê melhor do que a maioria, meu *rei* — ela cuspiu a última palavra. — Você sempre negligenciou meus talentos. Minha inteligência. Quando pedi um papel maior, você preferiu se cercar de homens burros, que não tiveram o bom senso de ver o que Azantian poderia se tornar.

— Eu a negligenciei porque você tem um temperamento impetuoso e...

— Chega — trovejou Arlin. — Não quero ouvir mais suas mentiras. Você é fraco. *Mole*. E nunca mereceu a coroa que usa.

Os lábios de Margrete se separaram em um grito silencioso quando um soldado chutou o rei na barriga. Seus grunhidos de dor ecoaram por toda a sala. Mais mercenários correram para atacar o velho rei, mas a atenção de Margrete se desviou, capturada por outra visão que ela questionou ser real.

Escondido no canto, bem atrás do capitão e seus homens, estava um turbilhão de sombras escuras. A névoa dançante se transformou até se estabilizar e revelar o contorno fraco de um homem.

O capitão estava falando, mas ela não conseguia tirar os olhos do intruso, da magia que ele possuía ao tomar forma.

Ortum.

Margrete agarrou-se ao trono enquanto os lábios de Ortum se moviam sem fazer barulho. Ele ergueu as mãos no ar, os dedos curvados como garras. O tempo congelou quando uma rajada de vento soprou pelo corredor, e o capitão lentamente transferiu sua atenção do rei moribundo para examinar ao redor.

Seu coração trovejou quando seus olhos pousaram em Ortum, mas o olhar do seu pai continuou a percorrer o ambiente, claramente incapaz de ver o conselheiro ou o poder que o descendente de Malum exerce. Ele voltou sua atenção para Arlin.

Uma mulher que tinha todas as características de Margrete.

Ela soube, então, com uma percepção doentia, quem Arlin realmente era. Talvez ela soubesse desde o momento em que a viu passar pelas portas da sala do trono.

— É hora de acabarmos com isso — resmungou o capitão para o rei, pegando sua espada. — Vou te fazer o favor de acabar com sua vida antes de matar seu filho. Considere isso meu último ato de *amizade*.

À menção de Bash, o coração de Margrete doeu. Sua pele queimou quando ela se retorceu para se libertar do trono. Nunca antes ela desejou matar seu pai tanto quanto naquele momento. As amarras fantasmas em torno dos seus pulsos afrouxaram, mas voltaram a prendê-la de volta no lugar.

— Que o deus do mar abrace você — disse Arlin, sorrindo.

Quando o capitão ergueu sua arma, pronto para atingir o pescoço do velho rei, as sombras que envolviam Ortum giraram mais uma vez. Com as mãos erguidas acima da cabeça, Ortum pronunciou uma última palavra. Um flash de luz azul iridescente chamejou através da extensão da barriga de Arlin e sumiu antes que alguém percebesse.

Uma onda de adrenalina percorreu Margrete quando a luz se apagou, e um conhecimento profundo se estabeleceu — Ortum havia transferido o poder do Coração.

Para a própria Arlin.

Ortum vacilou em sua figura de fumaça, mas, antes de desaparecer, Margrete percebeu que sua boca se abriu, seus olhos cor de coral arregalados de choque.

Ele não pretendia transferir o Coração para Arlin. Ele tinha cometido um erro terrível.

Os pensamentos de Margrete foram interrompidos quando a espada do capitão baixou. A lâmina atingiu o osso, cortando o pescoço do rei. Margrete gritou quando o sangue respingou no rosto do seu pai, que brilhou em triunfo.

— Agora, o Coração. — O capitão passou por cima do corpo desmembrado do rei, suas botas deixando pegadas ensanguentadas no chão enquanto ele caminhava para o trono.

Margrete se debateu, mesmo com seus movimentos restritos. Cada passo que seu pai dava, cada centímetro mais perto de seu corpo trêmulo, enviava onda após onda de pânico puro e desenfreado por suas veias.

Assim que o capitão alcançou os degraus que levavam ao trono, poucos metros antes da filha que ele não podia ver, ele ergueu o olhar.

Seus olhos pareciam encontrar os dela no espaço através do tempo, o azul gelado queimando sua carne. Margrete viu ódio e ganância presos em suas íris, mas também havia uma lasca do que parecia ser uma tristeza selvagem, o tipo que corrói uma pessoa até que não reste nada.

Margrete não o deixaria fazer isso com ela. Nunca mais.

O capitão deu um passo à frente, depois outro, e Margrete cerrou os punhos e rugiu. Foi um som selvagem, misturado ao medo e raiva cortante. Continha todo o ódio venenoso que ela tinha sido forçada a reprimir. O ressentimento. O medo. O desamparo.

Margrete explodiu.

As algemas que a prendiam ao trono queimaram sua pele e as chamas se enrolaram em seu interior. Este fogo chamejou dentro do seu peito até que não houvesse nada além de uma fina névoa vermelha de raiva e um batimento cardíaco acelerado no ar. Seu corpo tremia com a intensidade absoluta do poder estranho, mas as algemas em torno dos seus pulsos continuaram a prendê-la.

Margrete soltou um grito de frustração quando uma névoa branca envolveu os cantos da sala, subindo pelos pilares e estátuas. O rosto do capitão ficou borrado, mas a malícia que contorcia seus traços nunca poderia ser lavada.

Aquela voz amaldiçoada voltou aos seus ouvidos, ecoando nas câmaras.

Aquela maldita voz que não a deixava em paz.

Você é aquela que estou procurando.

A GAROTA QUE PERTENCIA AO MAR

CAPÍTULO TRINTA E OITO
Bash

— Onde está Ortum? — gritou Bash, tentando tirar Margrete do transe em que ela estava. Mas ela estava colada ao maldito trono, presa por algum tipo de magia das trevas.

Bash não sabia muito sobre as artes das trevas, que seu pai havia banido décadas antes, mas ele supôs que apenas um poderoso feitiço poderia paralisar uma pessoa, aquietando seu corpo enquanto sua mente vagava para outro lugar. Pelo menos, era isso que ele presumia estar acontecendo, se os olhos turvos dela fossem algum indicativo.

Ele demorou para chegar ao encontro, pois no caminho muitos cortesãos amorosos o interceptaram. Quando entrou na sala, encontrou Margrete sentada no trono, os olhos vidrados e cegos.

Seus gritos de pânico foram ouvidos, pois Adrian apareceu ao seu lado minutos depois, e seu amigo ordenou que os guardas procurassem por Ortum. O conselheiro podia não ser tão poderoso quanto antes, exaurido depois de décadas contendo as crianças do mar, mas, como descendente de Malum, ele sabia mais sobre magia do que qualquer pessoa na ilha.

Um guarda se adiantou para sussurrar no ouvido de Adrian, e as feições do comandante murcharam.

— Ninguém consegue encontrá-lo, Bash — disse ele, com pressa frenética.

Adrian raramente perdia o controle, mas ele prendeu a respiração e o pânico brilhou claramente em seus olhos.

— Então procurem mais! — Bash puxou o braço de Margrete, tentando libertá-la, mas, assim como antes, ela não podia ser movida.

Uma dor aguda latejava em seu peito, intensificando-se quanto mais ela permanecia sob o feitiço, o desespero fazendo suas mãos tremerem. O suor cobriu sua testa, e ele soltou uma maldição gutural.

Bash apoiou as duas mãos no encosto alto do trono, pairando sobre Margrete. Ele nunca tinha se sentido tão impotente.

— Isso é magia das trevas, Bash — Adrian murmurou atrás dele. — O ar cheira a isso.

De fato, a sala cheirava a ferrugem, fumaça e outro odor que ele não reconheceu. Apenas uma vez antes ele testemunhara magia das trevas com seus próprios olhos. Ele tinha 5 anos na época, e um membro descontente do conselho do seu pai transformou o suprimento de água potável em sangue usando a magia de um antigo livro de feitiços. Bash ainda conseguia se lembrar do cheiro da escuridão do encantamento letal que o homem havia usado. O feitiço foi quebrado no momento em que a cabeça do traidor caiu de seus ombros, resultado de um golpe fatal desferido pelo próprio rei.

Somente os que se dispunham a sacrificar um pedaço de suas almas usavam tal magia. Seu poder foi supostamente concedido por Charion, Deus da Guerra e da Vingança, mas usá-la apenas uma vez significava renunciar a toda a bondade do coração, transformando a pessoa em uma casca oca de quem havia sido.

Agora, alguém estava praticando a magia proibida novamente, mas quem teria Margrete como alvo? E por quê?

Depois da morte do membro do conselho, seu pai destruiu todos os textos e conhecimentos dedicados ao assunto. Ele enviou soldados de casa em casa, varrendo a ilha em busca de praticantes, e não houve mais sinais dessa magia desde então. Até aquele momento.

— Margrete — sussurrou Bash, estendendo a mão trêmula para segurar sua bochecha. — Acorde, princesa. — A pele dela parecia gelo, e ele estremeceu com o contato. — *Por favor.*

Bash estava ciente dos passos que se arrastavam por trás dele, dos murmúrios abafados dos cortesãos entrando na sala. Seu povo o observava inclinado sobre Margrete, suas emoções à mostra para todos verem.

Bash não estava dando a mínima para isso.

— Princesa. — Ele arrastou um dedo pela bochecha dela, segurando gentilmente seu queixo com o polegar e o indicador. — Eu sinto muito.

Ele sentia por tê-la levado até lá. Por inicialmente odiá-la por causa do sangue correndo em suas veias. Sentia por não ter mostrado sua verdadeira face para ela quando teve a chance. Sentia muito, porque o pulso dela estava diminuindo, sua pele estava ainda mais pálida, e Bash temia...

Ele temia muito.

— Bash. — Uma mão pesada caiu em seu ombro. — As pessoas estão vendo, e por mais que eu odeie dizer isso, provavelmente não é bom que você...

— Espere — Bash interrompeu Adrian quando seus olhos pousaram em uma mancha vermelha. Ele se virou para o lado do trono e se agachou, aproximando-se para inspecionar o que pareciam ser dois círculos entrelaçados.

Pintados com sangue.

— Eu preciso de um pano. Água! — ordenou ele. Um minuto depois, alguém colocou uma jarra de água e um pano limpo a seus pés.

Adrian pairou silenciosamente sobre Bash, mas ele ignorou a presença do amigo para mergulhar o pano na água quente e esfregar o trono, onde os círculos — com não mais do que cinco centímetros — estavam desenhados. Quando o metal brilhou, limpo, ele deixou cair o pano de linho branco imaculado agora manchado por linhas vermelhas.

— Isso era o que eu acho que era...

Um suspiro alto silenciou Adrian.

As pálpebras de Margrete se abriram enquanto ela inspirava profundamente, os olhos arregalados de terror.

— Margrete! — Bash segurou os braços dela, ajudando-a a se levantar antes de abraçar seu corpo trêmulo. Ele não dava a mínima se todos na ilha estavam assistindo à cena, ela estava viva, e ele não tinha perdido outra pessoa que ele... Bom, outra pessoa de quem gostava.

E ele gostava dela. Mais do que pensou ser possível.

— Você está bem? — Ele apoiou a cabeça dela enquanto ela se inclinava para trás para encontrar seu olhar preocupado. — O que aconteceu?

Ele se perguntou o que poderia ter feito ela se sentar no trono, mas o sangue que ele encontrou pintado na lateral do assento era evidência suficiente de que tudo tinha sido planejado.

Margrete prendeu a respiração, suas bochechas recuperaram a cor, mas o medo permanecia em seus olhos.

Ela encontrou seu olhar, abriu a boca e disse as palavras que destruiriam seu mundo.

— Bash. Eu sei para onde foi o poder do Coração.

CAPÍTULO TRINTA E NOVE
Margrete

Bash tomou Margrete nos braços e a levou da sala do trono, passando pelos espectadores alvoroçados. Margrete se sentia segura em contato com o calor do corpo dele, o rosto aninhado na curva do seu pescoço. Eles não falaram enquanto ele a carregava escada acima, e só parou tempo suficiente para mudar a posição dela nos braços e abrir a porta do quarto dele.

Empurrando a porta com a bota, ele olhou para ela com os olhos sombreados e cheios de preocupação. Ela sabia que ele tinha feito um grande esforço para manter suas emoções sob controle diante do seu povo, mas sua fachada estava desmoronando. Ela nunca o tinha visto tão pálido.

Sem dizer uma palavra, ele a levou para a cama e gentilmente a acomodou sobre os lençóis macios. Com muito cuidado, ele deitou ao lado dela e puxou o cobertor sobre os dois. Ele a segurou bem perto, envolvendo-a com os braços musculosos, uma mão pressionada em suas costas.

Será que, algum dia, ela conseguiria esquecer a imagem do pai dele sangrando no chão da sala do trono? Ou a imagem dos olhares frios e cruéis do capitão e de Arlin enquanto viam o rei morrer? Margrete já tinha pesadelos suficientes para enfrentar.

— Você se sente melhor? — perguntou ele.

— Sim. Um pouco. — Ela se segurou nele. Ele se sentiu como uma âncora que a mantinha amarrada à realidade.

Bash apoiou a cabeça com uma mão para observá-la e descansou a outra mão na cintura dela, fazendo carícias circulares com o polegar.

— Você pode me contar o que quis dizer quando falou que sabia onde está o poder do Coração?

Margrete ainda podia ver a expressão de espanto nos rostos das pessoas na sala. Seus sussurros ecoaram em sua mente.

Anormal.

Abençoado.

Divino.

Ela soltou um arrepio involuntário.

— Eu estava indo me encontrar com você — começou ela, com a garganta dolorosamente rouca — e senti um desejo, uma *voz*, me obrigando a sentar no trono. — Já era hora de contar a Bash sobre as duas entidades, as duas vozes sobrenaturais que sussurravam segredos em seus ouvidos. Ele merecia saber, especialmente depois do que sua visão havia mostrado.

— Uma voz?

— Sim. Ouço vozes desde que cheguei em Azantian — confessou ela, e o peso saiu dos seus ombros. — Eu deveria ter te contado antes, mas achei que estava imaginando. Ou talvez eu apenas *desejava* estar.

Bash a puxou ainda mais para perto. Seu nervosismo diminuiu, mesmo que ela temesse falar as próximas palavras.

— Quando caí no mar durante a tempestade, ouvi a voz de Malum. Entendo o quão absurdo isso parece, mas sei que foi ele. Ele me disse que estava preso, mas trabalhando para se libertar. — Ela fechou os olhos com força com a memória do afogamento. Quando os abriu, Bash estava olhando para ela com admiração. — Mas esta noite... Esta noite, eu ouvi outra voz, e eu a reconheci, e acredito que entendo a quem ela pertence.

Darius. Irmão de Malum. O outro deus do mar. Tinha que ser.

Ela não sabia por que tinha tanta certeza, mas não podia negar a verdade que reverberava dentro dela como os tambores da guerra.

— Ele me disse para sentar no trono, e eu tolamente atendi seu pedido. Em seguida, percebi que não estava mais ali... estava em outro tempo. Ainda na sala do trono, mas presa em uma *época* diferente.

Ela achou que Bash a olharia como se ela tivesse perdido a cabeça, mas, em vez disso, ele respirou fundo e perguntou:

— E o que você viu?

— A noite em que seu pai foi assassinado. A noite em que meu próprio pai atacou Azantian. — Ela pigarreou, preparando-se para a próxima parte. A parte mais difícil. — Enquanto o capitão matava seu pai, localizei Ortum. Ele estava escondido nas sombras, murmurando algo. Realizando algum tipo de encantamento, suponho.

A respiração de Bash engatou, mas ela continuou.

— E então vi um pequeno flash de luz azul, e ele iluminou a barriga grávida da mulher que estava ao lado do meu pai. Eles estavam... juntos, ao que parecia. — Seus olhos encararam os de Bash, focando nas piscinas verdes infinitas. — Bash, ela se parecia comigo. Tinha meu nariz, meu queixo, meu cabelo. Meus olhos castanhos, antes de me afogar, eram os olhos *dela*.

Ele enrijeceu, parecendo entender o que ela estava tentando dizer. Bash já tinha perguntado a ela uma vez sobre sua mãe e de onde ela era, mas ele não tinha aceitado a resposta como certa.

— Ninguém naquela sala pareceu notar a luz brilhando em sua barriga quando Ortum executou o encantamento. Eu acho...

— Que o poder do Coração foi para ela. Para a criança que ela carregava. — Bash a olhou com profundidade, e apertou a mão dela com mais força. Ele havia entendido tudo, e também o que significaria se Arlin fosse, de fato, a mãe de Margrete. — Antes de o capitão atacá-lo, meu pai pediu a Ortum que tentasse o ritual, mesmo que acarretasse riscos imprevistos.

Bash apertou a mandíbula, os olhos se perdendo nas sombras grudadas nos cantos do cômodo.

— O que foi? — perguntou ela, puxando a mão de debaixo das cobertas e colocando-a no ombro dele.

— Ortum está desaparecido — sussurrou Bash, baixando o queixo. — Pedi que meus homens o procurassem quando você estava no trono, mas ninguém o localizou.

— Não entendo. Eu poderia jurar que o vi no corredor enquanto me encaminhava para a festa.

Bash assentiu.

— Eu sei. Não faz sentido e sei que ele não iria embora simplesmente do nada. É por isso que acho que algo mais, algo que ainda não entendemos, está em jogo. E havia o sangue no trono.

Ela franziu as sobrancelhas.

— Que sangue?

Ele suspirou.

— Encontrei evidência de magia das trevas, magia de sangue, sendo usada em você. Dois círculos entrelaçados foram pintados na lateral do trono e, quando os esfreguei, o encantamento a libertou. Meu pai proibiu a prática décadas atrás, mas eu a reconheceria em qualquer lugar. Deixa um cheiro distinto. — Seu nariz franziu em desgosto.

Margrete tinha ouvido histórias de magia de sangue, de como o praticante sacrificaria um pedaço da alma para obter acesso a um poder que nenhum mortal deveria possuir. Mas isso é tudo que elas sempre foram — *histórias.*

— Tem certeza? — perguntou ela. Bash assentiu sem hesitação.

— Alguém queria que você se sentasse no trono, e que você tivesse essa visão. Mas não sei *quem.*

Se o que ela suspeitava fosse verdade, se Arlin fosse sua mãe, e Ortum tivesse transferido por engano o poder do Coração para sua barriga de grávida, isso significava...

— Acho que você estava destinada a vir para cá — murmurou Bash, o polegar ainda a acariciando em movimentos circulares. — Ortum disse que o sangue do meu inimigo traria a salvação, e acho que ele sabe o que fez naquela noite. Eu só queria que ele estivesse aqui para que eu pudesse perguntar. — Margrete fez uma careta, seu coração doendo por ele. — Mas Ortum não tem sido ele mesmo nas últimas semanas. Percebi a mudança, a maneira como ele se manteve ensimesmado, como parecia retraído e cauteloso, como se estivesse escondendo alguma coisa. Vi isso claramente nos olhos dele, mas fiquei quieto, confiando que, se fosse importante, ele me procuraria. Essa atitude piorou quando você chegou, e suspeito que agora sei o motivo. Ele sabia o que tinha feito.

Margrete agarrou seu queixo, forçando-o a olhar para ela.

— É realmente possível?

Ela estar carregando a essência de Malum? O mesmo poder que enchia o coração dele?

Os olhos de Bash escureceram, turvando as manchas douradas. Ela soube a resposta antes que ele falasse.

— Nunca acreditei no acaso, Margrete Wood. — Ele sorriu com severidade, e o peito dela doeu com a visão.

Bash a puxou para se deitar contra seu peito, e sua bochecha encostou no material de seda do casaco fino. Eles não falaram, não se moveram. As respostas de que precisavam poderiam muito bem destruí-los, mas, naquele momento, eles apenas se amparavam.

Uma hora depois, quando os olhos de Margrete se abriram, ela percebeu que tinha adormecido.

Bash não estava ao lado dela.

Ela se levantou da cama e examinou o quarto até que seus olhos pousaram no travesseiro. Um bilhete dobrado repousava sobre ele.

> *Preciso falar com Adrian.*
> *Durma, princesa. Não vou demorar.*
> *B.*

Ela largou o bilhete e encostou na cabeceira da cama. Sem dúvida, ele estava decidindo o que deveria ser feito. Feito sobre ela.

Margrete não conseguiu dormir de novo até que os primeiros raios de luz surgiram no horizonte.

Bash não tinha retornado.

A GAROTA QUE PERTENCIA AO MAR

CAPÍTULO QUARENTA
Margrete

No dia seguinte, Margrete retornou aos seus aposentos, cansada de esperar pelo rei. Ela estava presa entre a incerteza e a desesperança, e não tinha certeza do que era pior.

Uma hora depois de ela estar banhada e vestida, Casbian chegou aos seus aposentos com dois guardas armados. Ainda cambaleante com a visão monstruosa que tivera, Margrete não conseguiu invocar nada além de um sorriso educado.

— Bom dia — cumprimentou ela fracamente.

— Pensei em acompanhá-la até os jardins. — Casbian deu uma espiada rápida por cima do ombro, os soldados atentos aos seus movimentos.

— Ar fresco pode ser bom — respondeu ela, dando um suspiro. Ficar presa em pensamentos não faria nenhum bem. Eles desceram a escada e atravessaram um corredor sinuoso que conduzia ao lado oeste do palácio, e os guardas indicaram um conjunto de portas de vidro colorido.

Casbian puxou o trinco e a paisagem que se revelou era formada de plantas verdes exuberantes e botões transbordando. Havia um caminho de cascalho, e Margrete foi de encontro ao oásis indomado.

— Ouvi falar sobre o que aconteceu na festa — disse ele, caminhando atrás dela. Ela parou ao lado de uma palma e o encarou. — Você teve algum tipo de visão?

Margrete não queria falar sobre o assunto com ele. Então mentiu.

— Devo ter bebido demais. Você sabe como a fofoca começa. — Ela continuou descendo o caminho, Casbian correndo para acompanhá-la. Talvez uma caminhada fosse uma má ideia.

— Bom, eu queria falar com você. Sobre o que acontecerá depois que partirmos... juntos, espero — disse ele, sem vacilar.

Ela parou bruscamente.

— Não quero me casar. — As palavras eram ásperas, mas verdadeiras, cada sílaba carregada de convicção.

Os olhos do conde escureceram.

— Temos coisas muito maiores com que nos preocupar do que um casamento. Acredite em mim quando te digo que teremos sorte se estivermos vivos amanhã — continuou ela.

A mandíbula de Casbian cerrou-se e seus olhos brilharam com o que ela acreditava ser raiva.

— Entendo — disse ele. — Bem, talvez possamos falar sobre o futuro em um momento melhor. Você não parece você mesma.

Como se ele a conhecesse.

— Sabe, acho que não foi uma boa ideia concordar com esta caminhada. Ainda estou me sentindo mal — avisou ela. A segunda mentira veio facilmente. Foi uma má ideia ver Casbian, em especial porque não conseguia nem fingir uma delicadeza decente.

— Devemos então levá-la de volta para a cama — disse ele, rangendo os dentes, claramente ansioso para se livrar da situação desagradável.

Margrete aceitou o braço de Casbian enquanto eles faziam a rápida caminhada de volta ao palácio. Foi uma caminhada desconfortável e o conde ainda não a tinha olhado diretamente nos olhos.

Quando entraram no salão principal do palácio, ela viu a cabeça familiar de cabelo ruivo. Ela congelou, observando figuras vestidas de azul que emergiam de um conjunto de portas duplas, todos de olhos baixos sem encarar seu rei, que estava em estado de grande agitação.

Bash esfregou as têmporas, fechando os olhos. Ele só os abriu quando um homem de manto e cabelos grisalhos se aproximou, seus lábios finos movendo-se de forma inaudível.

— Não há nenhuma maldita maneira de eu permitir isso! — Bash rugiu, seu lábio superior se curvando de raiva. O homem à frente dele estremeceu, mas continuou falando, porém baixo demais para Margrete ouvir.

Tudo o que ele disse só funcionou para enfurecer Bash ainda mais.

Em um flash, o rei agarrou a gola do manto do homem e o ergueu no ar. Os pés calçados com sandálias balançavam enquanto ele gaguejava.

Ao lado dela, o conde soltou um suspiro suave.

— Ache. Outro. Jeito — Bash rosnou, cada palavra destinada a ferir. — Esse é o seu trabalho, não é? Pense em outra coisa! — Ele largou o manto do homem, ignorando-o enquanto ele tombava nas pedras.

Virando-se, Bash agarrou o braço de um guarda que passava.

— O conselheiro?

— N-nada, meu rei — o jovem guarda gaguejou, claramente temeroso da ira de Bash.

— Merda!

Bash se virou e parou quando viu Margrete do outro lado do corredor. Ela nunca o tinha visto tão zangado, e aquela visão a inquietou. Algo terrível ocorreu, algo ruim o suficiente para Bash ficar de tal forma.

Ele praguejou de novo, dessa vez com suavidade, e começou a caminhar lentamente em sua direção. Seus punhos estavam cerrados na lateral do corpo, mas ele forçou suas feições a suavizar. Ainda assim, Margrete podia sentir o gosto da raiva que emanava dele em ondas.

— Estou feliz em ver você de pé e bem. — Seus olhos permaneceram nela, ignorando inteiramente o conde. Ele poderia muito bem nem mesmo estar lá. — Eu pretendia voltar esta manhã, mas me atrasei... — Ele olhou para as portas duplas abertas, para o que parecia ser uma espécie de sala de reuniões. — Devo ter mais respostas esta noite. Talvez possamos conversar, então?

— Sim, por favor, deixe-me saber o que você descobrir — respondeu ela. Sua sobrancelha franziu quando ela viu a versão desgrenhada dele. Bash assentiu de forma rígida e, finalmente, se virou para Casbian, embora apenas tenha lhe dado um olhar de desaprovação.

— Esta noite, então — prometeu ele, decolando na direção oposta, seus passos pesados. Antes de desaparecer no corredor, ele parou e se virou para olhar para ela. Nessa breve troca, Margrete viu todas as sombras do conflito... e uma pitada de tristeza.

Quando retornou para seu longo corredor, Margrete viu algo estranho: uma porta de madeira sólida na entrada de seu quarto.

— O que é isso? — perguntou ao guarda solitário postado ao lado dela.

Ele a olhou como se ela fosse uma simplória.

— Uma porta.

Margrete zombou.

— Sim, estou totalmente ciente do que é uma porta, mas o que aconteceu com todos os... — Ela acenou com as mãos. — A névoa e as nuvens e tal?

— Ordens do rei — revelou ele. O guarda abriu a porta educadamente, e ela entrou no espaço familiar. Embora nada tivesse mudado, parecia que *tudo* estava diferente.

Margrete estava grata pelo tempo sozinha, no entanto, e estava feliz por Casbian tê-la deixado com seus pensamentos pelo resto da tarde. Ela tinha certeza de que ele queria tempo para lamber suas feridas, embora seu ego estivesse longe de preocupá-la.

Na varanda, Margrete avistou a cidade e as ondas que a cercavam. Os mares estavam tranquilos, anormalmente serenos. Entorpecidos.

Uma hora se passou antes que uma voz cadenciada a cumprimentasse.

— Espero não estar incomodando. — Adrian atravessou o aposento e se juntou a ela na varanda.

— Nem um pouco — respondeu ela, sem tirar os olhos da vista. O mar não possuía um par de olhos compassivos ou simpáticos. Aqueles que inadvertidamente fariam sua alma chorar ainda mais do que já chorava.

Adrian se acomodou ao lado dela, apoiando os cotovelos na grade. Margrete foi direto ao ponto.

— Então ele acha que é verdade. Que Ortum colocou o poder dentro da minha mãe, em *mim*, na noite em que meu pai atacou.

— Sim — Adrian não hesitou. — Desde o primeiro dia, você criou uma conexão anormal com a ilha. Sua visão simplesmente confirma o porquê.

— E *você* acredita que minha visão é verdadeira?

— Bash é mais supersticioso do que eu, mas acho que concordo. Não se pode negar que os eventos daquela noite não se correlacionam perfeitamente com o momento do seu nascimento. — Adrian olhou para ela com profundidade.

Ela engoliu a raiva crescente que sentia da mãe que nunca conheceu e perguntou a Adrian sobre a reunião que ela tinha visto acontecer esta manhã.

— Por que Bash... Por que ele estava tão furioso?

As mãos de Adrian escorregaram do corrimão e subiram para agarrar seus dois braços.

— Os membros do conselho querem... Eles querem testar você. Levar você para a Caverna Kardias, para os portões, e tentar a transferência para um receptáculo temporário até encontrarmos o Coração original. Eles conseguiram uma joia que pertencia à amada de Malum, uma pedra ônix que o deus criou apenas para ela. Eles esperam que seja o suficiente para manter o poder do deus, visto que ele mesmo o forjou.

— Mas e se não funcionar? — perguntou ela, o medo tornando sua voz baixa. Ela não queria ter medo, mas coisas desconhecidas dessa magnitude assustariam qualquer indivíduo são.

— Você pode morrer. — O coração de Margrete paralisou.

— Você não se intimida com a verdade. — Ela deixou escapar um escárnio sem humor. Adrian olhou para as ondas por cima do ombro, franzindo a testa.

— Se esta nova pedra, por mais sagrada que seja, rejeitar o poder, então não podemos dizer o que pode acontecer com seu corpo mortal. É por isso que Bash está passando por um momento tão difícil. Ele sabe o que *deve* fazer como rei, mas e como homem? É aí que ele está em guerra consigo mesmo.

— Bom, realmente não vejo outra opção. Ele precisa pelo menos tentar. Todos contam com ele e, se funcionar, isso significa que o mundo fica a salvo das crianças do mar. Especialmente com o desaparecimento de Ortum, o risco vale a pena. — Mesmo antes que a palavra final escapasse dos seus lábios, ela sabia que era verdade.

Adrian assentiu, melancólico.

— Precisamos descobrir o que aconteceu com Ortum o quanto antes, mas estou perdendo as esperanças.

Margrete não conhecia bem o conselheiro, mas sabia o quanto ele significava para Bash. Um silêncio abafado caiu sobre eles enquanto olhavam para o horizonte, ambos provavelmente se perguntando o que os próximos dias trariam. Que terrores eles encontrariam.

Margrete sentiu um pressentimento no ar que pesou em cada expiração dela.

— Abri mão de tanto na minha vida — disse ela depois que algum tempo se passou, quebrando o silêncio desconfortável. — Mas a razão para tudo sempre foi a mesma.

Ela pensou em Birdie. Das noites em que ela se colocava no caminho do pai para que sua irmã mais nova fosse poupada de sua ira. Ela se lembrou do rosto doce e do sorriso esperançoso da irmã, e seu coração se elevou, sabendo que os anos de sofrimento valeram a pena.

Margrete agarrou a mão de Adrian e apertou.

— Nunca temi a morte, ou o que pode vir depois que eu der meu último suspiro. Mas sempre temi o arrependimento. E não vou ficar sentada sem fazer nada sabendo que posso salvar esta ilha. O próprio mar. O *mundo*. O conselho tem que tentar tudo o que puder. Isso deve ser feito.

Os dedos de Adrian se apertaram ao redor dos dela, e os olhos dele marejaram de lágrimas.

— Não se preocupe, meu amigo. Talvez os deuses tenham misericórdia de mim — disse ela; porém, ela sabia, estava mentindo.

Os deuses nunca foram misericordiosos.

A GAROTA QUE PERTENCIA AO MAR

CAPÍTULO QUARENTA E UM
Margrete

Era quase noite quando soou uma batida na porta.

— Entre — gritou ela, apoiando na cama o livro de poesia que Bash tinha lhe dado. Ela se sentou e foi até a outra extremidade do colchão quando a porta se abriu. Levaria algum tempo para ela se acostumar com o novo aspecto dela.

Bash fechou a porta atrás dele. Ele tinha os lábios franzidos, e Margrete notou como sua mandíbula cerrou, como se cada passo fosse fisicamente doloroso.

— Boa noite — disse ele, evitando olhar diretamente para ela. O coração dolorido de Margrete latejava contra suas costelas.

— Bash — respondeu ela. Ele se mexeu e passou as mãos pelos fios desordenados. Ela percebeu o tremor sutil nos dedos dele.

Bash abriu a boca como se fosse falar, mas prontamente a fechou, cravando o olhar embrutecido nas paredes. Margarete preencheu o silêncio inquietante.

— Adrian me contou sobre o que o conselho quer fazer, e eu tenho que dizer que concordo com eles.

Os olhos de Bash dispararam para ela, seus lábios se separando como se ele quisesse discutir.

— Esta é sua última chance, Bash. Se eles podem fazer isso, prender o que restou do Coração de Malum em outro receptáculo e reforçar os portões, então eles deveriam fazê-lo. — Ela se levantou da cama. Estava decidida.

— Eu... — ele tentou falar, e ela lentamente se aproximou. — Lamento não ter contado a você sobre a reunião do conselho. As coisas que disseram. Eu deveria, mas eu... eu simplesmente *não consegui*.

— Por quê? — Margrete sabia a resposta, mas egoisticamente queria ouvir dos seus lábios.

Sua respiração engatou.

— Você sabe por que, princesa — disse ele, a voz embargada. — Você realmente quer que eu fale?

— Não acho que você seja covarde, Bash — brincou ela, mas estava tensa.

Bash respirou fundo e caminhou em sua direção, diminuindo a distância. Com os olhos ferozes cheios de angústia, ele a segurou pelos braços.

— Você pode morrer. Provavelmente você *vai* morrer, mesmo se forem bem-sucedidos.

— Isso precisa ser feito, Bash. — Ela balançou a cabeça, as lágrimas ardendo em seus olhos. — Pode ser arriscado, mas precisamos fazer tudo o que pudermos, não importa o risco. Se ficarmos sem tempo para recuperarmos o Coração, nada deterá as crianças do mar. Especialmente agora, que Ortum desapareceu.

Se ela morresse, então que fosse. Pelo menos sua irmã e outros inocentes seriam poupados. Ela fez sacrifícios a vida inteira, o que era mais um?

Bash baixou as mãos e se virou, dando-lhe as costas. Ela podia ver como seu corpo tremia.

— Tem que haver algo mais que possamos tentar — murmurou ele, começando a andar. — Gostaria que Ortum estivesse aqui para nos ajudar e nos guiar. — Sua voz falhou ao pronunciar o nome do conselheiro e amigo. — Já perdi muito, Margrete, e durante anos a missão da minha vida foi proteger esta ilha e seu povo. Coloquei tudo e todos antes de mim, e agora que encontrei... *bem agora* que encontrei algo que poderia me trazer alegria, os deuses decidem tirar isso de mim. — Ele parou e se virou para encará-la. Sua confissão aqueceu a alma dela. — Nada disso é justo.

Ela suspirou.

— Não me parece que deveria ser.

Então tudo estava decidido, seu destino cimentado. A morte pairava no horizonte — pronta para finalmente devorá-la — e tudo o que ela queria era mais uma noite com ele. E agir como se tivessem todos os amanhãs para explorar o que poderia ter sido.

Cheia de coragem, ela pegou a mão dele.

— Está tudo bem, de verdade — jurou ela, rezando para que ele acreditasse no que ela dizia mesmo com o tom vacilante de sua voz. — Tem que ser feito.

Bash a envolveu com seu calor, a tempestade furiosa em seus olhos começando a se acalmar. Lá fora, além da varanda, o ar chiava com eletricidade. Margrete sentiu o cheiro da promessa de chuva, e gostou disso.

— Eu sempre vou valorizar nosso começo, Bash — sussurrou ela. — Poucos têm a sorte de ter isso.

Ele não falou, mas suas narinas dilataram-se ligeiramente enquanto ele processava o significado por trás das palavras dela: que este poderia ser o fim da história deles. Uma história que o destino abreviou.

Ele aliviou a força do abraço, e ela pensou que ele a soltaria, mas então Bash fez o inesperado.

— Não — sibilou ele. — Não vou colocar sua vida em risco. Não com um plano de última hora que pode ou não funcionar. — Aquela faísca que ela amava voltou para seus olhos, as manchas douradas acendendo. — E ninguém além de mim vai tocar em você — prometeu, antes de puxá-la para seus braços.

Bash a aninhou contra seu peito arfante e sua boca aveludada encontrou os lábios dela. Seus dedos estavam em seu cabelo, agarrando sua nuca, mantendo-a no lugar enquanto sua língua traçava a costura dos seus lábios e explorava. Seus movimentos eram selvagens, e ela saboreou sua paixão com cada beijo cheio de fúria. Beijos que ela não pôde evitar de corresponder com um fervor próprio.

Ele moveu a mão livre para segurar o rosto dela, os dedos pressionando sua pele macia, e Margrete se inclinou para seu toque exigente enquanto se beijavam. O desespero deles cresceu até algo lindamente selvagem, e ela podia sentir o desejo dele empurrando sua barriga enquanto ela curvava os quadris na direção dele.

Bash soltou um gemido profundo quando ela deslizou o corpo para cima e para baixo, as unhas cavando em suas costas musculosas enquanto ela o segurava no lugar. Quando ele mordeu seu lábio inferior, ela soltou um gemido suave, e aquele som pareceu enlouquecê-lo.

Com um toque ansioso, Bash arrastou as mãos sobre o corpo dela, e um silvo quase inaudível a deixou quando ele traçou a curva do seu seio. Sua boca devorou o som como se ele não pudesse suportar não o saborear.

— Bash — murmurou Margrete quando ele abandonou seus lábios para plantar beijos para cima e para baixo por todo o pescoço dela.

— Sim, princesa? — falou ele contra sua pele, que queimava e formigava em todos os lugares que ele tocava.

— Não deveríamos estar fazendo isso. Só vai tornar as coisas mais difíceis — sussurrou ela, tentando lembrar por que isso acontecia. Era impossível pensar com clareza com o corpo dele tão junto ao dela.

Ele pressionou os quadris dela com os dedos, e sua voz era áspera quando ele falou.

— Já disse, não vou permitir que os membros do conselho toquem em você, e eu estava falando sério.

Arrepios dançaram por suas costas. Tal convicção envolveu sua voz, endurecendo suas palavras. No entanto, sob a ousadia do seu tom, ela sentiu algo mais, algo mais profundo — um traço de tristeza angustiada.

— *Encontraremos* outra opção — continuou ele. — Prefiro enfiar uma espada no meu coração a entregá-la como sacrifício. Você já fez o suficiente para uma vida. — Bash apertou ainda mais sua cintura. — E agora... — Ele pressionou os lábios ao longo da curva da sua garganta. — Eu quero te dar o que você merece. — Ele beliscou a pele sensível atrás da sua orelha enquanto sussurrava: — Eu quero te dar tudo.

Margrete gemeu, reagindo à promessa pecaminosa dele, suas pálpebras se fechando enquanto ele se movia para beijar seus seios através da barreira fina da camisa. Ele fechou a boca talentosa em torno do mamilo pontudo, e ela se deleitou com a picada sutil dos dentes dele.

— Eu não quero ser a razão pela qual Azantian será destruída — ela conseguiu sussurrar, embora fosse difícil soar convincente com ele chupando o botão sensível. — Deuses, nunca deveríamos ter cruzado essa linha.

Bash ergueu a cabeça, seu olhar saturado de desejo.

— Nós cruzamos essa linha no momento em que você caiu nos meus aposentos e colocou uma faca na minha garganta. — Bash a encarou, um brilho malicioso acendendo o ouro dos olhos dele. — Eu vi como o seu corpo tremia. — Ele deu um beijo suave em seu peito. — Como seus olhos escureceram. — Sua boca subiu mais, aqueles lábios deliciosos acariciando sua clavícula. — Eu soube, então, que, enquanto dizia a si mesma que me odiava, você me queria.

Ela agarrou sua camisa, oprimida pelas sensações estranhas que ele trouxe à tona.

Os olhos dele encontraram os dela e os sustentaram.

— Mas agora... Agora que eu te conheço, que te *vejo*, quero você ainda mais. Seu corpo. Sua mente... — Ele parou, mordiscando sua orelha. — Seu coração. — Seu hálito quente enviou arrepios por sua espinha, sua confissão a desfazendo inteiramente. — Eu quero você inteira.

Margrete estremeceu e fechou os olhos enquanto ele beijava seu pescoço, mordendo e chupando a carne tenra.

Ela não conseguia formar palavras para argumentar, não quando ele estava fazendo *aquilo* com ela. Quando Bash se afastou, Margrete quase gemeu em protesto.

— Diga-me, princesa... O que *você* quer?

Ela olhou dentro daqueles olhos esmeralda, cheios de desespero e desejo. Esperança. Bash olhou para ela como se sua resposta fosse sua salvação. Ou sua destruição.

— Eu quero... — Margrete exalou lentamente, e os dedos de Bash cravaram em sua cintura enquanto ele esperava a resposta. — Eu quero você, Bash. Não o pirata. Não o rei. O homem.

E, deuses, era isso mesmo que ela queria dizer. Na presença dele, Margrete se sentia mais viva do que nunca, mais verdadeiramente ela mesma. Foi assustador e totalmente libertador, e ela não via mais a necessidade de se abster do que queria.

Margrete sabia muito bem que uma vida de arrependimento não era a que ela queria viver, e não tinha certeza de quanto tempo ainda tinha.

— Você vai ser o meu fim — murmurou Bash com pressa. Seus olhos estavam acesos com pura chama, e ele beijou a ponta do seu nariz docemente, a ternura a surpreendendo.

— E você foi o meu começo — sussurrou ela, seu nariz pressionado contra o dele. Desde o momento em que o viu, soube que ele seria sua ruína. O que ela não sabia era que ele também seria seu renascimento.

Deslizando as mãos em seu cabelo, Bash a beijou novamente, sua boca pressionando a dela enquanto ele inspirava vida, possibilidade e alegria em seus pulmões.

Bash desamarrou a gola da sua túnica e a puxou pela cabeça. Ele espalmou seu seio através da roupa de baixo de seda, seu polegar e indicador apertando seu broto pontudo enquanto seu olhar gotejava de desejo.

Ela então não esperou por ele.

Margrete tirou a roupa de baixo e a jogou no chão, deixando a parte superior do corpo nua, e ele a admirou com atenção. Os olhos dele brilharam e ele ergueu as mãos para tocá-la, roçando em suas costelas antes de segurar os dois seios, seus dedos calejados ásperos contra sua pele lisa.

— Margrete. — Seu nome era um pedido, uma exigência. Lentamente, dolorosamente, Margrete exalou um suspiro trêmulo, tonta com uma combinação de medo e excitação.

Sua cabeça mergulhou quando ele tomou um dos mamilos na boca, a picada sutil dos dentes causando um arrepio que a destruiu. Tomando seu tempo, ele se deliciou com cada bico, sua língua perversa adorando suas curvas. Margrete soltou um gemido quando ele mordeu o pico dolorido, para em seguida dar um beijo no local da deliciosa dor.

Enquanto suas mãos se enroscavam no cabelo dele, sua boca ainda a adorando cada centímetro, Margrete decidiu que, se ia fazer o que planejou na manhã seguinte, o que sabia ser *certo*, ela gostaria de pelo menos experimentar tudo aquilo. *Ele.*

Ele ficaria furioso com ela mais tarde, zangado por ela ter agido pelas costas, mas ela sabia que, no final, tudo daria certo. Ela encontraria uma maneira de chegar até os membros do conselho por conta própria, e se eles tivessem que desobedecer ao seu rei pelo bem maior de Azantian, ela não tinha dúvidas de que o fariam.

Com a decisão tomada, as mãos de Margrete caíram dos seus cachos sedosos e se apressaram para desfazer o cinto que prendia suas calças. Depois que ela o jogou para o lado, mãos fortes agarraram seus pulsos.

— Tem certeza de que quer isso, Margrete? — O peito de Bash subia e descia rapidamente, um olhar indagador piscando em seus olhos. — Nós podemos parar...

— Se pararmos, então pode ser que eu realmente te mate — ameaçou ela.

O aperto de Bash sobre ela afrouxou.

— Bom, não gostaríamos que isso acontecesse. — Ele riu, o som tão alegre e puro que quase partiu seu coração.

Ele colocou as mãos em suas próprias calças e as descartou com uma habilidade que ela achou impressionante. Sua camisa foi a próxima peça, os botões se soltando enquanto ele a arrancava do seu corpo musculoso.

Vê-lo nu e de pé incendiou seu sangue e provocou uma dor profunda e crua entre suas pernas. Uma dor que só ele poderia satisfazer.

Bash não pronunciou uma palavra enquanto a examinava da cabeça aos pés, observando cada curva e protuberância, os olhos parando brevemente em seu peito antes de continuar sua jornada. As bordas do quarto borraram até que ela só viu ele e a fome escurecendo seu olhar.

— Você é tão linda — disse ele, sua voz um rosnado baixo.

Em um movimento que surpreendeu os dois, Margrete enrolou os dedos na nuca dele e puxou-o para si, empurrando os lábios contra os dele enquanto se entregava. Nada mais importava, exceto a necessidade de estar perto, de inspirá-lo.

As mãos dele vagaram para cima e desceram por sua espinha, parando em seu traseiro, antes de levantá-la e forçar suas pernas a se enroscarem em seu torso largo. Ele a carregou para a cama e a deitou gentilmente nos lençóis de cetim frios.

Bash se inclinou, pronto para rastejar sobre ela, mas ela pressionou a mão em seu peito.

— Espere. Quero te ver mais.

Seus olhos se fecharam com as palavras dela, mas ele se endireitou obedientemente, deixando seu olhar vagar sobre ele. Ela estudou seus ombros largos e braços musculosos, as muitas tatuagens em sua pele, e então ela deixou seu olhar descer para o peito grande e barriga musculosa.

Finalmente, ela respirou e baixou sua atenção ainda mais, seguindo o rastro do pelo escuro e lustroso descendo para uma parte dele que ela já havia tocado, mas nunca visto.

Deuses e estrelas, ele era lindo. Longo e duro e tão inchado de desejo.

Margrete envolveu os dedos em torno dele, o polegar roçando na ponta sensível. Seu estômago se revirou quando ele se encolheu, os olhos tremendo e os lábios se abrindo.

— Você adora me torturar — murmurou ele, deixando escapar um gemido quando ela o soltou.

— Não se preocupe. Estou pensando em torturar você a noite toda. — Margrete levou as mãos aos ombros dele e o puxou para o mais perto possível.

Ela juntou sua boca à dele e o beijou com uma necessidade animalesca, a sensação da sua pele nua na dela levando-a ao limite da sanidade. Foi a vez dela gemer quando Bash desacelerou seus movimentos, afastando-se para levantar as mãos dela acima da cabeça, forçando-a a ficar quieta.

Margrete arqueou os quadris e se pressionou contra o aperto em seus pulsos.

Ela o incentivou a continuar, para aliviar a deliciosa pulsação que ele havia causado.

Prendendo seus dois pulsos com uma mão, Bash moveu a outra entre suas coxas, deslizando vagarosamente um dedo em sua umidade, a fricção provocando um gemido. Quando ele acrescentou um segundo dedo, Margrete quase desfaleceu.

Ele moveu os dedos para dentro e para fora dela em estocadas preguiçosas, tirando quase tudo antes de enfiar novamente. Assim que seu corpo ficou tenso, preparando-se para a liberação, Bash parou.

— Não pare — choramingou ela, não se importando com o quão desesperada pareceria.

Bash balançou a cabeça enquanto um sorriso brincava em seus lábios. Ele colocou os dedos — os mesmos que estavam dentro dela — para dentro da boca dele e os chupou.

Margrete ofegava enquanto o observava. O ato lascivo só a fez doer mais.

— Eu sonhei com o seu gosto na minha língua. Fantasiei sobre isso. — Seu corpo tremia enquanto ele rosnava em aprovação. — É muito melhor do que eu jamais poderia imaginar.

Ele envolveu suas poderosas mãos em torno das coxas dela e as agarrou com força. Então, baixou a cabeça e os pensamentos de Margrete se dispersaram.

O calor se espalhou por sua carne exposta enquanto ele olhava para seu corpo, seus olhos selvagens com desejo e algo semelhante a espanto. Lentamente, ele deu um beijo leve como uma pena em cada lado do quadril, seu hálito quente descendo, descendo, descendo...

Ele parou logo acima da sua entrada, e ela se esforçou ao máximo para não arquear os quadris. Para sentir sua boca em seu lugar mais sensível. Ela ansiava por aquilo, precisando senti-lo mais do que precisava de ar.

— Diga-me que você quer isso — ele rugiu bem dali, enviando vibrações que dançaram para cima e para baixo em sua pele hipersensível. — Diga que me quer tanto quanto eu quero você. — Ele beijou uma coxa, depois a outra, e então ergueu os olhos. — Eu preciso das suas palavras, princesa.

Ela abriu a boca, mas apenas um gemido estrangulado escapou.

Deuses, aquele homem.

Um lado dos seus lábios se curvou como se ele soubesse exatamente o que estava fazendo com ela.

— Essa não era bem a resposta que eu esperava.

Ela gemeu quando a língua dele saiu, e ele traçou a fenda entre suas coxas.

— Sim. — Ela ofegou, estremecendo quando a língua dele deslizou de volta. — Eu quero, Bash, eu quero *você*. Eu só...

— Só o quê? — perguntou ele, erguendo a cabeça ao ouvir a apreensão no tom dela.

As bochechas de Margrete aqueceram.

— Eu nunca... quero dizer, ninguém nunca...

O desejo possessivo endureceu suas feições, e então ele levou aqueles lábios pecaminosos de volta ao centro dela.

— Oh, eu vou gostar disso.

Um violento tremor a destruiu quando sua boca se fechou ao redor do seu feixe de nervos. Não houve hesitação, nenhuma provocação. Bash a devorou, chupando e mordendo, seus movimentos ansiosos e cheios de desespero. O calor se acumulou entre as pernas dela, e Bash gemeu.

— Deuses. — Margrete cravou os dedos em seu couro cabeludo e seu corpo se curvou de puro prazer. Ela estava tão perto...

— Os deuses não vão ajudá-la agora — disse Bash enquanto recuava, seus olhos como fogo derretido. — E certamente não serão eles que farão você gozar.

Margrete perdeu o controle.

As palavras de Bash atearam fogo em seu núcleo, e ela empurrou seus quadris para cima, encontrando seus lábios. Seus dedos machucaram suas coxas enquanto ele as mantinha abertas, sua língua talentosa brincando com ela, trazendo-a cada vez mais perto de uma doce liberação. Ela quase se estilhaçou — ela sentia tudo e tanto de uma vez só.

Demais.

Instintivamente, ela se empurrou contra sua cabeça. Sua necessidade por ele a transformou em nada mais do que uma bagunça trêmula.

Bash rosnou em sua carne.

— Não. Eu não terminei com você ainda — Bash avisou. Suas mãos agarraram seus pulsos e os moveu para os lados. — Você tem um gosto delicioso demais para eu parar agora.

Ele baixou a cabeça mais uma vez e mergulhou a língua dentro dela. Margrete quase parou de respirar. Para simplesmente *tomar* o êxtase que ele deu a ela.

Quando a língua dele entrou profundamente nela e seu dedo vibrou em seu feixe de nervos, Margrete se quebrou, sua boca se abrindo em um grito silencioso.

— Sim — Bash elogiou, ainda se movendo com força, torcendo cada grama de prazer. Só quando ela se acalmou, seu núcleo latejando, foi que ele soltou seus pulsos e rastejou por seu corpo.

— Bela. — Ele deu um único beijo no canto da sua boca e segurou sua bochecha. — Linda demais. Cada centímetro de você.

A reverência que ele irradiava quando a acolheu só a fez querer mais dele.

— Eu quero você — sussurrou ela entre seus lábios. — Bash, por favor.

Ele estremeceu e se pressionou contra ela, sua dureza moldando-se perfeitamente à sua suavidade. Ele a provocou, deslizando sua ponta latejante para cima e para baixo, provocando, não a *tomando* do jeito que ela desejava.

Ela agarrou seus ombros, mas ele ignorou seu apelo silencioso. Margrete estava prestes a protestar quando os lábios dele pousaram na orelha dela. Ele colocou os dedos em volta da nuca dela.

— Vou saborear. Cada. Segundo. Disso.

No próximo batimento cardíaco, ele empurrou dentro dela,

pressionando profundamente, *o mais fundo possível*.

— Bash — choramingou ela, esticada, tão cheia dele, tão completamente preenchida. Ela se apertou ao redor dele e arqueou os quadris, tentando atraí-lo ainda mais fundo, ainda mais perto.

Uma maldição gutural, baixa e crua rugiu do seu peito. Ele se afastou, apenas para mais uma vez enfiar toda aquela dureza gloriosa nela mais uma vez. Margrete não conseguiu conter um gemido, e Bash engoliu o som, seus lábios moldando-se aos dela.

Ele a beijou como um homem faminto — como se vivesse com o único propósito de saborear seus lábios e senti-la quebrar em torno dele.

Os calcanhares de Margrete pressionaram seu traseiro enquanto ela o incitava, frenética, com um desejo que consumia todo o resto. Seus olhos perscrutaram entre seus corpos, observando onde eles se uniam. A tensão cresceu quando ela o viu entrando, reivindicando não só seu corpo, mas também sua alma.

Ela ficou bêbada com seus beijos, e cada movimento forte dele a deixava tonta de prazer. Sua essência a envolveu até que tudo que ela pudesse saborear fosse ele — liberdade, poder e domínio. Tudo o que Bash era e sempre seria.

Quando os dentes dele roçaram suavemente seu pescoço, Margrete cravou as unhas em suas costas. Ela provavelmente estava deixando pequenas luas crescentes em sua pele bronzeada, marcando-o como dela — assim como ela era agora dele.

— Seu corpo foi feito para mim, Margrete. Em todos os sentidos.

Seus olhos se abriram, semicerrados, enquanto ela estava deitada sob seu olhar penetrante.

Margrete o beijou com força, mordendo seu lábio inferior e provocando outro gemido.

— Mostra para mim — sussurrou ela.

Segurando seu olhar, ele agarrou seus joelhos e a abriu mais para ele, e então ele a penetrou com uma estocada que empurrou seu corpo ainda mais para cima na cama. Ela choramingou quando ele tomou um dos seus mamilos entre os lábios, fazendo com que o prazer atingisse todos os lugares ao mesmo tempo.

Um calor formigante cresceu em seu núcleo e, a cada avanço selvagem, Margrete subia mais, perseguindo um doce alívio.

— Goze para mim, princesa — comandou ele. — Eu preciso sentir você. — Seu corpo ficou tenso, preparando-se para a queda inevitável.

Bash gemeu quando os olhos dela rolaram. Faíscas brilharam atrás das pálpebras fechadas, cada nervo eletrificado. Foi um momento de queda livre, em que ela não conseguia respirar, pensar ou se mover.

— Deuses — Bash gritou, começando a perseguir seu próprio êxtase. Ele se moveu mais forte, mais rápido, seu comprimento engrossando, latejando.

Ela agarrou seus braços, o desejo crescendo dentro dela novamente. Seus olhos estavam escuros e seu corpo brilhava sob um brilho fino de suor.

— Margrete — sussurrou ele.

O nome dela era um apelo, e ela envolveu as pernas em volta da cintura dele, segurando-o com firmeza enquanto sua testa franzia de prazer. Os músculos do seu abdômen ficaram tensos enquanto ele cavalgava sua própria euforia com um gemido estrondoso que fez seu corpo se apertar.

Assisti-lo desmoronar quase a fez explodir novamente.

Quando acabou, com o peito subindo e descendo em movimentos irregulares, ele se apoiou nos cotovelos, prendendo-a completamente.

— Margrete. — Ele disse o nome dela várias vezes, apoiando a testa na dela. — Isso foi...

— Incrível — ela terminou por ele, um sorriso saciado nos lábios.

Bash sorriu.

— Agora que sei o seu gosto — ele beijou seu queixo —, acho que nunca vou conseguir parar. — Mais beijos pousaram em suas bochechas, nariz, lábios. — E eu não pretendo.

Margrete tocou sua bochecha, e ele se inclinou para o abraço dela, os olhos se fechando. Embora ela nunca tivesse estado mais feliz do que naquele momento, internamente, uma batalha ainda era travada. Ela estava se apaixonando por aquele homem, tão forte e tão rápido. O que eles fizeram foi além do sexo. Foi uma moldagem de duas almas que clamavam uma pela outra.

Ela sentiu uma completa sensação de paz e adoração, e, por causa disso, não quis pensar no que tinha que fazer quando o sol nascesse no dia seguinte. Em vez de estragar aquele momento com a verdade, Margrete escolheu dizer palavras que eram igualmente verdadeiras.

— Você é a liberdade que eu procurava, Bash.

Ele era o que ela procurava sempre que se escondia em sua torre para observar as ondas selvagens brincando com as areias, sonhando com uma vida que nunca pensou que teria. Era isso. Bash era escolha *dela*.

— *Mon shana leandri le voux* — sussurrou ele contra os lábios dela. Seu sorriso era radiante.

— O que isso significa? — ela perguntou.

Uma palavra se destacou entre as demais. *Shana*. O nome que Malum usou para chamá-la.

O sorriso de Bash floresceu.

— Significa que meu coração bate com o seu. — Ele a beijou tão profunda e fervorosamente como antes.

Margrete sentia seu sorriso a cada beijo, sentia uma alegria desenfreada com cada toque da sua língua. Ele estava esperançoso; era um lado dele que ela não tinha visto antes.

Ela fechou os olhos enquanto as palavras dele se repetiam em sua mente. *Shana. Coração.* Isso confirmou tudo que ela já sabia.

— Para onde você acabou de ir? — Bash indagou, e ela abriu os olhos.

— Lugar algum. — Ela virou Bash de costas e deitou sobre ele. — Não há nenhum outro lugar onde eu gostaria de estar.

CAPÍTULO QUARENTA E DOIS
Margrete

Margrete não dormiu, nem mesmo enquanto Bash descansava pacificamente ao seu lado. Ela apenas ficou olhando para o teto de prata ornamentado, explorando os detalhes finos e representações de nymeras e lendas.

Seu corpo estava deliciosamente dolorido por tudo o que fizeram — pelo que compartilharam — e, já que o tempo de estarem juntos estava para terminar, Margrete teria aquela noite para carregar consigo, um presente final antes que tudo desabasse.

Bash também tinha feito uma escolha. Ela soube disso no instante em que ele segurou seu rosto e comandou seus lábios. O rei de Azantian sabia dos perigos que enfrentariam se ela não renunciasse à essência do Coração, e se as feras que lutavam contra sua prisão se libertassem.

Custaria vidas. Vidas inocentes. E Margrete não permitiria isso.

Sua mente estava decidida, mas, olhando para o rei, seus cílios grossos tocando as maçãs do rosto e um leve sorriso nos lábios, ela sentiu a determinação vacilar.

Será que ela não seria corajosa o suficiente para se sacrificar por tantos? Margrete sempre acreditou ser uma pessoa boa e decente, com um coração honesto, mas, agora, ela não tinha certeza de nada. Só via uma garota ansiosa para provar o seu próprio "felizes para sempre", como uma princesa perdida em um conto de fadas de um dos seus livros de infância.

Ela tinha degustado uma porção de final feliz naquela noite, mas seria o mais próximo que ela chegaria. Como poderia, depois, manter a cabeça erguida se sua felicidade custasse a vida de outros?

Ela passou a mão na bochecha mal barbeada de Bash, tomando cuidado para não acordá-lo, guardando a imagem de seu rosto bonito na memória. Os dedos dela passavam pela curva da sua mandíbula quando ela ouviu.

Margrete.

Ela se encolheu, recolhendo os dedos da pele aquecida de Bash.

Venha me encontrar, pequenina, exigiu. O timbre geralmente profundo se transformara em um quase rosnado.

Darius.

Ele parecia zangado e, se ela não estava enganada, essa raiva era toda dirigida a ela. Ela simplesmente não sabia por quê.

Não dava para deixá-la aproveitar a noite passada um pouco mais? Ela fechou os olhos com força, desejando que a voz e seus comandos a deixassem em paz, para permitir que ela passasse um pouco mais de tempo nos braços de Bash. Mas ele foi persistente e, quando falou novamente, não havia dúvida de que não era um pedido.

Vá para onde eu lhe mostrei a verdade. Para onde tudo começou. Agora.

Margrete estremeceu ao pensar em retornar à amaldiçoada sala do trono. Ela ainda via o sangue pintando o chão. Porque ela vacilou, a voz — a voz de Darius — deu um aviso final. Um que ela não podia ignorar.

Não hesitarei em acabar com ele.

O coração de Margrete disparou e o medo se acumulou em seu estômago. Ela não conhecia Darius, não que ela também conhecesse seu irmão gêmeo. Ainda assim, sempre que Malum falava, ela sentia apenas paz.

Agora, ela sentia medo e o peso venenoso de sua ameaça.

Margrete saiu da cama e vestiu a calça e a camisa que estavam jogadas no chão. Sua pulsação trovejou em seus ouvidos, a ameaça à vida de Bash fazendo seus dedos tremerem.

Boa menina, elogiou a voz, e Margrete fez uma careta.

Ela calçou as botas e deu uma última olhada em seu rei adormecido, então foi na ponta dos pés até a porta. Apenas um sentinela guardava o lado de fora e ele estava dormindo. Uma caneca — que, sem dúvida, continha vinho ou cerveja — inclinava-se precariamente em sua mão.

Esgueirando-se pelo soldado adormecido, ela correu ao longo do corredor. Seus pés eram leves e ágeis enquanto ela voava escada abaixo.

Logo ela chegou ao andar principal. Ela entrou, e sua bota pousou retumbantemente na pedra. No dia seguinte, ela se sacrificaria por uma ilha que passou a gostar, mas, naquela noite, a voz que a assombrava exigia uma audiência.

Caminhando pelo corredor, Margrete manteve-se perto das paredes, em alerta caso um dos patrulheiros noturnos se aproximasse. Por todo o caminho através do palácio, só uma vez ela precisou se esconder. Ela ouviu o som de botas pesadas se aproximando e correu para uma alcova sombria e prendeu a respiração quando dois homens passaram marchando. Eles não olharam para trás.

A sala do trono surgia à esquerda de Margrete. Ela estava prestes a fazer a última curva quando seus pés estancaram.

Alguém se aproximava, passos frenéticos batendo nas pedras. Ela respirou fundo, procurando um lugar para se esconder, mas não havia nenhuma alcova ou porta em que pudesse entrar. Ela se virou, pronta para correr de volta pelo corredor, mas alguém chamou seu nome.

— Margrete?

Ela congelou. Virando-se, encontrou a última pessoa que esperava encontrar.

— O que você está fazendo aqui? — sibilou ela para Casbian.

O conde estava diante dela, o cabelo negro grudando em sua testa coberta de suor, um olhar enlouquecido alargando seus olhos azuis.

— Não temos muito tempo, Margrete. — Casbian se aproximou e agarrou as mãos dela. — Estava indo te procurar. Tenho um plano para nos tirar daqui esta noite, mas você tem que me seguir e se apressar.

Ela resistiu ao desejo de arrancar as mãos das dele.

— O que você quer dizer com "tenho um plano"? Como escapou da segurança? — Bash o mantinha fortemente vigiado. Se ele conseguiu fugir deles, deve ter recebido ajuda. Algo não parecia certo.

— Consegui convencer um dos guardas a olhar para o outro lado. Eu prometi que ele seria bem recompensado em breve.

— Eu ainda não entendo — murmurou ela, os sinais de alerta soando em sua cabeça. Ele não sabia nada sobre o Coração, Malum ou a transferência.

— Seu pai está vindo. — Casbian sorriu. — Ele estará aqui em breve, e então você não será mais prisioneira. Ele me contou tudo sobre o Coração, como ele está preso dentro de você, mas ele tem um plano para libertá-la desse fardo. Você poderá voltar para Cartus comigo assim que essa bagunça acabar. — Os olhos de Casbian brilharam com um deleite quase maníaco. Ele parecia desequilibrado.

— Meu pai... Ele está vindo? — Ela mal conseguiu pronunciar as palavras. Elas pesaram em sua língua e sua garganta apertou.

— Você tem que vir comigo. — Casbian puxou sua mão. — *Agora.*

Margrete se inclinou para a frente, sem conseguir escapar da força com que ele a segurava.

— Você... você mentiu — murmurou ela, quase para si mesma. — Eu acreditei em você quando disse que não estava de conchavo com o meu pai. — Ele parecia tão sincero, tão puro, quando jurou que tinha ido buscá-la por causa da honra em seu coração.

Era tudo mentira.

— Eu tive que mentir para você, no caso de alguém estar ouvindo — retrucou ele, com a paciência diminuindo. — Vamos, temos que correr. — Casbian a puxou novamente, mas ela cravou os calcanhares, resistindo com todo o seu peso.

— Eu não vou com você! Você não entende o que está em jogo? O que quer que meu pai tenha lhe contado, é mentira. Se Bash não pegar o Coração de volta e invocar a essência que está presa dentro de mim, os portões irão libertar as crianças do mar, e eles tomarão o mundo. Milhares morrerão! — Ela estava gritando, sem se importar se fossem ouvidos. Na verdade, ela esperava que fossem. Ela não conseguiria lutar com ele sozinha.

Margrete uivou quando Casbian apertou seu pulso de tal forma que a dor subiu por seu braço.

— Já disse que não vou! — Ela deu outro pulo para trás, mas ele não a soltou. — Por favor, Casbian, você não tem ideia do que meu pai é capaz, e se me levar até ele, você é tão mau quanto ele.

Lágrimas brotaram dos seus olhos enquanto ela implorava ao homem com quem quase se casou. Um homem em quem ela foi tola o suficiente de confiar. Como ela estava errada.

O lábio superior de Casbian se curvou e ele se inclinou para sussurrar em seu ouvido. Seu tom era áspero.

— Isso. Vai. Acontecer. — Ele rosnou cada palavra. — Agora, cale a boca e venha comigo antes que você me obrigue a fazer algo de que posso me arrepender.

Margrete agia sem pensar, apenas por instinto.

Fechando a mão em punho, assim como Adrian a ensinou, ela o golpeou, usando toda a sua força para socá-lo bem em sua mandíbula perfeita.

Casbian berrou, colocando as mãos sobre o rosto ferido enquanto o choque retorcia suas feições.

Margrete não hesitou.

Ela saiu correndo pelo corredor em direção à escada em espiral que a levaria de volta a Bash. Ela o avisaria e, com sorte, isso lhe daria tempo suficiente para preparar seus homens para quando o pai dela se aproximasse da costa.

Suas pernas bambeavam, queimando com o esforço, e suor escorria por suas costas, mas ela não parou. Ainda mais sabendo o que aconteceria se falhasse. Casbian a levaria de volta para o capitão, e ele possuiria o Coração físico *e* a magia que ela carregava dentro de si. Então, ele poderia reunir as peças e fazer o coração de Malum inteiro novamente.

Botas soaram atrás dela, seu nome uma palavra rosnada nos lábios de Casbian. Ele estava ganhando terreno...

Em um momento, ela estava correndo e, no próximo, um corpo pesado bateu nas costas dela, fazendo-a voar pelo ar. Suas mãos dispararam instintivamente para proteger o rosto de colidir com as pedras.

Casbian empurrou suas costas, usando todo o seu peso para mantê-la imóvel. Ela abriu a boca para gritar, mas, antes que qualquer som escapasse, um lenço fedorento foi pressionado nos seus lábios.

— Você não deveria ter corrido — Casbian ofegou. O peso do seu corpo roubou o ar dos seus pulmões.

Margrete tentou prender a respiração, para não inalar o veneno que encharcava o lenço, mas não conseguiu. Sua cabeça ficou tonta enquanto ela ofegava por ar.

Ela estava perdendo a consciência. Desfalecendo.

O conde a virou de costas e a última visão de Margrete foi o rosto dele com um sorriso cruel nos lábios.

Então tudo escureceu.

CAPÍTULO QUARENTA E TRÊS
Bash

Bash acordou de súbito. Ele sentiu frio; o calor do corpo de Margrete estava ausente. Ele tateou na escuridão onde ela deveria estar, mas suas mãos não encontraram nada além de lençóis vazios.

— Princesa? — Talvez ela estivesse no banheiro.

Bash se mexeu na cama, tentando encontrar uma posição confortável até que ela voltasse, mas, depois de alguns minutos, ele começou a sentir os nós se formando em seu estômago.

Algo não parecia certo.

O que aconteceu com eles tinha sido um sonho? Não poderia ter sido. O cheiro dela ainda estava em sua pele, e ele inalou profundamente, assegurando-se de que realmente tinha feito amor com Margrete Wood. Mas os nós em seu estômago permaneceram e aumentaram, e por fim o forçaram a deixar o conforto da cama.

Ele procurou primeiro no banheiro, mas estava vazio.

Correndo para a varanda e jogando as cortinas transparentes de lado, ele não encontrou nada além da lua e das estrelas zombeteiras olhando para ele.

Bash praguejou, girando pelo quarto, em busca de uma pista sobre o paradeiro de Margrete. Algo bem no fundo o incitou a se apressar. Ela não o teria abandonado depois do que passaram juntos.

Aquela noite tinha sido mais do que sexo, pelo menos para ele. Era como voltar para casa depois de anos no mar, como se tivesse encontrado uma parceira digna que o viu além da sua coroa. Ela viu o homem e seus destroços, e descobriu a beleza nas falhas que ele tanto tentava disfarçar.

E ela não estava ali.

Bash se vestiu rapidamente, puxando as calças. Ele não escovou o cabelo, os longos fios se projetando em todas as direções.

Ele marchou para o corredor, onde encontrou o único guarda do lado de fora do quarto. Sua boca estava aberta e roncos guturais escapavam da garganta dele. Chutando o pé do soldado, Bash teve que se segurar para conter a raiva fervente. O garoto bufou, olhos sonolentos se arregalando quando percebeu que seu rei olhava para ele.

— Senhor! — Ele saltou de pé, um rubor vermelho profundo pintando suas bochechas e orelhas.

— Onde ela está? — perguntou ele, seu tom ameaçador. O guarda balançou a cabeça, claramente sem saber que Margrete tinha sumido.

— Eu... eu não sei...

— Alerte os outros — ordenou Bash. — Encontre-a. — As batidas em seu peito aumentaram enquanto ele descia as escadas. O barulho dos guardas acordando encheu os corredores. — Verifique o conde — Bash ordenou para um soldado que passava. O homem assentiu e correu para cumprir a tarefa.

Ele não gostou particularmente dessa nova sensação de preocupação esmagadora, de alarme opressivo. Isso apertou seu coração de uma forma que fez sua respiração ficar irregular. Ele sabia que Casbian estava envolvido no desaparecimento dela. Bash não acreditaria, nem por um segundo, que Margrete o abandonaria de vontade própria.

Ela tinha feito uma escolha, tão certo como Bash fez a dele.

Seus homens estavam na metade da busca pelo palácio quando as sirenes soaram. Três agudas pontadas de advertência.

Os sinos de um ataque iminente.

Bash praguejou baixinho enquanto corria para uma varanda com vista para o lado sul da ilha.

Adrian marchou até seu líder e segurou na grade ao lado do rei. Parecia que o comandante ainda não tinha dormido e olheiras marcavam abaixo dos seus olhos.

— Margrete desapareceu — disse Bash, apressado.

— E o conde...

— Ele sumiu! — um guarda correu, interrompendo Adrian. — O quarto do Conde Casbian está vazio e os guardas que faziam a segurança dele estão inconscientes.

— Revistem toda a região! — Adrian gritou ordens para seus homens, sua voz estranhamente severa.

— Aqui. — Adrian entregou uma luneta de prata. Bash assentiu em agradecimento e levou o objeto ao olho para examinar o horizonte.

O céu iluminou-se diante dos olhos de Bash. O aparelho era um dos grandes feitos da maquinaria de Azantian. Em vez de uma escuridão infinita, o instrumento pintou o mundo com um brilho âmbar, brilhante o suficiente para distinguir claramente o motivo dos alarmes.

Velas pretas tremulavam ao vento, uma bandeira vermelha e ônix pairando sobre a gávea, o poderoso símbolo do falcão voando pelos céus.

A bandeira do Capitão Wood.

O grande navio de Wood, o *Mastro de Ferro*, estava ancorado cerca de noventa metros além da faixa externa ao redor da ilha. A barreira de aço impediria seu avanço, mas Bash sabia que não o deteria por muito tempo.

— Todas as pontes estão içadas? — Bash perguntou em voz baixa, sem disfarçar a raiva.

— Sim. Meus homens as ergueram quando ele foi avistado — respondeu Adrian —, mas eles trouxeram escaleres. Eles estão atravessando agora.

Bash soltou uma série de maldições.

— Estão todos em suas posições? — indagou ele, embora sua mente estivesse em outro lugar. Ele sentiu a onda de adrenalina que apenas uma batalha iminente poderia acender, e o medo gelado trouxe de volta as memórias dolorosas da noite em que perdeu seu pai. A primeira vez em que o capitão invadiu sua casa.

Ele não deixaria Wood atacar Azantian uma segunda vez.

— Sim, iniciamos nosso plano de contingência. Quinhentos soldados armados estão guarnecendo as margens do sul, e o restante dos homens estão preparando a cidade para uma possível emboscada, caso eles rompam o perímetro.

Não tinha como um navio daquele tamanho — talvez carregando duzentos homens — quebrar suas defesas e derrotar quinhentos soldados Azantianos treinados. Este foi o pensamento que Bash repetiu continuamente até acreditar que era verdade.

— Ótimo. Me atualize a todo momento. — Bash baixou o telescópio. — Todos precisam estar atentos. — O Capitão Wood poderia muito bem ter algo na manga. Ele já havia provado que cometeria qualquer crime, não importava o quão hediondo, por conta de seus próprios interesses.

Nada estava fora de questão.

Ele também sabia que não era mera coincidência Margrete ter desaparecido no momento em que o capitão se preparava para atacar Azantian. De alguma forma, ele conseguiu capturá-la, bem debaixo do nariz de Bash. Era por culpa dele que ela estava de volta às garras do seu pai desprezível.

— Majestade!

Bash relutantemente se virou. Um jovem soldado entrou correndo na sala, o suor umedecendo sua sobrancelha escura.

— O conselheiro... — Ele ofegou, tentando recuperar o fôlego. — Nós o encontramos na praia. Sua garganta... sua garganta foi cortada.

— O quê? — Bash balançou a cabeça, sem acreditar. Pontos escuros vibraram em sua visão enquanto seu coração apertava dolorosamente.

— Essa não é a parte mais perturbadora, meu rei. — O jovem guarda engoliu em seco. — Parece que ele morreu há algum tempo. Pelo menos algumas semanas. O corpo mostra sinais perturbadores de decomposição, e o fedor...

— Discutiremos isso mais tarde. — Adrian dispensou o homem com um aceno de cabeça e se virou para Bash. Seus olhos se encontraram.

Bash sentiu todo o seu mundo mudar. Como o corpo de Ortum podia ter sinais de decomposição? Era impossível. Ele tinha *acabado* de desaparecer, e os portões ainda resistiam fechados, mesmo que de forma frágil. Se Ortum estivesse morto há tanto tempo, toda a ilha já saberia.

— Vamos descobrir o que aconteceu — Adrian prometeu, apertando o ombro de Bash. — No momento, precisamos conter os mercenários de Wood.

Sentindo a ameaça iminente, o tubarão tatuado no antebraço de Bash ganhou vida, suas barbatanas peitorais estremecendo em advertência. A besta abriu sua poderosa mandíbula para revelar fileiras de dentes afiados, prontos para atacar sua presa.

Logo, haveria sangue nas águas.

A GAROTA QUE PERTENCIA AO MAR

CAPÍTULO QUARENTA E QUATRO
Margrete

Os olhos de Margrete tremularam quando uma bota a cutucou nas costelas.

O mundo estava inundado de tons de amarelo e laranja queimado, o gosto de madeira e sal pesado no ar. Conforme sua visão clareou, as sombras borradas ficaram mais nítidas.

Ela estava mais uma vez em uma cabine de navio.

Embora, desta vez, não fosse o *Phaedra*, e o homem que pairava sobre ela não era um belo rei decidido a salvar sua ilha.

A bota polida do homem bateu nas pranchas de madeira com um baque.

— Bom. Você acordou. — A voz do seu pai era exatamente como ela se lembrava: dura, fria e irritante. Sua melodia repugnante era como uma lixa na carne exposta.

Margrete apoiou-se nos cotovelos, com a cabeça girando ainda sob o efeito da droga que Casbian a fez inalar.

— Você.

Havia malícia, raiva e anos de dor no coração pesando nessa única palavra. Ela desejou que seu pai se engasgasse com o veneno.

— Sentiu minha falta, querida filha? — O capitão engatou o polegar na alça do cinto, um sorriso de desprezo triunfante curvando seus lábios finos.

— Vá para o inferno — Margrete rosnou, com os dentes à mostra.

— Ah, nem mesmo o submundo poderia me segurar por muito tempo. — Seu pai riu, seus olhos enrugando. — Parece que você adquiriu coragem durante a sua estadia nesse lugar. Não que isso importe.

O capitão deu alguns passos para mais perto da cama, pairando como uma nuvem cinzenta de chuva. Margrete torceu os lençóis, contraindo os dedos. Tudo o que ela queria era fechar a mão em um punho e atacá-lo do jeito que tinha feito com Casbian.

— Toda essa bagunça... — acenou ele com a mão para seu corpo trêmulo — poderia ter sido evitada se você apenas tivesse me dado o que eu queria. Mas não, nem mesmo as horas confinada dentro da caixa com o Coração a persuadiram. — Ele riu asperamente. — Sempre soube que seria necessário algo mais drástico para fazer você cooperar.

Margrete se encolheu.

Todos aqueles muitos anos sendo confinada dentro de uma engenhoca de ferro. Não era apenas uma punição...

— Você me trancou na caixa com o Coração. — Não foi uma pergunta. — O que você esperava que acontecesse, hein? Que as peças se reunissem simplesmente porque você as aproximou? Como você sabia de mim?

O capitão ficou rígido.

— Ficou óbvio para mim muitos anos atrás, naquele dia em meu escritório. O coração não tinha pulsado com vida por anos, mas, no segundo que você entrou no cômodo onde eu o mantinha escondido em segurança, ele voltou à vida. Achei que a magia de Malum havia retornado, que seu poder seria meu, mas a pedra estava apenas reagindo à sua presença. Nada mais. — Ele fez uma careta.

Aquele dia voltou à memória dela como uma onda violenta. Ela era tão criança, mas se lembrou que ele segurava algo na palma da mão e que, naquela vez, ele não a mandara se retirar imediatamente. Depois disso, ele começou a trancá-la na caixa.

— Se não funcionou por todos esses anos, então como você planeja juntar o Coração à magia dentro de mim?

— Ah, sim. — Ele ergueu os ombros, uma confiança cruel brilhando em seus olhos. — Tive muita sorte quando Casbian veio até mim na esperança de formar uma parceria de negócios. Quando o visitei em Cartus, ele teve a gentileza de me mostrar sua extensa biblioteca. — Seu pai se virou para a mesa e pegou um livro simples com capa de couro. Ele o segurou no ar para ela ver. — Isso é o que venho procurando há tantos anos. Um plano reserva caso as peças não se encaixem... naturalmente.

Ele deu um passo para mais perto da cama, fazendo-a estremecer.

— O que é isso? — Ela não gostou do jeito como sua voz falhou.

— Um livro que contém magia proibida. Achei que todos os vestígios da prática tivessem sido apagados da terra, mas Casbian possuía um único volume e, nessas páginas, descobri tudo de que preciso para completar a transferência. Em troca, tudo que Casbian pediu foi se casar com você. — Ele zombou como se o pensamento fosse verdadeiramente cômico. — Bem, ele pretendia ganhar o dote robusto que iria com você, suponho, visto que seus cofres estão quase vazios. De qualquer forma, foi uma troca fácil de fazer.

Margrete desejou que ainda conseguisse se sentir chocada ouvindo tais afirmações, mas as palavras dele a atingiram sem provocar um pingo de emoção. Nada que ele fizesse a surpreenderia.

— Você não tem ideia de quanto tempo esperei por este momento — seu pai continuou. Margrete apertou os lábios, recusando-se a agradar a vaidade dele respondendo alguma coisa. — Quando voltei para casa depois de Azantian, o Coração havia se tornado opaco e cinza, mal pulsando com vida. Eu sabia que algo acontecera na ilha, e Arlin também desconfiava. Especialmente quando você nasceu. Neste dia, os mares arrebataram Prias e uma grande tempestade assaltou a cidade. Ela a segurou em seus braços um pouco antes de morrer, e você sabe quais foram suas palavras finais? — Ele fez uma pausa, as narinas dilatando-se ligeiramente. — Arlin me olhou nos olhos e disse: "Eu posso senti-lo nela. Sempre esteve conosco". Embora eu nunca tenha tido tempo de perguntar o que ela queria dizer, isso ficou claro anos depois. De alguma forma, enquanto você ainda estava no útero dela, recebeu a magia que deveria ter sido minha.

Margrete se perguntou se seu pai sabia sobre o papel de Ortum na noite em que ele atacou Azantian. Mas lembrou que, em sua visão, quando o conselheiro drenou o Coração, ele estava escondido nas sombras.

— O que você está planejando? — perguntou ela, sua respiração ficando irregular.

Com o coração de um deus, ele seria incontrolável.

— Eu vou comandar as crianças do mar, é claro — respondeu ele, como se fosse óbvio. — E as próprias marés, eu suponho. Imagino que um exército de monstros à minha disposição convencerá meus adversários do meu direito ao trono de Marionette. Finalmente, o Coração vai prosperar e as feras serão forçadas a ouvir. Elas foram criadas a partir do seu poder e seguirão seu comando.

Deuses. Ela rezou para que Bash percebesse que ela tinha desaparecido e que olhasse para o mar e visse o navio do capitão no horizonte.

— Embora tenha sido divertido recuperar o atraso, esperei muitos anos por este momento — disse seu pai, enquanto a puxava pelo braço e a levantava sem cuidado. Ele a forçou a subir para o convés, onde a lua cintilava com um brilho sinistro. Homens corriam ao redor do *Mastro de Ferro*, suas botas batendo nas pranchas de madeira, armas nas mãos.

Eles já estavam atracados no arco sul, contidos pela faixa externa de aço. Ela notou que a tripulação restante estava ocupada baixando escaleres finos sobre as ondas.

— Olá, Margrete.

Casbian emergiu do convés inferior, com as mãos enfiadas nos bolsos.

— Desculpe por mais cedo, mas tínhamos um cronograma a cumprir.

Margrete rosnou para ele.

— Seu idiota! — Ela fervia. — Ele só vai te usar como faz com todo mundo!

Casbian encolheu os ombros.

— Não quando minha influência com os nobres ajudará a facilitar a transição de poder. Como você foi informada, eu tenho uma quantidade razoável de controle. — Ele sorriu, claramente satisfeito consigo mesmo.

Ele não tinha noção, nenhuma ideia de com quem estava lidando se acreditava que o capitão honraria o acordo. Margrete o observou enquanto ele caminhava até a amurada da embarcação, encostou-se nela e cruzou os braços. Nem uma vez seu sorriso confiante vacilou.

— Tudo bem, filha. — O capitão a empurrou na frente dele. — Você terá tempo suficiente mais tarde para conversar com seu noivo, mas agora devemos nos preparar.

Casbian soltou uma risadinha, e ela desejou ter infligido mais danos naquele rosto bonito.

Esticando o pescoço, seu pai deu uma ordem e um guarda esguio se posicionou.

— Traga-a para cima. Estamos prontos para começar.

Ela?

Duas figuras obscuras emergiram. A primeira era claramente uma mulher, e a outra...

— Não! — gritou ela, um grito selvagem que saiu das partes mais profundas da sua alma. Ela se debateu nas mãos do pai, enquanto sua irmã mais nova era conduzida pela governanta. O rosto da mulher estava contraído de remorso.

— Margrete? — Birdie deu um passo hesitante para a frente, seus olhos azuis cristalinos arregalados de medo.

— Estou aqui, Birdie — gritou ela, com lágrimas nos olhos. — Não vou deixar nada de ruim acontecer com você. — Mesmo prometendo, Margrete sabia que era uma promessa que talvez ela não pudesse cumprir.

— O que está acontecendo? — Birdie virou a cabeça em direção ao pai, que evitou seu olhar impiedosamente.

— O que ela está fazendo aqui? — Margrete perguntou ao capitão, virando a cabeça para rosnar em seu ouvido. — Se você a machucou, eu vou...

— Você vai o quê? — Ele a puxou contra si e baixou a voz para que apenas ela ouvisse. — Não há nada que possa ser feito. Preciso dela para completar a transferência. Acredite em mim, se pudesse usar você, eu o faria. Mas preciso de você viva para o ritual. Infelizmente.

Viva. Ele precisava de Margrete viva, o que significava...

— Isso é muito cruel, mesmo para você! — Ele era um monstro. Pior do que ela jamais poderia ter imaginado.

O capitão usou a mão livre para alcançar o bolso da jaqueta, e Margrete *sentiu* o poder antes de vê-lo. Sua pele zumbiu quase com violência.

Ele tinha na palma da mão uma joia azul-acinzentada pálida. Ao vê-la, o estômago de Margrete saiu do prumo.

O Coração de Malum. Tinha que ser.

Margrete olhou para ele, espantada com a luz suave que pulsava no centro da gema. Era fraca, mas latejava como o de um coração batendo.

— Fique com ela — ordenou o capitão, e Margrete foi repentinamente empurrada na direção de um dos homens, cujos braços grossos envolveram seu torso e a imobilizaram. Além da luz fraca das lanternas, ela ouviu Casbian rir.

Ela desviou os olhos do Coração quando seu pai recebeu um pedaço de pergaminho amassado. Com a gema sagrada na palma da mão, ele desenrolou o papel, revelando palavras que pertenciam a uma língua antiga rabiscadas em tinta vermelha.

Não. Não era tinta. *Sangue.*

Ela examinou o papel, esperando, contra todas as esperanças, que ela estivesse errada e que aquilo tudo fosse um pesadelo do qual acordaria.

No canto inferior direito da página, ela viu um símbolo gravado em vermelho...

Dois círculos entrelaçados.

Seu pai segurava um pergaminho escrito com sangue e com o mesmo emblema que a prendeu ao trono na noite da sua visão.

Magia de sangue.

— O que é isso? — perguntou ela. As lágrimas queimaram suas bochechas enquanto deslizavam livres por seu rosto em pequenos riachos.

— É um sacrifício, Margrete. — Ele observou a página mais de perto.

— O sangue de Birdie deve ser derramado antes que eu possa transferir o poder de Malum para seu receptáculo original. — A gema pulsou em sua mão, parecendo sentir o poder que lhe faltava nas proximidades.

Margrete lutou contra os braços que a seguravam, jogando as pernas para cima em uma tentativa inútil de escapar.

— Por que *ela*? — rugiu. — Por quê?!

Ele suspirou, aparentemente entediado.

— Porque este encantamento requer o sangue de um familiar, e Birdie é minha única opção.

— Não vai funcionar! — Margrete mostrou os dentes. — Se um dos próprios descendentes de Malum não conseguiu descobrir, o que te faz pensar que consegue? Você está arriscando a vida da sua própria filha por nada!

— É um risco que estou disposto a correr. — Seu pai rangeu os dentes, a mandíbula tensa de um jeito esquisito.

— Eu vou te matar! — Margrete jurou. Ela pisou na bota do guarda que a segurava. Ele grunhiu e a cutucou nas costelas. A dor irradiou por seu torso, mas ela não se importou. Ela só conseguia sentir o medo de Birdie e ouvir seus pequenos soluços.

— Peguem a menina. — O capitão apontou com a cabeça para sua filha mais nova, que soltou um grito assustado quando dois guardas a cercaram de cada lado.

Ele transferiu o papel para a mesma mão do Coração e pegou uma adaga dourada. Um rubi vermelho-sangue decorava o cabo.

Birdie deu um grito que perfurou a madrugada, seus gemidos partindo Margrete em pedaços.

— Está tudo bem, Birdie, vai ficar tudo bem — sussurrou Margrete, seu rosto uma confusão de lágrimas e angústia.

Mas nada estava bem.

Margrete fixou o olhar no pai. Ele apresentou a faca ao luar e ergueu o pergaminho, começando a ler as palavras guturais que não eram permitidas a nenhum mortal.

Um grito torturado perfurou o ar antes que Margrete percebesse que aquele grito era dela.

— Eu vou te matar! — repetiu ela, gritando para o capitão. Seu sangue ferveu, e o guarda que a segurava lutou para mantê-la quieta. Margrete era a personificação da raiva.

O gelo serpenteou um caminho dentro dela, viajando até envolver seu coração pulsante onde se comprimia. Seu corpo zumbiu e, de repente, Margrete não sentiu nada além do frio picando sua pele e despertando algo no fundo da sua alma.

Ela se sentiu leve. Um fantasma sem corpo.

E era bom.

Margrete saudou a sensação estranha, permitindo que ela desabrochasse e se inflamasse, inundando sua visão até que tudo o que via ficasse vermelho. Quando ela já estremecia com a intensidade daquela força que estava prestes a consumi-la inteira, uma onda se chocou contra o casco do *Mastro de Ferro*.

Os braços ao redor dela se afrouxaram por apenas um segundo, mas um segundo era tudo de que ela precisava.

Mais uma vez agradecendo a Adrian por suas aulas, ela bateu o cotovelo nas costelas do soldado e tirou o ar dos seus pulmões.

Outra onda quebrou contra o navio e Margrete se lançou em direção à irmã mais nova e a envolveu nos braços.

— Eu peguei você, eu...

A ilha estremeceu. Um rugido violento alcançou as águas, e as pranchas do navio vibraram sob suas botas. Birdie agarrou Margrete, seus gritos suaves abafados pelo vento forte. Atrás delas ouvia-se o barulho de passos, e então seu pai rugiu acima do caos.

— Os portões estão se abrindo! Preparem os homens!

Margrete balançou Birdie suavemente para a frente e para trás, acalentando-a. Se os portões estavam se abrindo, a morte era certa para todos ali.

CAPÍTULO QUARENTA E CINCO
Bash

A luneta tremeu entre as mãos úmidas e escorregadias de Bash.

— Diga-me que não estou vendo isso. — A respiração pesada de Adrian soou em seus ouvidos, um chocalho chiado que emanava do seu peito.

Aquilo não era um bom sinal.

Nós se formaram no estômago de Bash quando ele baixou a luneta depois de observar a Caverna Kardias. De onde as ondas saíam das rochas.

Algo estava emergindo. Algo grande.

— Merda. — Bash apertou ainda mais a luneta, sua respiração acelerando.

Escamas prateadas subiram das águas cor de carvão, a luz da lua iluminando uma única barbatana denteada. As ondas se separaram quando uma besta empurrou além da abertura da caverna, seu corpo maciço se lançando para a liberdade.

— Os portões se abriram. — O coração de Bash parou ao emitir as palavras em voz alta.

— Olhe para o *Mastro de Ferro*, meu rei — Adrian pediu, com um tremor pesado na voz.

Lentamente, Bash se virou para onde seu comandante instruiu.

— Merda — Bash assobiou, mordendo o lábio inferior com força suficiente para tirar sangue. — Eu vou matar aquele desgraçado.

Logo atrás da figura de obsidiana de um falcão voando alto, ele viu Margrete. Ele mal conseguia manter a luneta firme enquanto a observava, os olhos arregalados dela brilhando na luz âmbar. O capitão estava parado na grade, de costas para a filha, mas ela não desviava o olhar dele.

Bash respirou fundo pelo nariz, engolindo a raiva que o fez cerrar os punhos em uma promessa do que estava por vir. O sangue que ele logo iria derramar.

Ele estava prestes a gritar ordens para que Adrian alertasse seus homens de que Margrete estava a bordo do navio inimigo, quando uma cabeça de cachos loiros apareceu na borda da lente. A menina olhava para Margrete com lágrimas escorrendo pelo rosto corado.

Devia ser a irmã de Margrete. Birdie.

Por que o capitão levaria a filha mais nova naquela viagem? Mesmo se ele não se importasse com a vida das filhas, ele não iria querer que uma criança atrapalhasse seus planos. Não fazia sentido.

Bash baixou a luneta.

— Ele está com as duas. Margrete e a irmã — disse a Adrian, que pousou uma mão reconfortante em seu ombro. Bash não conseguia olhar para ele, não conseguia lidar com o olhar decepcionado que certamente encheria seus olhos.

— Pare — ordenou Adrian. — Isso não é sua culpa. É *ele* o culpado. Você não. — Ele deu um aperto rápido no ombro de Bash.

Bash respirou fundo, mas a firmeza das mãos de Adrian não foi suficiente para aliviar a dor que sangrava de uma ferida aberta há muito tempo.

— O que faremos, majestade? — Adrian raramente se dirigia a ele dessa forma, mas Bash não era seu amigo agora. Ele era seu rei.

Havia as respostas óbvias: enviar seus homens ao *Mastro de Ferro*, exterminar todos os mercenários ou usar os canhões e simplesmente afundar o navio por completo.

Mas então Margrete e sua irmã seriam apanhadas no fogo cruzado, e nenhum desses planos impediria o que já estava feito. Os portões estavam abertos e os monstros lentamente rastejavam para fora da sua prisão rochosa.

Bash quase podia sentir a mudança do oceano enquanto as feras deslizavam abaixo da superfície, enquanto as bolhas de ar subiam para tocar as cristas ao redor da Caverna Kardias. Apenas o mais feroz dos filhos de Malum, a letal serpente marinha, ousou se mostrar na superfície.

Sem uma resposta para dar ao seu comandante, Bash se virou para seu amigo mais antigo, com as mãos fechadas em punhos.

— Prepare os homens e os canhões.

Adrian ficou boquiaberto. Seus olhos se voltaram para o navio que Margrete estava a bordo.

— *Mas* — Bash enfatizou, seus olhos duros — não atire sem o meu comando.

Adrian assentiu solenemente e correu para alertar seus homens.

Quando Bash viu a besta assassina deslizar pelas ondas, e estimou a distância do *Mastro de Ferro*, ele soube o que tinha que fazer.

Provavelmente não terminaria bem para ele.

A GAROTA QUE PERTENCIA AO MAR

CAPÍTULO QUARENTA E SEIS
Margrete

O tempo era uma coisa engraçada. Num momento, Margrete desejou que acelerasse e nunca parasse. No próximo, ele se movia no ritmo de um navio sem vela em um dia sem vento no mar.

Naquele momento, ele estava parado.

O suficiente para Margrete distinguir cada detalhe — cada escama prateada e cada dente serrilhado — do monstro libertado de sua prisão. Era horrível de se olhar — era impressionantemente enorme e seus olhos sem alma eram cruéis e calculistas.

A infame serpente marinha — uma criatura cuja fama era de ter aniquilado uma frota inteira de navios em um ataque. Margrete estremeceu, segurando Birdie ao seu lado. Sua irmã havia cessado os soluços angustiantes, embora seu silêncio fosse, de alguma forma, pior.

Com os olhos arregalados, Margrete observou impotente a serpente se dirigindo para a costa da ilha. Uma ilha cheia de inocentes. Devastaria um lugar de beleza pelo prazer de vê-lo ser destruído.

Seu pai viu a cena diante dele com deleite, e um sorriso raro e genuíno curvou seus lábios. Ele pensou que a serpente, assim como os outros monstros escondidos sob as ondas, estaria sob seu comando em breve. Uma vez que a transferência de poder ocorresse, uma vez que a divindade fosse drenada da alma de Margrete, ele teria o maior arsenal conhecido pelo homem à sua disposição.

Margrete se jogaria ao mar, mas não permitiria que aquilo acontecesse.

À distância, a serpente diminuiu a velocidade, seu corpo alongado parando a quarenta e cinco metros da costa. Como a idiota que era, Margrete desejou, por apenas um segundo, que suas orações não fossem ignoradas. Que a serpente abandonasse Azantian e a promessa de derramamento de sangue.

Essa esperança rapidamente se dissipou.

Com um rugido gutural, que abalou Azantian e todo o seu povo, a criatura saltou alto no ar. Ela despencou de volta nas águas com um respingo retumbante que se transformou em uma onda massiva de trinta metros — uma onda que atingiu o lado sul da ilha. Mesmo no escuro, Margrete viu como emergiram rapidamente, como as ondas cresciam e cintilavam com paixão mortal.

Em um piscar de olhos, a onda colossal murchou, quebrando nas praias douradas e colidindo com as casas de vidro marinho e com os mercados coloridos de Azantian. Ela podia ouvir os gritos do outro lado das águas, embora os sons fossem distantes e mascarados pelo ar espesso da noite. Mesmo assim, Margrete os percebeu, e mais e mais gritos perfuraram a noite até que os ruídos de pânico se tornaram um som assustador de medo circundando por tudo.

Assistir à onda atingir Azantian despertou sua coragem.

Naquelas mesmas praias, Margrete tirou a máscara de uma menina perdida que se encolhia diante do pai. Foi em Azantian que ela redescobriu sua vontade de lutar, uma vontade há muito enterrada sob anos de trauma.

Inclinando-se na amurada, ela analisou a escuridão, localizando a serpente, que se dirigia para a costa mais uma vez. A besta nadava mais rápido e com um propósito obstinado. Margrete se concentrou na ameaça diante de si, a cauda pontiaguda da serpente chicoteando nas águas enquanto seu corpo voava no ar.

Margrete sentiu o primeiro ímpeto de uma ira ardente pulsar em seu ser. Lava e carmesim mortal aqueceram seu sangue. Quando a serpente por fim mergulhou — batendo na água e lançando outra onda em Azantian —, algo mudou dentro dela.

A canção do mar se misturou ao calor ardente de pura raiva. Ela formigou por toda parte, os alfinetes e agulhas da cólera tão afiados quanto qualquer lâmina.

Ela viu poderosas embarcações se estilhaçarem, casas de vidro marinho tombarem e desabarem na areia. Os gritos de mulheres, crianças e soldados chegaram até seus ouvidos, e seu coração despencou para seu estômago enquanto a bile subia em sua garganta.

Margrete estava olhando para o pai — o homem a quem toda a sua raiva era dirigida — quando ele correu para a amurada, seus homens o seguindo. A ruína absoluta os hipnotizou, e seus gritos distorcidos encheram o ar.

— Olhem! — alguém gritou. — Um navio se aproxima!

Mais botas bateram no convés e até Casbian se inclinou para o lado e olhou para o abismo. A criatura não tinha feito uma pausa e continuava avançando, sua longa cauda balançando para frente e para trás, causando enormes ondas em seu caminho de destruição.

Margrete praguejou, lançando um olhar para trás. A tripulação a bordo do *Mastro de Ferro* estava enfeitiçada. Eles tinham se esquecido das prisioneiras que foram instruídos a guardar, tomados pelo mito vivo diante dos seus olhos.

Aquele momento era sua única chance.

Margrete prendeu a respiração e recuou, afastando-se do pai, dos homens boquiabertos e da governanta. Com a atenção voltada para a frente, Margrete se virou para onde Birdie estava sentada, encolhida ao lado de um barril, os joelhos puxados até o peito. Era a hora de tirá-la de lá, de salvá-la antes que o foco do seu pai voltasse para as filhas.

Antes que ele derramasse sangue.

— Birdie — sussurrou ela, agachando-se. — Você precisa me seguir. Agora. — Margrete estendeu a mão, que permaneceu surpreendentemente firme. Ela não podia se dar ao luxo de ficar com medo, não com Birdie quase chorando.

Birdie ergueu o rosto sujo e manchado de lágrimas. Sem dizer uma palavra, ela colocou sua mãozinha na de Margrete, confiando nela para salvá-la do perigo. Como sempre fizera antes, Margrete não trairia essa confiança.

Margrete puxou a mão de Birdie e a conduziu até a escada. Um escaler balançava contra o navio lá embaixo.

Desceu a escada primeiro, pronta para pegar a irmã caso ela tropeçasse. Ela estava orgulhosa de como Birdie segurou firme, seus ombros pequenos retesados com determinação.

Quando chegaram ao fundo, Margrete a ajudou a se acomodar. Ela desamarrou as cordas e agarrou os remos.

Ao partirem, um grito agudo ecoou no ar, um som atormentado de angústia.

Seus braços tremeram com violência, mas ela remou ao redor da lateral do *Mastro de Ferro*, levando-as para mais perto das faixas externas.

Margrete não tinha um plano além de chegar às docas, onde vários escaleres pequenos estavam protegidos ao lado dos navios maiores. Estar na água com os filhos do mar não era uma boa opção, especialmente com sua irmã junto dela, assim como ficar no navio do seu pai também não era.

Até aquele momento, a serpente fora a única besta a aparecer, mas Margrete supôs que isso poderia mudar em breve. Se fugissem da prisão e fossem para o reino mortal, ela sabia que Bash não desistiria até que tivesse caçado todas.

E ela estaria bem ao lado dele.

Todos os músculos de Margrete se contraíam conforme ela as empurrava para mais perto, para as docas do sul, mas as poucas sessões de treinamento exaustivas com Adrian ajudaram a prepará-la para aquele momento.

— Margrete — sibilou Birdie, falando pela primeira vez. Ela apontou para o horizonte escuro, para onde a serpente escorregou, preparando-se para outro ataque.

— O quê? O que você vê? — Margrete engasgou, sem fôlego pelo esforço.

— Um barco. Alguém está lá fora em um barco.

Todo o ar escapou dos seus pulmões enquanto seu olhar seguia o caminho do dedo de Birdie.

Lá. Um lampejo de prata. O brilho do metal balançando nas ondas. O resplendor de uma vela branca chicoteando contra o vento.

Uma parte dela já suspeitava de quem tripulava a embarcação. Era a única pessoa corajosa — e burra — o suficiente para enfrentar um dos filhos do mar de frente.

Deuses, ela queria estrangulá-lo.

Bash. Ela murmurou seu nome sob a respiração, enquanto seu coração disparava cheio de fúria. Ele batia e latejava, implorando para ser lançado, para, de alguma forma, encontrar o caminho para onde o rei de Azantian decidisse desafiar um oponente invencível.

— Q-quem é esse? — soou a voz abafada de Birdie.

Margrete não respondeu. A serpente passou rápido pelo navio de Bash, quase tombando a embarcação. A figura, envolta em sombras, moveu-se, ajustou a vela e manobrou o navio para ir atrás da criatura.

— Você precisa me ouvir de novo, passarinha — murmurou Margrete, seus olhos atentos aos movimentos de Bash. A faixa externa estava se aproximando. — Você vai ficar aqui, nessas docas — ela inclinou a cabeça para trás —, a menos que papai ou seus homens venham atrás de você. Então, use um dos escaleres e chegue à costa.

— O que você quer dizer? — protestou Birdie, pulando da sua posição e indo para o colo de Margrete. — Você não pode me deixar!

— Shhh — ela a acalmou, gentilmente levantando sua irmã em seus braços e virando-se para onde o metal polido encontrava a água. Inclinando-se, ela agarrou uma corda e puxou o escaler contra a lateral.

— Eu preciso ter certeza de que ele está seguro. Ele é o rei, Birdie, e se eu não o salvar, se a serpente o matar... — Ela engoliu as lágrimas. — Se eu não puder ajudá-lo, e ele falhar, mais daqueles monstros virão, e os mares não estarão mais seguros.

Claro, era mais do que isso. Se ela não o alcançasse — o afastasse da besta e o devolvesse para a terra firme —, ela perderia uma parte de si mesma que mal tinha começado a explorar. A parte que amou e foi amada tão ferozmente em troca.

A parte feita apenas para ele.

Margrete colocou a irmã no cais. O *Mastro de Ferro* ainda estava longe o suficiente para que Birdie pudesse correr caso ele se aventurasse para perto.

— Agora, por favor, fique aqui. Eu prometo que voltarei. — Ela sustentou os olhos azuis de Birdie, que se encheram de lágrimas. — Nunca te deixarei. Nunca.

Nem mesmo a morte poderia romper o vínculo.

Com um aceno fraco, Birdie recuou, e Margrete deu-lhe uma última olhada antes que ela voltasse para as águas agitadas.

Águas que agora pertenciam aos filhos do deus.

Com o *Mastro de Ferro* à sua esquerda, Azantian à frente e Bash e a serpente se aproximando à sua direita, Margrete endureceu a coluna e remou tão rápido e tão forte quanto seu corpo permitia.

Outro grito soou, seguido pelo rugido de um homem. Bash saltou da lateral do barco...

Diretamente nas costas da serpente.

Ele fez uma pausa, recuperando o equilíbrio, e, em seguida, aproximou-se da cabeça da serpente. Bash planejou atacar onde doeria, onde ele teria a maior chance de matar a besta.

Ele estava quase chegando quando uma onda quebrou contra a lateral da serpente, mandando Bash cambaleando para frente. O tempo desacelerou quando ele ergueu a adaga, o metal brilhando ao luar. Ele soltou um grito de guerra enquanto enfiava o metal nas costas da criatura, perto do pescoço.

A serpente soltou um grito estridente, batendo a cauda poderosa nas águas enquanto urrava de indignação. Bash a abraçou pelas costas, conseguindo levantar a arma novamente e fincá-la mais uma vez, cortando entre as escamas serrilhadas.

Enquanto a serpente se debatia, resistindo, na tentativa de se livrar de Bash, um estrondo de trovão abalou a terra e o mar. Como se respondesse, o animal acalmou seus movimentos bruscos, sua boca gigante elevando-se das ondas para a noite, procurando.

Bash se segurou, com o punho da faca ainda cravado nas costas do animal, mas ele também olhou na direção que a serpente olhou.

A ilha estremeceu de raiva, e raios irregulares de relâmpagos cruzaram o céu nublado. Gotas grossas de chuva atingiram a pele de Margrete e cortaram suas bochechas, mas cada onda a levava para mais perto de Bash, e ela não fez nada para resistir.

A serpente diminuiu a velocidade, permitindo que Margrete alcançasse seu corpo flexível, embora ela permanecesse cautelosa com sua cauda mortal. Tão perto assim, Margrete podia ver seus espinhos, que brilhavam ao luar.

Apenas nove metros agora a separavam do homem que ela gostava. O homem que ela iria resgatar. Bash a salvou mais vezes do que ele sabia — e não apenas da morte.

Antes que o céu entrasse em erupção, as águas ao redor da serpente ondularam. Margrete apertou os ouvidos quando um estrondo ensurdecedor perfurou o ar. No centro das ondas espumantes, a água começou a subir e a silhueta de um homem subiu de um redemoinho de espuma e carvão. Os olhos de Margrete se arregalaram quando os ventos brutais chicotearam dolorosamente seu rosto.

Ela tinha que ir até Bash. *Sem falta.* Antes do que quer que aquilo fosse alcançasse os dois.

— Bash! — gritou ela para o caos e o vento. O rei, mal se segurando na serpente, se virou ao som da sua voz. Seus olhos esmeralda eram uma centelha de cor em meio à escuridão.

— Margrete! — gritou ele de volta, a voz dolorida. — Saia daqui! Não se aproxime.

Suas mãos apertaram os remos. Ela continuou remando contra as águas turbulentas, ignorando seus apelos e gritos desesperados para que ela se afastasse. Bash já devia saber como ela era.

Sua determinação só vacilou quando a imagem da figura ficou mais nítida. Do spray do mar, ele subiu. Seu corpo nu estava escorregadio e coberto de algas, e uma massa de fios negros emaranhados coroava sua cabeça. Ele tinha um nariz reto e fino, cabelo do tom mais escuro da meia-noite e um queixo quadrado. Margrete ficou em choque ao observar seus olhos, que eram da cor das safiras mais claras. Ele tinha correntes penduradas ao redor da garganta, ferro grosso que o envolvia e sacudia conforme sua forma etérea avançava em direção à serpente. Em direção a Bash.

O homem não atravessava as águas que comandava, ele *deslizava*, a correnteza levando-o para frente.

Margrete nunca tinha visto um deus antes, mas ela sabia, sem dúvida, que estava diante de um deles agora. O poder dentro dela cantava como se reconhecesse seu verdadeiro dono.

Malum.

O céu entrou em erupção, listras prateadas de teias de aranha de fogo cruzando as nuvens escuras de tempestade. Enquanto o mundo pegava fogo, Margrete avistou Bash lutando para ficar em cima da serpente. Ele nunca teve uma chance contra a besta, e sua adaga não fez nada além de irritar a criatura. Ele não era de ficar parado assistindo à destruição de seu reino, mesmo que isso garantisse sua própria morte.

Assim que a serpente diminuiu a velocidade, quase como se sentisse a presença de seu criador, Margrete gritou o nome de Bash, um guincho frenético que combinou com o rugido do trovão que se seguiu. O rei ergueu a cabeça em sua direção, e o branco dos seus olhos brilhou na escuridão.

— Margrete! — gritou Bash, sua voz falhando. Seus olhos se encontraram, mesmo à distância, mesmo quando ela sentiu Malum se aproximando. O poder ondulou do seu corpo imortal, o ar cheio de tensão.

As ondas em torno da serpente começaram a subir, mas Bash não estava prestando atenção. Seu foco permaneceu apenas em Margrete, e ele nem mesmo vacilou quando o Deus do Mar rugiu, o barulho sacudindo as ondas sobre as quais eles balançavam.

Em um momento, Bash estava em sua mira, vivo e lutando para sobreviver, e, no outro, o mar que ele amava desabou sobre ele e levou seu corpo para baixo.

Ele não voltou à superfície.

CAPÍTULO QUARENTA E SETE
Margrete

Margrete gritou noite adentro, o som áspero, quebrado e cheio de raiva.

Raiva de Malum.

Uma raiva fervente que borbulhava em seu sangue e deixava sua visão avermelhada.

A serpente tinha sido puxada para o fundo do mar, Bash junto com ela. Nenhum deles ressurgiu.

Ela ergueu o olhar para Malum.

Os olhos dele eram azuis, mais claros do que qualquer pedra preciosa. Sobrenatural.

— Salve-o! — rugiu ela, os dentes à mostra e as mãos cerradas. Ela largou os remos e a madeira bateu no fundo do barco. Seus braços estavam doloridos da remada extenuante e bolhas se formaram em suas mãos. A chuva a encharcou da cabeça aos pés, e seu cabelo comprido formava uma coroa emaranhada ao redor da cabeça. Ela se esforçou até o limite, tanto mental quanto fisicamente, e agora estava cambaleando na borda do barco, um pé pendurado na lateral do penhasco.

Ela ousou chamar seu nome.

— Malum!

Os ventos devoraram o som da sua voz, mas ela sabia que ele a ouvia, sabia que ele podia sentir o gosto da sua angústia amarga.

O Deus do Mar elevou-se sobre ela — bem mais de três metros de altura — e a água dançou ao longo das suas panturrilhas enormes. Ele olhou para onde Bash havia sido puxado para baixo, e um olhar pensativo passou por seu rosto escorregadio. Então ele ergueu a cabeça.

Seus olhos se encontraram, todo o mundo ao redor deles esquecido.

— Por favor — sussurrou ela. Uma única lágrima desceu por sua bochecha, misturando-se à chuva.

Um coração por um coração, foi tudo o que ele disse, sua voz suave contra as bordas da mente dela.

Margrete assentiu, engasgando com um soluço.

Ele iria salvá-lo. Ele resgataria Bash, e tudo o que seria necessário era algo que ela nem queria — o coração de um deus.

Malum posicionou as mãos em conchas e as ergueu contra o peito. Seus lábios carnudos se moviam silenciosamente enquanto ele falava, proferindo palavras que ela sabia não pertencer a mortais.

Margrete agarrou o escaler. As águas estavam se abrindo, movendo-se, girando. Elas giraram e se agitaram e balançaram...

Depois do que pareceu uma eternidade, uma cabeça ruiva emergiu das profundezas, e o corpo do rei de Azantian foi erguido acima do mar, com as pernas balançando.

Seus olhos estavam arregalados.

Margrete soltou o ar dos pulmões com uma pressa dolorosa, enquanto mais lágrimas caíam, embora fossem de alegria. Ele não tinha se afogado. Malum o salvou antes que ele fosse tirado dela.

Ele vive, pequenina, disse Malum. *Agora preciso do que me pertence. Eu vou destruir...*

Bash foi arremessado no ar, jogado de volta nas ondas como uma boneca de pano. Margrete gritou, voltando-se para as águas que espirraram nas laterais da sua embarcação. Ela procurou o topo da cabeça dele, o castanho-avermelhado profundo do seu cabelo, sem nem mesmo olhar para o Deus do Mar.

— Margrete!

Ela se virou, perseguindo a voz que para sempre a encontraria. *Lá.* Bash estava flutuando, balançando nas águas à sua esquerda, acima da água.

Margrete se voltou para Malum.

O deus não estava mais lá.

Ela analisou a superfície das ondas em busca de qualquer sinal dele, mas apenas o ondulante azul e preto a encaravam de volta. Ela se acomodou e rapidamente pegou os remos, mergulhando-os e remando em direção a Bash.

Ela não conseguia entender para onde Malum tinha ido. Estava dando tudo de si para chegar a Bash.

Margrete estava quase perto do seu rei quando uma grande onda atingiu o barco. Veio do nada, tão feroz, tão impossivelmente forte, que estilhaçou a madeira e partiu-o ao meio com um estalo nauseante.

Ela estava voando... e então, de repente, estava caindo, despencando. Margrete atingiu a água com força suficiente para roubar seu fôlego, e seus braços se agitaram enquanto ela tentava se sustentar na água. O pânico roubou tudo o mais, e havia apenas a necessidade de ficar à tona, para não sucumbir às profundezas que acabariam com sua vida.

A mão de Margrete pousou em uma das metades do barco quebrado, seu peito arfando enquanto ela se encaixava na parte lateral. A madeira cravou em sua barriga, e ela engasgou, respirando fundo, amaldiçoando-se por nunca ter aprendido a nadar. Seria sua ruína.

Tirando o cabelo dos olhos, ela voltou sua atenção para frente, para onde os dois corpos imortais colidiram como um trovão.

Uma massa preta e cinza colidiu com a figura que ela sabia ser Malum.

As nuvens cinza se transformaram em braços e pernas. Margrete observou a outra entidade, Darius, se recompor. Cabelos dourados, em complemento ao seu corpo bronzeado, coroavam sua cabeça, os fios parecendo fiapos de pura luz do sol e seda. Ela podia senti-lo, *ouvir* sua voz aveludada mesmo agora, enquanto ele se virava em sua direção. Uma máscara de prata incrustada com opalas cobria a metade superior do seu rosto, embora ela vislumbrasse um par de olhos que eram da cor dos mares mais límpidos.

Darius quebrou o contato e se virou para enfrentar seu inimigo. Ele passou os braços em volta do pescoço de Malum, os movimentos do seu irmão lentos enquanto ele lutava.

Margrete imaginou que os séculos presos na ravina o tinham enfraquecido e que as correntes ao redor do seu pescoço pesavam. Ela entendeu do que ele abriu mão quando presenteou Azantian com seu coração.

Sua imprudência seria a sua morte.

Darius agarrou as pontas de uma corrente grossa, e um raio o atingiu quando ele soltou um grunhido. Aumentou a força, e o metal cravou violentamente na garganta de Malum.

O trovão sacudiu o mundo com força suficiente para os ossos de Margrete chacoalharem, e os céus se abriram para permitir que uma chuva violenta caísse, as gotas fortes o suficiente para machucar.

Aquela não era uma tempestade comum.

— Desista! — berrou Darius, forçando as correntes mais fundo na garganta do irmão. Os dois estavam suspensos no ar, as águas impetuosas subindo até roçar em suas formas divinas.

Malum balançou a cabeça e levou as mãos ao pescoço para puxar as correntes. Ele sibilou pouco antes de Darius conduzi-los sob a água, movendo-se tão rápido quanto o relâmpago que quebrou a noite.

— Margrete!

Ela se virou ao som do seu nome para encontrar Bash nadando até ela, seus braços cruzando a água com força e facilidade.

— Fique onde está!

Como se ela pudesse se mover, mesmo se quisesse.

Bash diminuiu a distância entre eles, ofegando, enquanto lutava para se manter à tona. Ele estava vivo, mas ficar debaixo d'água por tanto tempo claramente lhe custou caro.

— Você está bem? — perguntou ele, sua voz quase um fiapo. — Por que veio aqui?

Margrete teria rido de raiva dessa pergunta se eles não estivessem à beira da morte.

Ele agarrou a mão dela, firmando seus dedos trêmulos. O ar estava excepcionalmente frio, e ela percebeu, então, que estava tremendo.

— E-eu tinha que t-te resgatar — gaguejou ela, seus lábios tremendo. — Para que pudesse eu mesma m-matar você, seu idiota. — Ela soltou uma risada sufocada, e seu interior se aqueceu quando um sorriso enfeitou o rosto dele.

A mão ao redor da dela a apertou com mais força.

— Eu não podia deixar você ficar naquele navio, e eu tinha que matar a serpente antes que ela devorasse tudo em seu caminho. Eu não poderia assistir... eu não poderia assistir você morrer.

Margrete engoliu em seco, pronta para repreendê-lo por arriscar sua vida, quando um estrondo retumbante abafou todos os sons.

Os irmãos dispararam pelo ar, direto das ondas, seus braços e pernas musculosos um borrão enquanto lutavam. Darius ainda mantinha a vantagem, mas Malum não desistia.

Quando Malum deu um soco que fez seu irmão voar, os lábios de Margrete se contorceram em um sorriso esperançoso.

Mas Darius já estava de pé, flutuando nas ondas em direção ao irmão.

Ele parou no meio do caminho para espiar por cima do ombro, e aqueles penetrantes olhos azuis encontraram os dela enquanto ela balançava para cima e para baixo no oceano. Margrete engasgou ao ver aquele sorriso, seus lábios se curvando em algo perverso. A máscara escondia o resto do seu rosto, mas ela podia ver seu deleite pecaminoso bem o suficiente.

Você é a próxima, querida.

As palavras sussurraram nos seus pensamentos, mãos fantasmas parecendo se estender e roçar em sua mente. Ela podia senti-lo em todos os lugares — Darius rompendo suas barreiras mortais com facilidade. Aquele sorriso dele floresceu, e então ele se voltou para o irmão.

— Isso é loucura — rugiu Malum. — Você não teve o suficiente depois de mil anos? Não é hora de acabarmos com isso?

Darius riu, o som parecendo um ronronar.

— Ah, sim. Eu acredito que é hora de acabarmos com isso de uma vez por todas, querido irmão.

Em um momento, Darius estava a quinze metros de Malum, e, no seguinte, seu corpo musculoso trombava com o do irmão gêmeo. Os dois imortais colidiram e causaram uma explosão de luz devastadora.

Margrete agarrou a mão de Bash conforme os deuses se aproximavam. Darius segurou as correntes de Malum e torceu seu irmão de modo que encarasse Margrete e Bash. Um brilho diabólico faiscou nos olhos não humanos de Darius quando ele puxou as correntes tensas. O rosto de Malum se contorceu e sua pele ficou em um tom doentio de azul. Então Darius o soltou...

O corpo do seu gêmeo despencou na água, quebrando-se em tufos de luz e espuma do mar.

Darius se virou mais uma vez para onde Margrete se agarrava a Bash. Sua mira agora estava voltada para o rei, e seus olhos brilhavam como prata, cintilando com faíscas de eletricidade. Ele sorriu.

E então Darius liberou o restante do seu poder.

Diretamente em Bash.

CAPÍTULO QUARENTA E OITO
Margrete

A mão de Bash deslizou pela dela antes de Margrete conseguir reagir, e seu corpo foi arrastado sob as águas turbulentas. O único deus ali era aquele que não faria nada para salvá-lo.

O coração de Margrete parou.

Quebrado.

Estilhaçado.

Ela não conseguia nem gritar, não podia implorar a Darius para poupá-lo, pois ela sabia que ele não tinha intenção de atender ao seu pedido. Com os restos efervescentes do seu irmão a seus pés e nada além de espuma subindo e descendo nas cristas azuis, Darius fixou o olhar nela.

Agora, tudo está como deveria ser.

Margrete encarou o deus vingativo que parecia determinado a fazê-la sofrer, e então soltou um grito ensurdecedor de raiva.

Seu corpo queimava e a essência dentro dela aqueceu, enrolando-se como uma cobra que se preparava para atacar. Margrete ergueu a mão do barco quebrado, e um clarão azul acendeu na palma de sua mão como um fogo furioso.

Os olhos de Darius se estreitaram, a visão o fez franzir a testa.

Você é o próximo, ela pensou, enviando sua promessa letal para o mundo. Ela lançou a ele um último olhar de raiva escaldante antes de soltar a madeira completamente e mergulhar nas águas nas quais, em outra ocasião, tinha se afogado.

Seu corpo estava aceso com uma energia estranha, um zumbido que impulsionava suas pernas a se moverem e seus pulmões a incharem de água. Ela inalou a água e a liberou como se fosse ar. A visão de Bash lançado ao mar matou a garota que ela tinha sido. Acabou com ela.

Em seu lugar, estava uma mulher que destruiria os mares para encontrá-lo.

Margrete avançou, movendo as pernas mais fundo na escuridão eterna, enquanto a água a ajudava a impulsionar. Ela chamou o próprio mar, as muitas partes que o compunham. Ela falou com ele. *Comandou-o.*

O mar ouviu.

Ficou escuro, mais escuro do que a mais escura das noites, mas Margrete estava determinada a ver, a adotar a visão de uma criatura do fundo do mar. Pouco a pouco, a penumbra tornou-se um azul nebuloso e nublado, iluminado o suficiente para distinguir a figura se afogando a menos de três metros de distância.

Com apenas Bash ocupando a sua mente, Margrete nadou com velocidade feroz até ele. Os fios do seu cabelo ruivo flutuavam sobre seu rosto sem vida.

Um grito de batalha escapou para as profundezas borbulhantes, um grito de vingança prometida e amor desesperado. Não foi abafado como a maioria dos sons tão profundos, mas, em vez disso, foi tão claro quanto a estrela do norte em uma noite sem nuvens. Ela estendeu a mão, tentando segurar as pontas dos dedos dele.

Ele estava afundando. Rápido.

A adrenalina ardia dentro dela, mas Margrete sabia que estava perdendo energia, mesmo com a magia ancestral de um deus correndo em suas veias.

Um poder que ela não tinha ideia de como usar.

Seus olhos esmeralda estavam fechados, e a pele, pálida, mas ela estava decidida a ver seus olhos verdes novamente. O sorriso zombeteiro e o sorriso raro e genuíno que parou seu coração quando apareceu. Bash abriria os olhos e beijaria seus lábios, e ela o repreenderia por ser tolo o suficiente para atacar a serpente sozinho.

Bash não estava prestes a morrer. Não depois que ela tinha acabado de experimentá-lo.

Com a força esmagadora de um propósito, Margrete esticou seus membros escaldantes, e seus dedos finalmente roçaram o linho da camisa dele. Ela o puxou para cima, envolvendo a mão com força em torno do seu braço, e puxou seu corpo sem peso para o dela.

Margrete segurou o seu pirata contra o peito, o pânico crescendo enquanto voltava a atenção para a superfície. Ela rangeu os dentes enquanto se esforçava para continuar nadando. Mesmo que seus membros tremessem e sua visão tremulasse com alfinetadas escuras, ela chutou e se debateu quando uma corrente não natural os ergueu mais alto. A luta ainda não a havia abandonado. Bash a salvou uma vez, quando essas mesmas águas desejaram reivindicar sua vida, e ela pretendia retribuir o favor.

Ela não o deixaria.

Nunca.

A GAROTA QUE PERTENCIA AO MAR

CAPÍTULO QUARENTA E NOVE
Margrete

Quando a luz novamente atingiu as ondas tumultuosas, não foi gerada pela eletricidade. Foi uma colisão cataclísmica de renascimento transcendente e a força comandante do amor pulsante.

Margrete engasgou ao romper a superfície. Sem o costume de ter pulmões que podiam respirar água, ela tossiu o líquido salgado e avidamente ofegou.

Em seus braços trêmulos estava o corpo de um rei. Sua forma musculosa pesava sobre ela, mas Margrete lutou contra a corrente. Ela gritou seu nome, uma e outra vez, como alguém que entoa uma oração.

Ou uma maldição.

O calor ardente dentro dela aumentava a cada momento que passava sem que Bash ofegasse por ar. A cada segundo que ele não abria os olhos e sorria.

Seus braços se apertaram ao redor dele, cheios de proteção, e o fogo místico dentro dela floresceu. Ele estourou e se estilhaçou. Ele a quebrou e a recompôs. Margrete se sentia refeita de dentro para fora.

As águas, como se sentissem a divindade fluindo em seu sangue, responderam, erguendo Bash e Margrete acima das ondas. Eles foram levados para a costa oeste. Para a terra. Para a segurança.

O som do mar era tudo o que ela podia ouvir — a melodia composta por notas ternas e indóceis. Margrete embalou Bash enquanto a ária celestial se aquietava até se transformar em um sussurro suave, e a maré por fim os deixou nas areias.

Sem a ajuda das águas às suas costas, Margrete lutou para erguer o rei, para puxar seu corpo amolecido para a praia. Mas algo tão potente quanto o poder do Coração deu a ela a força para carregá-lo e pousá-lo suavemente até os finos grãos de ouro.

— Bash! — gritou. Nenhuma resposta. Apenas o som das ondas quebrando.

Colocando a cabeça em seu peito, ela procurou o som de batimento cardíaco, um sinal de vida.

Ela não ouviu nada além do silêncio vazio da morte.

Margrete praguejou e segurou-o pelos ombros, sacudindo-o. Ele não acordou, então ela bateu os punhos no peito dele.

Nada — seu peito permaneceu imóvel.

A guerra grassava ao seu redor, mas ela não prestou atenção aos gritos distantes de batalha. Ela não conseguia respirar, não quando Bash não conseguia.

Em um ataque de pânico, ela esmurrou o peito dele com as mãos, lutando para reiniciar o coração que ela sabia que tinha parado de bater. O tempo passou como um borrão, mas ela não desistia, a voz rouca de tanto gritar na noite. Ela gritava o nome dele, mas o que se ouvia era gutural, cru, totalmente animalesco.

Era o som de uma derrota angustiada.

— Não. — Ela fungou, a mão tremendo para tocar o rosto dele.

Ele parecia tão pálido, tão congelado.

— Acorde!

Seus pequenos punhos bateram contra ele mais uma vez, contundentes e violentos. Ela não se importava com nada além da ascensão e queda da vida — do ar enchendo seus pulmões.

Ele permaneceu muito quieto.

— Você não pode morrer — sussurrou. — Seu povo precisa de você.

Ela precisava dele.

— Não se atreva — ameaçou ela, engolindo em seco. Cada inspiração era insuportável. Cada minuto que ele não se mexia despertava uma nova onda de agonia dentro dela. — Você...

Margrete parou.

Ela ergueu as mãos do seu peito imóvel. A lua brilhava no belo rosto de Bash e ele parecia estar dormindo. Pacífico. Isso a maltratou ainda mais.

Ele era apenas outra alma que o mar — não, *Darius* — tinha tomado, e por razões que ela ainda não entendia.

Foi então que o pensamento mais surpreendente ocorreu a Margrete.

O mar foi onde ele perdeu a vida.

O mar quase havia tirado a vida *dela*.

Margrete detinha alguns dos poderes do mar. Os poderes de Malum.

Com um propósito renovado, Margrete respirou fundo e segurou o rosto dele entre as mãos, uma de cada lado. Ela o segurou com força suficiente para machucar, mas sua mente já tinha começado a derivar para um reino além do físico: para o lugar onde o mar e sua própria vida se misturavam.

Onde a essência sagrada de Malum morava.

— Bash, volte para mim — ordenou ela, sua respiração aquecida fazendo cócegas em sua carne pálida. O vento então aumentou e uma brisa fantasmagórica acariciou as bochechas de Margrete, despenteando seus cachos. — Eu exijo.

Conforme as palavras saíam dos seus lábios manchados de lágrimas, seu corpo tremia, e o calor sagrado do coração roubado de um deus queimou seu interior.

Margrete gritou enquanto mil imagens passavam por sua mente.

Ventos fortes e belos amanheceres. Gaivotas com asas abertas deslizando pelo vasto céu. A lua cheia roçando o topo das ondas de espuma do mar, a luz filtrando até preencher as profundezas com magia.

Margrete sentiu um grupo de golfinhos selvagens além das rochas.

Grandes tubarões brancos à caça da sua refeição. Ela avistou os vibrantes recifes de coral e uma estrela-do-mar laranja no chão arenoso. Tartarugas-marinhas recém-nascidas nadaram pela primeira vez nas profundezas azuis, e águas-vivas rosadas giravam acima das suas conchas verdes. Havia um mundo inteiro além da costa, cheio de feras impressionantes e criaturas coloridas dolorosamente bonitas.

Ela cantou para todos eles, chamando-os e implorando para que uma única alma fosse devolvida a ela. Os golfinhos deram um assobio agudo; os tubarões diminuíram o ritmo e ignoraram a sede de sangue para ouvir. As águas-vivas brilharam com uma luz estranha e as tartarugas-marinhas bateram as nadadeiras. Mais longe, um grupo de baleias azuis emitiu uma resposta reverberante.

Arraias, cavalos-marinhos, polvos, lulas, caranguejos, mariscos, enguias...

O oceano inteiro respondeu em um coro confuso de vida abundante.

— Volte para mim, Bash.

Uma pontada aguda, com a duração de um simples batimento cardíaco, atingiu o peito dela, perfurando seu coração, e uma luz primorosa cegou sua visão.

E então ela ouviu...

Uma inspiração.

— Bash! — gritou ela. Ela o ajudou a virar de lado enquanto ele vomitava água salgada e os restos da morte.

Minutos se passaram antes que ele se virasse para encará-la, e vê-lo, vivo e respirando, foi a coisa mais linda que ela já testemunhou. Mas o rosto bonito que ela aprendera a amar havia mudado.

Seus olhos... Eles não eram mais da cor de esmeraldas, e nenhuma mancha dourada pontilhava suas íris. O mar havia tirado sua vida e devolvido sua alma após a morte. Por causa disso, ele mudara para sempre.

Bash encontrou seu olhar com adoração e ternura — com íris de meia-noite sedosa e fumaça cinza.

— P-princesa — gaguejou ele, tossindo.

Através dos seus próprios olhos azuis alterados, Margrete bebeu na escuridão das suas piscinas turvas e vislumbrou a beleza da sua noite eterna.

— E-eu q-quase te perdi — gaguejou ela, quase sem acreditar que ele estava ali em seus braços, a cor lentamente voltando às suas bochechas. — Darius. E-ele usou o poder dele em você, olhou diretamente para você enquanto matava o irmão. Enquanto matava Malum. Ele queria matar você também, e acho que ele... acho que ele conseguiu.

E com os poderes de Malum, ela o trouxe de volta.

— Malum morreu? — Bash lutou para se erguer sobre os cotovelos, suas feições alarmadas. Margrete envolveu seu torso com os braços e o ajudou a levantar.

— Ele se transformou em espuma do mar diante dos meus olhos — disse ela, com o peito apertado. Ela não conhecia Malum, mas um pedaço dele residiu dentro dela durante toda a sua vida e, por isso, ela sentiu a perda dele.

— O que aconteceu com Darius? — perguntou Bash, seus olhos ficando mais nítidos, seu corpo tenso como se estivesse se preparando para a luta que viria. E haveria uma luta. Darius tinha praticamente prometido que voltaria para isso.

Ele disse que ela seria a próxima.

— Não tenho certeza do que aconteceu com ele. Eu mergulhei atrás de você.

Bash balançou a cabeça.

— Você não sabe nadar. Não entendo.

— Eu também não, Bash, mas, quando Darius te mandou abaixo das ondas, experimentei este... *calor*. Essa força. Não sei como explicar, mas eu *o* sinto. Malum.

Bash colocou uma mão gentil em seu ombro, seus dedos tremendo.

— Seja o que for, vamos descobrir juntos. Lembre-se, você não está mais sozinha.

Ela sorriu.

— Nem você.

Bash fechou os olhos com força. Então os abriu e olhou para ela, seu olhar cheio de mil palavras não ditas.

Palavras que ele nunca precisaria falar para ela entender.

Então, em vez de responder em voz alta, ela encostou os lábios nos dele, saboreando a doçura do renascimento.

O beijo foi uma carícia gentil. Um lembrete de que a vida fluía em suas veias, que o ar enchia seus pulmões e que, até aquele momento, eles não tinham sido derrotados. Eles estavam inteiros.

Bash se afastou primeiro, apenas o suficiente para olhar em seus olhos, que estavam cheios de lágrimas não derramadas. Ele a olhou como se ela fosse o ser mais lindo e encantador que ele já vira.

Mas era hora de deixá-lo...

Hora de enfrentar Darius e o pai.

Margrete sabia o que tinha que fazer e implorou a Bash que confiasse nela.

— Eu tenho que fazer isso. — Ela segurou suas bochechas com barba por fazer antes de ajudá-lo a se levantar. — *Sozinha* — adicionou, quando ele ergueu uma sobrancelha. — Isso não é apenas entre meu pai e mim, mas entre mim e Darius. Essa força de que te falei? Eu a sinto agora. E sei que posso enfrentar o que quer que esteja lá fora.

— Não gosto disso. — suspirou Bash, seu pomo de adão balançando de emoção. Ele colocou o rosto dela entre as mãos, um toque gelado contra sua pele aquecida. — Não posso perder você, Margrete. E *não vou.*

O medo ressoou claramente em sua voz, e Margrete sorriu, sombria.

— Bash, essa *coisa* dentro de mim... é uma coisa que eu *tenho* que fazer. — Ela inclinou a cabeça para o lado sul da ilha, onde o *Mastro de Ferro* estava atracado. Para o local onde dois deuses lutaram. — Você tem que confiar em mim, como eu confiei em você. O que preciso é que você verifique se Birdie está bem. *Por favor.*

Uma guerra rugiu em seus olhos, mas Bash assentiu, a mandíbula cerrada.

— Irei ao encontro dela — prometeu ele. — E confio em você, mas se algo te acontecer...

— Não vai — jurou ela, mas os dois sabiam que ela não poderia prometer tal coisa.

— Então vá — disse ele, pegando as mãos dela. — Mas volte para mim, princesa.

— Sempre, Bash. — Margrete baixou as mãos e recuou para as ondas. Ela sustentou seu olhar até que as águas roçassem suas panturrilhas, e, então, com um último olhar, ela se virou e encarou o mar que a chamava.

Ela fechou os olhos e ouviu os sussurros etéreos que dançavam em sua mente, seus lábios se movendo, ecoando as vozes dos antigos.

E então Margrete Wood subiu, as águas a seus pés a elevando acima das ondas.

Ela deu o primeiro passo à frente.

As ondas seguiram.

A GAROTA QUE PERTENCIA AO MAR

CAPÍTULO CINQUENTA
Margrete

Ventos açoitavam impiedosamente o rosto de Margrete enquanto a onda poderosa que ela comandava a levava para mais perto de onde a batalha acontecia.

Ela concentrou seus pensamentos em uma única palavra...

Suba.

A magia dentro da sua alma ganhou vida e sua pele pegou fogo. Uma dor aguda a centrou, e uma paz misteriosa a envolveu.

Seu destino era estar ali; sua sina era suportar o capitão e a crueldade dele, porque ela estava destinada a destruir a escuridão que o habitava.

Não importava se os deuses a tivessem guiado até aquele lugar. Margrete retomaria o controle e certamente não seria um peão.

Nem mesmo pertenceria a um deus.

Por instinto, ergueu os braços para o céu claro, o amanhecer a apenas algumas horas de distância.

— *Arias moriad!* — O comando saiu dos seus lábios sem pensar. As palavras eram tão antigas e mágicas quanto o sangue que corria em suas veias. Uma grande onda de energia sacudiu seus ossos enquanto as águas furiosas amontoavam-se, prontas para cumprir suas ordens.

Aninhado profundamente em seu núcleo repousava um poço de luz azul íris. Essa luz irradiava gavinhas que faziam cócegas no interior da sua forma mortal, estendendo-se para cobrir cada centímetro de carne vulnerável. A poeira estelar amarela floresceu do centro da sua alma esfumaçada, uma força de encantamento antigo que lentamente tomou forma. Margrete mergulhou mais fundo, sussurrando para a força absoluta que ela continha, exigindo a força de uma magia estrangeira.

As pálpebras fechadas de Margrete tremeram e seu corpo balançou. As ondas balançaram para a frente e para trás, até que um vento violento guiou as águas e as transformou em uma parede de pedra líquida diante dela — uma parede que prometia devastação. A onda colossal passou pelo lado sul da ilha, Margrete flutuando como um deus colérico em seu dorso.

Lá estava. O *Mastro de Ferro* era apenas uma mancha nas ondas.

Margrete avistou suas velas vermelhas e pretas. Ela se lembrou da sua juventude, uma época em que o navio parecia ser o mais poderoso e formidável conhecido pelo homem. Agora, não parecia mais do que um brinquedo.

Fácil de destruir.

Margrete foi para trás da sua parede de água, os ventos implacáveis empurrando-a para mais perto. Focada em seu objetivo à frente. Apenas seu alvo.

A raiva de Margrete aumentou enquanto ela procurava nas ondas por Darius, por sua forma etérea de fumaça e prata, mas não havia nada além do *Mastro de Ferro* e os mercenários lutando na costa.

Ela focou toda a sua atenção no navio do capitão. Margrete se preocuparia com o Deus do Mar mais tarde. Ela exigia o sangue do homem que tentou arruiná-la. O homem que foi inflexível e tentou extinguir seu espírito de luta. Ele tinha falhado, e ela iria se certificar de que sua escuridão nunca mais contaminasse outra alma viva.

Observando as velas negras que inspiravam medo em tantos corações, Margrete divisou uma pequena figura no convés, os cabelos loiros grisalhos voando com a brisa. Ao lado dele estava o conde, o rosto voltado para ela, a boca aberta de pânico.

Enquanto Casbian gritava e implorava, seu pai permaneceu imóvel, com a pedra azul-acinzentada que outrora pertencera a um deus em sua mão. De alguma forma, mesmo em um estado tão poderoso, Margrete sentiu o capitão despertar medos e inquietações. Margrete usou esse terror para apontar a parede de água para sua embarcação imoral.

Quando a onda se aproximou — Margrete flutuando como um anjo vingativo atrás da onda colossal —, o capitão sorriu para ela. Seu sorriso parecia brilhar com um orgulho cruel.

Margrete não sorriu para ele. Não quando a barricada que ela havia criado bateu impiedosamente em seu navio, devorando todos os homens a bordo. As pranchas de madeira se estilhaçaram e se partiram, e os gritos ensurdecedores da tripulação encheram o ar.

Ela não sentia prazer na destruição. Nem mesmo na dele.

A última coisa que Margrete viu do pai — do homem que falhou em destruí-la — foi o brilho de aço em seus olhos. Isso permaneceu até o fim, mesmo quando as águas pesadas o varreram do convés e o arrastaram para o caos das ondas, devorando-o com um golpe esmagador.

Ele morreria... e o Coração também. Seria arrastado pelas ondas e levado pela corrente.

O pouco poder que restou na gema ficaria perdido...

Por enquanto.

Margrete ergueu os braços e as águas que comandava giraram em um redemoinho frenético. Fugir de uma morte na água seria impossível.

As ondas agitadas aliviaram sua dança furiosa e se acalmaram em um balanço calmante. Somente quando o capitão não existia mais, depois que seu navio perverso foi destruído, Margrete descansou. O peso dos anos sob seus olhos vigilantes de pedra se dissipou. O ar estava mais doce, e madressilva se misturava com o sal natural da brisa do oceano.

Desviando os olhos das ruínas da sua vida passada, Margrete Wood mirou na ilha de Azantian. Um lugar de magia e mito.

O lugar que ela agora chamaria de lar.

O destino que ela escolheu.

A GAROTA QUE PERTENCIA AO MAR

CAPÍTULO CINQUENTA E UM
Margrete

As pálpebras de Margrete tremulavam abertas em uma sala cheia de sombras. Sua cabeça latejava e todos os músculos doíam e pulsavam. Ela praguejou e piscou até que sua visão clareou, embora pontinhos pretos continuassem dançando em sua visão.

Ela olhou ao redor.

Pesadas cobertas pretas cobriam seu corpo, e ela estava cuidadosamente posicionada no meio da cama mais macia que poderia imaginar. Perto dali, um fogo fraco florescia em uma lareira diante de duas cadeiras de veludo de espaldar alto. Fumaça, madeira e outro cheiro familiar encheram seus sentidos.

Os aposentos de Bash.

Com um gemido, Margrete se apoiou nos cotovelos e apertou os olhos na luz fraca em busca de um sinal do rei. A última vez que ela o vira foi pouco antes de destruir o navio do seu pai. Depois disso...

Margrete não tinha ideia de como chegara ali.

Ela estava prestes a abrir a boca e chamar por ele quando uma figura ampla emergiu das sombras do quarto. Instintivamente, ela estremeceu com a visão. Sua mente recordou Darius, para o deus que jurou que iria atrás dela, mas então o homem se aproximou do fogo, revelando o rosto preocupado do seu rei.

— Bash — disse ela, sua voz rouca. — O que aconteceu? — Ela fechou os olhos com força, os dedos tocando a têmpora.

— Ei, está tudo bem, princesa. Você está bem. — Ela abriu os olhos e ele já estava ao seu lado.

Ela percebeu, então, que, mesmo com as cobertas, ela estava tremendo. Seu corpo inteiro parecia ter sido mergulhado em água gelada.

Bash se sentou ao lado dela e segurou suas mãos. As chamas escassas da lareira destacavam cada torção de emoção que ele não conseguia mascarar.

— Está tudo bem — assegurou ele, antes que ela pudesse perguntar. — O capitão se foi, e Adrian e Bay mataram seus mercenários.

Ela relaxou, embora apenas ligeiramente. Adrian e Bay estavam vivos.

— E Birdie? Onde está minha irmã? — O medo atou suas palavras. Ela a deixou nas docas, onde a serpente...

— Ela está segura, juro — Bash se apressou em dizer. — Shade a encontrou escondida embaixo de um escaler depois... depois que o navio de Wood afundou.

Ele quis dizer depois que Margrete o *matou*.

Seu peito apertou dolorosamente.

Uma lembrança de Shade no dia das festividades voltou para ela, da marca de queimadura denteada escondida pelo cabelo. Margrete afastou o desconforto que a imagem evocava. Ela estava sendo paranoica, mas, depois de tudo que experimentou, tinha todas as razões para estar.

— Onde está Birdie agora?

— Dormindo em segurança em um quarto neste mesmo corredor — Bash revelou, segurando sua bochecha com ternura. — Tenho certeza de que ela vai querer te ver quando acordar.

— Darius? — Seu nome era uma maldição em seus lábios.

O bastardo tinha desaparecido antes que ela pudesse enfrentá-lo novamente.

Bash suspirou, movendo a mão para a nuca dela. A solidez dele acalmou seus nervos em frangalhos.

— Ninguém sabe. Procuramos na ilha por sinais dele, mas não encontramos nada... — Suas sobrancelhas franziram, e ele desviou o olhar, a mandíbula tensa.

— O que foi? — Sentando-se ereta, ela segurou seu queixo entre os dedos e virou sua cabeça para encará-la. — O que mais você não está me dizendo?

Ele engoliu em seco.

— Encontramos o corpo de Ortum. Ele foi localizado pouco antes de Wood entrar na ilha com seus homens.

— Ortum está... morto?

Bash assentiu, o movimento rígido.

— E com ele encontramos outra coisa.

Margrete envolveu os braços em seu torso, sentindo sua dor, mesmo que ele tentasse moderá-la. Ela estaria sempre junto dele, como ele estaria com ela sempre que ela precisasse.

— Havia uma marca no corpo. Dois círculos entrelaçados. — Bash olhou para cima, finalmente encontrando os olhos dela.

O mesmo símbolo que a assombrava. Aquele que ela acreditava pertencer a um certo deus vingativo.

— Não temos certeza do que isso significa, mas o corpo... Bom, parece que ele morreu há semanas.

Ela engoliu em seco. Isso era impossível.

Se Ortum já estava morto há semanas, quem era o homem que ela conheceu? Alguém fingindo ser o conselheiro, imitando-o?

Ninguém tinha esse tipo de poder, apenas deuses...

Deuses.

Só um deus poderia possuir uma magia tão potente.

O tipo de deus amaldiçoado para viver como um mortal, para se esconder atrás de rostos humanos.

Margrete ignorou seu pulso acelerado. Até que ela soubesse com certeza, não expressaria seus pensamentos. Bash já estava sofrendo o suficiente.

— Vamos descobrir o que aconteceu — prometeu ela, embora aquilo fosse apenas um consolo insuficiente. Ela estava esgotada, tanto mental quanto fisicamente, e seu corpo ainda zumbia com aquela energia avassaladora que ela não sabia como nomear.

Bash puxou os cobertores e deitou-se ao lado dela. Gentilmente, ele apoiou a cabeça dela em seu peito e passou os braços fortes ao redor dela. Ela ouviu o batimento cardíaco dele latejando em seu ouvido.

Ela apreendeu aquele som, o som da vida, segurando sua melodia perto do seu próprio coração.

— Você salvou a todos nós, princesa — Bash declarou depois que muitos longos momentos se passaram. — Você... você foi magnífica.

— Não fui eu. Foi o coração de Malum que fez.

O poder não era dela. Não *de verdade*.

Ela se virou, e Bash acompanhou seus movimentos. Eles ficaram nariz com nariz, a respiração dele soprando em seus lábios.

Bash segurou o queixo dela entre os dedos.

— *Você* nos salvou. Não um deus. Não o Coração. Você foi corajosa, ousada, e correu para proteger esta ilha. Isso tudo foi *você*.

Ela não *sentia* como se tivesse sido ela e certamente não se sentia corajosa.

— Bash, eu...

— Não duvide de si mesma. Nunca mais — disse Bash, severo. — Você foi magnífica, princesa. Uma deusa.

Margrete estremeceu sob seu olhar penetrante. Seus olhos estavam cheios das sombras mais profundas da noite, mas, dentro de suas íris, estrelas cintilavam. Margrete poderia se perder nelas.

Ela já estava perdida.

Ela serpenteou a mão debaixo das cobertas e arrastou o dedo ao longo da parte inferior da mandíbula forte dele. Ela quase o perdera e precisava *senti-lo*. Se lembrar de que ele ainda estava ao lado dela.

Vivo.

— Eu pensei que tinha perdido você — ela engasgou, mordendo o interior da bochecha para conter as lágrimas iminentes.

O rosto de Bash suavizou, seus olhos escuros vincando nos cantos. Ele agarrou seus quadris e puxou-a para impossivelmente mais perto, seus seios pressionados contra seu peito musculoso.

Ela estremeceu com o contato.

— Eu te disse. Nem mesmo os deuses poderiam ficar no meu caminho. — O aperto de Bash em sua cintura aumentou. — Não quando se trata de você.

O coração dela acelerou e uma única lágrima escapou.

— Você manteve seu voto — declarou ela. O voto que fez para ela no *Phaedra*. Agora era muito mais do que um voto. Muito mais do que uma promessa.

Os lábios de Bash roçaram nos dela em uma carícia terna.

— E eu pretendo mantê-lo. — Ele beijou o canto da sua boca. — E eu vou derrubar qualquer deus — seus lábios se moveram ao longo da curva da sua mandíbula — que tentar tirar você de mim.

Margrete queria acreditar naquilo, ela queria, mas o olhar maníaco de Darius prometendo que iria atrás dela estava gravado em sua mente.

— Bash — murmurou ela. A boca dele foi para a garganta dela, adorando gentilmente sua pele. Cada movimento seu era lânguido, sem pressa, como se eles tivessem todo o tempo do mundo para estar ali. Juntos.

— Me beija — exigiu ela, agarrando seu queixo e trazendo o rosto dele para junto do dela. — Eu preciso sentir você.

Naquele momento, com Bash, Darius não estava esperando por ela nem o coração de um deus descansava dentro da sua alma.

Eram apenas eles.

— Tão exigente — sussurrou ele, pouco antes de pressionar os lábios nos dela. O beijo foi longo, profundo e cheio de faíscas efervescentes que fizeram cócegas dentro do peito dela. Bash gemeu em sua boca, o som transbordando de necessidade.

Ele não estava mais se segurando, e Margrete não queria se segurar também. Eles nunca iriam fingir um para o outro novamente.

Ela sorriu contra a sua boca.

— O que foi? — perguntou ele, recuando para olhá-la. Ele não aliviou o modo feroz como apertava sua cintura, e ela não podia imaginar seus braços em qualquer lugar a não ser em volta dela.

— Nada. Mesmo com tudo o que ainda temos que fazer, estou simplesmente... feliz.

Deuses, ela estava feliz.

Ela pensou no amanhã. Em todos os amanhãs que eles teriam. Pela primeira vez em sua vida, ela ansiou pelos dias que viriam. Mesmo com feras soltas no mundo e um deus desaparecido decidido a caçá-la, Margrete sabia que poderia enfrentar tudo.

Ela tinha o rei de Azantian ao seu lado. Mas, mais do que isso, ela era poderosa por si mesma, com ou sem o coração de um deus dentro dela.

Margrete Wood mudou seu destino.

Deuses e homens que se danassem.

KATHERINE QUINN

A GAROTA QUE PERTENCIA AO MAR

EPÍLOGO
O RETORNO DE UM DEUS

*E*nquanto as estrelas cintilavam em aprovação, e a lua com bordas vermelhas lançava uma luz misteriosa sobre os dois amantes, um tremor sacudiu a caverna sagrada de Azantian.

Este tremor tornou-se um zumbido de vibração que soltou a pedra final que aprisionava o que estava trancado há mil anos.

Caudas farpadas com escamas prateadas nadaram através da fenda estilhaçada que conduzia ao mar, finalmente liberadas no ar úmido e no mundo. Com torsos de mortais e nadadeiras pontiagudas de peixes, aquelas eram as criaturas com almas de ônix e corações implacáveis.

Enquanto escapavam pelo portal rochoso da sua prisão sombria, um rei e a mulher que ele amava adormeciam nos braços um do outro.

Escondido nas sombras, um deus que usava muitos rostos observava o casal com olhos nascidos de borrifos de espuma do mar e do amanhecer. O homem se deleitou com a visão da mulher que roubou o coração que ele desejou possuir por séculos.

O estranho observou a mulher se mexer nos braços do rei, franzindo as sobrancelhas enquanto um pesadelo se apoderava dela. Com passos silenciosos, o homem se aproximou, estendendo a mão para acariciar seu ombro exposto. Ela era macia, delicada e diferente de tudo que o deus antigo havia tocado antes.

Tinta escura brotou de seus dedos, espirais grossas de obsidiana que se estenderam para formar um enorme emaranhado de espirais e linhas mutantes. Ele retraiu a mão, os olhos focados na tatuagem que agora marcava a pele bronzeada da mulher.

O presente final de Malum para Margrete...

Uma marca de proteção. Uma fechadura.

Uma que Darius jamais conseguiria abrir — nem mesmo para pegar o que deveria ser dele.

Ela grunhiu. Ele achou que ela acordaria, mas ela apenas murmurou, ainda dormindo, o cansaço pintando cada um dos seus traços adoráveis.

O deus voltou para as sombras de onde saiu, incapaz de tirar os olhos da mulher que consumia todos os seus pensamentos. Ele conseguiria o que precisava dela, não importava o custo. Ele encontraria uma maneira. Ele sempre encontrava.

Ainda assim, o deus sentia algo diferente de rancor, ódio ou raiva. Uma sensação estranha que fez seu coração palpitar. Ele nunca sentira nada parecido em todos os seus muitos anos.

Aquele era um sentimento que desejava explorar.

E, em breve, ele o faria.

O deus observou enquanto o rei que ele falhou em matar aninhou-se no cabelo dela, braços musculosos envolvendo a cintura de Margrete enquanto a puxava para mais perto. As tatuagens dele estavam se acomodando, a tinta que ele carregava cansada da luta do dia. A tatuagem de estrela-do-mar dançou em seu antebraço antes de descansar ao lado da lula tímida. O tubarão nadou até desaparecer sob o lençol.

Foi a tatuagem no peito do rei que despertou sob a lua, a nymera traiçoeira retratada em sua pele arregalou os olhos opacos. Ela sorriu, e as pontas afiadas dos seus dentes cutucaram seu lábio inferior.

Enquanto o rei e Margrete dormiam pacificamente, as curvas e linhas de tinta em seu peito turvaram-se, a besta escorregadia dos pesadelos desvanecendo-se sob a carne.

A Alma de Azantian se abriu. Um deus renasceu. E logo o mundo humano saberia o que de fato é a maldade.

AGRADECIMENTOS

𝒫rimeiro, quero agradecer ao meu marido, Joshua, que tornou este livro possível. Escrevi essa história quando nossos três filhos tinham menos de 3 anos de idade. Ele cuidou de nossos bárbaros todas as noites e nos fins de semana, certificando-se de que eu conseguisse me concentrar no trabalho. Ele acreditou em mim quando nem eu acreditava, e sempre que eu estava perto de desistir, ele me dava um potão de Ben & Jerry's e me dizia para ir em frente. Ele é o meu melhor amigo — mesmo quando me deixa absolutamente louca — e tenho muita sorte de tê-lo na minha vida.

Quero agradecer a minha mãe, por ler cada manuscrito que enviei para ela. Tipo, todos eles. E foram muitos. Ela é minha maior fã, sempre foi, e tem apoiado meus sonhos desde que eu tinha 6 anos e escrevia minhas histórias com giz de cera. Te amo muito.

Foi meu avô, Benjamin Narodick, quem me disse que, um dia, eu seria escritora. Bom, antes disso, ele me disse que eu seria presidente, então espero que ele esteja feliz com minha escolha. Penso nele todos os dias e sinto falta da sua luz. Ele foi um pai para mim enquanto eu crescia e o melhor modelo que uma garota poderia pedir.

Para Charissa Weaks, uma incrível escritora, editora e mentora. Sem você me dando uma chance, eu não estaria escrevendo isso. Quando recebi sua carta de representação, chorei. Você pegou uma história que precisava de MUITO trabalho e a transformou em algo de que tenho orgulho. Por isso, você sempre terá minha imensa gratidão e respeito.

A Ashley R. King, uma bela alma e uma escritora incrível. Você foi minha líder de torcida pessoal durante todo esse processo, e seus e-mails hilários me faziam engasgar com o café todas as manhãs. Sua positividade e alegria são dádivas, e tenho muita sorte de conhecê-la.

E para Tina Moss, Yelena Casale e toda a equipe da City Owl. Vocês mudaram minha vida para sempre. Palavras não são suficientes para transmitir meu imenso agradecimento.

E, por fim, um agradecimento a todos que leram a história de Margrete e Bash. Estas páginas contêm meu coração e minha alma, e só posso desejar que elas tenham enchido seus corações de alegria. Vocês são a razão de eu escrever e, por isso, meu agradecimento nunca será suficiente.

Katherine Quinn

KATHERINE QUINN

Editora
Charme

Entre em nosso site e viaje no nosso mundo literário.
Lá você vai encontrar todos os nossos
títulos, autores, lançamentos e novidades.
Acesse www.editoracharme.com.br

Você pode adquirir os nossos livros na loja virtual:
loja.editoracharme.com.br

Além do site, você pode nos encontrar em nossas redes sociais.

https://www.facebook.com/editoracharme

https://twitter.com/editoracharme

http://instagram.com/editoracharme

@editoracharme